KB114255

화인의 꽃달 1

초판 1쇄 펴낸 날 | 2016년 10월 6일

지은이 | 이영희
펴낸이 | 서경석

편집책임 | 조윤희 편집 | 이은주, 최고은
마케팅 | 서기원 경영지원 | 서지혜, 이문영

임프린트 | (MUSE)
주소 | 경기도 부천시 원미구 부일로 483번길 40 서경B/D 3F (우) 14640
전화 | 032-656-4452 팩스 | 032-656-4453
이메일 | roramce@naver.com 블로그 | bolg.naver.com/roramce
홈페이지 | http://www.chungeoram.com

발 행 처 | 도서출판 청어람
출판등록 | 1999년 5월 31일 제387-1999-000006호
어람번호 | 제11-0038호

ⓒ 이영희, 2016

ISBN 979-11-04-90966-5 04810
ISBN 979-11-04-90965-8 (SET)

도서출판 청어람은 언제나 여러분의 소중한 작품 투고와 도서 출간 기획 등 다양한 제안을 기다리고 있습니다. chungeorambook@daum.net

화인의 꽃달

화가야 Vol. 1

1권

이영희 장편소설

MUSE

목차

1.
흰나리 향기는
홀리듯 흩날리고

꽃달이 뜨는 밤.

화(花)가야의 밤하늘 위에 꽉 찬 둥근 달이 걸렸다. 그리고 달의 주변으로는 하얀 달무리 대신 갖가지 꽃송이의 꽃무리가 떴다. 달만큼이나 밝게 제각각의 빛을 내는 꽃송이들. 밤은 까만데 꽃달 주변은 온통 불꽃놀이라도 하는 듯 화사했다.

매달의 마지막 날, 화가야의 밤하늘에는 꽃달이 떴다.

화가야의 궁궐인 태양궁.

그중에서도, 유일 왕자 겸의 궁실인 양화관(陽花館)의 내실.

내실의 방문이 열리고 한 여인이 들어섰다. 하얀 자리옷을 입은 여인은 이부자리에 누운 겸의 곁으로 다가갔다.

물끄러미.

여인은 잠이 든 겸을 한참을 바라보더니 몸을 낮추어 앉았다. 그리고 옷자락이 바스락거리는 소리에 겸은 잠에서 깨어났다.

여인의 얼굴은 보이지 않았다. 얼굴을 알지도 못했다. 그렇지만 겸의 심장 가운데로부터 찌릿찌릿 전율이 퍼져 가기 시작했다. 겸은 조심스럽게 손을 뻗어 여인의 목덜미를 쓸어내렸다. 겸의 손길이 지나가는 자리마다 오슬오슬 소름이 돋았다.

그리고 익숙한 향기가 겸의 코끝에 와 닿았다. 마치 수백 송이의 꽃잎을 향낭에 넣고 흔들어대는 것처럼 짙고도 어지러운 향기. 세상 그 어느 꽃향기보다도 더 매혹적인 향기가.

그리웠다. 네가 많이 그리웠어. 기다렸다. 내 너를 오래 기다렸어.

겸의 눈동자가 흔들렸다.

여인의 얼굴이 겸의 얼굴로 가까이 다가왔다. 여인의 붉은 머리카락은 마치 족쇄처럼 겸을 가두고 겸은 여인의 목덜미에 얼굴을 묻었다.

잠시 후, 겸의 숨결이 달뜨기 시작했다. 여인의 몸을 밀어내며 가만히 쳐다보더니 여인에게 입을 맞추었다.

맞닿은 입술은 달았다. 마치 꿀을 찾아서 더듬이를 팔랑이는 나비처럼 겸의 입술이 여인의 입술 위에서 미끄러졌다. 여인의 목덜미를 안아 쥔 겸의 손가락 사이에서 윤기 나는 붉은 머리카락이 흘렀다.

우수수!

여인의 머리카락에서 꽃잎이 쏟아지기 시작했다. 피처럼 붉은 꽃잎이었다.

떨어져 내린 꽃잎들은 겸의 어깨 위에, 팔뚝 위에, 가슴팍에 쌓여갔다. 겸과 여인 사이에는 놀랄 틈도 없이 커다란 꽃자리가 만들어졌다.

　순간 여인이 몸을 일으켰다. 겸은 여인의 옷자락이라도 잡아보려고 했지만 웬일인지 손끝 하나 달싹일 수가 없었다. 발소리도 없이 여인은 겸에게서 멀어져 갔다.

　"가지 말거라! 가지 말아!"

　겸이 애타게 불렀다. 하지만 여인의 몸은 점점 더 멀어질 뿐이었다.

　"가지 마! 제발!"

　겸의 목소리가 어느새 물기에 젖었지만 멀어지는 여인은 뒤 한 번 돌아보지 않았다. 겸의 심장이 두 개로 쪼개지는 것 같았다. 극심한 통증은 목이 마르게 치밀어 올랐다.

　"제발!"

　비명 같은 절규를 내뱉으며 겸은 잠에서 깨어났다. 비몽사몽간에 내실을 둘러보았다. 넓은 내실 안에는 겸 혼자 잠들어 있었다.

　그랬다. 그것은 겸의 꿈이었다.

　밝게 빛나는 꽃무리를 거느린 꽃달이 뜨는 밤이면 늘 꾸었던 꿈.

　어김없이 자신을 찾아오는 붉은 머리카락의 여인.

　겸은 손을 들어 올려 얼굴을 만져 보았다. 자신도 모르게 흘러내린 눈물에 양 볼이 흥건히 젖었다.

　"도대체 누구냐? 넌……?"

　아직까지도 심장의 통증이 얼얼했다. 주인을 찾지 못한 달뜬 숨결은 여전히 가쁘게 오르내렸고 입술에 남은 여인의 향기도 그대로였다.

여인을 향한 겸의 갈망은 잠까지 깨뜨릴 정도로 강렬한 것이었
다.

봄의 셋째 달, 오월의 하늘에는 연노랑의 구름이 떴다. 겸은 시
종장과 함께 내화원(內花園)을 산책하고 있었다.

머리 뒤로 반만 묶어 어깨를 따라 늘어진 겸의 머리카락은 윤
기가 흘렀다. 한쪽만 쌍꺼풀이 진 눈의 먹물 같은 눈동자에는 긴
속눈썹이 그늘을 드렸다. 얼굴 가운데에 오똑하게 자리한 콧날은
반듯했다. 단정하게 맞물린 입술은 꽃빛이었다.

가야의 복색을 그대로 따른 왕자포의 가슴에는 흰나리(백합)를
수놓았고 양어깨에는 왕실 문장인 수정나비가 내려앉았다.

팔랑! 팔랑! 팔랑!

겸의 흰나리(백합) 향에 홀린 나비 떼가 수풀처럼 날아들었다.
팔가리개를 했는데도 나비 떼들은 겸의 향기를 놓치지 않았다.

갑자기 성큼성큼 놓이던 겸의 발걸음이 멈추었다. 어깨 위에 앉
은 수정나비 한 마리를 검지에 앉히더니 입 쪽으로 가져갔다. 거
의 들리지 않는 목소리로 뭐라고 속삭였다.

팔라라라랑-!

겸이 손을 한 번 젓자 손가락에 앉았던 수정나비가 공기 중으
로 날아올랐다. 겸을 감싸고 있던 모든 나비들도 동시에 몸을 날
렸다.

"무어라고 말씀하신 것이옵니까?"

매번 보는 풍경인데도 시종장은 볼 때마다 넋을 놓았다.

"내화원에서 제일 아름다운 꽃을 찾으라 했네."

"네? 온통 꽃 천지인 꽃 궁실에서 제일 아름다운 꽃이라니요?"

내화원은 태양궁의 꽃 궁실이었다.

"가르치지 않아도 꽃은 나비를 부르고 나비는 꽃을 찾는 법. 꽃의 아름다움을 제일 공평하게 평가할 이는 바로 나비가 아닌가?"

"짓궂으시옵니다."

"하하하! 수정나비들의 섬세한 눈을 믿는 것이라네. 꼬박 이 년이 넘도록 와보지 못한 내화원이 아닌가? 혹 진귀한 꽃이 들어오지 않았을까 적이 궁금하네."

"꽃가루 염증병은 참말 괜찮으신 것이옵니까?"

"이렇게 꽃 사이를 걷고 있는데도 아무렇지 않은 것을 시종장도 보고 있지 않은가?"

한창 말이 오가는 중인데 저만치 공중에 나비 떼가 벌써 멈추어 있었다.

"어떤가? 시종장! 나비들이 벌써 찾아내었네."

손을 들어 가리키는 겸의 입가가 부드럽게 풀렸다.

"가보세. 우리 수정나비들이 얼마나 섬세한 안목을 지녔는지."

겸이 앞장서 걸어가자 시종장은 조금 떨어져 뒤를 따랐다.

얼마나 걸어갔을까?

나비 떼는 동그라미를 그렸다가 팔자를 그렸다가 하면서 한곳에 머물러 있었다. 그런데 나비들이 모여든 곳은 꽃잎 위가 아니었다. 나비 떼가 가리키는 곳에는 등을 돌린 한 여인이 서 있었다.

"이런! 오늘은 수정나비들이 실수를 하였군!"

겸의 입술이 더 부드럽게 풀리면서 발길을 돌리려고 했다. 그런데, 갑자기

사각! 사각!

하며 겸의 심장이 소리를 냈다. 겸은 고개를 갸우뚱거렸다.

사각! 사각! 사각! 심장이 다시 소리를 냈다.

뭐야? 왜?

겸이 앞으로 나가질 못하고 주춤거렸다. 심장에 손을 얹으며 눈가를 살짝 찡그렸다. 겸은 가던 길을 바꾸어 여인을 바라보았다.

설마, 저 여인 때문에?

겸의 인기척을 느낀 여인도 몸을 돌렸다. 겸을 발견한 여인의 두 눈이 놀라움으로 휘둥그레졌다.

여인은 스물이 갓 된 듯 보였다.

단을 드리운 머리카락은 밤처럼 까맸다. 방금 씻은 듯 말갛고 투명한 피부에 양 볼과 입술은 요사스러울 만큼 붉은색을 지녔다. 세상의 여인 같지가 않았다. 그런데 그와는 대조적으로 드러난 얼굴 밑과 목, 손등이 온통 퍼런 멍투성이었다.

"누구냐? 넌?"

여인은 궁녀의 옷차림이 아니었다. 민가의 백성들이 입는 치마, 저고리를 입었다.

"……."

한낮의 화가야 태양궁에 왕족도 아니고 궁녀도 아닌 여인이라니? 아무나 발을 들일 수 없는 내화원에? 게다가 저 멍투성이의 모습까지?

"왕자님! 오셨나이까? 꽃가루병이 다 나으신 것이옵니까?"

감정을 추스르지 못하고 서 있는 겸의 곁으로 다선이 다가왔다. 내화원의 화원장인 다선은 스물네 살인데 겸만큼이나 수려한 외양을 지녔다. 일을 하다가 왔는지 팔에는 토시를 끼고 있었다.

"다선! 도대체 이 여인은 누구인가?"

다선의 대답이 쉽게 건너오지 않았다. 다선 또한 겸만큼이나 당혹스러운 표정이었다.

"어찌 답이 없는 것인가?"

"궁 밖에서, 데려, 온 저의, 사람, 이옵니다."

당혹스러움을 걷어낸 다선이 망설이듯이 여인을 소개했다.

"태양궁에 있는 여인이 어찌 화원장의 사람이란 말인가?"

"기억을 잃고 저자를 떠돌던 아이이옵니다. 내화원의 일손을 도우라 제가 거두었습지요. 태양궁의 녹을 먹지 않사옵니다."

"그래?"

"예를 갖추거라. 화가야의 유일 왕자님이시니라."

겸을 지나온 다선의 말은 여인에게 와 닿았다. 여인이 고개를 숙여 예를 올렸다. 그러자 알 수 없는 향기가 진동을 했다.

사각, 사각, 사가가가가각.

익숙하고 그리운 향기였다. 게다가 여인의 온몸을 감싼 흉한 멍 자국조차 겸에게는 안타깝고 아련하기만 했다. 심장의 소리가 더 심해졌다.

"이, 이름이 무엇이냐?"

겸의 시선은 여인에게 고정되어 박혔다.

"솔나라 하옵니다."

"다선을 따라 궁에 들었다고?"

"그러하옵니다."

"궁에 들어온 지는 얼마나 되었고?"

"두 달포(달) 조금 지났사옵니다."

"내화원의 일을 도우는 것은 즐거우냐?"

"기쁘게 하고 있사옵니다."

솔나의 향기가 겸을 놓아주지 않았다. 사각거림이 멈추지 않는 심장도 이유를 모르겠다. 겸의 시선이 꿰뚫듯 솔나를 바라보았다.

"화원장!"

"네."

"내 이 아이를 양화관으로 데려가겠네."

그래서 겸의 입에서는 어이없는 말이 튀어나왔다.

"왕자님의 궁실로 말이옵니까?"

"그렇네."

"아니 되옵니다."

"어째서?"

"궁녀가 아니라 아뢰었사옵니다."

"상관없네."

"모습을 보시지요. 왕자궁에 들 자격이 없는 아이입니다."

"그 또한 내는 상관없네."

"왕자님께는 상관이 없을지 모르오나 궁궐의 법도가 그렇지 않사옵지요."

"화가야의 유일 왕자야 그 법도 밖에 있는 사람이지. 내가 괜

찮다 하면 이 아이 또한 상관이 없는 일. 마침 양화관의 뜰을 다
시 복구하여야 해서 일손도 필요하던 참이네."

"그 일이야 소신이 하옵기로 이미⋯⋯."

"되었네. 자네야 내화원 보살피기에만도 여념이 없을 터. 자네
밑에서 화원 일을 배운 아이라면 양화관 뜰도 잘 되살려 놓을 테
지."

"아직 일손도 서툰 아이이옵니다."

"되었다니까."

"왕자님!"

키가 큰 두 남자가 자그마한 솔나를 사이에 두고 팽팽하게 긴
장했다. 겸의 입가에, 다선의 눈가에 힘이 들어갔다.

"좋네. 정히 그러면 솔나에게 물어보세. 나를 따라나설 것인지
아니할 것인지."

겸의 고집이 꺾일 생각이 없었다. 그 고집을 느낀 다선이 한숨
을 연거푸 쉬었다.

"솔나야! 어찌할 테냐? 왕자님을 따라갈 테냐?"

한숨 끝에 솔나를 쳐다보는 다선의 눈빛에 수심이 어렸다. 싫
다고 답을 하라고 눈으로 말을 했다.

"태양궁의 주인이신 왕자님의 명. 어찌 미천한 몸이 가부를 말
할 수 있겠습니까?"

하지만, 솔나의 대답은 겸을 따라가겠다는 것이었다.

'도대체 어쩌시려고?'

묻지도 못하는 다선의 수심이 동굴처럼 깊어졌다.

흰나리 향기는 홀리듯 흩날리고   17

겸의 궁실인 양화관.

꽃 한 송이도 보이지 않는데 궁실 입구부터가 온통 나비 천지였다. 접었다 폈다 여섯 쌍의 날개를 가진 휘나비, 더듬이 대신 작은 뿔이 달린 소나비, 꽁무니에 깃털이 늘어진 깃나비, 무엇보다도 온몸이 백수정처럼 반짝이는 수정나비까지. 겸 때문에 양화관 전체가 흰나리 향기에 젖어 있었다.

왕자궁의 총괄을 맡은 궁녀장 홍화의 음성이 서고를 넘어 나왔다.

"왕자님! 아니 될 말이옵니다. 저런 근본도 없는 아이를 왕자궁에 들이시다니요? 제가 이 양화관의 궁녀장으로 있는 한 어림도 없는 일이옵니다."

"일궁녀(태양궁 최하위 궁녀) 아이 하나 들이는 일이에요. 어찌하여 궁녀장까지 이리 성화이시오?"

"한낱 일궁녀가 아니니 드리는 말씀이옵니다. 시종장이야 왕자님의 뜻을 따랐는지 모르겠으나 저는 아니옵니다. 저런 아이를 들이시겠다니요."

"도대체 저 아이가 왜요?"

"모르셔서 하문하시는 것이옵니까?"

"……"

"왕자님!"

쳐다보는 홍화의 눈길이 사나워지도록 겸은 답이 없었다.

"왕자님!"

다시 한 번 홍화가 힘주어 불렀다.

"이모님!"

높아지는 홍화의 음성에 겸이 그녀를 이모님이라고 불렀다. 그 부름에 홍화의 음성이 잦아들고 말았다. 말을 멈추고 숙인 자세 그대로 자리에 앉은 겸을 보았다.

양화관의 궁녀장 홍화.

그녀는 겸의 모후인 옥화의 손아래 동생이었다.

태어나자마자 모후를 잃은 겸이 세 살이 되던 해에, 홍화는 겸의 양육을 맡았다. 홍화의 손길 아래 겸은 성장하였고 양화관의 궁녀장이 되어 지금까지도 겸의 곁을 지키고 있었다.

"이모님! 그냥 뜰을 보살필 궁녀 아이일 뿐입니다."

"그러니 왜냐 말이옵니다. 저잣거리를 떠돌다가 내화원에서 흙 일이나 보던 아이이옵니다. 몰골 또한 심히 상하였지요. 신과 심, 지와 덕을 골고루 겸비하지 못하면 왕실 직계의 궁에서는 허드렛 일도 할 수 없음을 왕자님도 아실 것이옵니다."

"그냥 곁에 두고 싶은 아이예요. 좀 지켜봐 주면 안 되겠어요?"

"그냥이라니요? 사리에 맞지 않으시옵니다."

겸의 투명한 눈빛과 홍화의 젖은 눈빛이 공중에서 부딪쳤다. 홍화는 그 눈빛에서 언니의 마지막 눈동자를 떠올렸다.

흰나리 문양을 지니고 태어난 왕자를 자신에게 부탁하던 언니의 마지막 눈빛. 서럽고 아렸던 눈동자를.

'휴!'

홍화가 한숨을 삼켰다.

"이모님!"

"명 받자옵지요. 하나 당장 일궁녀의 직분을 내릴 수는 없사옵니다. 그리고 언제든 조그만 문제라도 생기면 즉시 내치도록 할 것이옵니다."

홍화의 말이 그리고 눈빛이 다시 궁녀장으로 돌아왔다. 겸에게 예를 올리고 서고를 나섰다.

양화관의 앞뜰에는 솔나와 몇 일궁녀들이 홍화의 처분을 기다리며 서 있었다. 홍화의 눈길이 솔나에게서 멈추었다.

조금 전, 겸을 따라 양화관에 들어서던 솔나를 보았을 때, 곤두박질치듯 아득했던 마음은 어느 정도 안정이 되었다. 홍화는 솔나의 정체를 단번에 알아보았다.

멍투성이의 흉한 모습. 하지만 외면할 수가 없었다. 홍화는 그것이 속이 상했다.

"이름이 무엇이냐?"

"솔나라 하옵니다."

"자고로 왕실 직계의 궁에 시중을 드는 궁녀는 심신과 지덕에 결함이 없어야 한다. 알고 있느냐?"

"네."

"너는 이미 얼굴과 몸에 흉을 지니었다. 양화관의 궁녀로서 어림도 없는 처지란 말이다. 하니 다른 궁녀들보다 더 삼가고 더 겸손하게 양화관 생활을 하여야 할 것이다."

"네."

그렇게 솔나는 양화관의 뜰 담당이 되었다.

늦은 오후.

겸은 왕실 가족 성찬을 위해 왕자포(袍)를 입고 내실을 나섰다. 기다렸다는 듯이 나비 떼가 일제히 겸에게로 날아들었다.

솔나는 아직도 뜰에 있었다. 등을 보이고 앉아 있는데 어깨가 조그마했다. 겸은 시종장을 잠시 기다리게 하고 솔나에게로 다가 갔다.

"솔나야! 일은 고되지 않으냐?"

면장갑을 낀 손이 온통 흙투성이인 채로 솔나가 일어섰다.

"아니옵니다."

"오후부터 내도록 뜰에 있었던 듯한데."

"네."

"쉬엄쉬엄하려무나."

햇빛에 익은 탓인지 멍이 내려앉은 얼굴이랑 목이 더 퍼렇게 보였다. 겸의 마음에 가여움이 스몄다.

"넌 참말 가족이 하나도 없는 것이냐?"

왕실 가족 성찬에 가려던 길이라 그 일이 마음에 걸렸다.

"처음 기억부터 홀로 저자를 떠돌며 살았사옵니다."

"아무리 그렇기로 낳아준 부모님은 있을 것이 아니냐?"

"부모 없이 난 이가 하늘 아래 있을까마는 작은 기억 한 조각도 없사옵니다."

"그래. 앞으로는 이 양화관이 너의 집이고 이곳의 궁인들이 너의 가족이란다."

"감읍하옵니다."

솔나가 고개를 숙이는데 머리카락 끝이 스치듯 왕자포에 닿았다.

"왕자님! 이만 납시옵소서."

시종장이 채근을 하자 겸은 발걸음을 옮겼다.

'겸 왕자님!'

겸의 이름을 속삭이는 솔나의 입가에 오월의 봄바람이 살랑거렸다.

태양궁의 꽃 궁실인 내화원.

입구에서부터 늘어선 꽃대는 끝자락에 있는 온실 앞까지 빼곡했다. 다선이 꽃을 상하게 한다고 꾸중을 늘어놓으며 궁인들은 안쪽으로 얼씬도 못 하게 했다.

"이게 뭐야? 내화원에 가면 꽃만큼 고운 화원장님을 볼 수 있다 하더니."

"야단만 실컷 맞았구나. 소리도 없이 숨어들었는데 어떻게 아신 거야?"

"그러게. 설마하니, 꽃들이 알려주는 것은 아닐 테고."

"아무렴 꽃 가꾸는 솜씨가 신묘하시기로 꽃들과 대화까지 할까봐?"

"어쨌든, 다선 화원장님이라 하셨지? 참말 곱기는 하시더라."

양 볼을 감싸 쥔 어린 궁녀의 눈이 가늘어졌다.

"사내에게 곱다는 말이 해당이 되는 것이냐?"

"당연 해당이 되지. 우리 왕자님도 그렇잖아. 난 입궁해서 처음 왕자님을 뵙고 나서 저분이 꽃인 게야? 사람인 게야? 그랬어."

"그치! 그치!"

"게다가 그 짙은 흰나리 향기라니! 그 어떤 꽃도 우리 왕자님만큼 깊은 향을 풍기지는 못하잖니."

"태양궁 안에서만 사는 수정나비 떼들은 또 어떻고? 너도 봤지? 온몸이 수정 가루처럼 반짝반짝 빛이 나잖아. 날개 가루도 수정 가루 같더라."

"한울왕 전하와 왕자님은 수정나비 떼도 부릴 수 있다지."

"두 분께오선 수정나비 언어를 하실 수 있다고 하잖아."

"왕자님과 화원장님은 자주 검술 대련도 하신다더라."

"그래? 대단하시다."

내화원에 발을 들였다가 다선에게 혼이 난 일궁녀들이 걸음을 옮기고 있었다. 그리고 그 옆으로 솔나가 스쳐서 지나갔다.

솔나가 내화원으로 들어섰다. 바람이 불지도 않았는데 꽃대들이 일제히 흔들렸다.

「솔나님이 오셨어요! 솔나님이 오셨어요!」

합창이라도 하듯 선율에 맞추어 꽃들이 속삭여 댔다. 참새 지저귀는 소리 같았다. 솔나가 꽃들을 향해 미소를 지었다.

"저 왔어요."

인사를 하며 솔나가 온실로 들어섰다. 다선은 온실 안에서 꽃을 뿌리째 뽑아 정리하고 있었다.

"어서 오세요. 솔나님."

다선이 손에 묻은 흙을 털면서 공손하게 인사를 했다.

"어찌 그리 인사를 하세요? 누가 보면 어쩌시려고."

저자에서 떠도는 것을 거두어들였다 해놓고는 다선은 솔나에게 존대를 하고 공손히 대했다.

"태양궁에서 유일하게도 내화원의 주인은 저 다선입지요. 해서, 저의 허락 없이 여기에 들 수 있는 분은 얼마 없어요. 누가 볼까 그런 염려는 안 하셔도 돼요."

"그래도 솔나님이라니요? 그리 부르셔도 안 돼요."

"응당 불러야 할 칭호를 붙여 드리는 것뿐인데요."

"고집하시고는! 양화관에 심을 꽃을 얻으러 왔어요."

"양화관 생활은 어떠신가요? 소원하여 가셨으니 즐거우신지요?"

다선은 서늘해진 눈빛을 감추었다.

"예. 더없이 즐거워요. 모두 다선님의 은덕이어요."

"은덕이라 말씀하시지 마세요. 아니 가겠다 말씀하시라 제가 애원하였는데. 왕자님께오서 이리 빨리 내화원에 드실 줄은 생각도 못 했어요. 꽃가루 염증병이란 것이 최소한 오 년 정도는 가는 것인데."

"저도 처음에 내화원에 들어서시는 왕자님을 보고 제 눈을 믿을 수가 없었어요."

"힘든 길을 선택하셨어요. 그 선택을 하게 하신 마음이 무엇인지 저는 알지를 못하겠어요."

"힘이 들기는요? 마음을 못 이겨 죽어가던 몸이에요. 이제는 마음을 따라가게 되었으니 매일매일이 기쁘기만 한데요."

"자주 들르십시오. 양화관의 뜰을 새로 복구하는 일이 많이 힘드실 텐데. 아니 오시면 제가 뵈러 갈 겁니다."

"고마워요. 그럴게요."

온실을 나선 솔나는 꽃을 고르기 위해 내화원 안을 둘러보았다. 다선은 뒷짐을 지고 솔나의 조금 뒤에서 걸었다.

'왕자님께오서 내화원에 이리 빨리 오실 줄은 몰랐어요. 모든 것이 끝나기까지는 못 오시리라 생각했는데. 그래서 어쩌면 혹시

나 제게도 기회가 있을까 설레었는데. 하긴, 이런 제 마음이야 솔나님은 아무런 상관이 없으시겠지만.'

봄날의 햇살이 쏟아지듯 내려왔다. 솔나의 등에 와 닿아서 자꾸만 솔나를 따라갔다.

다선이 내화원 담장 주변으로 심어놓은 해바라기를 향해 뭐라고 말을 중얼거렸다. 갑자기 해바라기의 꽃 부분이 움찔거렸다. 싸한 바람이 지나가는가 싶더니 해바라기의 꽃이 자라나기 시작했다.

쑥! 쑥! 소리만 나지 않을 뿐 급격히 자라난 해바라기 꽃이 솔나의 등 뒤로 그늘을 만들어주었다. 솔나가 움직일 때마다 해바라기도 몸을 움직였다. 솔나가 지나가는 자리에는 햇살이 자취를 감추었다.

다선이 꽃들과 대화를 나누고 마음대로 부릴 수 있다는 것은 둘만의 비밀이었다.

태양관(화가야 군주인 한울왕의 처소)의 내실.

각자의 다과상을 앞에 두고 사십사 대 한울왕, 유일 왕자 겸, 두 후비인 청천비와 광운비 그리고 광운비의 딸인 공주 아루가 앉았다.

실내에는 한울왕의 인동초와 겸의 흰나리 향이 섞여서 기분 좋은 향이 퍼졌다.

"아루 공주! 요즘은 무엇으로 소일거리를 하누?"

하나뿐인 공주를 보는 병약한 한울왕의 눈에 아버지의 정이 담겼다.

"꽃수도 놓고 가얏고도 바지런히 타고 있어요."

"그래? 네 놓는 꽃수는 풀이 죽겠구나."

"어이 그렇게 말씀하세요?"

"화가야 제일미(第一美)라는 너의 미색 앞에서 어느 꽃인들 고개를 들 수 있겠니?"

"아이참! 부끄러워요. 소녀를 놀리시는 것이지요?"

"아니란다. 화가야 왕실에 아루만큼 어여쁜 공주는 없었느니."

자신의 딸을 칭찬하자 후비 광운비의 얼굴에 화색이 돌았다. 하지만 딸을 잃은 청천비의 얼굴에는 그늘이 깃들었다.

"왕자! 왕실 주관 범 사냥이 얼마 남지 않았구나. 수련은 바지런히 하고 있는 게지?"

이번에는 겸을 향하는 한울왕의 시선에 아버지의 정은 여전했다.

"하루도 거르지 않습니다."

"육가야가 멸국의 운을 맞은 것은 강력한 왕권과 군사력의 부재 때문이었다."

"언제나 마음에 새기고 있습니다."

"그 유민들이 살아남아 화가야를 새로이 건국하고 역사에도 기록되지 못한 채 숨어 지낸 세월이 어언 천 년. 전쟁의 시절이야 다시 없을 것이다만 왕위에 오를 왕족은 무예에도 능해야 하느니라."

"네."

☾

오래전.

고구려, 백제, 신라 삼국은 한반도를 차지하기 위해 혈투를 벌였고 주변 소국 중 하나였던 육가야는 멸국의 운명을 맞았다.

하지만 몇몇 가야 왕족들이 유민들을 이끌고 새로운 땅을 찾아 떠났다. 그들에게는 백제인이나 신라인이 아닌 가야인으로 살아가고자 하는 강렬한 열망이 있었다.

육가야로만 알려진 한반도 동남단의 땅.

육지로는 피할 곳이 없어 바닷길을 택했다. 멸국의 위기 속에 이미 준비해 둔 배가 수십 척이었다. 바닷길은 기약 없는 길이었지만 그들에게는 이리 죽으나 저리 죽으나 마찬가지였다. 몇 날을 뱃길로 달렸나 모르겠다.

"보라색 안개다!"

"보라색 안개야!"

"뱃길 인생 삼십 년인 나도 이런 색 안개는 처음이야! 불길한 징조다!"

"우린 이제 다 죽는 거야!?"

어디서인지 모르게 보라색 안개가 밀려들기 시작했다. 사냥감을 물려고 달려드는 맹수의 기세 같았다. 바로 옆에 앉은 이의 얼굴도 보이지 않았다.

배 위의 사람들이 우왕좌왕 난리를 쳤다. 비명이 난무했다. 끝을 모르는 시간을 떠돌았다.

그러다가 갑자기 배가 맴을 돌기 시작했다. 바다 소용돌이였다. 보라색 안개에 갇혀 있음에도 불구하고 아가리를 벌린 거센 소용돌이는 정확하게 보였다. 비명이 더 커졌다. 우왕좌왕 부산한 움직임도 더 절박해졌다.

크르르르!

수십 척의 배가 한꺼번에 소용돌이에 휘말리면서 대부분의 사람들은 정신을 잃었다.

모든 것이 끝나는 듯했다.

"으-응!"

그런데 정신을 잃었던 눈꺼풀들이 하나씩 둘씩 열렸다. 하늘을 차지한 연노랑 구름이 제일 먼저 눈에 들어왔다. 그런 색깔의 구름도 난생처음이었다. 모두들 어리둥절했다.

부서진 배는 하나도 없이 모두가 무사하게 어느 해변에 다다라 있었다. 사람들은 배에서 발을 내렸다. 해변을 따라 넓은 대지가 펼쳐져 있었다. 어찌나 넓은지 지평선이 보이지 않았다. 기적이었다.

하지만 더욱 놀라운 것은 가을의 끝자락이었는데도 온갖 꽃들이 피어올라 자태를 뽐내고 있는 것이었다. 봄 한 철 향기를 날리는 꽃도, 여름 한 철만 화사하게 물들이는 꽃도, 여전히 그 꽃잎을 펼치고 있었다. 처음 보는 꽃들도 한두 가지가 아니었다. 온통 꽃들의 영토였다.

직접 보고 있지만 믿을 수 없는 풍경이었고 지금까지 살아왔던 육가야와는 완전히 다른 땅이었다. 그렇게 육가야의 유민들은 자신들의 새로운 정착지를 찾았다.

육가야의 혼을 이은 일곱 번째의 가야. 그들은 자신들의 땅을 화(花)가야, 즉 꽃의 가야라고 불렀다.

그렇게 천 년이 흐른 것이었다.

한울왕이 계속 말을 했다.

"또한 왕실에 대한 화가야 백성들의 강한 염원으로, 비록 상징적으로 존재하는 왕실이긴 하지만, 그래도 번영과 화합을 보이는 것이 왕실의 도리. 왕자! 왕자의 연치가 올해 스물둘이렷다."

"그렇사옵니다."

"청천비! 광운비!"

한울왕의 시선이 두 후비에게로 건너갔다.

"네! 한울왕 전하!"

변하던 낯빛을 걷어내고 두 후비는 공손하게 손을 모았다.

"왕자의 국혼을 준비할 때가 되었구려!"

"소첩들이 미련하여 미리 헤아리지 못했사옵니다. 송구하옵니다."

"비들이 송구할 일은 아니니. 왕자의 국혼이 어디 후비가 나서서 도모할 일이겠소? 하나, 작금의 왕실에 왕후의 자리가 비어 있으니 내 비들에게 의논코자 함인 것이오."

"황공하옵나이다."

"대각간(화가야 귀족회의 수장)도 주청을 올린 바 있으니 여름이 끝나기 전에 금혼령을 내리겠소."

"명을, 받자옵니다."

두 후비가 동시에 고개를 숙였다.

"왕자! 왕자도 그리 알고 마음에 준비를 하도록 하려무나."

겸도 고개를 숙였다.

왕실 가족 성찬이 늦게 끝나서 짙은 어두움을 타고 양화관으로 돌아갔다. 겸과 시종장의 그림자가 나란히 길을 걸었다. 시종장의 그림자는 사람 하나인데 겸의 그림자 주변으로는 온통 나비 그림자가 함께 너울거렸다.

"시종장!"

복잡한 생각에 잠겨 말없이 걷던 겸이 시종장을 불렀다.

"네. 왕자님!"

"부왕 전하께오서 국혼을 말씀하시었네."

"알고 있사옵니다."

"내가 비를 맞이한다면……?"

"네. 하문하소서. 그리하오시면?"

"아니. 아무것도 아니네."

'내가 비를 맞이한다면, 내 비가 평온히 궁 생활을 배겨낼 수나 있겠는가?'

짙은 저녁 기운 속에서 겸의 속말이 처량했다.

다음 날. 겸은 양화관의 서고에 있었다.

자신은 화가야의 유일 왕자.

왕실을 향한 화가야 백성들의 강한 염원이 있는 한 국혼을 거부할 수 없었다. 정치적 실권을 쥔 귀족회의에서도 계속 주청을 올리며 압박을 해올 것이었다. 그래서 국혼을 말씀하시던 부왕 앞에서 겸은 아무런 내색을 할 수가 없었다.

이 또한 화가야 왕실의 유일 왕자인 자신이 감당해야 할 몫. 꽃문양을 타고 난 왕자의 책임이었다.

하지만!

"무슨 생각을 그리 골똘히 하시옵니까?"

겸의 한숨이 걱정스러워 홍화가 물었다.

'궁녀장! 나는 국혼을 할 생각이 없어요.'

속으로 삼키는 겸의 목소리는 내용만큼이나 서늘했다.

'지금의 왕실에 누군가를 새로 맞이한다면 고통받는 사람의 수만 더 늘리는 일이 될 것이에요.'

역시나 속으로만 말을 했다.

"국혼을 앞두고, 혹시…… 광운비마마 때문이옵니까?"

"……."

"지난 일은 빨리 잊으시옵소서. 오 년간 아무 분란 없이 평화로웠던 왕실이에요."

"아니. 내게는 어제 일처럼 또렷해요. 언제 다시 그 사악함이 머리를 들게 될지."

"지금 왕실에 꽃문양의 왕손은 왕자님뿐이옵니다. 왕자님 외에 누가 계시기에 광운비마마가 그리 사악한 마음을 또 먹을 수 있겠사옵니까"

"죽은 아이에게는 안 된 말이지만 그 아이가 살아 있었다면 여전히 나는 그 사악함에 시달리고 있겠지요."

"괜한 기우이시옵니다."

말은 그렇게 했지만 홍화는 알았다. 겸의 팔뚝에 남은 상처는 회복이 되었지만 마음의 상처에서는 여전히 독이 흐르고 있다는 것을.

그때였다.

바깥에서 시끄러운 소리가 들려왔다.

"정말 기억을 잃은 것이냐?"

"네."

"그럴 리가 없어. 이리 말짱해 보이는데. 네 혹시 왕자님의 측은지심을 얻으려고 거짓부렁을 하는 것은 아니겠지?"

"감히 어찌 그러겠습니까?"

"볼과 입술에 연지는 왜 이리 짙은 것이야? 멍투성이의 흉한 얼굴 주제에 왕자궁의 사람이 천박하게."

"송구하나 날 때부터의 색 그대로입니다."

"흥! 천박한 그 속을 어찌 다 알까? 어디 이리 대보려무나! 면포에 한번 닦아보면 알겠지."

마당에서는 솔나와 낯선 궁녀의 실랑이가 한창이었다. 그런데 시종장은 대청마루 위에 멀거니 서 있었다.

"웬 소란이냐?"

온유하지만 딱딱한 겸의 목소리가 궁녀들 사이로 떨어졌다. 홍화는 손을 모으고 겸의 뒤로 가서 섰다.

"화가야 제이 공주 아루! 화가야의 유일 왕자 오라버니를 뵙습니다."

어느새 궁녀들 무리에서 튀어나온 아루가 겸에게로 다가왔다. 공주가 떡하니 서 있으니 시종장이 나서지도 못한 모양이었다.

"이 시간에 내 궁에는 어인 일이냐?"

"오라버니가 들이신 궁녀를 보러 왔어요."

"저 아인 궁녀가 아니란다. 한데 웬 소란이야?"

"연지 빛깔이 하도 요사스러워 한번 닦아보자 하였더니 저리 공주의 명을 거역하고 있어서."

솔나와 실랑이를 벌이고 있는 궁녀는 아루의 궁실 류화관의 아이인가 보았다.

"처음 만났을 때부터 저런 빛깔이었다."

"날 때부터 저런 피부 빛이기는 쉬운 일이 아니지요."

"처음부터 내가 보았어."

"그러한들 온몸이 저리 멍투성이인데 왕자궁에 들이기에는 흉 물스럽고 흉측한 아이네요."

"꽃들의 생김이 다르고 나비의 생김이 다 다르듯이 사람의 생 김도 제각각인 것을. 일국의 공주로서 그런 사정을 헤아리지 못 하는 게냐?"

애써 화를 참는 겸의 목소리는 여전히 온유했다. 하지만 그 말 에 아루의 표정은 눈에 띄게 사나워져 버렸다.

"소녀, 오라버니의 유일한 누이이고 화가야의 제이 공주여요. 그런 소녀를, 아랫것들 앞에서 지금 나무라시는 것이어요?"

"터무니없는 시비를 가리자 하니 답답해서 하는 말이지."

"하나 소녀, 왕실의 공주이지요. 아무리 그렇더라도 저깟 천것 이 감히 명을 거역할 제가 아니란 말이에요."

"저 아이는 양화관에 속한 나의 사람이야. 너의 처신 또한 왕 자궁의 사람을 대하는 예법에 어울려야 하겠지."

"예법이라니요? 저리 흉물스러운 천것에게 예법이 가당키나 한 말이에요? 또한 오라버니께서 나서실 일도 아닌 것을요."

"너 또한 이리할 일이 아니야."

겸은 아루의 말 한 마디 한 마디를 다 지워 버리고 싶었다. 공주라 하여 솔나를 두고 저렇게 막말을 쏟아 부을 수는 없었다.

"되었어요. 소녀 이만 물러가지요."

아루의 눈이 세모꼴로 변했다. 꼭 독사 같았다.

"아루 공주!"

부르는 겸의 말을 못 들은 척 아루는 나가 버렸다. 돌아서는 매무새가 독기를 풍기며 사나웠다.

"저년이 누구를 홀리려고 저리 연지 빛을 짙게 분첩질을 한 것이라느냐?"

어느 정도 거리가 멀어지자 아루의 천박한 입이 열렸다.

"누구겠사옵니까? 왕자님을 홀려보려 저런 것이겠지요."

아루를 모시는 일궁녀가 맞장구를 쳤다.

"명투성이의 천박한 주제에 감히 누구를? 그래봐야 오라버니가 눈 하나 깜짝할 줄 알고."

"그러게 말이옵니다."

"요절을 내놓을 것 같으니라고! 내 단박에 저 볼이랑 입술을 돌멩이로 박박 문질러보고 싶구나!"

"언제 한번 해보소서. 화가야의 유일 공주님께오서 못 하실 일이 있으시옵니까?"

"그렇지? 하면 저 명투성이의 얼굴이 피로 얼룩져 더 흉측해지겠구나."

"그러합지요."

"오라버니께서 저 천것을 두 번은 아니 보시려 하겠어. 흥! 내 생각만 해도 즐거웁구나. 오호호호호호!"

드높고 날카로운 아루의 웃음소리는 양화관 담장을 넘어 들어왔다. 겸의 고개가 저절로 흔들렸다.

잠시 후, 겸의 시선이 솔나를 향했다.

"솔나야! 네 괜한 낭패를 보았구나."

겸의 목소리에 미안함이 담겼다.

"아니옵니다. 왕자님!"

"괜찮은 것이냐?"

"네."

누가 뭐라고 하든 정말로 괜찮았다. 고귀하신 공주님 앞에서 겸은 끝까지 자신의 편을 들어주었다

"혹여, 이런 일을 자주 당하는 게야?"

"이제는 양화관의 사람이옵니다. 누가 그리하겠사옵니까?"

"어려움이 있으면 감추지 말고 궁녀장에게 의논토록 하여라. 너를 잘 보살피라 당부하여 두었으니."

"황감하옵니다."

"되었다. 모두들 물러가거라."

겸이 명이 떨어졌다. 모두들 자리를 물러나고 양화관의 앞뜰은 일시에 조용해졌다.

"궁녀장! 옆에 있는데도 그리운 것은 무슨 마음일까요?"

겸이 뜬금없이 물었다.

"가고 없는데도 그대로 옆에 있는 듯이 느껴지는 건 무슨 마음일까요?"

"……."

"그리움도 아니고 벗 됨도 아닌데 가까이 있고만 싶음은 또한 무슨 마음일까요?"

"누구를 이르심인지요?"

"누구라고 드러낼 수도 없으니 더 답답하네요."

정말로 답답한 듯이 겸이 왕자포의 앞자락을 느슨히 당겼다.

홍화는 이모의 눈으로 겸을 바라보았다.

수려한 용모에 온화한 성품을 지닌 스물두 살의 건장한 왕자.

태양궁의 모든 궁녀들이 겸을 우러러보고 있다. 하지만 여인들에 둘러싸여 있는 겸이 누군가에게 흥미를 보이는 모습은 본 적이 없었다. 연정을 느낀 적도 없었다. 누구에게나 친절한 성품이지만 누구한테 특별히 친절하지도 않았다. 항상 미소를 띠고 있지만 그건 그냥 대외적인 겸의 모습일 뿐이었다.

궁녀들은 그런 겸을 '친절한 동빙(얼음) 왕자님'이라고도 부른다고 했다.

그런 겸이 지금 솔나 때문에 혼란스러워하고 있는 것이다. 하지만 홍화는 겸과 솔나를 어떻게 해야 할지 아직 결정을 내리지 못했다.

흰나리의 꽃말은 <변치 않는 연모>.

2.
따스하게
안아주고 싶다

　화가야의 삼 대 왕후는 목단련이었다. 그녀는 국혼 후 곧 잉태를 하였다. 쌍태였다.

　해산의 날이 되었다. 귀한 왕손이 울음을 터뜨림과 동시에 온 산실 안이 알 수 없는 향기로 가득 찼다. 세상에 존재하지 않는 향기였다. 상서로운 기운이라며 산실청 안팎이 떠들썩하였다.

　그러다가 왕실 산파는 왕자와 공주의 손등에 새겨진 문양을 발견하였다. 왕자의 손등에는 국화 문양이, 공주의 손등에는 백일홍 문양이 있었다. 그리고 왕자의 손에서는 국화 향이, 공주의 손에서는 백일홍 향이 진동하였다. 산실 안을 떠돌던 알 수 없는 향기는 국화와 백일홍의 두 향이 뒤섞인 것이었다.

　왕손의 목욕물에서도 꽃 향은 배어났다. 따로 꽃물을 내어 목욕을 시킬 필요도 없었다.

　그 왕자가 자라 사 대 한울왕이 되었다. 왕후를 맞았고 연이어 왕손을 생산하였다.

왕자의 손등에는 양귀비 문양이, 제일 공주는 바람꽃 문양이, 제이 공주는 제비꽃 문양이 새겨져 있었다. 그 후로 화가야 왕실에는 손등에 꽃문양을 지니고 그 꽃의 향기를 풍기는 왕족이 계속 태어났다.

꽃문양을 가진 왕족이 가는 곳에는 나비 떼가 뒤를 따랐다. 팔가리개로 손등을 가려도 나비들은 향기를 찾아내었다. 게다가 태양궁 안에서만 사는 수정나비들은 꽃문양의 왕족을 보호하고 호위하기도 하였다. 서로 대화도 가능했다.

겸의 손등의 문양은 흰나리(백합)였다.

겸을 받았던 왕실 산파는 지금까지 태어난 그 어느 왕자보다도 더 짙고 맑은 향을 지닌 왕자님이라며 경이로워하였다. 사십사 대 한울왕의 짙은 인동초 향도 비교가 되지 못했다.

화가야 역사상 가장 강렬한 향기의 왕자가 태어난 것이었다.

벌겋게 달아오른 아루의 얼굴이 흉했다. 막 양화관에서 돌아온 길이었다. 광운비에게 조금 전의 일에 대해 호소를 하고 있었다.

"어마마마! 겸 오라버니가 그 천한 것의 편을 들지 않겠어요. 이 아루가 얼마나 참담하였는지 어마마만 모르실 것이어요."

"넌 그리도 왕자가 좋으냐?"

"물어 무엇하세요? 아루에게는 오라버니가 태양궁보다 좋은 사람이에요. 하온데, 그리 흉측하고 천한 것 따위를 들이다니."

"그렇다면 아루야! 앞으로 그런 모습은 보이지 말거라."

잠시 생각에 잠겼던 광운비의 목소리가 은밀해졌다.

"곧 국혼이 정식으로 선포될 게다. 이 어미가 널 화가야의 다음 한울왕, 겸의 왕후로 만들어주마 약조하지 않았느냐?"

"그게 참말이셨어요?"

"에미가 언제 허언을 하던?"

"그리만 되면 소녀는 더 바랄 것이 없어요."

화를 내며 벌겋게 달아올랐던 아루의 얼굴이 더 붉어졌다.

"왕궁 사람들이 다들 말이 없고 음흉한 청천비를 고운 심성을 지녔다 평하지 않더냐?"

"네."

"하니 너도 앞으로는 그런 모습만을 보이도록 하란 말이야."

"하지만 그 천것을 요절내야 하는데."

"어허. 그래도! 누구에게나 친절한 왕자다. 가여운 이의 사정을 그냥 지나치는 법이 없지. 그 천것도 그래서 들였을 것이야."

"그렇긴 하지만."

"되었다니까! 부디 앞으로는 몸가짐을 더 얌전하게 하거라."

"좋아요. 오라버니의 왕후만 될 수 있다면 그깟 일이 무에 대수라구요?"

"모든 일은 에미가 다 알아서 진행할 것이야."

"하지만 오라버니와 저는 부왕의 직계 혈손! 혼인을 할 수나 있어요?"

"네 손등에 꽃문양이 없어 늘 서러웠던 우리가 아니냐? 하나 이 국혼에서만큼은 그것이 우리에게 큰 유익이 될 게야."

"그러면 소녀! 어마마마만 믿고 기다려도 되는 것이지요?"

"오냐!"

한껏 기대에 부푼 아루를 보며 광운비의 얼굴도 기쁨으로 빛났다.

"에미와 함께 다과를 들고 가겠니?"

"네."

대답하는 아루의 목소리가 간드러졌다.

"소희야! 다과를 준비해서 들이거라."

내실문 앞에 서 있던 일궁녀 소희가 밖으로 나갔다.

'나는 오를 수 없었던 왕후의 자리. 그래! 왕가의 꽃문양도 지니지 못하고 태어난 가여운 나의 공주야! 이 에미가 너만은 꼭 왕후의 자리를 갖도록 해주마.'

뛸 듯이 기뻐하는 아루를 보며 광운비는 단단히 다짐을 했다.

양화관 뜰의 나무 정자.

겸은 손등에 앉은 휘나비들과 장난을 쳤다. 수정나비들은 겸의 발치에 앉아 날개를 접었다 폈다 했다.

"어쩐 일이냐? 차 시중 드는 궁녀는 어디를 가고?"

옆에 서 있던 시종장의 말에 겸은 고개를 들었다. 솔나가 점심 차를 받쳐 들고 다가와 있었다.

"청천비마마 생신연 준비에 차출되어 갔습니다. 한울왕 전하께오서 비마마의 마흔 번째 생신연이라 특별히 성대히 차리라 명하시어서요."

"그랬었지? 내 잠시 잊었구나."

워낙 검소한 화가야 왕실이라 궁인들이 많지 않았다. 하여, 큰

잔치가 있을 때면 모든 궁인들이 함께 모여 일을 했다.

"왕자님! 소신도 잠시 입을 다시고 와도 되겠사옵니까?"

겸의 허락을 받은 시종장이 물러가자 솔나는 탁자 위에 찻잔을 내려놓았다. 그러자 흰나비 몇 마리가 겸의 찻잔 가에 차례대로 내려앉았다. 대롱이 달린 입에서 뭔가를 토해냈다. 자연 그대로의 꿀을 겸이 마시는 차에 넣어주는 것이었다.

나비 종류별로 번갈아 가며 아침마다 겸에게 꿀을 바쳤다. 오늘은 흰나비의 차례였고 김이 오르던 차에는 금방 달콤한 꿀 향이 섞였다.

"무슨 차냐? 처음 보는 맛이로구나."

"홀로 피었다 가는 들꽃잎을 말린 것이옵니다."

"그래? 꽃빛이 참으로 아름답구나."

"내화원에 있을 때부터 즐겨 마셨사옵니다."

처음 솔나를 만났던 날, 바람결에 언뜻 느꼈던 그 향기가 들꽃차에서 났다. 그 뒤로 다시는 못 느꼈지만. 아마도 차를 끓이느라 향기가 솔나에게 배여 있었던 모양이었다.

"꽃의 이름이 무엇이냐?"

"따로 이름이 없사옵니다."

"화가야 안에 이름이 없는 꽃이라, 슬프겠구나!"

"이름이 없는 꽃보다는 이름이 잊혀진 꽃이 더 슬프옵지요."

"이름이 잊혀진 꽃이라? 그런 꽃도 있느냐?"

"하 많은 꽃이 피어나는 화가야국이 아니옵니까? 궁 밖에 있을 때 이름이 잊혀진 꽃도 여럿 보았습지요."

"좋구나. 머리가 맑아지고 청명한 기분이 들어."

"실제로 머리를 맑게 하고 어혈을 풀어주는 효능이 있다 하옵니다."

"그래. 내 입에 딱 맞춤하구나."

"하면 앞으로 계속 이것으로 점심 차를 올리올까요?"

"네가 말이냐?"

"네. 당분간은 청천비마마 생신연 준비로 다들 분주할 듯하여."

"그러려무나! 한데,"

차를 입에서 뗀 겸이 잠시 망설였다.

"잠시 네 손을 좀 보아도 되겠느냐?"

"네?"

손을 보겠다 하자 솔나는 오히려 손을 뒤로 감추어 버렸다. 멍투성이의 흉한 손. 일부러 내밀어 보여주기까지는 못하겠다.

"왜 손을 감추는 것이냐? 이리 잠시 내밀어보아라."

겸의 손이 찾아와서 등 뒤에 숨은 솔나의 손을 데려갔다. 험한 흙일을 하는데도 조약돌처럼 매끄러웠다.

"왕자님! 누가 보면 어쩌시려고?"

"괜찮다. 지금 양화관 안에 보는 눈이 어디 있다고?"

"흉한 손이옵니다."

"아니야. 내게는 참으로 고마운 손이지. 이 조그만 손으로 뜰도 가꾸고 차도 끓여 내오고. 한데 이리 고운 손을 험한 일을 시켜놓고 보는 눈이 있으니 한 번 어루만져 주지도 못하였구나."

겸의 손이 솔나의 손을 토닥여 주었다. 다정한 손길이었다.

"당연한 저의 소임이옵고 힘이 들지도 않사옵니다."

"이런 말을 물어보아도 될까?"

"무엇이든 하문하옵소서."

"벌써 달포가 되어 가는데 아직 멍 자국이 그대로구나. 혹 낫지 않는 상처인 것이냐?"

솔나를 데려온 지 이 주가 지나가는데 멍 자국의 색깔은 그대로 파랬다.

"내가 혹 마음 아픈 질문을 던진 것이냐?"

"아니옵니다. 왕자님!"

"하면 답을 해줄 수 있느냐?"

"날 때부터 이런 모습인 듯하옵니다. 기억하기로 항상 이런 모습이었습니다."

"그래? 참 안된 일이로구나."

겸 앞에 흉한 모습으로 서 있는 것이 솔나도 싫었다. 하지만 이런 모습이기에 겸의 옆에 머물 수 있는 것이었다.

"한데, 그것 아느냐?"

"무엇을 말씀이옵니까?"

"내 몸에도 너와 같은 상처가 있어."

"네? 존귀하신 왕자님의 몸에 어찌 이 같은 상처가 있단 말씀이옵니까?"

"보이는 것이 다는 아니란다. 고귀한 왕자라는 이름의 내가 보이는 그 신분이 다가 아닌 것처럼."

"무슨 말씀이시옵니까?"

"스스로 네 모습이 흉하다 생각하지 말란 말이다. 누가 너를 흉하다 하여도 그 말이 맞다 동의하지도 말란 말이야. 사람의 고귀함은 그 신분이나 겉모습에 달려 있는 것이 아니니. 내 말 알겠지?"

겸이 흉하지 않다고 말해주었다. 겸이 괜찮다고 말해주었다. 그렇다면 솔나도 정말 괜찮았다.

"왕자님! 차는 다 음미하셨사옵니까?"

자리를 물러났던 시종장이 돌아왔다. 솔나도 찻잔을 마무리해서 쟁반에 담았다.

"시종장! 솔나를 보고 있으면 민들레꽃이 생각나네. 우거진 수풀 밑 몸을 붙여 피어난 민들레꽃. 홀씨로 변하여 바람이 불면 언제든 흩어져 날아가 버릴 듯 아련한 그 꽃이."

솔나의 뒷모습을 보던 겸이 시종장에게 중얼거리듯이 말을 건넸다. 솔나는 정말 민들레처럼 언제든 겸을 떠날 수 있었다.

"저자에서 떠돌며 살았던 신세가 가여워 보여 측은지심에 그러신 것이옵지요."

답을 하는 시종장의 미간 사이가 좁아졌다.

"하옵고……, 아뢰옵기 황송하오나, 그만 저 아이에게서 관심을 거두시옵소서. 눈과 귀가 많은 궁이옵니다."

"관심이라……? 내가 그래 보이는가?"

"유독 저 아이에게 마음을 쓰시는 듯하니 제 마음이 편치가 않사옵니다. 모든 이들이 왕자님을 보고 있사옵니다. 왕자님께오선 화가야 왕실의 유일 적통이심을 늘 유념하여 주시옵소서."

"알겠네."

"저 아이를 들이겠다는 왕자님의 뜻을 반대치는 않았으나 신분도 모르고 저잣거리를 떠돌았다는 저 아이가 저도 편치만은 않사옵니다."

"알았다니까. 하지만 저 아이, 저자에서 막 자란 아이는 아닌
듯한데."

마지막 말은 시종장이 듣지 못하게 얼버무렸다.

꽃달의 밤이었다.

둥근 달 주변으로 함께 떠오른 꽃무리가 찬란했다. 언제나의
꿈을 꾸고 겸은 눈물에 젖어 잠에서 깨어났다.

"도대체, 누구냐? 넌?"

다시 잠에 들지 못한 겸은 창가로 가서 섰다. 무지개색으로 혼
합된 달빛은 손님처럼 내리고 열어젖힌 창으로 밤공기가 서늘했
다.

그때였다.

팔랑- 팔랑-

하늘에서 꽃잎이 떨어져 내렸다. 그러더니 그 뒤를 또 다른 꽃
잎이 그만큼 팔랑이며 떨어졌다.

"이랑풍(화가야에 부는 꽃바람)이 부는가⋯⋯? 아니. 그는, 아닌
듯한데."

겸은 의아하여 자세히 바라보았다.

아!

꽃잎이 아닌 나비.

한 마리, 두 마리, 세 마리, 네 마리, 여러 마리의 나비 떼가 어
딘가로 날아가고 있었다. 겸의 향기도 알아차리지 못하고 나비 떼
들은 홀린 듯 날개를 팔랑거렸다.

"이 깊은 밤중에 나비 떼가 왜? 내 향기도 알아차리지 못하고?"

겸은 나비 떼를 따라 내실을 나서고 양화관을 나섰다. 건너편 방 앞의 수침시위병은 졸음에 빠져 겸이 나가는 것도 알지 못했다.

얼마나 시간이 지났을까? 겸은 어느새 하늘화원 앞에 이르렀다.

온 왕실을 비탄에 젖게 했던 왕실의 비극, 제일 공주 아율의 실종이 있었고 그 이후 폐쇄가 되어 호랑가시나무로 울타리를 쳐놓은 곳.

그런데 나비 떼는 그 가시 울타리를 넘어 계속 하늘화원 안으로 날아 들어가고 있었다.

"왜? 왜 여기에 저 나비 떼가?"

호랑가시나무로 견고하게 둘러진 하늘화원의 입구는 누구의 접근도 허용하지 않았다. 마치 다가오면 가시로 찔러 버리겠다고 엄포라도 놓는 것 같았다. 겸이 발돋움까지 해보았지만 아무것도 보이지 않는 화원 안은 캄캄하기만 했다.

어깨를 으쓱거린 겸은 다시 발길을 돌렸다.

"참 기이한 일이로구나!"

겸은 양화관을 향해 다시 돌아갔다. 하늘화원의 가장 깊숙한 안쪽, 죽어버렸던 야광화가 다시 피어난 연못가에서 붉은 머리의 여인이 머리를 빗어 내리는 것은 알지 못한 채로.

다음 날.

양화관의 늦은 오후 위에 구름이 지나갔다.

겸과 함께 다과를 들고 싶다며 아루가 양화관에 들렀다. 저번 날 솔나와 실랑이를 한 일로 아루를 보는 겸의 마음이 썩 편치가 않았다. 하지만 아루는 아무렇지도 않은 얼굴로 겸의 건너편에 와서 턱 앉았다.

"그간 무탈하셨지요? 오라버니!"

"그래. 너도 잘 지내었느냐?"

"예. 일전에 저의 궁녀의 일로 심려를 끼쳐 송구하였다 아뢰고 싶어서요. 그저 얼굴이나 한번 볼까 하였던 것인데 일이 커졌네요."

아루가 변명을 하지만 여전히 겸의 얼굴은 밝지가 않았다.

"혹 아직도 소녀에게 화가 난 것이면 그만 노여움을 푸셔요. 소녀가 참말 잘못하였습니다."

"화가 나고 말고도 없는 일이야."

"참말이시지요?"

"그래. 그저 너에게 태양궁의 공주로서 넉넉한 마음 씀이 있었으면 하고 바라는 것뿐이구나."

"명심하고 차후 늘 기억하겠어요."

아루는 어쩐 일로 양화관엘 왔으며 왜 보자마자 솔나 이야기를 하는 걸까? 광운비의 성품을 빼다 박은 아루가 아무런 의중이 없이 저리 고분고분할 리가 없었다. 아루를 바라보는 겸의 시선이 복잡해졌다.

"차 들이겠사옵니다."

내실문을 통해 목소리가 날아들었다.

"오냐!"

대답을 한 겸은 들어서는 궁녀를 무심코 쳐다보았다. 그런데 뜻밖에도 솔나가 차반을 들고 방에 들어섰다.

"아니, 네가 어쩐 일이냐?"

궁녀들이 오늘의 생신진연 준비를 마치고 돌아왔고 손님의 차 시중은 솔나의 소임이 아니었다.

"오라버니! 제가 들라 하였어요."

옆에 앉았던 아루가 냉큼 대답을 했다.

"네가? 이 아이를 왜?"

"일전에 일도 미안하고 하여 겸사겸사 보자 하였어요."

겸의 눈살이 작게 찌푸려졌다.

"일전에는 미안하게 되었구나. 내 궁녀의 과실이니 곧 나의 과실이야."

따스한 아루의 음성이 솔나에게로 건너갔다.

"아니옵니다. 공주님! 저는 다 잊었사옵니다."

솔나는 차반을 내려놓으며 아루를 향해 공손히 고개를 숙였다.

"그리 말해주니 고맙구나. 양화관 생활에 불편함은 없느냐?"

"네."

"궁인들이 너의 꽃 가꾸는 솜씨가 빼어나다 칭찬들을 하더구나."

아루는 괜한 너스레까지 떨고 있었다.

"받잡기 민망한 말씀이옵니다."

"오라버니는 화가야의 유일 왕자님이시니라. 뜰을 손보는 일이라 하나 그 또한 왕자님을 시중드는 일. 너의 일에 성심을 다하도록 하여라."

"명심하겠사옵니다. 그럼, 말씀 나누시옵소서."

빈 차반을 들고서 솔나는 내실을 나갔다.

"아루 공주! 참으로 이리 기특한 생각을 하여 발걸음을 한 것이더냐?"

둘의 모양새를 지켜보던 겸이 반가운 음성으로 아루에게 말을 건넸다. 아루가 정말 착한 마음을 먹고 솔나를 보러 온 모양일지도 몰랐다.

"오라버니도 참! 이제 저도 스무 살이에요. 헤아림이 깊어질 나이가 되었지요."

"뭣이라? 하하하하하! 고마(꼬마) 아이가 별말을 다 하는구나."

"참말이어요. 저는 청천비마마 같은 음전한 여인이 될 것인데요."

"그래? 그러려무나! 하하하."

솔나는 창호지 문살을 넘어 나오는 겸의 웃음소리를 들으며 마루를 내려섰다. 겸과 마주 앉아 차를 마시고 거침없는 겸의 웃음을 받는 아루가……, 솔나는 부러웠다.

시간이 흐르고 아루가 겸의 내실을 나왔다. 홍화는 뒤를 따라 나왔고 마침 뜰에서 일을 마무리하던 중이라 솔나는 인사를 하러 가까이 다가갔다.

"뜰을 새로이 조성하는 일은 잘되고 있느냐?"

아루의 시선이 솔나를 향했다.

"네."

"그래?"

아루의 말꼬리가 미묘하게 올라갔다.

"천한 손길로 만지는데도 꽃들은 싫어하지 않나 보구나. 흉물스러운 모습이라도 꽃들은 괘념치 않는 모양이야."

"……."

칼날 같은 아루의 말에 솔나도, 뒤에 선 홍화도 아무 대꾸를 못 했다.

"하기야, 오라버니를 홀린 솜씨라면 꽃인들 홀리지 못하겠느냐? 그렇게 요사스러운 얼굴빛을 하고 있으니."

아루의 말은 튀어나올수록 비수 같았다.

"내 너를 오라버니 옆에 두는 것이 마땅치가 않다만 설마하니 오라버니가 다른 마음이 있어 흉하고 천한 너를 가까이 두시겠느냐? 하니 꼭 주의하고 유념하거라. 네 혹시 허튼 마음을 먹는 날에는 당장 궁 밖으로 내쳐질 것이라는 걸."

광운비의 명으로 겸을 찾아왔다. 며칠을 망설이다가 억지로 나선 걸음이었다. 자존심이 상하고 울화가 치밀었지만 겸에게 잘 보이기 위해 솔나에게 거짓 사과도 하였다.

하지만 방을 나서서 솔나를 보는 순간 화가 다시 치밀었다. 저런 천것에게 사과를 하다니 참을 수가 없었다.

"공주마마! 허튼 마음이라니요?"

듣다 못한 홍화가 나서서 한마디를 거들었다.

"궁녀장은 닥치시게! 그리고 그때가 되면 네 발로 걸어서 나갈 수는 없을 것이야. 네가 궁 밖을 나가는 그날에는 반드시, 반드시 싸늘한 시체가 되어서 실려 나가게 될 터이니."

솔나는 대꾸도 못 하고 있는데 비수가 된 아루의 말은 계속 찌르듯이 날아왔다.

"그 멍투성이는 무슨 돌림병에라도 걸린 것이냐? 어째 시간이 흘러도 그 모습 그대로란 말이냐? 혹여 몹쓸 병에 걸려 산 채로 몸뚱어리가 퍼렇게 썩어 문드러지고 있는 것은 아니겠지? 태양궁이 너 같은 천것 하나 때문에 해를 입지나 않을지 심히 걱정이야."

"공주마마! 어이 그런 험한 말씀을!"

홍화가 다시 나서서 거들었다.

"내 분명 자네에게는 닥치라 하였네. 감히 화가야 유일 공주의 말에 사사건건 토를 달다니. 자네의 오만방자함이 도를 지나치구나."

안하무인인 아루는 홍화가 사사로이는 겸의 이모라는 사실도 신경 쓰지 않았다.

"아루야! 아직 돌아가지 않은 것이냐?"

그때 마침, 겸이 내실을 나서서 세 사람에게로 다가왔다.

"오라버니를 잘 보필하라 다독이던 중이었어요. 그렇지요? 궁녀장! 호호호!"

겸이 가까이 오자 아루는 금방 표정과 말을 바꾸어 버렸다. 꼭 수컷 물고기의 혼인색 같았다.

"……."

"그래?"

홍화는 말이 없고 겸의 눈에는 의심이 가득했다.

"소녀, 이만 물러가요."

물풀 사이를 헤집고 가는 물고기처럼 아루는 총총히 멀어져 갔다. 홍화도 말없이 뒤를 따라 양화관 입구까지 갔다.

따스하게 안아주고 싶다 55

"혹 아루가 너를 또 괴롭히는 중이었더냐?"

겸은 사라져 가는 아루는 본 체도 않았다.

"공주님께오서 어이 그러시겠사옵니까?"

언제나 솔나는 아니라고만 했다. 멍투성이로 하얗게 숙인 솔나의 목덜미 위로 겸의 시선이 떨어졌다. 아루 앞에서도 이렇게 숙이고만 있었던 모습을 생각하니 눈에 불이 일었다.

사실 겸은 내실의 쪽문으로 솔나를 다그치는 아루를 보고서 황급히 나온 길이었다. 혹시나 하는 마음에 돌아가는 아루를 지켜보고 있었다.

"힘든 일이 있으면 힘들다 말하여도 되느니."

"그리하겠사옵니다."

겸은 왕자포의 소맷자락을 걷고 솔나의 등을 다독였다. 따스하게 안아주고 싶은 마음은 애써 억눌렀다.

"내 언제나 말했듯 누가 뭐래도 너는 양화관의 사람이다."

"명심하겠사옵니다."

며칠 후.

솔나는 양화관의 뜰에서 꽃을 심었다. 울타리처럼 후원을 둘러놓은 돌은 꽃향기가 나는 향석(香石)이었다. 향석 위에는 수정나비 두 마리가 앉았다.

솔나의 등 뒤에서 시선이 느껴졌다.

"화원장님! 양화관까지 어인 일이세요?"

깔끔하게 모아 묶은 머리를 한쪽 어깨로 늘어뜨린 다선이 손을 흔들었다.

"곧 그날입니다. 이번에도 내화원으로는 오시지 않을 건지요?"

"그 얘기는 이미 끝났잖아요."

"이전까지는 저와 함께 계셨으니 상관이 없지만 이제 궁녀실에서 다른 이들과 함께 지내셔야 하는데. 은밀히 오가기에 힘들지 않으시겠어요?"

정식으로 궁녀의 직분을 받지는 못했지만, 궁녀실의 쪽방 하나를 침소로 배정받았다.

"괜찮습니다. 심려치 마세요."

"솔나님 고집도 저만큼이나 대단하십니다."

"후훗! 화원장님과 함께 지낸 세월이 얼마큼인데요?"

"저 향석 위에 수정나비들은 왜 왕자님과 함께 내실에 있지 않고요?"

"다들 양화관을 비우고 혼자 뜰 가꾸기가 적적할 거라며 왕자님이 옆에 있으라 하셨네요."

"이런! 수정나비들은 꽃문양의 왕손이 아니면 따르지 않는 법인데. 혹여 다른 이들이 이상하다 보지 않겠어요?"

"제 곁에는 절대 오지 말라 단단히 일러두었어요. 그래서 저리 향석 위에만 앉아 있네요."

"솔나님에 대해서 절대 말해서는 아니 된다 일러두었나요?"

"네. 왕자님 따라서 양화관에 오던 첫날 이미 수정나비 대장에게 단단히 주의시켜 두었어요."

"하긴 수정나비들도 금기에 대해서는 잘 알고 있을 테니. 그리고 이것."

내도록 한 손을 등 뒤로 감추고 있던 다선이 다른 쪽 손을 머리 위로 올려 긁적였다. 단정한 입술 끝이 어색하게 올라가며 무언가를 내밀었다.

"청천비마마 궁실의 뜰을 손봐 드렸더니 고맙다 하시며 보내오신 것이에요. 솔나님 좋아하시는 것이라."

다선이 솔나의 팔에다 종이 뭉치를 안겨주었다.

"무엇인가요?"

"저 간 후에 펼쳐 보세요. 심심풀이가 되실 것이니."

"고맙습니다. 화원장님!"

"화원일일랑 쉬엄쉬엄하세요. 고된 일이라고는 해보신 적도 없는 분이."

"재미있기만 한데요."

다선을 배웅한 솔나는 옷방 쪽의 마루로 가서 종이 뭉치를 풀어보았다. 종이 뭉치 안에는 곶감이 가지런히 줄을 지어 누워 있었다.

"화원장님도 참! 뭣 하러 일부러!"

그래도 다선의 따스한 마음이 느껴졌다.

"이봐! 왕자님이 내실로 들라 하네."

그때, 햇살을 등진 그림자가 다가왔다. 내실문 시중을 드는 일 궁녀였다. 솔나가 아직 궁녀의 직책을 받지 못해서 나이 어린 궁녀들까지도 '이봐'라는 호칭으로 솔나를 불렀다.

"알았어요."

솔나는 곶감을 마무리해서 옷방 안으로 밀어 넣었다.

"왕자님! 찾으셨사옵니까?"

내실로 들어선 솔나는 겸의 가까이로 가서 고개를 숙였다.

"그래."

윗목에 앉은 겸의 앞에는 화선지와 붓이 놓여 있었다.

"내가 지금 난을 치려고 하는데 먹을 좀 갈아줄 수 있겠니?"

"먹을요?"

"언제나 내가 갈아서 썼는데 오늘은 그러기가 싫구나."

"그리하옵지요."

다들 자리를 비운 터라 겸이 자신을 부른 모양이었다.

솔나는 오른손 위에 왼손을 겹치고 먹을 갈았다.

삭삭! 삭사삭!

벼루에 먹이 지날 때마다 물색이 먹색으로 짙어져 갔다.

"팔이 아프지 않으냐?"

난을 그리던 겸이 잠시 붓을 멈추었다.

"먹이 지날 때마다 사각사각 고운 소리가 나옵니다. 재미있사옵니다. 명하시면 항시 갈아 올리겠사옵니다."

"정말 그리할 테냐?"

"네."

"한데, 솔나야!"

겸은 여전히 붓을 움직이지 않고 먹색이 짙어져 가는 것을 보았다.

"아까, 다선이 말이다."

"다선 화원장님이요?"

"그래. 그것이 말이다. 너에게……."

"네."

"너에게……."

청천비의 생신진연 준비로 다들 양화관을 비웠을 텐데 바깥쪽에서 대화 소리가 들렸다. 겸은 뜰 쪽으로 난 쪽문을 살며시 밀어 보았다. 다선이 솔나에게 종이 뭉치를 건네고 돌아서고 있었다. 솔나가 종이 뭉치를 들고 옷방 마루로 갔다.

불을 뗀 아궁이처럼 겸의 마음이 부글부글 끓었다. 당장 그것이 무엇이냐고 물어보고 싶었다. 하지만 훔쳐보고 있는 자신을 들킬 것 같아 쪽문을 얼른 닫아버렸었다.

겸은 생각을 하지 않으려고 난을 그리려 하였다. 하지만 다선이 솔나에게 건네준 것이 무엇인지 궁금하여 도저히 견딜 수가 없었다. 괜히 먹을 갈아달라는 핑계로 솔나를 내실로 불러들였다. 하지만 막상 대놓고 물어보지도 못하겠다.

"아니다. 먹이나 더 갈아주려무나! 어째 오늘은 난이 제대로 쳐지지 않는구나."

차마 속엣말을 내뱉지 못하고 애꿎은 난초를 탓하는 겸이었다.

아침이 밝아왔다.

"왕자님! 방물장수 할멈이 들었는데요."

식사를 마친 겸이 나무 정자에 앉아 있는데 시위병이 와서 반가운 얼굴이 왔음을 알렸다.

"이리로 오라 하라."

겸은 다정한 미소를 짓고 다가오는 방물장수 할멈을 쳐다보았다.

"왕자님! 그간 강녕하셨사옵니까?"

이미 등이 굽은 할멈은 등을 더 굽혀 인사를 올렸다.

"꽃가루 염증병은 좀 어떠시옵니까?"

겸의 안부를 물으며 할멈이 주름진 몸을 앉혔다. 그러자 겸의 발치에 앉아 있던 수정나비 떼들은 일제히 날개를 펄럭이며 담장 밑으로 몰려가 버렸다. 마치 할멈을 피해 달아난 듯했다.

"이제 다 나았네. 요즈음에는 내화원에도 자주 다닌다네."

겸이 수정나비들을 향해 가까이 오라고 말을 했다. 하지만 수정나비들은 할멈 곁에는 올 생각이 없어 보였다.

"그냥 두시옵소서. 이 늙은 몸이야 단 한 번도 수정나비들의 환영을 받아본 적이 없사옵니다."

"어째서 유독 할멈에게는 저리도 거리를 두는지 모르겠군."

"저도 연유를 알 수가 없사옵니다."

모를 리가 없었다. 음흉한 할멈 같으니라고!

"그나저나, 양화관 뜰에 꽃이 많아졌습니다. 새로 가꾸시는 중이옵니까?"

"이제 꽃이 가까이에 있어도 상관이 없으니."

"다행이옵니다. 이 늙은 몸이 왕자님을 잘못 보필하여 그런 병증이 드셨구나 하여 내도록 마음이 무거웠었지요."

"내 몸의 병증이 왜 할멈의 탓이란 말인가?"

"저희 가문의 상선을 타고 떠난 일 년의 외유 기간에 잡히신 병증이라 그렇지요."

"되었네. 그런 생각이랑 말게."

"거듭거듭 송구하옵니다."

"정말 아니라니까. 한데, 올해는 바다 건너 무역을 가지 않는 것인가?"

"올해는 걸음이 좀 늦었사옵니다."

방물장수 할멈은 바닷길을 알고 있는 뱃사람 가문의 사람이다. 보라색 안개의 결계와 바다 소용돌이의 벽을 넘어서 외부로 출입하는 길을 알고 있는 몇 안 되는 화가야인 중의 한 명이었다. 일 년에 여덟 달 정도는 무역을 나가고, 네 달 정도만 화가야에 머물렀다.

이 년 전, 스무 살이 된 겸은 그 배를 타고 일 년간의 외유를 다녀왔다. 화가야의 왕위 계승 왕자가 치러야 하는 오랜 관습이었다.

육가야의 터전이었던 땅은 이제 조선이라는 국호를 가지고 있었다. 주변 소국들을 모두 통합하고 하나로 합쳐서 큰 땅덩어리를 지닌 나라였다.

겸은 조선에서 돌아오는 길에 꽃가루에 발진을 일으키는 꽃가루 염증병을 달고 와서 일 년이 넘도록 고생을 하였었다. 겸의 병증 때문에 양화관 뜰의 꽃들은 모조리 파헤쳐졌고, 겸은 오랫동안 내화원에 갈 수 없었다.

하지만 오 년은 간다던 병증이 다행히 일 년 만에 완치가 되었고 다시 내화원에 갔던 첫날에 솔나를 만나게 되었다.

"하여 왕자님께 인사 올리려 입궁하였습지요."

"오늘은 뭐 재미나는 이야기를 들려줄 것이 없는가?"

"무슨 이야기를 해드리올까요?"

"음……. 글쎄, 무슨 이야기가 좋을까? 난 아무 이야기나 좋네."

"올 때마다 이리 채근이시니 이 늙은이의 이야기 주머니도 이제 밑천이 다 바닥이 났습지요."

"그래?"

겸의 고개가 수긍하듯 끄덕였다.

"그렇다면, 내 하나 물어볼 것이 있네."

"무엇이옵니까?"

"내가 얼마 전부터 기이한 꿈을 꾼단 말일세. 하기사 비몽사몽하여 꿈인지 생시인지도 정확히는 모르겠네만."

겸은 꽃달이 뜨는 밤이면 자신을 찾아오는 붉은 머리 여인의 이야기를 들려주었다. 얼마 전 홀린 듯 날아가던 나비 떼를 따라 하늘화원으로 갔던 이야기도.

이야기가 풀어질수록 할멈의 표정이 눈에 띄게 찡그러졌다. 입가에, 눈가에, 볼에 그려진 주름이 더 깊어졌다.

"왕자님! 그 말씀대로라면 딱 통곡의 숲의 요녀가 아니옵니까? 하옵고 깊은 밤중에 하늘화원에는 어이 가셨사옵니까? 왕실에서 단단히 폐쇄를 시킨 곳인데요."

"요녀라면 그리 신비한 향기를 풍길 수가 없을 듯한데."

"그리 신비로우니 사람들의 혼을 쏙 빼어가는 것이지요. 꿈에서라도 두 번 다시는 그 요녀를 갈망하지 마옵소서. 하옵고 폐쇄된 하늘화원으로도 발걸음하지 않겠다고 이 늙은것에게 약조하여 주옵소서."

"알았네. 할멈! 뭘 정색을 하고 그러나."

"꼭 약조하신 것이옵니다."

"알았다니까. 한데, 이제 나가면 언제 돌아오는 것인가?"

"올해는 초겨울이 되면 돌아올 듯하옵니다."

"나가는 길도 돌아오는 길도 빠른 편이군."

"그렇사옵니다."

"무사히 다녀오게. 이왕이면 이야기 주머니도 가득 채워오고."

겸과 다과까지 나누고 방물장수 할멈은 양화관을 나섰다. 담장 밑으로 달아났던 수정나비들이 다시 겸에게로 날아왔다.

방물장수 할멈의 몸이 천천히 움직였다.

"나비 떼가 폐쇄된 하늘화원 안으로? 그렇다면 설마하니 다선이?"

고개를 연신 갸웃거리던 할멈이 향한 곳은 뜻밖에도 내화원이었다.

"궁에는 어쩐 일이오?"

마땅찮은 얼굴의 다선이 인사도 없이 할멈을 바라보았다.

"내야 왕자님의 오랜 말벗이니 왕자님을 뵈러 온 길이다."

"말벗 같은 소리 하시네! 늘 왕실에서 막대한 이익을 불려가는 주제에."

다선의 반듯한 얼굴이 싫은 내색을 감추지 못했다.

"이놈아! 어르신한테 말하는 본새 하고는."

"어르신은 무슨?"

다선의 비아냥거림에도 아랑곳없이 할멈은 온실을 휘휘 둘러보았다. 뿌리도 줄기도 없이 공중에 떠서 꽃을 피워낸 유리화를 보는 할멈의 시선에 경이로움이 서렸다.

"여전히 꽃 키우는 솜씨만큼은 귀신도 따르지 못하겠구나."

"흥!"

콧방귀를 뀌며 다선의 표정이 굳어졌다. 그러거나 말거나 할멈은 온실 구석구석 매섭게 둘러보는 시선을 거두지 않았다.

"대체 뭘 둘러보는 거요?"

"애지중지 끼고 돌던 옥 화분은 어쨌는고?"

온실 끝을 바라보는 할멈의 눈매가 매서웠다.

"무슨 옥 화분 말이오?"

"이놈이 그래도. 사가에서부터 싸고돌던 그 옥 화분을 어쨌냐 말이다."

"아! 그것! 연전에 병이 들어 죽었소."

"썩을 놈. 그 말을 내가 믿을 거라고 생각하느냐?"

"왜? 거짓부렁 같소?"

"다 죽어버린 꽃도 살려내는 솜씨로 왕실 화원사가 된 네놈이 그 화분을 병들여 죽여?"

"참말 죽었소. 내가 할멈처럼 거짓말로 먹고 사는 인사요?"

"궁 안에 있느냐? 궁 밖으로 나갔느냐?"

"뭐가 말이오?"

"하기야 궁 밖으로 나갔다면 네놈이 여기 남아 있을 턱이 없겠지."

할멈의 확신에 다선이 주먹을 세게 말아 쥐었다.

"혹여 상대가 너이더냐?"

"……."

"쯧쯧쯧! 불나방처럼 또 어리석은 미망을 품은 게로구만. 지 목숨 귀한 줄도 모르고. 그러기에 진작 나한테 넘기라니까. 쯧쯧쯧!"

"노망이 났소? 뭔 망령된 소리요."

"조심하라고 이르기나 하거라. 궁 안에도 눈과 귀가 많다."

"누구한테 뭘 이르란 말이오?"

"의뭉스러운 놈! 내까지 속아 넘기려나 본데 내 걱정은 말거라. 내일 뱃길을 떠나면 초겨울이나 되어야 화가야로 돌아올 터이니. 됐다. 이만 갈 테니 내가 한 말일랑 새겨듣거라."

끝까지 혀를 차며 방물장수 할멈이 온실을 나갔다. 여전히 내 화원의 꽃들이 모두 할멈을 외면하며 꽃송이를 돌려 버렸다. 인사도 안 하고 서 있던 다선은 들고 있던 장갑을 집어 던졌다.

"사악한 할망구! 승냥이 같으니라고."

거친 욕설을 내뱉는 다선의 표정이 낯설었다.

「승냥이 같으니라고! 승냥이 같으니라고!」

다선을 따라 합창하는 유리화 꽃송이들의 속삭임이 한동안 내 화원 가득 울려 퍼졌다.

오수(午睡)의 시간이었다.

간간이 번을 교대하는 시위병 외에는 온 태양궁 안이 낮잠에 들었다. 화가야 태양궁의 오랜 관습이었다.

솔나는 낮잠 대신 겸의 서고에 앉아 책을 보는 쪽을 택했다. 쉬는 시간이면 자주 서고에서 책을 보았다.

"무슨 책을 보는 것이냐?"

갑자기 머리 위에서 겸의 음성이 떨어졌다. 솔나는 책에 몰두하느라 겸이 들어오는 기척을 알아채지 못했다.

"왕자님!"

솔나는 황급히 몸을 일으키려 했다. 화가야의 유일 왕자가 곁에 다가왔는데도 몸을 일으키지 않은 무례를 범하였다.

"되었어. 그냥 앉아 있거라."

일어서려는 솔나의 어깨를 잡더니 겸이 옆의 의자에 와서 앉았다. 수정나비 떼는 겸의 등에 내려앉아 함께 들어섰다.

"오수에 드는 시간인데 혼자 깨어 있었던 게야?"

"잠이 오지 않아 왕자님의 서책에 손을 대었습니다. 송구합니다."

"아니다. 누구나 읽으라고 있는 서책이지 않더냐? 그나저나 글자를 아는 게냐?"

"조금 읽고 쓰는 정도예요. 궁녀장마마님이 가르치는 이를 붙여주었사옵니다."

"그랬구나."

"왕자님은 어찌하여 오수에 들지 않으셨사옵니까?"

"스승님과 함께 부왕 전하와 회합이 있었느니라."

"그러시옵니까? 하옵고, 부디 서고에 드나든 무례를 용서해 주시옵소서."

"아니다. 언제든 와서 서책을 보아도 좋아. 내 궁녀장에게도 일러두겠다. 한데 무슨 재미난 이야기를 보는 게냐?"

책을 들여다보느라 겸의 몸이 솔나에게로 바짝 붙었다.

"오수의 시간에 서책을 읽는 궁녀라? 기특하구나!"

겸이 솔나의 머리를 쓰다듬었다. 가늘면서도 긴 겸의 손가락이 가얏고에 얹히듯 솔나의 머리에 얹혔다. 겸은 그 어느 고귀한 여인보다도 더 예쁜 손가락을 지녔다.

두근. 두근.

솔나의 가슴이 숨어서 뛰었다.

"내는 이만 가보마. 내 있으면 불편한 터이니…… 응?"

겸은 솔나를 두고 나가려 했는데 갑자기 향기를 느꼈다. 겸이 다시 솔나를 보았다.

솔나는 자신의 머리칼을 한데 모으며 낭패감을 맛보았다. 서책을 볼 때에 뒷머리가 조금 당겨 머리를 풀고 있었는데 그때 마침 겸이 들어왔다. 아무도 깨어 있지 않은 시간이라 괜찮을 것이라 생각했다. 솔나는 급히 머리를 다시 묶어 감추려 했다.

"잠시만! 이것은 네가 올리는 차 향이 아니냐?"

겸이 솔나의 머리칼을 한 움큼 쥐더니 자신의 얼굴로 가져갔다.

"어찌 네 머리에서 이리 짙은 차 향이 나는 것이냐!"

"아, 아니옵니다. 그, 그럴 리가요? 제가 차를 끓이오니 그 향이 배인 모양이옵니다."

겸이 정말 자신에게서 그 향기를 느꼈을 리가 없었다.

"이상하구나. 차를 달여 그런 것이라면 그저 약하게 배여 들었을 터인데. 게다가 차 시간은 한참이나 지나지 않았느냐? 너의 머리칼에서 이리 진하게 향기가 풍기는 것은 내 진즉에 몰랐구나!"

"……"

"그래. 내 너를 처음 만났던 날도 이 향기를 맡았었어. 대체 어찌 된 연유이냐?"

겸이 머리칼에 고개를 묻은 채 눈만 들어 솔나를 보았다. 이제야 생각이 났다. 이 향기는 분명 꽃달의 밤에 자신을 찾아오는 여인에게서도 풍기던 향기이기도 했다.

"응? 그럴 리가 없는데?"

어지러운 시선이 두 사람 사이를 건너다녔다. 솔나의 눈과 겸의 눈이 공중에서 잠시 만났다. 솔나의 얼굴이 벌겋게 달아올랐다.

다음 순간,

화다닥!

데인 듯 놀란 겸의 얼굴이 솔나만큼이나 벌겋게 달아올랐다.

"이런! 미안하구나! 내가 생각도 없이. 내는 참말 나가보아야겠어."

겸은 서둘러 몸을 일으켰다. 문을 향해 걸어가면서 자신의 머리를 세차게 쥐어박았다.

"내가 왜 그런 게지? 내가 제정신이 아닌 게야. 저 아이의 머리카락을. 어지러운 꿈 하나 때문에, 기이한 향기 때문에……. 에휴! 내가 실수를 하였다, 실수를."

후회를 하며, 자책을 하며 겸은 서고를 나왔다.

겸이 나가고 혼자 남겨진 솔나는 머리칼을 쓸어내렸다. 아직도 겸의 온기가 따스하고 흰나리 향도 바래지 않았다. 바르르 떨리는 입술에 맥박은 제멋대로 춤을 추었다.

"잊지 않으신 건가요? 혹여 기억을 하시는 건가요? 언제나 좋다 하셨던 저의 향기만은 놓지 않으신 건가요?"

눈물이 차오르는 솔나는 머리칼을 모아 단을 드리웠다.

잠시 후 내화원.

"어찌 눈물이 맺혀 있으세요?"

다선은 솔나의 젖은 눈가를 알아보았다.

"화원장님! 아무도 제 향기를 못 느껴야 당연한 거지요?"

"봉인된 향기를 누가 느낄 수 있겠어요?"

"하면, 왕자님도 모르셔야 하지요?"

"왕자님이야 더욱이 모르시지요. 솔나님에 대한 기억이 봉인됐잖아요."

"그런데 왕자님께오서, 제 향기를, 아셨어요."

"무슨?"

"봉인된 제 향기를 왕자님께서 아시더란 말이에요. 저의 머리칼에서 짙은 꽃 향이 풍긴다 하시면서 참으로 기이하다 하시었어요."

"솔나님의 머리칼에서요?"

"네. 처음 만났던 날도 느꼈다 하시면서 오늘은 제 머리칼에서 향기가 풍긴다고 정확히 알아보셨답니다."

"그럴 리가요? 있을 수 없는 일이에요."

다선의 눈이 휘둥그레졌다.

"있을 수 없는 일이라는 걸 아는데, 나도 아는데."

"……."

"그 말씀 하시는데 눈물이 그만 튀어나와 버렸어요. 제 향기만은 그래도 잊지 않으셨구나! 기억을 다 놓지는 않으셨구나! 너무나 기뻐서 그만."

"기억하실 리가 만무한데요."

손을 멈춘 다선의 눈동자에 여러 가지 감정이 복잡하게 지나갔다. 묵직한 예감이 자꾸만 다선의 심장을 조여왔다.

'아직은 아니 되는데. 아니 됩니다. 솔나님! 삼 년간은 결코 안심할 수 없는데.'

생각에 잠긴 다선은 눈물에 젖어 감격하고 있는 솔나를 지그시 바라보았다.

멍투성이의 흉한 여인. 하지만 자신이 너무나도 연모하는 여인.

겸의 곁으로 보내지 말았어야 했다. 어떻게든 붙들어두었어야 했다. 뒤늦은 후회로 다선의 가슴이 서늘했다.

하얀 민들레의 꽃말은 <나의 연모를 그대에게 드립니다>.

3.
육신거리는 마음

저녁이 되었다.

양화관의 궁녀들은 모두 궁녀실로 돌아갈 채비를 하고 있었다. 언제나처럼 궁녀들이 한데 뭉쳐 양화관 출입문을 빠져나가고 외톨이인 솔나는 조금 떨어져 뒤를 따랐다.

"이봐!"

솔나를 누군가가 불렀다. 제일 뒤에까지 양화관 안에 남았던 일궁녀가 출입문 안쪽에 서서 손짓을 하고 있었다.

"넌 좀 남아서 볼일을 보아야겠구나!"

눈 끝이 길게 찢어진 궁녀는 못마땅한 표정으로 솔나를 보았다.

"무슨 볼일을 말입니까?"

"지금 왕자님께오서 목욕간에 계시는데 너를 잠시 들라 하시는구나."

"네? 목욕간에요?"

"놀랄 필요 없어. 목욕 시중을 들라는 것은 아니니. 그냥 필요하신 물품이나 좀 챙겨드리면 된다."

"하지만 왜 제게?"

"뭐야! 지금 내 말에 토를 다는 것이야? 어디 감히 천한 것이 양화관의 일궁녀에게 말대꾸를 하는 거지?"

늘 이런 식이었다. 궁녀의 직책을 받지 못한 솔나에게 누구든 함부로 하대를 하고 두 번 물어보는 것조차 용납하지 않았다.

"알겠습니다."

다시 묻지 않고 솔나는 그대로 목욕간을 향해 갔다. 내실 건물 뒤쪽에 자리한 목욕간이라 솔나는 잘 가보지도 않았다.

"어머! 웬일이라니? 왕자님께오서 저것에게 목욕간 심부름을 시켰단 말이야?"

"저 흉측한 얼굴 보는 것이 뭐가 좋아서?"

"그러게나 말이다. 목욕간 가까이에만 가도 불호령을 내리시는 분이."

"저번에 상아 너도 모르고 거길 갔다가 치도곤을 맞지 않았어?"

"그래. 그리 화내시는 왕자님은 처음 뵈었어. 조용히 화내시는 모습이 더 무서웠다니까."

솔나를 불렀던 일궁녀가 가까이 다가가자 무리 지어 있던 일궁녀들이 각각 한 마디씩을 했다.

"어쩐 일이야?"

솔나의 글 선생인 일궁녀 미우가 물었다.

"어쩐 일이긴. 저 천한 것이 쫓겨날 일이지."

"뭐라고?"

"몰라 물어? 궁녀장마마님께도 목욕간 시중은 부탁하지 않는 왕자님이셔. 양화관에 온 지 얼마 되지도 않는 저것에게 목욕간 시중을 들게 할 리가 없잖아."

"그런데 왜?"

물어보면서 이미 답을 들은 미우의 얼굴이 살짝 찡그러졌다.

"요즘 우리가 청천비마마 생신진연 준비로 바빠 저 천것이 내도록 왕자님과 둘만 양화관에 남아 있잖아. 주제도 모르고 좀 오만방자한 듯하여 내 혼쭐을 한번 내주려고."

"너는 같은 전각의 동무에게 그 무슨 해괴한 짓이야? 저 아이가 언제 오만방자하였다고?"

"동무라니? 누가? 내가? 저 천것과? 말도 안 돼. 이래 봬도 이 몸은 엄격한 궁녀 선발 시험을 치르고 들어오신 몸이라고."

"그렇다고 이리 말도 안 되는 일을 벌인 거야?"

"넌 왜 그러니? 오만방자하게 왕자님의 목욕간까지 쳐들어갔으니 왕자님께서 저것을 그대로 두려 하시겠어? 오히려 잘되었다. 잘하였네, 뭐."

미우의 편을 들어주는 궁녀는 하나도 없었다. 미우는 솔나가 간 쪽을 바라보았다. 이미 목욕간 쪽으로 사라지고 없었다.

목욕간 앞에서 솔나는 한참을 망설이며 서 있었다. 겸이 목욕 중에 자기를 부른 것도 의아하지만 목욕간이라는 공간 자체에 들어서기가 내키지 않았다.

저만치 안쪽에 등을 돌린 겸이 앉아 있었다. 목욕을 하던 중은 아닌 모양이었다. 넓게 놓인 나무 의자 위에 앉아 있는데 얇은 명주비단 침의를 입었다. 무슨 약초 가루에 불을 피워놓은 것인지 온통 향긋한 연기가 자욱했다.

'아름답다. 우리 왕자님!'

검술로 다져진 단단한 몸매.

너무 얇은 비단을 입어서인지 겸의 상체가 그대로 드러나 보였다. 여인보다도 고운 얼굴과는 대조적으로 잔 근육이 제대로 자리했다.

"왕자님!"

겸을 불렀다고 생각했는데 목소리가 작았던 모양이었다. 겸은 미동도 없었다.

"왕자님!"

솔나는 조금 더 소리를 키워 불러보았다. 겸의 단단한 등이 움찔거리며 기색을 알아차렸다.

솔나가 더 가까이로 가려 했다.

"누가 여기엘 들라고 했느냐?"

나직하지만 노기가 가득한 겸의 음성이 등을 돌아 나왔다.

"이 시간 목욕간에는 아무도 들지 말라고 엄히 명한 것을 잊은 것이냐?"

불같은 겸의 음성이었다. 솔나는 놀라서 그만 걸음을 멈추고 말았다.

"썩 나가거라. 네가 누구인지는 보지 않겠다."

간혹 궁녀 중에 어리석은 마음을 품고 무작정 목욕간으로 달려 들어오는 이가 있었다. 겸을 흠모하는 마음이 병이 되어 자신을 주체하지 못하는 궁녀들이었다. 모두가 홍화의 벌을 받거나 심한 경우에는 출궁을 당하였다.

솔나는 전후 상황이 이해가 되었다. 늘 못마땅한 눈으로 자신을 바라보던 일궁녀의 모습이 떠올랐다. 솔나는 아무 말 없이 뒷걸음질을 쳤다.

"으윽!"

솔나가 거의 입구까지 이르렀는데 겸이 얕은 신음 소리를 뱉어냈다.

"으읍!"

신음 소리가 조금 더 커졌다. 솔나가 다시 보니 겸은 어깨를 웅크리며 몸을 떨고 있었다.

솔나는 얼른 겸에게로 다시 걸어갔다.

"왕자님! 어찌 그러시옵니까?"

"솔, 나냐?!"

의아한 표정으로 겸이 고개만 들었다. 숙여져 벌어진 옷깃 사이로 겸의 속살이 엿보였다.

"아니, 저기……."

솔나가 고개를 외로 꼬며 얼굴을 붉히자 겸이 옷깃을 모아 수습을 했다.

"목욕간에 든 것이 너였더냐?"

"……네."

"네가 어째서 여기에?!"

"찾는 물건이 있어서 들었는데 왕자님이 계신 줄은 몰랐사옵니다."

솔나는 일궁녀의 소행을 말하지 않았다.

"그랬구나. 으읍!"

고개를 끄덕이면서 겸은 다시 터져 나오는 비명을 참았다.

"송구하옵니다. 하오나, 어디가 불편하시옵니까?"

겸은 오른손으로 자신의 왼팔을 감싸듯이 하고 있었다. 그 놓인 손끝을 따라 솔나가 시선을 옮기니 겸의 왼팔 팔뚝이 보였다.

"앗!"

솔나는 터져 나오는 비명을 겨우 참으며 양손으로 입을 틀어막았다.

겸의 왼팔의 팔뚝!

그곳은 온통 흉하게 파인 상처와 멍투성이었다. 정확히 왼쪽 어깨부터 팔꿈치까지 전 팔뚝에 걸쳐 울퉁불퉁 파인 상처와 퍼렇고 뻘겋고 보라색인 멍이 엉망으로 놓여 있었다. 아무리 아름다운 겸이라지만 그 상처를 보게 되면 누구라도 진저리를 칠 만큼 흉측했다.

"왕자님! 어쩌시다가?"

저도 모르게 솔나의 손이 겸의 팔뚝으로 가까이 다가갔다. 하지만 겸의 상처에 손을 대려는 순간 겸이 솔나의 손을 잡았다.

"손대지 말거라! 상처가 아프구나!"

겸의 긴 손가락이 통증으로 움찔거렸다.

"저기 옆에 흰 약병이 보이지?"

넓은 나무 의자 한쪽에 뚜껑이 열린 약병이 놓여 있었다.

"저것을 팔뚝에다가 좀 부어주겠니?"

무엇이냐고 묻지도 않고 솔나는 병을 집어 들었다. 알싸한 향이 코끝에 와 닿았다. 솔나는 조심스럽게 병을 기울였다. 지그재그로 엉망인 상처 사이로 약은 뱀처럼 기어 흘러내렸다.

"으윽!"

입을 다물고 내지르는 겸의 신음 소리가 잇새로 밀려 나왔다. 솔나는 자신의 팔뚝이 아픈 것처럼 통증을 느꼈다.

"괜찮사옵니까? 왕자님!"

"괜찮다. 계속 붓거라."

얇은 비단은 겸의 팔뚝에 살처럼 찰싹 달라붙었고 겸의 숨은 신음도 조금씩 커져 갔다.

"으윽! 으읍!"

한동안 겸의 신음이 이어지고 어느새 병은 바닥을 드러냈다.

"다 부었사옵니다."

솔나가 병을 다시 의자 바닥에 놓았다. 애써 참은 눈물이 그렁 그렁 고여 있었다.

"그래. 고맙다. 휴!"

겸이 고개를 들었다.

또르르.

겸의 한숨에 참았던 솔나의 눈물이 결국 떨어져 버렸다.

"아픈 것은 나인데 왜 네가 우는 것이냐?"

"왕자님! 저는, 저는!"

울먹이는 솔나에게 겸이 팔을 뻗어서 솔나의 허리를 살며시 안았다.

"내 상처가 아파서 네가 우는 것이냐?"

겸이 머리를 솔나의 허리에 기대어 왔다.

"으ㅎㅎㅎ흑!"

솔나는 참으려고 했는데 자꾸만 눈물이 났다. 가시가 돋아난 찔레꽃이 심장을 마구 찔러대는 기분이었다.

"울지 말거라. 네가 우니 상처가 더 아프구나!"

솔나가 울음을 삼켰다.

"아무에게도 보이지 못한 상처야. 누구에게도 보이기 싫은 상처란다. 하지만 너라서, 너니까 괜찮아."

독백처럼 시작된 겸의 고백은 계속 이어졌다.

"독화사(맹독을 가진 화가야의 꽃뱀)에게 물린 상처란다. 한두 마리가 아니었지. 죽을 수도, 팔을 잃을 수도 있었는데 이 지경이 되어서야 겨우 목숨만은 건질 수가 있었어."

"한데 멍 자국은 어째서 그대로입니까?"

"몇 날 며칠을 칼과 인두로 지져 놓아서 너처럼 영원히 낫지 않는 상처야. 게다가 이렇게 한 번씩 통증이 치밀어 오르면 고통을 견딜 수가 없구나."

오 년이 지났지만 겸은 아직도 어제 일처럼 기억이 났다. 스륵! 스륵! 비단 스치는 소리! 어둠 속에서 빛나던 독화사의 시뻘건 눈동자들이.

"내가 이렇게 아파하는 것은 아무도 모르는 일이다. 벌써 오 년이나 지난 일이니."

솔나가 아프게 고개를 끄덕였다.

"너를 처음 보았을 때, 너의 그 멍투성이 상처는 나와 너무 닮아 있었어. 나는 아무에게도 내보이지 못하고 속으로 숨기고만 사는 상처를 숨길 수도 없게 지닌 너를 보면서 내 또한 너처럼 마음이 아팠어."

겸이 솔나의 허리를 두른 팔로 솔나를 가만히 토닥였다.

"그래서 너를 내화원에 놔두고 올 수가 없었어."

"그러셨군요. 그랬던 것이군요."

"스스로 네 모습이 흉하다 생각하지 말라고 하였지? 누가 너를 흉하다 하여도 그 말이 맞다 동의하지도 말라 하였지?"

솔나는 애써 밝은 표정으로 고개를 끄덕였다.

"한마디만 더 붙이마. 혹 그런 생각이 들 때, 혹 누가 네게 그리할 때, 기억하거라! 내 몸에도 너와 같은 상처가 있다는걸. 너의 상처는 내 몸에도 있다는 것을. 이 화가야의 유일 왕자 또한 너와 같다는 것을. 너와 나는 닮은 사람이다. 알겠지?"

신음을 참으며 말을 마친 겸의 고개가 솔나에게로 더 깊이 기대어 왔다. 솔나는 떨리는 손으로 살며시 겸의 어깨를 안아주었다.

상처가 상처를 보듬었다. 위로가 위로를 안아주었다.

다음 날, 솔나는 양화관의 뜰을 손보는 중이었다.

"저기……."

미우가 다가왔다.

"저기, 어제는 괜찮았어?"

미우가 뜻밖의 말을 했다.

"왕자님의 목욕간에 들어갔던 일! 아무 일 없었어?"

"네."

"그래? 네가 화원 일을 보고 있기에 그럴 줄 알았어. 참말 다행이다."

미우의 웃음이 어색했다.

"그것이 걱정되어 오신 것이라면 안심하셔도 됩니다."

"미안해. 내가 미리 알았더라면 못 하게 말렸을 텐데."

"괜찮습니다. 그러면……."

솔나는 화원 일을 다시 시작하려고 했다. 미우가 글자 가르치는 일 외에 말을 시킨 것은 처음이었다.

"저기, 난, 난 너와 너나들이(서로 반말을 하여도 될 친근한 사이) 동무가 되고 싶어."

속사포처럼 말을 내뱉은 미우가 솔나의 한쪽 팔을 잡았다.

"네?"

"그게 그러니까, 난 너랑 좋은 동무가 되고 싶다고."

"네? 왜 제게?"

솔나는 궁녀들의 따돌림은 실컷 받았다. 천하게 취급하는 것도 넘칠 만큼 당했다. 하지만 동무가 되고 싶다는 궁녀는 처음이었다.

"가족이 없다 해서, 몸에 상처가 있다 해서 사람이 천한 것은 아니야. 나도, 나도 너처럼 가족이 없는 외톨이란 말이야."

화가야 태양궁의 궁녀가 되기 위한 조건은 까다로웠다. 자신의 몸에 흠이 있어서도 안 되지만 가족이 없는 고아도 안 되었다.

"궁녀가 되기 위해서는?"

가족이 당연히 있지 않냐고 솔나가 물으려던 참이었다.

"연전, 역병이 돌 때 가족을 모두 잃었어. 부모님도, 형제도. 그 후에 먼 친척집에서 그 집 수양딸로 키워졌지만 친가족은 나도 하나도 없어."

솔나가 고개를 끄덕였다.

"그동안은 정말 미안했어. 진작 너랑 친근히 지내고 싶었는데 나도 같이 따돌림을 당할까 봐."

"하면, 지금은 어쩌시려고?"

"상관없다. 너랑 나랑 둘이서 다른 아이들을 따돌리면 되잖아."

"풋!"

"어! 너 지금 웃은 거지? 그럼 너랑 나랑 이제 너나들이 동무로 지내는 거다."

"네! 궁녀님!"

"동무 사이에 궁녀님이 뭐야? 내 이름은 알고 있지?"

솔나가 고개를 끄덕였다.

"그럼 미우야, 하고 불러 봐."

"미, 미……!"

늘상 궁녀님이라고 존대를 하다가 갑자기 이름을 부르기가 어색했다. 솔나의 입이 쉽게 열리지 않았다.

"미우야!"

미우가 먼저 시범을 보였다.

"미, 미우야!"

솔나가 겨우 따라서 이름을 불렀다.

"누가 뭐래든 꿋꿋한 네 모습이 좋아. 아무리 힘들어도 웃는 네가 부러워. 무엇보다 네 처지에 대해 비관하지 않는 너의 자긍심이 나는 참 좋아."

"네! 궁녀님!"

"또 궁녀님이랜다. 미우야, 라고 불러야지."

미우가 솔나의 팔을 살짝 꼬집었다, 그것 또한 친근감의 표시였다.

막 내실 마루를 내려서려던 겸이 그러고 서 있는 솔나와 미우의 모습을 보았다. 다정한 둘을 보는데 겸의 입가가 부드럽게 풀렸다.

"통 궁녀들과 같이 있는 모습을 보지 못해 늘 혼자인가 걱정하였는데, 다행이야."

마루를 내려서는 겸의 발걸음이 즐겁자 수정나비들의 날갯짓도 경쾌했다.

☾

삼 일간의 왕실 주관 범 사냥 기간.

아무도 발걸음을 하지 않는 통곡의 숲이 이 기간만큼은 떠들썩했다. 화가야의 범은 통곡의 숲에서만 살았다. 전설 속의 요녀들과 함께.

통곡의 숲 나무들은 모두 검붉은 이파리를 지녔다. 똑같은 나무인데도 통곡의 숲 나무 이파리들만 그런 색이었다. 빨간색의 노을이 질 무렵이면 통곡의 숲도 함께 온통 불타오르는 듯했다. 그래서 통곡의 숲은 불타는 붉은 숲이라고도 불렸다.

범 사냥 기간 동안은 총 두 마리의 범만을 잡았다. 누가 잡든지 두 마리가 잡히게 되면 삼 일이 되지 않아도 사냥이 끝이 났다. 또 삼 일 동안 두 마리를 못 잡게 되더라도 사냥은 끝이었다.

범의 개체 수를 보호하려는 왕실의 배려였다.

겸과 귀족 청년 한 명이 각각 범을 한 마리씩 잡았다. 그렇게 왕실 주관 범 사냥은 끝이 났다. 한울왕은 특별히 귀족 청년을 불러 독대를 하고 겸에게도 하사품을 내렸다.

"겸 왕자! 수고하였다."

"감읍하옵니다."

한울왕이 이번에는 귀족 청년에게 물었다.

"이름이 무엇이냐?"

"신, 박가 보리라 하옵니다."

"광운비 처소의 지시위부령(왕실 경호장교 제삼위)라고 들었다. 젊은 나이에 뛰어난 무공과 용맹을 지녔구나. 광운비 처소의 안전은 걱정이 없음이구나."

"받자옵기 민망하옵니다."

"너의 애비는 누구더냐?"

"전 지시위부령 무한이 소신의 아비이옵니다."

"무한이라……? 혹 연전, 하늘화원의 일로……."

한울왕의 얼굴에 갖은 감정들이 지나갔다. 무한은 아율 공주를 호위했던 시위부령이었다.

"망극하옵니다."

"아니다. 내 그를 아꼈으나 자진하여 관직을 물러났었다. 졸하였다 말은 전해 들었는데."

"네. 다섯 해가 되었사옵니다."

"그리되었구나! 내가 무심한 왕이구나! 내 그의 청렴함을 알고 있었는데."

"망극하옵니다."

독대가 끝나자 한울왕의 하사품이 내려졌다. 보리는 하사품을 거느리고 궁을 나섰다. 그런데 걸어가는 보리의 발걸음에는 기쁨이 아니라 고뇌가 매달렸다.

겸이 돌아온 양화관에서는 궁녀들이 하사품을 받을 준비로 분주했다. 화가야 비단과 한울왕에게만 진상되는 별미가 겸을 따라왔다.

"솔나야!"

양화관으로 들어서자마자 뜰 쪽을 살핀 겸이 솔나를 불렀다. 때문에 궁녀들의 눈길이 일시에 솔나에게로 쏠렸지만 아랑곳하지 않고 겸은 솔나에게로 다가갔다.

"내가 범을 잡았느니라."

"감축드리옵니다."

"뜰에서 축하진연을 가질 것이야."

"하여 정성 들여 손질을 하는 중이옵니다."

"잠시만."

꽃대를 손보느라 흐드러진 솔나의 앞머리가 겸의 눈에 들어왔다. 귀 뒤로 넘겨주었다.

목욕간에서의 일 이후에 두 사람 사이에는 아무도 모르는 친밀감이 생겼다. 같은 상처를 공유하고 있다는 친밀감. 서로의 아픔을 서로만 알고 있다는 친밀감.

"왕자님! 무탈히 다녀오셨사옵니까?"

홍화가 다가왔다.

"그래요. 무탈히 다녀왔어요."

"진연 전 잠시 내실로 드시옵지요. 솔나 너는 이만 볼일을 하고."

분위기를 정리한 홍화와 함께 겸은 내실을 향했다.

"왕자님! 처신없이 그리 마옵소서."

뒤에서 따르던 홍화의 날 선 목소리가 겸에게로 건너왔다.

"이리 처신하시니 자꾸 솔나의 처지만 어려워지지요."

"무슨 말이에요?"

걸음을 멈춘 겸이 홍화를 뒤돌아보았다.

"모르시지요? 갓 입궁한 어린 일궁녀들까지도 솔나를 '이봐'라고 부르옵니다. 또 어디를 가든지 섞이지 못하고 따로 겉돌아 다니지요. 신분도 모르고 거둔 아이를 왕자님이 자꾸만 감싸고도시니 다들 솔나를 폄하하고 싶어 안달이 난 것입니다. 궁녀들이 그모습을 곱게만 보고 있겠사옵니까?"

"……."

"무슨 마음으로 솔나를 거두셨는지 저 또한 알지 못하지만 부디 눈이 많은 자리에서는 조심을 하옵소서."

"알았어요. 하나, 양화관의 궁녀들과는 정다이 지내는 듯했는데."

겸은 일전에 미우와 다정한 미소를 나누던 솔나의 모습을 떠올렸다.

한편 뜰에 선 솔나는 겸이 넘겨주었던 앞머리를 쓸어보았다. 손끝이 파르르 떨리고 저고리 앞섶이 간들거렸다.

"왕, 자님!"

솔나의 떨리는 손가락은 앞머리에서 내려와 귀 옆을 조심스럽게 쓰다듬었다. 조금 전 겸의 손길이 닿았던 곳이었다.

　화가야의 오후에 이랑비가 내린다. 화가야의 꽃비가 내린다.

　빗줄기 사이로 온갖 꽃송이가 떨어져 내렸다. 비를 타고 꽃잎이 날리는 것이 아니라 하늘 끝에서부터 꽃대도 없는 꽃송이들이 비와 함께 내려앉았다.

　흔한 일은 아니라 일 년에 두세 번 정도만 이랑비가 내렸다.

　꽃송이만 떨어져 내리는 것을 주워 심어두면 꽃대와 뿌리를 내리고 살아나는 꽃들이 있었다. 그 꽃 주인의 소원은 꼭 이루어졌다. 이 또한 흔한 일은 아니었다.

　이랑비가 내리는 날은 이랑강 강변이 분주해졌다.

　화가야의 국읍(수도)을 휘돌아가는 이랑강의 물결 위로 꽃송이가 흘러갔다. 일 년 내내 천둥은 없는 마른번개만 치는 번개산에서 발원된 이랑강은 겨울 한 철 얼음이 얼 때를 빼고는 내리 꽃송이 물결이었다. 이랑비는 이랑강을 따라서 그 위에만 내리지만 화가야 전 지역에서 그 꽃비를 볼 수는 있었다.

　꽃잎이 이랑이랑 흐른다고 이랑강.

　꽃잎이 이랑이랑 떨어진다고 이랑비.

　보리는 한올왕 사운의 하사품과 함께 대문을 들어섰다.

　오 년 전 양친이 세상을 떠났고 집안은 스물다섯 살의 보리가 꾸려가고 있었다. 보리는 대문을 들어서기까지 발에 매달렸던 고뇌는 대문 밖에 두고서 집 안으로 들어섰다.

　집사인 정 씨가 나와 보리를 맞았다.

　"도련님! 범을 잡으셨다 들었습니다. 왕자님 외에는 유일하게 범을 잡으셨다고. 집안의 경사라고 다들 잔치 분위기입니다."

"고맙네. 범 사냥 기간 동안 별다른 일은 없었는가?"

"무탈합니다."

"한울왕 전하께오서 왕실 별미를 하사하셨으니 자네 식구들도 고루 맛보게 하게."

"네."

"차연 아가씨는 어디에 계시는가?"

"별채에 계십니다."

"별채에 들렀다 소세를 할 테니 채비해 주게나."

보리에게 대답을 하고는 집사가 멀어져 갔다.

보리는 옷매무새를 가다듬고 별채를 향했다. 차연은 이미 별채 뜰에 나와 서 있었다.

차연이. 언제나 흰 천으로 오른손을 꽁꽁 싸매고 있는 찔레꽃 같은 보리의 누이.

"누이야!"

"오라버니! 감축드려요. 범을 잡으셨다 들었어요."

"그래. 내가 범을 잡았구나."

"오라버니 무탈하시라고 소녀 기원하고 또 기원하였어요."

"오늘 저녁은 함께하자꾸나. 태양…… 별미도 따라왔으니."

보리는 일부러 태양궁에 관계된 말은 하지 않았다.

"준비할게요."

"식찬이 끝나면 강변에 나가보자꾸나. 이랑비가 내리고 있어!"

"하나……."

"어둠을 타고 나설 것이니 행여 오른손이 보일까 하는 심려는 넣어두어라."

그날 저녁, 각을 지어 뒤로 묶는 천 복두를 쓴 보리와 표의를 입고 쓰개를 한 차연이 나란히 대문을 나갔다.

이랑강변에는 인기척이 없었다. 이미 이랑비는 그쳤고 물새 떼처럼 내려앉은 꽃송이들만 남았다.

"오라버니! 저 때문에 부러 나오신 길이지요?"

"아니다. 내 또한 오랜만의 밤마실이라 적이 좋구나."

"말씀 않으셔도 다 알아요. 고맙습니다."

"꽃송이는 줍지 않을 게야?"

"저는, 따로 기원하는 바가 없어요."

"어이 그러하냐?"

"오라버니의 누이로 이리 감사하며 살고 있으니 따로 기원하는 바가 없을 밖에요."

"기원 하나도 없이 살아간다면 생이 너무 메마르지 않겠니? 꽃송이를 주워 가서 심어두고 생각이나 해보려무나. 혹 너의 기원이 뿌리가 내릴지 어찌 알겠어?"

"아니요. 저는 참말 되었어요."

도리질을 하던 차연의 눈길은 이랑강 위를 향했다. 멀리에서 떠다니는 시선이 아득했다. 잡아주고 싶은데 그 시선이 너무나 멀었다.

보리는 몸을 숙여 매화 꽃송이 몇 개를 주워들었다. 대문 곁에 심어두고 줄기가 나고 뿌리가 내리길 기다릴 것이었다. 오 년을 줄곧 가져다 심었었다.

'제발, 이번에는 간절한 기원이 이루어지기를.'

매화 꽃송이를 주워 들며 보리는 간절히 두 손을 모았다.

밤이 더 깊어지고 검은색으로 어리는 그림자를 달고 보리와 차연은 집으로 돌아왔다.

"오라버니! 침수 편안히 드세요."

"그래. 너도 편히 자거라."

차연이 인사를 건네고 먼저 별채로 들어갔다.

차연의 방문이 닫히는 소리를 확인하고 보리는 대문간으로 갔다. 주워 온 매화 꽃송이를 대문 양옆의 매화나무 아래에 심었다. 간절한 마음을 담고 단단히 내리눌렀다.

"누이야! 너만 보면 나는 마음이 시리구나! 내 너를 따스하게 안아주고 싶은데 그러지도 못하면서."

미처 차연에게 하지 못한 말이 조용히 밤공기를 타고 흘러나왔다. 오랫동안 보리의 눈길이 매화 꽃송이에서 떨어질 줄을 몰랐다.

☾

언제나의 향기로운 꽃차가 겸의 앞에 놓였다. 시종장도 입을 다시러 갔다. 시종장은 요즘 들어 가끔씩 겸의 옆을 비웠다.

"솔나야!"

겸은 찻잔을 들어 고운 꽃 색을 한 번 쳐다보았다.

"네."

"내 너를 궁녀록에 이름을 올려주련?"

"궁녀의 자격에 미치지 못하는 신분이옵니다. 자고로 왕실 직

육신거리는 마음   93

계의 궁에 시중을 드는 궁녀는 심신과 지덕에 결함이 없어야 함을 저 또한 잘 알고 있사옵니다. 양화관의 궁녀로서야 어림도 없는 저의 처지이옵지요."

"궁녀장의 그 말이 많이 아팠었나 보구나. 아직 이리 생생히 기억하고 있는 것을 보니."

"어찌 궁녀장마마님의 말이겠사옵니까? 저 또한 그 정도의 헤아림은 있사옵니다."

"궁녀들이 너를……."

목이 말라 와서 겸은 차를 한숨 들이켰다.

"함부로 부르고 너를 많이 따돌린다고 들었다. 속이 상하지 않는 것이냐?"

"그런 일은 없사옵니다."

"정녕 그러하냐?"

"네."

"정말로?"

"그렇사옵니다."

그러면 홍화가 괜히 앞서서 걱정을 한 모양이었다.

"내화원에서 자유로이 살던 너를 내 억지로 데려와 법도 안에 묶어놓았다. 내가 원망스럽지는 않으냐?"

"기꺼이 따라나선 길이옵니다."

"하면, 그리 따라나설 때 너의 마음도 함께 왔더냐?"

"마음 없는 몸이 어찌 이렇게 즐거이 머물겠습니까?"

"그래. 고맙구나! 양화관의 궁녀들과는 정말 사이가 괜찮은 것이지? 일전에 미우와 다정하게 웃는 너를 보았어."

"왕자님 말씀대로 이제는 저도 양화관의 가족이옵니다."

"그렇지?"

속사정을 모르는 겸이 반색을 했다.

또 한 번의 꽃달의 밤이 지나고 칠월의 첫날 새벽이 밝아왔다.

꽃달이 뜨는 밤의 여인의 꿈 때문에 여전히 잠을 설친 겸은 꼬리가 일곱 개 달린 향조(香鳥)가 요란하게 우짖자 내실을 나서고 양화관을 나섰다. 향기를 풍기는 새인 향조는 그 울음소리에서도 향기가 풍겼다.

'내화원에나 가볼까나?'

내실 건너편에서 수침을 서던 시위병이 뒤를 따르려 하는데 겸은 그만두라 손짓을 건넸다. 수정나비들도 양화관에 남겨두었다.

그대로 내화원으로 향했다. 아직도 잠이 든 궁 안, 간간이 번을 서는 시위병들 외에는 모두가 숨죽인 새벽 시간이었다.

겸은 비밀 통로로 해서 내화원에 들어섰다. 담쟁이가 늘어진 담벽 밑에 비밀 통로가 있었다.

"응?"

그러다가 겸은 내화원에 먼저 와 있는 솔나를 발견했다. 앞에 서 있는 뒷모습은 분명히 솔나였다.

이른 새벽 시간, 솔나도 후원에 와 있었다.

솔나는 눈을 감았다. 온몸이 나른하니 기분 좋은 감촉이 퍼져났다. 입을 다물고 코로만 깊게 숨을 한 번 들이켰다. 그리운 흙 내음이 코를 타고 올라왔다.

"솔나야!"

그때, 뒤에서 들려오는 목소리.

돌아보지 않아도 목소리의 주인공이 겸이라는 것을 솔나는 알았다.

"왕자님! 이른 시간에 어인 걸음이시옵니까?"

급히 몸을 돌린 솔나가 예를 올렸다.

"내화원은 내가 유년 시절을 모두 보낸 그리운 장소야. 해서 자주 산책을 나온단다. 비밀 통로를 아는 모양인데 너야말로 이 시간에 어쩐 일이냐?"

솔나도 잘 알고 있었다. 새벽 시간에도 저녁 시간에도 혼자서 자주 내화원엘 왔던 예전의 겸을.

"양화관에 치장할 꽃을 솎으러 왔사옵니다."

"이 시간에? 양화관의 뜰을 가꾸는 일이 시급한 일이긴 하나 새벽에 잠까지 설쳐 가며 할 일은 아니야."

"꽃은 이미 다 솎았사옵니다."

겸의 시선이 눈을 내리깐 솔나를 건너다보았다. 내화원에 내린 새벽이슬이 솔나의 머릿결을 타고 아롱아롱 맺혔다. 박하 향 같은 새벽 공기는 코끝에 알싸했다.

"꽃을 다 솎았다고 했지?"

겸이 묻자 솔나가 옆구리에 들린 대바구니를 보여주었다. 색깔이 어우러진 꽃이 뿌리째 뽑혀 한가득이었다.

"하면, 양화관으로 갈 테냐?"

"네."

겸과 솔나는 나란히 앞뒤로 서서 길을 걸었다. 온갖 꽃들이 피어나 꽃술을 흔들어대는 길을 걸어갔다.

걸어가는 앞길에 은방울꽃이 피어나 있었다. 꽃술들에서는 단장하는 여인의 분가루처럼 꽃가루들이 흩뿌려졌다.

"잠시만 기다려 보거라."

은방울꽃 무더기 앞에서 갑자기 겸이 걸음을 멈추었다.

"네?"

솔나의 물음에는 답도 없이 겸은 쪼그리고 앉아 무언가를 했다.

"새벽녘에 이 자리에서 나를 본 것은 비밀이야."

시간이 지나고 겸이 다시 일어섰다. 등 뒤에 무엇인가를 숨긴 목소리가 은밀했다.

"응당 그리하옵지요."

"하면, 비밀을 지킨다는 약조로 이 꽃을 너에게 주마."

겸은 뒤로 돌렸던 손에 쥔 것을 내밀었다.

은방울꽃.

솔나의 손이 선뜻 나가지 못하고 사람이 한 번도 밟지 않은 새벽 공기는 두 사람에게 와 발자욱처럼 내려앉았다. 은방울 한 포기를 들고서 손을 내밀고 있는 겸과 망설이며 눈을 내리깐 솔나 사이로 내려앉았다.

"어서!"

"아니 주셔도 비밀은 지킬 것이옵니다."

여전히 솔나의 손은 몸 옆에 붙어 있었다.

"왕자의 엄명이다."

겸이 솔나의 손을 가져가더니 은방울꽃을 쥐어주었다.

파스스스.

잠시 서로의 손끝이 스쳤을 뿐인데 전율이 올랐다. 사방을 가린 새벽이 은밀함을 더해 놓은 탓이었다.

"흠! 가자꾸나!"

겸이 앞서서 걸어가는 줄 알았다.

그런데 갑자기 솔나의 손등에 따스한 기운이 감겼다. 검을 쥐는 겸의 단단한 손이 솔나의 손을 잡았다. 솔나가 손을 빼내려 했다. 겸의 힘이 더해졌다. 솔나가 다시 빼내려 하는데 겸은 더 강하게 쥐어 잡았다. 겸의 손이 넝쿨손처럼 솔나의 손에 감겨 풀리지 않았다.

"왕, 자님!"

"비밀 통로를 나갈 때까지만 이러고 가자꾸나. 내 새벽 공기에 손이 허전하여 그러니."

"하오나."

"일전에 아루랑 섰을 때부터 잡아주고 싶었어. 양화관에서야 보는 눈이 많으니 그럴 수가 없잖니. 그러니 가만히 가자꾸나."

겸이 앞서서 걸어갔다.

"따스하니 참 좋구나!"

어디선가 바람이 불었다. 꽃 향을 가득 실은 꽃바람이 불었다.

두 개의 체온이 만나 서로의 온기를 나누어 가졌다. 두 개의 맥박이 만나 서로의 두근거림을 채워 가졌다.

내화원의 온실 옆 관사에서 잠을 깬 다선은 인기척에 밖으로 나왔다. 이른 새벽 시간이니 올 사람이라면 아마도 솔나일 것이었다. 그리고 어제가 꽃달의 밤이었다.

조용한 발걸음으로 솔나의 인기척 쪽을 향해 걸어갔다.

솔나는 또 한 번의 기간을 무사히 치렀다. 다선으로서도 다행한 일이었다. 방물장수 할멈이 와서 신경 쓰이는 말을 하고 갔다. 그래서 다선은 그때부터 퇴궁을 하지 않고 내화원의 관사에서 잠을 잤다.

아! 그런데!

다선을 발걸음을 멈추고 말았다. 솔나는 혼자가 아니었다. 겸이 솔나와 함께 걷고 있었다. 게다가!

마주 잡은 두 손!

두 사람은 손까지 잡고서 뒤쪽에 있는 비밀 통로를 향해 가고 있었다. 다선은 새벽녘 꽃 그림자 속으로 얼른 몸을 감추었다.

참을 수 없는 웃음을 지은 두 사람은 다선의 앞에서 총총히 사라져 갔다.

동빙 왕자 겸!

단순한 측은지심만으로 저렇게 솔나의 손을 잡지는 않았을 것이었다. 다선의 눈이 그럴 수 없게 동그래졌다.

'설마! 왕자님께서 벌써? 아니, 아니지.'

그래서는 안 된다. 다선은 곧 고개를 저어 그 생각을 떨쳐 버렸다. 그리고는 솔나의 뒷모습에 시선을 못 박았다.

'밤새 힘들게 보내시고, 새벽이슬에 혹여 옷자락이 젖으시면 아니 될 텐데.'

다선이 손을 내밀어 조용히 공기 중에 휘저었다. 겸과 솔나가 걸어가는 길에 피어 있는 꽃들이 좌우로 갈라지며 길을 열었다. 다선만큼이나 조용한 동작이라 겸과 솔나는 알지 못했다.

두 사람의 옷자락이 새벽이슬에 젖지 않고 내화원을 빠져나갔다.

'하! 언제나 내 몫은, 숨어서 지켜보는 것뿐이로구나!'

솔나의 옷자락이 젖지 않게 하느라고 다선의 마음 자락이 젖었다. 찔레꽃의 가시는 다선도 찔러 버렸고 입술에서는 욱신거리는 탄식이 흘러나왔다.

찔레꽃의 꽃말은 <고독>.

4.
뱀꽃,
꽃 속에 숨은 독사

선왕 대에 대각간(귀족회의의 수장)을 지냈던 귀족 가문의 외동딸 광운비.

옥화 왕후가 겸 왕자를 생산하고 요절하고 난 후, 일 년이 지나고 나서야 간택이 되었다. 그런데 그냥 후비라 했다.

더 기함을 하였던 것은 함께 후비로 간택된 이가 전 왕후의 몸시중을 들었던 이궁녀(태양궁 제삼위 궁녀)인 것이었다. 민가의 여식인 청천비였다. 광운비는 자존심이 있는 대로 상하고 말았다.

청천비와 비슷한 시기에 잉태를 했고 같은 날 저녁, 같은 시간에 해산을 하였다.

자신이 낳은 아루 공주는 손등에 꽃문양을 지니지 못하고 태어났다. 하지만 청천비의 산실에서는 어엿한 매화 향이 풍겨 나왔다.

그 밤이 새기도 전에 한울왕 사운은 자신의 공주를 화가야 제이 공주로, 청천비의 공주인 아율은 제일 공주로 책봉하여 선포를 하였다.

산후조리도 제대로 못 하며 광운비는 피눈물을 쏟았다.

두 번째 잉태를 하였다. 열 달을 꼬박 태에 품어서 생산을 하였다. 사내아이였으나 사산이었다. 방울꽃 문양이 뚜렷했다 하는데 얼굴 한 번 보지 못했다.

그즈음 세 살이 된 아루 공주는 몸져누운 광운비에게 왜 자기에겐 오라버니나 아율처럼 꽃의 문양이 없냐며 날마다 물었다.

겸과 아율을 보는 광운비의 눈매가 나날이 사나워져 갔다. 청천비만 보면 횡포를 부렸다. 그 횡포는 도를 넘어서 모든 궁인들이 걱정을 하였다. 광운비의 악행을 모르는 이는 오직 한울왕뿐이었다.

전 대각간 가문의 귀한 외동딸 광운비, 게다가 지금도 대각간을 지내는 그녀의 사촌 오라버니 김우찬과 그 뒷배들이 한울왕의 눈을 가리고 귀를 막았었다.

나중에는, 겸 왕자도 제일 공주 아율도 눈에 띄는 대로 독한 말을 퍼부었다. 어린 왕손들은 광운비만 보면 슬슬 몸을 피하였다.

두 공주는 어느덧 열 살이 되었다. 그리고 어느 봄날, 그 일이 일어났다.

그날, 두 공주는 하늘화원에서 술래잡기를 하는 중이었다. 아루가 술래가 되었다. 아율은 어딘가로 가서 숨었는데 그 이후로 영영 나오지를 않았다. 시중궁녀도 마찬가지였다.

궁이 발칵 뒤집혔다. 온 궁인들이 공주를 찾아 나섰다.

해 질 녘에야 아율 공주의 행방을 찾았다. 연못가 구석진 귀퉁이에 아율의 채색가죽화가 한 짝 떨어져 있었다.

"당장 연못을 파헤치도록 하라! 바닥이 다 드러나도록! 아율 공주를 찾기까지!"

불같은 한울왕의 호령이 떨어졌다.

밤이 되자 반짝반짝 빛이 나던 야광화가 몽땅 뽑혀 나갔다. 아율을 뒤따르던 시중궁녀의 시신이 발견되었다.

다시 연못의 제일 깊은 곳까지 파헤쳐졌다. 하지만 아율의 어린 몸은 어디에서도 발견되지 않았다.

당시 잉태 중이었던 청천비는 혼절을 한 채 하혈을 시작했다. 꼬박 열흘을 넘기는 하혈이었다. 왕손은 사산되었고 청천비는 두 번 다시 왕손을 잉태할 수 없는 몸이 되었다.

제일 류화관(제일 공주의 궁실)의 궁인들이 문초를 받았고 강제 출궁을 당하였다.

그것이 모두 광운비의 소행이었다.

'이제 전하께오서는 온전히 나의 것이 되어주시겠지?'

광운비는 간악하게 웃었다.

하지만 그것은 어리석은 믿음이었다. 한울왕은 청천비를 가엾게 여기어 오히려 곁에 두고 더 아끼기 시작했다. 궁실도 태양관에서 더 가까운 곳을 하사하였다.

광운비도 그즈음 다시 잉태를 하였다. 해당화꽃 문양이 뚜렷한 온 왕자를 낳았다. 광운비는 이제 어떻게든 겸의 목숨도 끊어놓으려 궁리를 하였다. 하지만 단 한 번도 온전히 성공하지는 못하였다.

그러다가 오 년 전, 드디어 기회가 왔다.

독화사에 물린 겸은 사경을 헤맸다. 아직 해당화꽃 문양의 온 왕자가 살아 있던 때였다.

광운비는 열리관에 앉아 겸의 목숨이 떨어졌다는 소식만 기다리고 있었다. 하지만 문짝이 부서져라 열어젖히고 달려 들어온 이는 바로 아루였다.

"어마마마! 어마마마!"

이미 많이 울다가 왔는지 아루의 얼굴은 온통 눈물 자국이었다.

"어마마마가 그리하셨지요? 이게 모든 어마마마가 하신 일이지요?"

안부 인사도 생략한 아루가 광운비의 앞에 몸을 내던졌다.

"아니! 아루야! 내 공주야! 무슨 일이냐?"

"겸 오라버니가 지금 사경을 헤매고 있어요. 어쩐 일인지 방에 든 독화사에 물려 생명이 위중하단 말이에요."

"내 또한 들어서 알고 있어. 왕실의 어른인 내가 모를 리가 없지 않느냐?"

"소녀도 알고 있어요. 그 독화사를 오라버니 방에 풀어놓은 게 어마마마이신 것을요. 오라버니를 지키는 수정나비들이 꼼짝할 수 없는 밤중에 이 일을 벌이셨다는 것도."

"아루야! 아무리 황망한 중이라 하나 말을 삼가라. 듣는 귀가 많아."

"살려주세요. 제발 오라버니를 살려주시란 말이에요."

"왜 이리 생떼를 쓰는 것이야? 아우인 온을 생각하거라. 이렇게 겸 왕자의 목숨이 끊어진다면 우리 세 사람에게는 더없이 좋을 일이야."

광운비의 목소리는 뱀처럼 차갑고 은밀하였다.

"아니어요, 어머니. 아니어요. 소녀에게는 아니어요."

"당최 무슨 말을 하는 것이냐?"

"소녀! 오라버니를 연모하고 있사와요."

"뭣이라!"

광운비의 눈이 사납게 치떠졌다. 생각지도 못한 변수가 광운비의 발목을 붙들었다.

"방금 무엇이라 하였더냐?"

"소녀, 오라버니를 연모하고 있다고 하였어요."

재차 확인까지 한 광운비의 온몸에 힘이 풀렸다.

"오라버니가 잘못되면 소녀 또한 살지 않을 것이어요."

"그것이 어디 어미에게 할 소리더냐? 지금 너의 말은 못 들은 것으로 하마."

"지금 궁내 어약사들도 해독할 방법을 몰라 낭패를 당하고 있다 들었어요. 어마마마! 어마마마껜 해독제가 분명 있을 터이지요. 뱀을 부렸으니 응당 해독제도 아실 터. 제발 그것으로 오라버니를 살려주세요."

"시끄럽다. 이제 목숨이 경각에 달린 왕자에게는 아무런 해독제도 소용이 없어."

"어마마마! 제발!"

"어허! 이만 물러가라니까. 너는 그저 얌전히 앉아 국상 치를 준비나 하여라."

"하오시면⋯⋯."

엎드려 눈물로 읍소하던 아루가 몸을 일으켰다. 알 수 없는 빛이 눈 속에서 번뜩였다.

아루가 품속에서 은장도를 꺼내 들었다. 잘 벼려진 칼날에서는 아루의 눈에서와 같은 빛이 번득였다.

"오라버니의 목숨이 떨어지기 전 소녀의 목숨이 먼저 떨어지는 걸 보시게 될 것이어요."

"이 무슨 해괴한 행동이냐? 얼른 칼을 내려놓거라."

"소녀의 말씀을 농으로 들으시나이까?"

"어허! 그래도!"

"하면 농이 아님을 보여 드리지요."

모질고 독하기는 어머니인 광운비를 그대로 빼닮은 아루였다. 아루는 은장도의 칼날을 스스럼없이 목으로 찔러 넣었다.

아루의 하얀 목덜미에서 피가 한 줄기 흘러내렸다.

"아루야! 이 어리석은 것아! 무슨 짓이냐?"

"칼날이 제 목을 더 파고들어야 해독제를 내어주시겠는지요?"

아루의 눈에서 번뜩이는 빛이 더 깊어졌다.

"알았다. 내 알았느니. 은장도일랑 이리 건네거라."

"먼저 해독제를 주시겠다 약조부터 하시어요."

"약조하마. 내 약조할 것이다."

"기억하셔요. 어마마마! 겸 오라버니가 잘못되는 그날이 이 아루도 잘못되는 날이라는 것을요. 오라버니가 없어지는 그날, 이 아루도 같이 없어질 것입니다."

하지만 아루의 협박이 아니라도 광운비는 더 이상 겸을 죽이려

노력할 필요가 없어졌다. 태양궁까지 침입한 전염병에 걸린 왕자 온이 기어코 하루 만에 목숨을 잃어버린 것이었다.

겸은 화가야 왕실에 유일하게 남겨진 꽃문양의 왕손이 되었다. 겸을 죽여야 할 이유가 없어져 버렸다. 게다가 겸이 잘못되는 날이 광운비에게는 곧 아루 공주를 잃는 날이기도 했다.

광운비는 더 이상 궁성에서 대놓고 포악을 부리지 않았다. 다만 꽃 속에 숨은 독사처럼 조용히 때를 기다릴 뿐이었다. 꽃 사이를 기어 나가서 고개를 쳐들고 독을 뿜어낼 때를.

광운비의 궁실인 열리관.

광운비는 꽃가지 주렴이 늘어진 비단 보료 위에 비스듬히 기대어 혼자서 중얼거렸다. 화려한 화장의 광운비만큼 내실도 화려했다.

"이제는 때가 되었음이야. 그래! 다섯 해를 은밀히 품어온 내 염원을 이룰 때가 이제는 되었어! 오호호호호호!"

광운비의 웃는 눈썹이 독사의 머리처럼 꿈틀거렸다.

"소희야! 채비하거라. 세화관으로 갈 것이야!"

광운비의 부름에 일궁녀 소희가 고개를 숙였다.

청천비의 궁실인 세화관.

늘 정갈하고 검소한 청천비를 닮아서 내실도 검소하고 소박했다. 청천비는 등을 세우고 꼿꼿하게 앉아서 십 년 전의 일을 떠올렸다.

살과 피를 나누어주었던 아율 공주.

세상에 단 하나뿐인 핏줄이었던 귀한 공주를 잃었던 그 고통의 시간을.

C

실종이 된 아율의 채색가죽화 한 짝을 안고 죽을 듯한 고통으로 앓고 있는데 광운비가 찾아왔었다.

광운비는 천하디천한 민가의 자식이 한울왕의 옆자리를 넘보았으니 몸의 여의치 않은 게 당연하다 하였다. 천한 몸으로 왕손을 잉태해 낳았으니 그 태도 온전치 않아야 한다고 했다.

혀 안에 독을 숨긴 독사처럼 날카로웠던 말.

그리고 지금까지도 잊히지 않는 광운비의 마지막 말.

"감히 화가야 제일 공주의 이름을 꿰찼던 그 여아가 어찌 죽었나 궁금하오이까? 민가의 그 아이, 들어다 냅다 연못에 던져 넣었지요. 보채고 울기에 입을 막아 던져 넣었더니 어린 몸이 두 번 떠오르지도 않았다 하더이다."

그 말을 들은 것을 끝으로 청천비는 혼절을 하였다. 그리고는 열흘이나 하혈을 하고 태중의 왕손을 잃었다.

세상이 끝나 버린 듯했다. 정신이 없이 아침이 갔고 밤이 왔다.

옥화 왕후의 죽음으로 쇠약해졌던 한울왕은 아율의 실종으로 아예 병석에 드러누워 버렸다. 청천비를 지켜줄 아무 힘이 없었다. 호소할 데도, 눈물을 보일 사람도 청천비에게는 없었다.

어떤 날은 밤이 되면 아율이 청천비의 옆에 누워 잠을 잤다. 청천비는 아율의 어린 몸을 안고 잠에 들었다. 은은한 매화 향이 코끝에 감돌았다. 까무라치는 잠이었다.

하지만 아침에 일어나면 아율은 벌써 사라지고 없었다.

"아율아! 아율아! 내 공주야!"

아무리 목놓아 불러도 아율은 대답이 없었다. 청천비는, 같이 사라지리라, 그만 살리라 다짐을 했었다.

하지만 여름의 끝 날, 매화 그늘 아래에서 열두 살의 겸을 만났다.

"청천비마마! 어찌 여기까지 발걸음을 하셨습니까?"

조그맣고 어린 겸의 목소리가 청천비를 불렀다.

"겸 왕자!"

청천비도 반갑게 겸을 불렀다.

"여름날의 마지막 햇살이 아쉬워 잠시 햇빛 밟기를 하고 있었어요."

"아직 몸이 여의치 않으실 터인데요. 궁녀들도 거느리지 않으시고요."

"괜찮습니다. 내 잠시 궁녀들을 물렸어요. 하고, 왕실에 근심이 되고 있는데 속히 털고 일어나야지요."

청천비가 고개를 들어 매화 꽃잎을 바라봤다. 곧 여름도 끝날 것이고 그러면 색이 바래질 꽃잎이었다. 겨울이 오기까지는 꽃잎을 달고 있는 화가야의 꽃들이지만 그 색깔만큼은 절기를 따라 바래어갔다.

"이제 곧 매화 꽃잎 색이 다 바래어 버릴 테지요. 그러면 더 이상 기억할 것도 남지 않겠어요. 하릴없이 내년의 봄을 기다릴 밖에요."

마치 넋두리를 하듯 청천비가 혼잣말을 했다.

"청천비마마!"

청천비를 부르는 겸의 눈에 눈물이 고였다.

"흐흑! 청천비마마!"

"이런, 겸 왕자! 어찌하여 화가야 첫째 왕자께오서 눈물을 보이십니까?"

겸의 갑작스러운 눈물에 당황한 청천비가 겸의 가까이로 다가왔다.

"아율이, 우리 아율이가 그리우신 게지요?"

"겸 왕자! 내는……."

"이 겸이도……, 겸이도 아율이 너무 보고 싶습니다. 흐흑!"

겸의 눈물이 후두둑 소낙비처럼 쏟아졌다.

"화가야 왕자의 몸에 손을 대는 것은 불경. 하나, 내 잠시 왕자를 안아보아도 되겠습니까?"

눈물을 흘리면서도 겸이 고개를 끄덕였다. 무릎을 꿇은 청천비가 어린 겸을 안았다. 청천비의 능포 비단 자락이 사그락거리고 서늘한 기운이 와 닿았다. 자신과 같은 슬픔의 기운이었다.

"울지 마셔요. 왕자가 슬퍼하면 아율 공주 또한 슬플 것입니다."

"아율이 보고파서 아루와 같이 하늘화원 앞에 갔었어요. 아율이 보고파서 아루랑 둘이 울었는데 광운비마마가……, 광운비마마가 오셔서는…… 절더러 눈물이 헤프다며…… 왕자가 그리 유약해서야 어찌 왕자이겠냐며……. 그리 아율이 그리우면, 그러면 저도 아율을 따라 죽어버리면 되지 않겠냐며, 혀를 차시더니……. 아루만 데리고…… 으흐흐흑……!"

"그러셨군요! 이제 괜찮습니다. 이제는 다 괜찮아요."

나자마자 모후를 잃고 궁녀장 홍화의 품에서 양육되던 겸은 어리지만 강인한 왕자였다.

그런데 품에 안긴 겸이 소리 내어 울기 시작했다. 어찌나 울어대던지 청천비의 능포 옷자락이 눈물에 젖어 축축해졌다. 청천비는 어린 등을 토닥여 주고 또 토닥여 주었다. 자신도 그만큼의 눈물이 흘러내렸으나 자신의 슬픔은 그만 접어두기로 하였다.

그날 이후 청천비에게는, 겸이라는, 살아갈 이유가 생겼다.

청천비는 보아줄 뒷배도 없고 왕실에 가진 끈 하나 없어 각혈을 하듯 서러웠고 아율을 따라 그만 죽으리라 다짐했었다. 하지만 아율은 지키지 못했지만 겸만큼은 지켜야겠다는 다짐이 새롭게 생겼던 것이었다.

그래서 청천비는 모진 십 년 세월을 견디어 왔다.

☾

"마마! 광운비마마 드셨사옵니다."

밖에서 날아든 궁녀의 목소리가 청천비를 과거의 기억에서 불러내었다. 앉은 자리에서 청천비는 깜짝 놀랐다.

"드, 드시라 해라."

청천비는 겨우 마른 목소리를 뱉어냈다.

"그간 무탈하셨소?"

청천비는 공손한 음성으로 먼저 인사를 건넸다.

"무탈하지 못할 게 무에요?"

하지만 광운비의 대답은 성마르게 건성이었다.

자식을 잃은 어미, 그 자식을 잃게 한 다른 어미, 두 사람이 마주 앉아 무슨 할 말이 있을까마는 광운비는 청천비의 앞에 놓인 방석에 와서 앉았다.

"용건만 간단히 나누지요. 피차 길게 앉아 얘기를 나눌 처지도 아니니."

광운비의 화려한 눈썹이 치켜 올라갔다.

"국혼에 대해 생각해 보셨소?"

"전하께오서 그리하라 하셨잖소?"

"보아둔 처녀 자리는 있소?"

"아직이오. 금혼령을 내리시면 자리도 알아보아야지요."

"......"

심중을 헤아릴 수 없는 표정을 지으며 광운비는 잠시 침묵을 지켰다.

"그 일은 어이 물으시오?"

청천비는 일부러 자신을 찾아와서까지 그 일을 묻는 광운비의 침묵이 불안했다.

"우리 아루는 어떠하오?"

"네? 왕자의 국혼 상대로 아루 공주를 말씀하시는 것이오?"

"그렇소."

"둘 다 전하의 혈손들이에요."

"꽃문양을 타고나지 못한 아루 공주야 겸 왕자의 반려로 상관이 없지요."

광운비는 지금도 생각하면 이가 갈렸다. 매화꽃 문양을 손등에 타고났던 청천비의 아율 공주. 아무런 꽃문양도 없이 태어난 자신의 아루 공주.

"처녀 자리야 알아보아야지요."

"아루 공주 어떠하냐 내가 먼저 묻지 않았소?"

"왕자비 자리오이다. 절차 없이 수결할 순 없음이에요."

"하면, 화가야의 유일 공주를 귀족가의 여아들과 경쟁을 시키겠단 말이오?"

"겸 왕자께오서도 제이 공주에 대하여 아무런 성심이……."

"딱도 하시오."

광운비가 소리 내어 혀를 찼다.

"어디 왕자의 성심을 가지고 국혼이 이루어지더이까? 하고, 제이 공주라니요? 지금 이 화가야에 우리 아루 외의 공주가 어디 있다고 아직까지 우리 아루가 제이 공주랍니까?"

"……."

"설마하니, 그때의 일을 잊지는 않았겠지요?"

"무엇을 말입니까?"

"이런. 태를 끊어 낳은 유일한 여아를 벌써 잊은 겝니까?"

광운비의 말이 쇠꼬챙이처럼 청천비의 자궁을 파고들었다. 그 통증이 너무나 끔찍해서 앉아 있던 청천비의 몸이 움찔거렸다.

"듣기 싫소. 그 말씀은 구중에 담지 마세요, 광운비!"

"허! 그새 말본새가 많이 늘었소이다. 하긴 세월이 어엿이 흘렀으니. 그러지요. 내 오늘은 달리 용무가 있어서 온 것이니."

"……."

"내는 이날까지 우리 아루 공주를 왕후로 만들겠다는 일념 하나로 살아왔소. 하니, 청천비도 전하께 함께 간청하여 주세요."

"이는 광운비의 일념만으로 성사될 일도 아니오. 겸 왕자님의 성심도 배려하여야 할 것이고."

"어허! 그때의 일을 잊지는 않았냐 내 묻지 않았소?"

"광운비! 그 말씀은 왜 자꾸 하시는 겝니까?"

"왜냐? 하! 청천비! 내 궁실의 화원에 무슨 꽃이 만개하여 있는지 아시오?"

광운비는 뜬금없이 꽃 이야기를 꺼내었다.

"뱀꽃이에요. 내가 부러 화원장을 시켜 열리관 뜰에는 지천으로 뱀꽃만 무성히 심어두었지요."

"웬 꽃 이야기요?"

"샛노란 꽃잎이 눈길을 혹하게 하는 뱀꽃 주위에는 반드시 뱀이 산다지요. 해서 뱀꽃을 보러 간 이는 반드시 뱀에 물려 해를 입는다 하더이다."

순간 알 수 없는 두려움이 청천비에게 엄습해 왔다.

"내 또한 독니를 숨긴 뱀과 같다는 것을 일러줌이오. 우리 아루의 앞길을 막는 이가 있다면 나는 또 그리하겠다 이 말이오."

"불경하오. 광운비!"

"불경이면 대수랍니까? 우리 아루가 왕후가 될 수 없다면, 그래요. 그도 좋습니다. 물색없는 어린 연정이야 시간이 가면 쉬이 시들 테지요. 하나, 왕후가 될 수 없다면 다른 궁리를 해야지 않겠소? 암요. 그렇고말고요."

"광운비! 이는 역모의 말입니다. 모르시오?"

"역모라니요? 그만큼 내 의중이 강경하다는 것을 말하는 거외다."

"하나……"

"내 뜻은 이미 전달이 된 걸로 알겠소."

"광운비!"

"흥!"

자기가 할 말만을 마치고서 광운비는 자리를 박차고 나가 버렸다. 나가는 그 모양새가 참으로 꽃 속에 숨은 뱀의 모습과 똑같았다.

광운비가 나간 후, 청천비의 마음은 바다 속 동굴처럼 아득해졌다. 광운비의 말이 괜한 겁박이 아님을 알고 있었다. 광운비라면 충분히 그 말을 실행에 옮기고도 남을 것이었다.

오 년 전, 겸의 목숨을 위태롭게 했던 독화사 사건이 떠올랐다. 조금 전, 마지막으로 남긴 광운비의 말도 떠올랐다.

"아루와 겸이 혼인을 하면 왕자는 내 딸의 부군! 설마하니 내가
딸의 부군을 해하는 일을 하겠소이까? 아니 그렇소? 오호호호
호호!"

드높은 웃음을 남기고 간 사악한 광운비는 오 년을 숨겨두었던 속셈을 이제야 드러내었다. 왜 그동안 광운비가 그렇게나 조용하였는지 청천비는 이제는 알겠다.

아루를 겸의 왕후로 만드는 일!

청천비는 말을 잃었다. 아루를 내세운다면 어느 귀족가에서 감히 자신의 딸을 왕자비로 천거하기나 하겠는가?

맥없이 숙인 청천비의 코로 뱀꽃의 향기가 독하게 저며 왔다.

태양관의 내실.

한울왕은 보료에 기대어 앉아 있고 그 앞으로 광운비와 대각간 김우찬이 앉아 있었다. 귀족회의의 수장인 김우찬은 광운비의 사촌 오라버니였다.

"전하! 전하! 신첩의 간절한 염원을 가납하여 주옵소서!"

"광운비! 비의 마음은 내 다 헤아림이 있소. 하나, 왕실의 유일한 공주와 왕자의 국혼이라니요? 왕실 직계 혈손끼리는 혼인을 하지 않음을 모르는 게요?"

"그야 꽃문양을 지닌 혈손들의 말이옵지요. 사십 대 한울왕께오서도 꽃문양을 갖지 못한 후비의 공주를 왕후로 맞지 않았사옵니까? 우리 아루는 화가야의 귀한 공주로 태어났으되 꽃문양도 갖지 못하고 출생하였습니다. 설령 귀족 가문으로 혼약을 맺어 간다 한들 어찌 공주의 대접을 받고 살겠사옵니까?"

한울왕은 광운비의 간청에도 쉽게 답을 하지 않았다. 겸의 마음에 족한 아가씨를, 그래서 마음껏 연정을 나눌 수 있는 아가씨를 비로 맞이하게 해주고 싶은 아버지의 마음이었다. 아루도 마찬가지였다.

하지만 그것은 귀족 권세가들에게 눈이 막히고 귀가 막혀 왕실을 실정을 알지 못하는 자신의 꿈일 뿐임을 한울왕은 몰랐다.

"전하! 소신의 미련한 헤아림으로도 이 국혼에 크게 허물은 없는 줄로 사려되옵니다."

김우찬이 옆에서 광운비를 거들었다.

"그대의 생각도 그러하단 말이오?"

"그렇사옵니다."

"하나, 과인은 왕자와 공주에게 따로 배필을 맞게 하고 싶소만."

"목단련 왕후마마의 기원 이후 화가야 왕실에 꽃문양을 지니지 않고 태어난 공주님은 몇 분 되지가 않았사옵니다. 하온데 그분들이 모두 불행한 혼인 생활을 하였사옵니다."

"어째서요?"

"꽃문양이 없는 공주님을 귀족가에서 귀애하지 않은 까닭일 것이옵니다."

"참말이요?"

"감히 왕실의 미움을 살까 드러내 보이지 못했을 뿐이옵니다. 이 점 깊이 헤아려 주시옵소서."

"음."

생각에 잠긴 한울왕의 눈을 피해 광운비와 김우찬의 시선이 찰나에 만났다.

"전하! 청천비마마 들었사옵니다."

"들라 하라!"

문이 열리고 세 사람 사이로 청천비가 들어와 앉았다.

"전하! 부름하셨사옵니까?"

청천비가 묻는데 그 사이를 자르며 광운비는 또 읍소했다.

"전하! 제발 아루를 겸 왕자의 비로 맞아주시옵소서!"

"청천비! 그대의 생각은 어떻소? 아루가 비록 화가야 왕실의 직계 혈손이라 하나 꽃문양을 갖지 못하고 태어난 공주. 겸 왕자와 혼인함에 있어 결함은 없으리라 사려되오만."

"전하! 소첩은⋯⋯."

청천비가 답을 하려는데 읍소하던 광운비가 눈길을 돌려 청천비를 보았다. 흰자위가 드러난 눈동자가 희번득 빛을 발했다.

"내 설마 내 딸의 부군을 해하는 일을 하겠소?"

마지막으로 남겼던 광운비의 말을 청천비는 떠올렸다.

"꽃문양을 갖지 않은 공주니 국혼에 큰 과실은 없다 사려되옵니다."

청천비는 갖은 힘을 다해 대답을 했다.

"청천비도 참으로 그리 생각하시오?"

"⋯⋯."

"전하! 청천비 또한 가하다 하지 않사옵니까? 제발 아루를 겸 왕자의 비로 맞아주시옵소서!"

"알았소. 알았소. 내 잠시 말미를 두고 헤아려 보리다."

"참말이시옵니까? 전하! 전하의 은혜가 하해와 같사옵니다."

"전하! 은혜가 망극망대하옵니다."

광운비와 김우찬이 동시에 말을 했다. 광운비의 간악한 입술은 독사처럼 빛나고 청천비는 기운을 잃었다. 아무것도 모르는 한울 왕은 흐뭇하게 웃었다.

광운비의 처소인 열리관의 내실.

"되었어요. 이만치 하였으면 국혼은 성사된 것이나 진배없음이 지요."

기쁨에 들뜬 광운비와 김우찬이 마주 앉았다.

"광운비마마! 경하드리옵니다."

간사한 김우찬의 얼굴이 더 간사한 말을 내뱉었다.

"내 오 년을 넘게 품어온 기원이에요. 반드시 공주 아루를 왕후로 만들겠다 끊임없이 다짐하고 기원하여 왔으니."

"해서 오늘날 이러한 경사를 맞으신 것이 아닙니까? 거듭 경하드립니다."

"처음 아루가 겸을 연모한다는 것을 알았을 때에 내 하늘이 무너질 듯 노여웠지요. 하나, 이제는 되었어요. 아루의 연모도 지키고 왕실의 제일 윗자리도 꿰차게 되었으니 내 바라던 바는 다 이룬 셈이에요. 호호호호!"

"다 광운비마마의 공덕이시지요."

"암요. 눈엣가시 같았던 청천비와 왕자를 그냥 두고 본 내 공덕이지요."

"광운비마마! 듣는 귀가 있사옵니다."

"무에 대수랍니까? 심한 말을 한 것도 아닌데. 화가야 왕실 천지가 이 광운비의 세상인 것을요. 오호호호호!"

"광운비마마!"

"광운비마마라! 아직은 듣기에 좋습니다그려. 하나, 국혼이 이루어지고 나면 내는 태후가 될 것이에요."

"네? 태후가요?"

"그래요. 왕자의 모후가 없는 지금 내가 태후가 된다 하여 이상할 것이 있겠어요?"

"그런 것은 아니지만……."

"그런 후, 제일 먼저 저 음흉한 청천비부터 요절을 낼 터이니."

"……."

"행여 일이 진척되기 전에 전하가 잘못되실까 봐서 참고 두고만 봤던 청천비가 아닙니까? 안 그래도 저리 병약한 전하이시니. 하지만 국혼만 이루어지고 나면 그까짓 민가의 여식쯤이야. 흥!"

감히 함께 후비가 된 민가의 여인이 낳은 딸이 제일 공주가 되었던 일은 아직까지도 광운비에게는 지울 수 없는 치욕이었다.

"국혼을 진행할 때 오라버니께서 힘을 실어주셔야 하실 것이에요."

"그리합지요."

"하면 저도 오라버니에게 한 약조를 지키도록 하지요."

"황감하옵니다."

"이제 화가야 왕실에는 즐거운 일만 남았어요. 아니 그렇습니까? 호호호호호!"

악랄한 웃음이 열리관의 내실을 넘어 울렸다.

내실 바로 앞에서 이야기를 듣고 있던 일궁녀 소희의 낯빛이 창백해졌다.

태양관에 갔던 겸은 양화관으로 돌아왔다. 부왕과 다과를 나누러 간 길이었는데 생각할 일이 있다면서 부왕이 자리를 물렸다. 그러더니 시종장은 잠시 따로 태양관에 남으라 하여 겸 혼자서 돌아온 걸음이었다.

웬일인지 뜰에 솔나가 보이지 않았다. 다른 궁녀들은 청천비의 생신진연 준비로 양화관을 비웠겠지만.

"솔나가 어딜 간 게지? 내가 아바마마와 다과를 나누고 올 줄 알고 어디 자리를 비운 것일까?"

잠시 두리번거리는데 수정나비 두어 마리가 뒤뜰로 날아갔다. 혹시 솔나가 뒤뜰에 있다는 말인가 싶어 겸은 수정나비의 뒤를 따랐다.

"이런!"

막 뒤뜰에 다다른 겸의 발걸음이 멈추더니 눈이 휘둥그레졌다.

솔나는 뒤뜰에서 춤을 추고 있었다.

솔나의 명투성이 손끝이 하늘가를 가리켰다가 공기를 갈랐다. 저고리를 맨 띠는 바람에 살랑이며 둥그랬다가 퍼졌다가 했다.

놀라운 것은, 춤을 추는 솔나의 주변으로 온갖 나비 떼가 날아들어 함께 춤을 춘다는 것이었다. 솔나의 손이 하늘을 향해 뻗으면 나비 떼들은 하늘가로 날아올랐다. 솔나의 손이 안으로 휘감기면 나비 떼도 솔나의 어깨에서 팔랑거렸다.

"말도 안 돼! 뭐야?! 설마 이것은!"

겸은 예전에도 이런 모습을 본 적이 있었다.

나비 떼들과 함께 춤을 추던 아이. 고운 손끝으로 바람을 가르며 휘저으면 나비 떼가 날아들어 그 손끝에 내려앉았었다.

"겸 왕자님! 보세요. 나비 떼들이 저를 따라 춤을 추어요."

춤사위가 고운 그 아이는 늘 겸을 왕자님이라고 불렀었다.

"설마!? 설마, 솔나 네가?!"

만약에 그렇다면 모든 것이 설명이 되었다. 알 수 없게 서걱이는 겸의 심장이. 미치도록 그리운 향기가. 모두들 흉측하다고 하지만 겸에게만은 아리고 친숙한 저 명투성이가. 스무 살이라는 솔나의 나이까지.

겸이 다가가도 솔나는 눈을 감은 채 춤에 열중이었다.

천천히 다가선 겸이 솔나의 어깨를 잡았다. 떨리면서도 조심스러운 동작이었다.

"아! 왕자님!"

솔나가 동작을 멈추었다. 나비 떼는 공기 중으로 흩어졌다.

"너……, 너 혹시?"

경직된 겸의 입이 쉬이 열리지가 않았다.

"왕자님! 이것 봐요. 나비 떼가 저를 따라서 막 춤을 추어요."

"너의 향기에 나비들이 반해서 그런 것이잖니."

"향기로 치자면 왕자님이 더 짙고 좋은데요."

"나는 너처럼 춤을 잘 추지 못하니까."

겸의 눈이 가늘어졌다. 그 아이만 보면 겸은 언제나 웃음을 참을 수 없었다.

"하면 왕자님도 한번 춤을 추어보세요."

아이가 겸의 손을 잡아끌었다. 좀 엉성한 모양으로 겸도 아이를 따라 했다.

"와! 저만큼이나 멋진 춤인데요. 보세요. 나비 떼가 이제는 왕자님을 따라 하고 있잖아요."
"참말 그러냐? 내 보기에는 딱 너를 따라 하고 있는데."
"아니요. 왕자님을 따라 하고 있다니깐요."
"뭐래도 좋구나. 너랑 이러고 있으면 뭐래도 난 다 좋아."
"참! 왕자님도."
"하하하하하!"
"꺄하하하하!"

둘이서 함께 나누었던 웃음소리가 겸의 귓전에 맴돌았다. 겸이 솔나의 어깨를 잡았던 손으로 다시 솔나의 손을 잡았다.
"아율아! 너, 아율인 게지? 맞지? 아율이지?"
확신에 찬 겸이 솔나를 잡은 손에 힘을 주며 눈을 가까이 했다.
하늘화원의 연못가에서 늘 나비 떼와 함께 춤을 추던 아이, 아율 공주. 아루처럼 오라버니라고 부르라 하여도 늘 왕자님이라고만 부르던 작고 여렸던 아율 공주. 십 년 전, 하늘화원에서 잃어버린 청천비의 딸.
틀림이 없었다. 솔나의 모습은 딱 그때의 아율의 모습이었다.
"왕자님! 어찌 이 천한 몸에게 존귀한 공주님의 이름을 붙이시는 것이옵니까?"
솔나가 당치도 않은 말이라며 고개를 저었다.

"아니야. 아율이가 분명하구나. 너 항상 이리 하늘화원에서 나비 떼들과 춤을 추지 않았니?"

"똑똑히 보옵소서. 저는 그저 명투성이의 천한 몸일 뿐이옵니다."

"하면 왜 저 나비 떼가 이리 날아든 것이냐? 넌 꽃문양을 지닌 왕손도 아닌데. 저번 날 내화원에서도 분명히 그랬었지?"

겸이 다그치듯 물었다. 그러자 솔나가 무엇인가를 앞으로 내밀었다. 솔나의 가슴팍에 작은 향낭 하나가 달려 있었다.

"나비들이 좋아하는 호접화(好蝶花)이옵니다. 나비 떼들이 잘 날아들어 양화관 뜰을 가꾸는 데에 도움이 될 것이라며 다선 화원장이 선물한 것이옵지요."

그러고 보니 겸보다 먼저 날아갔던 수정나비들도 솔나가 내민 향낭 주변을 맴돌고 있었다.

"나비 떼가 이렇게나 날아들 줄은 저도 몰랐사옵니다. 너무 신기하여 그저 나비 떼의 날갯짓을 흉내 내보았던 것뿐이온데요."

"……."

"미천한 몸짓이 어찌 고귀한 공주님의 춤사위와 닮아 있었사옵니까? 황공하옵니다. 왕자님!"

내도록 고개를 숙인 솔나의 몸짓이 일어날 줄을 몰랐다.

"아니야! 분명 아율이야. 아율이가 맞아."

내실에 돌아와서도 겸은 온통 그 생각뿐이었다. 솔나의 말을 도무지 믿을 수가 없었다.

솔나가 정말 아율이라면?

어찌 된 연유인지는 모르겠지만 다선이 남몰래 아율을 돌봐주고 있었다면?

아직 광운비 천지인 화가야 왕실에 아율의 존재를 알릴 수 없어 저런 모습으로 서 있는 것이라면? 그래서 자신의 곁, 양화관으로 온 것이라면?

멍투성이의 몸도 그렇게 생각하면 말이 되었다. 아율의 매화 꽃문양을 숨기기 위해서 저리 몸과 손등을 상하게 했을지도 모를 일이었다.

생각이 여기에까지 다다르자 겸의 가슴이 미친 듯이 뛰놀았다.

솔나가 만약 아율이라면? 정말 아율이 맞다면?

나는 과연 어찌해야 할 것인가?

겸은 놀람 반, 기대 반으로 진정이 되지 않는 가슴을 겨우 억눌렀다.

태양관에서 돌아오자마자 시종장은 겸의 부름을 받았다.

"시종장!"

"네."

"혹 다선이 사가에 있을 때의 일도 알 수 있는가?"

"내화원의 화원장 다선의 사가 말이옵니까?"

"그래."

"글쎄요. 사가에 있을 적부터 죽은 꽃도 살려낼 만큼 솜씨가 신묘하다 하여 명성이 자자하긴 하였지만."

"혹 다선의 사가에 은밀히 다녀올 사람을 알아볼 수 있겠는가? 태양궁의 궁인이 아닌 사람으로."

"어이 그런 하교를 내리시옵니까?"

"내 다선의 사가에 대해 은밀히 알아볼 것이 있어서 그러네."

"은밀히 무슨 일을 말이옵니까?"

"혹 다선의 집에 십 년 전 같이 살게 된 여아가 있는지 좀 알아볼 수 있겠는가?"

"네? 십 년 전이요? 게다가 여아라시면?"

"그래."

"알아볼 수야 있겠지만."

"급한 일이네. 당장 사람을 보내 알아보도록 하게. 아니, 아닐세."

겸이 손까지 내저었다.

"그냥 시종장 자네가 직접 다녀오도록 하게."

"소신이 직접 말이옵니까?"

"그래. 태양궁의 사람이라는 것을 표 내지 말고 은밀히 알아오게나."

"왜 이런 하교를 내리시는지 다시 여쭈어도 되겠사옵니까?"

"그저 내 꼭 알아야 할 일이라 그러네. 묻지 말고 얼른 다녀오게."

"명을 받자옵니다."

의아해하던 시종장이 방을 나가자 겸은 다시 생각에 잠겼다.

뱀꽃의 꽃말은 <영악>.

5.
너의 곁에는 내가

궁 밖을 나갔던 시종장은 얼마 지나지 않아 돌아왔다.

"어찌 이리 빨리 돌아온 것인가?"

"시간이 많이 걸릴 일도 아니었사옵니다."

"그래, 그 일은 제대로 알아보았는가?"

"다선이 입궁을 하기 전부터 워낙에 명성이 자자했던 터라 그 집안 일에 대해 모두들 훤히 알고 있었사옵니다."

"해서?"

"십 년 전 같이 살게 된 여아는 없었다 하옵니다. 한데……."

"한데?"

"십 년 전쯤에 죽은 여아는 있다 하옵니다."

"응? 죽은 여아가 있다고?"

"네."

"자세히 설명을 해보게."

"다선의 사가에 강보에 쌓인 채 업둥이로 들어온 여아가 하나 있었다 하옵니다. 밤중에 누가 다선의 집 앞에 몰래 두고 갔다옵지요. 다선의 부모가 다선이나 그 누이와 차별 없이 애지중지 그 여아를 길렀답니다. 친자식에게조차 그렇게는 못 했을 거라 다들 입을 모았사옵니다."

"그게 언제 적 일이라던가?"

"여아가 열 살쯤에 죽었다니 업둥이로 들어온 것은 이십 년은 된 이야기겠사옵니다."

"하면 그 여아는 어찌 죽은 것이라던가?"

"알 수 없는 열병으로 열이 올라 밤새 운명을 달리 했다 하옵니다."

"죽은 것은 정말 확실하고?"

"어린아이를 장례까지 후히 지내주었다 하온데요."

"그래? 다선이 궁에 든 후 다선의 가족들은 모두 지방 소읍으로 내려간 것도 맞고?"

"네."

십 년 전 실종된 아율 공주,

십 년 전 죽었다는 여아.

그리고 다선이 거두었다는 솔나.

이 세 사람 사이에는 무슨 연관성이 있는 것인지? 아니면 아무런 연관도 없이 그냥 각자의 사람일 뿐인지?

겸의 생각이 분주히 흩어졌다. 결국은 다선을 만나보아야 할 것 같았다.

"시종장! 내 잠시 내화원엘 다녀오겠네."

"차비하옵지요."

"아니. 내 오늘은 혼자 다녀오려네."

"또 혼자 말이옵니까?"

다선의 집에 살았다는 그 여아는 나비를 부리는 신통한 능력이 있었다고 했다. 아이가 지나갈 때면 저잣거리 나비들이 모두 아이에게 날아든 것처럼 수많은 나비 떼가 주변에서 팔랑거렸다고 했다.

그래서 사람들은 '저 아이는 저잣거리의 아율 공주님이다'라고 불렀다고 했다.

시종장은 그 이야기는 모두 감추고 말았다. 겸에게 괜히 말을 해서 좋을 일은 없을 것이었다.

'국혼도 앞두고 계신데.'

내실을 나서는 겸을 보며 말을 아끼기를 잘했다고 시종장은 혼자 생각했다.

"왕자님! 오셨나이까?"

내화원의 입구까지 마중을 나온 다선이 고개를 숙였다. 솔나가 올 것이라 생각했는데 겸이 방문을 해서 다선은 의외였다.

혹 다선이 느꼈던 솔나의 감정의 요동이 겸과 관계가 되는 것인가? 겸이 아율이냐고 묻던 순간의 솔나의 동요를 다선은 느꼈다.

"잠시 좀 같이 걸을 텐가?"

겸이 앞서서 내화원 가운데를 걷기 시작했다.

"채송화가 많이 피어올랐군."

내화원 담장 밑 키 큰 해바라기 발치에는 키 작은 채송화가 옹

기종기 피었다. 연분홍, 연주홍, 연노랑 갖가지 연한 색의 채송화 꽃잎이 미소를 날렸다.

"채송화의 꽃말은 천진난만이라지?"

"네."

"누구를 닮은 꽃이네."

"……."

"물어볼 말이 있는데."

꽃 사이를 걷는 두 사내의 얼굴은 꽃들이 시기할 만큼 아름다웠다.

"솔나는 참말 저잣거리에서 거두었는가?"

"네. 어찌 물으시옵니까?"

"아니, 그냥. 저자에서 떠돌며 살았다는데 도저히 그리 보이지는 않아서."

"……."

"마음 아플 물음인지는 모르겠네만, 자네의 집에 업둥이 여아가 있었다고?"

갑자기 겸이 왜 이런 말을 물어보는 것일까? 겸을 뒤따르던 다선이 바짝 긴장을 했다.

"잃었다고 들었는데. 어찌 된 연유인지 물어도 되겠는가?"

"강보에 싸인 어린 여아를 누군가가 소신의 집 앞에 두고 갔사옵니다. 소신의 부모가 누이와 함께 친딸 기르듯 길렀사온데 열 살쯤에 알 수 없는 열병으로 잃고 말았사옵니다."

"언제 적 일인가?"

"벌써 십 년이 되었사옵니다."

마치 약속이라도 한 것처럼 다선과 시종장의 대답이 같았다.

"마음이 많이 아렸겠구나."

자신 또한 아율을 잃고 얼마나 많이 울었던가? 포악한 광운비에게서 갖은 서러움을 겪으며 서로에게 의지가 되었던 겸과 아율이었다.

"이제는 모두 잊었사옵니다."

"혹시나 말이야. 솔나가 그 여아와 무슨 연관이 있는 것은 아니지?"

"죽은 여아와 말이옵니까? 어찌 연관이 있겠사옵니까?"

"십 년 전에 그 여아를 잃었다? 나도 십 년 전에 우리 아율 공주를 잃었는데."

"그 여아도, 아율 공주님도, 솔나도 서로 간에는 아무런 연관이 없사옵니다. 한데 어찌 엮어서 말씀하시옵니까?"

"내 언제 그 세 사람이 연관이 있냐고 물었던가?"

분명 겸은 그런 내색도 하지 않았다.

"그런 의중을 가지고 물음 하신 것이 아니옵니까?"

"그래. 그렇지. 한데 난 왜 자네와 솔나 그 아이가 저자에서 그저 만난 사이가 아니라 자꾸 느껴지는 걸까? 그리고 왜 이리 솔나가 낯설지가 않은 것일까?"

"무슨 말씀을 하시려는 것이옵니까?"

"아닐세. 내 그냥 솔나 그 아이를 보면 자꾸 아율 공주가 생각이 나서 자네에게 괜한 투정을 부려본 것이네."

아무 대답도 없이 다선의 입이 일자로 다물어졌다.

"이만 가보겠네. 괜히 쓸데없는 소리로 자네 마음까지 분주케

하였나 보군."

겸은 올 때보다 느긋한 걸음으로 내화원을 나갔다.

'도대체 왕자님! 지금 당신은 무슨 생각을 하고 계시는 것이옵
니까?'

다선의 표정이 심각했다. 드디어 겸이 솔나의 정체를 의심하기
시작했다. 어떻게든 지켜야 하는 것이 다선의 사명인데 자꾸만 솔
나에 대한 생각이 깊어지는 겸을 어쩔 도리가 없었다.

그리고 만약에 솔나의 정체가 발각된다면?

끔찍했다. 그것이 불러올 파장이 혼란스러웠다.

'양화관으로 가서 은밀히 솔나님을 뵈어야겠어. 그런 후 수정나
비들을 조금만 더 단속하시고 더욱 몸을 조심하시라고 일러야겠
구나.'

다선도 겸의 뒤를 이어 내화원을 나섰다.

겸은 아루와 함께 태양궁 연못가를 산책하는 중이었다. 내화원
에서 돌아온 후 부왕의 부름을 받았다. 뜬금없이 아루와 시간을
자주 보내라고 명을 내렸다.

성품이 사나운 아루였지만 겸에게만은 정답고 다소곳하려고 노
력했다. 하지만 광운비 때문에 살뜰한 정을 나누어보지는 못했
다.

아마도 부왕께서는 국혼을 앞두고 핏줄의 정을 쌓으라나 보다
고 겸은 생각했다.

"오라버니!"

"응!"

"오라버니의 국혼이 준비 중인 것은 아시지요?"

"왕실 가족 모임 때 아바마마께서 말씀하시지 않았느냐?"

"그 후에는 다른 말씀이 없으셨어요?"

"그래."

겸이 예사로 답했다. 머릿속은 계속 솔나에 대한 생각으로 가득했다.

"혹, 오라버니는 어떤 규수가 비가 되길 원하시어요?"

"글쎄다?"

"생각하시는 규수의 모습은 있으세요?"

"생각해 본 적이 없구나."

"하면, 보아두신 규수 자리라도……?"

"아니. 한데 왜 자꾸 묻는 것이야? 네게는 사사로이 시누이가 될 그 자리가 궁금한 게야?"

"그것이 아니고."

"아니면?"

"소녀는, 소녀는 어떠셔요?"

"으으응?"

홍조가 핀 아루가 수줍게 보는데 겸은 영문을 몰라 눈만 깜박였다.

"오라버니의 비로 소녀는 어떠시냐 여쭙는 것이어요."

홍조를 띠었던 아루의 볼이 더 붉어지며 눈썹이 살포시 내리깔렸다. 화가야 제일미. 그 명성답게 아름다운 아루의 얼굴이 파르르 떨렸다.

겸은 아루가 묻는 말의 뜻을 알아들었다. 아루가 아무런 요량도 없이 이런 말을 물을 리가 없었다. 게다가 부왕께서 갑자기 아루와 가까이 지내라 명하신 것도 이상했다.

'아루! 너!'

눈을 내리깐 아루의 모습이 갑자기 너무나도 영악스러워 보였다.

'아바마마! 아니지요? 설마하니! 설마 아루와 소자를……?'

꽃잎들이 바람에 몸을 흩더니 색이 뒤섞였다. 어지러운 색이 되었다.

☾

보리는 번이 비는 날이라 집의 뒤뜰에서 무술 연습을 하고 있었다. 광운비의 마음이 온통 국혼에 쏠려 있으니 별다른 일은 없을 것이었다. 강철 진검을 휘두르는 손끝이 기운찼다.

"도련님!"

다가오는 정 집사의 낯빛이 어두웠다.

"무슨 일인가?"

"별채에 좀 가보셔야겠습니다. 차연 아가씨가 찬 준비를 도우신다며 나와 계시다가 부뚜막에서 손을 좀 다치셨습니다."

"어쩌다가? 어느 쪽 손을?"

보리의 눈썹 사이에 주름이 갔다.

"식찬 냄새를 맡은 도둑괭이가 부뚜막에 올라와서 아가씨가 쫓으신다며 손을 휘둘렀는데 그놈이 그만 손끝을 물고 달아났습니다."

"자네의 안사람은 무엇을 하느라고 아가씨 손을 다치게 한 게야?"

보리의 발걸음은 벌써 차연이 있는 별채로 향하고 있었다. 집사의 발걸음이 그 뒤를 쫄래쫄래 따랐다.

"송구합니다."

"아가씨는 어쩌고 계신가?"

"상처를 보이지도 않으시고 혼자 처리하마 하신 후 별채로 가셨습니다. 안사람이 뒤따라가려는데 한사코 뿌리치시는 바람에."

눈치를 살피는 정 집사의 표정에서 오른손을 다쳤다는 것을 알겠다.

"알았네."

걷다 보니 어느새 별채 앞이었다.

보리는 정 집사에게 검을 건네고는 급히 별채의 마루로 올라섰다. 하지만 막상 차연을 소리 내어 부르지는 못하고 방 안의 기척을 듣고만 서 있었다.

그러기를 잠시.

"누이야! 오래비다."

"오, 오라버니!"

창호지 방문을 넘어 차연의 당황스런 대답이 흘러나왔다.

"손을 다쳤다 들었다. 잠시 보아도 되겠니?"

보리의 물음에도 굳게 닫힌 방문이 꼭 견고한 성문 같았다.

"아닙니다. 그러지 마셔요. 소녀, 혼자 처치를 하고 있어요. 들지 마십시오. 오라버니! 들지 마셔요."

차연이 격하게 거부를 해서 보리는 입술만 더 굳게 깨물었다.

가만히 차연의 방문 앞에 선 채로 시간이 흘렀다.

"이제 들어오셔요."

한참 만에 흘러나온 대답에 보리는 조용히 차연의 방문을 열었다.

군더더기가 없는 방이었다. 그 나이 또래의 귀족 아가씨 방답지 않게 검소했다. 다만 하나 사치를 부린 것이 있다면 매화꽃이 피어 흐드러진 여섯 폭짜리 병풍이 놓여 있는 것이었다.

방바닥에는 피 묻은 천 조각이 뒹굴고 백분 지혈제 가루통은 뚜껑이 열려 놓여 있었다.

"많이 다치진 않은 것이냐?"

보리의 음성이 여름날의 바람처럼 살랑였다.

"괜찮아요. 혼자 처치할 만하였어요."

차연은 오른손을 애써 치마폭에 감추었다.

"잠시 보자꾸나!"

보리가 손을 내밀었다. 하지만 예상대로 차연은 더 모나게 돌아앉을 뿐이었다.

"그만 나가주세요. 오라버니가 오셔서 제대로 처치를 끝낼 수가 없었어요."

"피가 많이 나는 것이냐?"

"오라버니께서 심려하실 정도는 아니어요. 제발, 그만 나가시래도요."

생전 쓰지 않는 단호한 말투였다.

보리는 겨우 시선을 거두고 차연에게서 멀어졌다. 차연의 말이 맞았다. 자신이 옆에 있는 한 차연은 더 이상의 처치를 하지 못할 것이었다.

차연의 방을 나온 보리는 뒤뜰로 돌아와 계속 검을 휘둘렀다. 답답한 마음이 베어지지 않았다. 별채에서부터 따라온 차연의 향기도 끊어지지 않았다. 제발 나가 달라던 차연의 단호한 음성이 아직까지 귀에 울렸다.

"오라버니!"

보리의 뒤로 새로운 천으로 오른손을 단단히 동여맨 차연이 다가와 섰다.

"검을 휘두르는 손길이 헛노시네요. 송구해요. 제가 역정을 내어 그러시지요?"

"아니다. 오른손을 보이기 싫어하는 네 마음을 누구보다 잘 알고 있다. 그래, 처치는 잘 마무리하였니?"

"네."

"많이 쓰리겠구나."

"괜찮습니다."

차연을 뒤에 두고 보리는 검을 다시 휘두르기 시작했다. 화기가 치밀었다. 아무리 검을 휘둘러도 화기 또한 잘라낼 수가 없었다.

"오라버니! 오늘은 그만 검을 놓으시지요. 자칫 몸을 상하시겠어요. 검을 휘두르는 손끝에 마음이 닿아 있지 않으니 몸을 상하기가 십상이지요."

차연의 말이 맞았다. 보리는 검을 집어넣었다.

"누이야!"

보리가 차연에게 다가와 흰 천을 감은 손을 감쌌다.

"아프지 말거라. 다치지도 말아. 이 오래비, 아무것도 해줄 수가 없는데 조금이라도 상하지 말란 말이다."

"알겠어요."

"숨어서 혼자만 아프지도 마라. 네 곁에는 언제나 이 오래비가 있어."

"오라버니!"

보리는 차연의 왼쪽 손도 마저 감싸 쥐었다. 커다란 보리의 손 안에 차연의 손이 조그맣게 갇혀 버렸다. 보리와 차연은 물끄러미 서로를 바라보았다. 둘 다 상대를 가여워했다. 그러다가 시선을 피했다.

'누이야! 오래비의 이 마음이 죄 된 것임을 알고 있다. 한데도 어떤 검 끝에서도 잘라내지지가 않아. 아무리 검을 휘둘러도 잘라내지지가 않아. 아무에게도 내보일 수 없는 마음을 어쩌면 좋단 말이냐?'

'오라버니! 송구하네요. 늘 오라버니에게만 투정을 부리는 저를 용서하시어요. 그래도 화가야의 하늘 아래 유일하게 소녀의 상처를 알고 계시는 분이시니까. 아무에게도 보일 수 없는 저의 상처를 오라버니만은 알고 계시니까.'

드러내어 말을 하지는 못하고 서로의 독백만이 한참을 건너다녔다.

☾

검이 분주하게 걸어가고 있었다. 너무나 심각한 표정을 짓고 있어서 시종장은 어디로 가는지 물어보지도 못했다.

아루와의 국혼!

조금 전, 부왕이 겸을 불러 겸의 국혼 상대로 아루를 내정했음을 말해주었다. 어느 귀족가에서도 처녀단자를 올리지 않겠다는 결의를 했더라는 말과 함께. 아마도 대각간 김우찬의 입김이 작용할 탓일 것이었다. 청천비까지 같은 생각이라며 기뻐하는 부왕을 보며 겸은 차마 한마디도 할 수가 없었다.

어느 덧, 겸의 발걸음이 다다른 곳은 청천비의 궁실인 세화관이었다.

"청천비마마! 많이 미령하십니까?"

이부자리를 펴고 누운 청천비의 얼굴에는 핏기가 하나도 없었다.

"겸 왕자! 송구합니다."

"되었습니다. 그대로 누워 계세요."

억지로 몸을 일으키려는 청천비를 겸이 만류했다.

"태양관에 다녀오시는 길이지요?"

다 알고 묻는 청천비의 물음에 처연함이 서렸다.

"알고 계시네요. 하면, 무엇 때문에 다녀왔는지도 아시겠네요."

"미안합니다. 왕자! 내는 아무런 힘도 되어주지를 못했어요."

청천비의 눈가가 일그러졌다. 겸 앞이라서 애써 태연한 척을 했다.

"아닙니다. 왜 그런 말씀을 하십니까? 혹 그 일 때문에 이리 병중이 드신 것입니까?"

"아닙니다. 왕자! 혹 전하께 달리 말씀드린 것은 없으십니까?"

"청천비마마!"

"네. 왕자."

"저는 이 국혼을 기꺼이 할 생각입니다. 아루가 저에게만큼은 진정이라는 것을 마마께서도 아시지요?"

겸의 물음에 청천비가 고개를 끄덕였다.

"작금의 왕실에 그 어느 누구를 왕자비로 맞이한다 해도 분란이 없을 수 있겠습니까? 포악한 그분의 심성이 그 누구든 곱게 두고만 보지는 않을 터이니. 차라리 아루라면 다행입니다. 딸을 해하는 어미는 세상에 없을 터이니. 게다가 그 아이가 저에게만은 지극정성을 들이고 있으니 저는 족합니다."

자신에게 위로를 건네는 듯한 겸의 말이었다.

"하니 저는 기쁘게 이 국혼을 치르도록 하겠습니다. 본인인 제가 기뻐하는 국혼이니 심려를 놓으시고 마마도 그만 자리를 털고 일어나세요."

"왕자! 송구합니다. 내 참으로 송구합니다."

겸은 청천비의 이마를 다정하게 짚어주었다. 부왕의 후비로 지낸 세월이 이십 년이나 되었는데도 청천비는 여전히 채송화처럼 여리고 천진한 사람이었다.

"한데, 저 매화분은 왜 저리 시들었나요?"

겸이 손을 들어 경대 위를 가리켰다.

자그마한 매화 분재.

꽃잎을 피워 올린 매화꽃이 달린 매화나무는 동그란 모양으로 손질이 되어 있었다. 그런데 꽃잎과 나뭇가지가 시들었다.

"이 매화분은 방물장수 할멈이 선물해 드린 것이 아닌지요?"

조선에서 들여온 귀한 꽃이니 매화 꽃문양의 아율 공주님을 보듯 아껴 보시라 하면서 청천비에게 선물했었다.

"맞습니다. 왕자!"

"싱싱하였는데 어찌 저리되었는지요?"

"새로 든 일궁녀가 꽃 가꾸는 실력이 출중해 맡겨두었는데 저리 시들어만 가네요. 흙도 바꾸어주고 온갖 영양제도 주어봤는데 효험이 없어요."

아율을 생각나게 하는 매화나무라서 청천비는 내실의 경대 위에 올려 두고 가까이 보았다. 그런데 겸과 아루의 국혼 이야기가 오간 후 정신이 황망하여 그냥 두고만 있었다.

"제가 들고 가서 다선에게 보이지요."

"그래 주시겠습니까? 다선이 아무나 내화원에 드는 것을 싫어하니 아마 궁녀 아이도 가보지 못한 모양입니다."

"하면 다선을 다니러 오라 청하시면 될 것을요."

"그러게 말입니다. 내 요즈음 정신이 황망하여."

"다선이 반드시 마마의 매화꽃을 살려낼 것이에요. 매화꽃이 다시 싱싱하게 물오르면 마마께서도 건강하게 회복하시기예요."

"알았습니다."

청천비가 겸에게 한 손을 내밀었다. 안 그래도 야윈 청천비의 몸이 뼈가 드러나도록 말라 있었다. 겸은 청천비의 이마를 짚고 있던 손을 내려 청천비의 손을 마주 잡았다.

오수의 시간이 되었다. 하지만 청천비를 만나고 온 겸은 잠을 자지 못하고 있었다.

청천비에게 다녀온 길이라 그런지 유난히 아율의 생각이 났다. 그리고 가엾게 야위어 있는 청천비도 쉬이 겸의 머릿속을 떠나지 않았다.

"아율아! 니 정녕 그날 잘못된 것이냐? 아니면 혹여 어딘가에 살아는 있는 것이냐? 혹여 솔나 그 아이가 너인지 나는 참 많이 설레었는데."

겸은 다시 잠을 청하려 애써보았다. 하지만 아무래도 잠이 오지 않았다.

결국 몸을 일으켜 내실을 나섰다. 방문 시중 드는 궁녀들도 모두 별채 쪽에서 낮잠에 든 모양이었다. 양화관 전체가 고즈넉했다.

겸은 인기척이 없는 마루에 잠시 서 있었다.

휴우!

마루 끝에 서서 겸은 답답한 숨을 내쉬었다. 아율과 솔나의 모습이 번갈아 가며 머리를 떠돌았다.

겸은 머리를 흔들어 생각을 떨쳐 버리고 막 다시 내실로 들어오려고 했다.

그런데 그때, 뒤뜰 창고 쪽으로 돌아가는 일궁녀 두 명이 겸의 눈에 보였다. 궁녀들이 오수의 시간에 창고 쪽으로는 왜 가는 건지 모르겠다. 겸이 고개를 갸웃거렸다.

"볼수록 기분이 나쁜 아이야!"

창고로 들어갔다가 다시 나온 일궁녀 중 하나가 양 팔뚝을 쓸어내렸다.

"대체 왕자님께오선 저 흉한 천것을 왜 옆에 두시는 겐지."

"지가 무슨 취급을 당하는지는 스스로도 알 터. 궁녀록에 이름도 올리지 못하면서 무에 저리 버티고만 있는 걸까?"

"누가 저 속을 알겠니?"

"그러게 말이다."

"양화관 왔던 첫날 보았지? 흉한 얼굴에 무에 그리 분첩질을 하고서는? 왕자님께서야 저를 가여이 여겨 옆에 두시는 것일 테고."

"분첩질은 무슨? 언제나 그 낯빛이더구만. 그리고 뜰 가꾸는 솜씨는 정말 신묘하지 않으니? 좀 가엾기도 하잖아. 창고에 들어앉아 저리 혼자……."

"아서라! 너도 미우와 같이 미움을 받아 따돌림을 당할 테냐? 보아라! 같이 식찬 먹을 미우가 사가에 나가고 없으니 식찬 한 끼 먹을 동무도 없는 것을."

둘은 알 수 없는 이야기를 나누며 창고 모퉁이를 돌아 사라져 갔다. 창고 앞이 조용해지는 듯했다.

반짝!

하지만 잠시 후, 황금 띠가 햇살에 반짝이며 겸이 모퉁이를 돌아 나왔다.

겸은 두 일궁녀가 나누던 이야기가 솔나에 대한 것임을 단번에 알아차렸다. 겸은 망설임도 없이 성큼성큼 반쯤 열린 창고 문 안으로 들어갔다. 어둠에 눈이 익숙해질 때까지 겸은 잠시 서 있었다.

그리고 한참 만에 겸은 창고를 둘러보았다. 저만치 안에 솔나가 혼자 앉아 있었다.

솔나는 돌아앉아 무언가를 하는 모양새였다.

겸이 눈을 모아 자세히 보니 밥을 먹고 있었다. 함께 마실 물한 잔도 없이 덩그러니 놓인 표주박 그릇에 밥과 나물이 대강 뒤섞여 담겨 있었다. 혼자서 숟가락을 놀리는 솔나의 손길이 뒤에서 보아도 처량했다.

"지금 무얼 하는 것이냐?"

화를 참지 못한 겸이 소리를 질렀다. 그리고 밥을 먹던 솔나의몸을 거칠게 일으켜 세웠다. 숟가락이 떨어졌다.

"왕, 자님!"

솔나가 얼른 표주박을 뒤로 감추었다. 하지만 겸이 다시 그 팔을 앞으로 끌어왔다. 산 모양으로 구부러진 겸의 눈썹 아래의 눈이 표주박 그릇을 내려다보았다. 겸의 입가가 파르르 떨리면서 눈에는 핏발이 섰다.

"왕자님! 그것이 아니오라……."

"매일 이리 식찬을 들었던 것이냐?"

"이것이 편하여 제가 그저 이리 해달라……."

솔나와 함께 밥상에 앉으면 밥이 넘어가지 않는다고 일궁녀들이 난리를 쳤다. 그래서 솔나 혼자 오수의 시간에 창고에서 밥을 먹겠다고 하였다. 얼마 전부터는 미우마저도 그런 형편으로 같이밥을 먹었는데 오늘은 사가에 일이 있어 다니러 가고 없었다.

솔나의 팔목을 잡아 쥔 겸의 손등에 분을 이기지 못한 핏줄이솟구쳤다.

"이 어리석은 아이야!"

겸은 잡아 쥔 팔목을 그대로 솔나를 안았다.

"왕자님! 고정하시옵소서."

"살벌한 궁 안에서 제 목소리 하나 못 내고 작은 욕심 한 자락 채울 줄을 모르면서 어찌 살아가려고? 미안하다. 솔나야! 이런 사정도 모르고. 무심한 나를 용서해 주려무나."

겸의 탄식이 솔나의 목덜미에 어렸다.

"모후마마께선 나를 낳자마자 승하하셨지. 그리고 아바마마께선 그 일로 심화의 병이 나셨지. 비록 상징적으로 존재하는 왕실이지만 태양궁에는 언제나 강인한 한울왕이 있었는데 아바마마께오선 매일 빈껍데기처럼 야위어 가셨어. 어렸던 나도, 매화 꽃 문양이 고왔던 아율이도 지켜주시지 못할 만큼. 그러다가 아율의 실종 후로는 완전히 병석에 눕게 되셨지."

화를 겨우 억누른 겸과 솔나는 창고 안 대자리에 앉았다.

"원래부터 마음이 찬 사람은 아니었어, 나는. 하지만 어느 날부터인가 동빙(얼음)이 되기 시작하더구나. 누구에게나 친절한 왕자님이라 궁인들은 말하지만 그 어느 누구도 내 진심을 볼 수는 없었어. 해서 궁녀들은 나를 친절한 동빙 왕자님이라 부른대."

겸이 갑자기 소맷자락을 걷어 올렸다. 이내 맨 팔뚝이 드러났다.

"왕자님! 이것을 왜!"

겸의 팔뚝에 내려앉은 흉한 상처와 흉터. 칼과 인두에 지진 흔적이라 이지러진 밭고랑 같은 흉터.

"일전에 목욕간에서 보았지?"

"네. 혹여 지금도 통증이 오시옵니까? 제가 얼른 가서……."

솔나가 몸을 일으키려고 하는데 겸이 잡아서 앉혔다.

"영문도 모르고 어린 아율이를 잃었다. 늘 매화 향을 풍기던 어린 누이가 어느 날 눈앞에서 사라져 버렸지. 어디로 갔는지도 모르고 날마다 그리워하였다. 지켜주지 못한 죄책감에 매일 끔찍한 흉몽에 시달렸었지. 아무 힘도 없이 병석에 누운 아바마마를 많이 원망하기도 하였다."

겸은 잠시 말을 멈추고 마른침을 삼켰다. 목울대를 넘어가는 소리가 짚단처럼 퍼석였다.

"그리고 어린 아율이를 잃고도 몇 해가 지난 때였어."

오 년 전의 기억에 겸은 몸서리를 쳤다.

"자고 있는데 귓가에서 비단 스치는 소리가 나더구나. 잠결에도 참 고운 소리다 싶어 눈을 떴지. 그 고운 소리가 어디서 나는지 알고 싶었으니까. 그런데 어둠 속에서 벌건 불이 반짝이고 있더구나. 한두 개도 아니었다."

겸의 맨 팔뚝에 소름이 돋았다.

"독화사(독꽃뱀)였다. 화가야의 유일 왕자가 잠든 내실에 몇 마리의 독화사가 비단 스치는 소리를 내며 기어 다니고 있더구나. 불을 밝히자 그중 한 마리가 내 팔뚝을 향해 몸을 날렸고 나는 그대로 정신을 잃었다."

"왕자님!"

솔나는 소름이 돋은 겸의 팔을 가만히 잡아주었다.

"이미 칠 일이나 지나 있었어. 살이 타는 냄새에 정신을 차렸을 때는. 궁내 어약사들이 둘러앉아 화로에 달군 검과 인두로 내 팔을 지져 놓았더구나. 독화사의 독을 제거하기에 다른 방법은 없었노라고. 살이 타는 냄새가 그렇게 끔찍한 줄은 그때 처음 알았다."

솔나가 말없이 겸의 등을 토닥였다.

"그리고 기억이 났다. ……그때 나는……, 누군가가 선사한……
팔뚝찌를 차고 있었다는 것…… 이. 늘 내게 냉랭하기만 했던 분
이 주셨던 선물이라 얼마나 귀히 여기고 고마웠던지. 그런데 독화
사들은 정확하게 그 팔뚝찌를 향해 이빨을 날렸었다. 그때부터였
어. 나는 누구에게도 진실한 믿음을 줄 수가 없었다. 그 누구도
진정으로 마음을 열고 바라볼 수가 없었어. 그리고 그때부터였을
것이다. 내 마음의 동빙이, 시작된 것이."

겸의 단단한 몸이 아픔으로 서걱거렸다.

"그런데 너를 처음 보았을 때 네게서 풍기던 고운 향은 잃어버
린 아율이의 것처럼 그리웠어. 부모도 모른 채 저자를 떠돌았다
는 너의 처지가 나의 처지와 같아 보였지. 가족의 사랑을 모른 채
맨발로 거리를 떠도는 궁핍함이 저잣거리에만 있는 것이 아니니."

자신에 대한 기억은 몽땅 잃어버린 겸이었다. 게다가 자신의 향
기도 다 봉인되었다. 그런데도 처음 본 날 자신을 양화관으로 데
리고 온 겸의 마음을 솔나는 완전히 이해했다. 상처에 대한 동질
감과 함께.

"그래서일 것이다. 너를 보면 웃음이 나고 너를 보면 가슴이 뛰
는구나. 너에게만은 나의 진심도, 나의 눈물도 보일 수가 있어.
내가 스스로를 가엾이 여기는 만큼 너 또한 내게는 가여운 사람
이니까."

무엇이라도 좋았다. 솔나 또한 겸의 옆에 있기를 간절히 바라고
있으니까.

"너를 곁에 두는 것이 나의 이기심이라는 것을 알겠다. 궁녀라는 이름도 다른 그 어느 것도 너에게 주지 않고, 모두가 나의 욕심이라는 것도 알겠어. 하나 너를 보낼 수가 없구나. 너를 놓을 수가 없어. 네가 내 곁에서 이리 살았다는 것을 알게 되었는데도 난 여전히 내 생각만 하는 동빙 왕자로구나."

"말씀드렸었지요? 왕자님 가라고 하실 때 아니오면 언제든 곁에 있겠다고."

"……."

"그러니 언제까지든 곁에 있겠사옵니다. 약조 드릴게요."

"내 곁에 있을 것이라고? 그래도 있을 것이라고? 이 꼴을 당하고도?"

"네. 진심으로요."

"미안하구나. 이리 지내는 것도 모르고 나만 편하게 있었으니. 또 지금은 알게 되었으면서도 너에게 그만 가버리라 하지도 못하는 나라서."

"기꺼이 왕자님 곁에 머무는 것이옵니다. 미안함일랑은 아직도 놓지 못한 왕자님의 기억에게나 주시옵소서."

겸이 살며시 솔나를 안았다. 솔나도 손을 올려 겸의 등을 감쌌다. 솔나를 잡은 겸의 팔에 힘이 더해지고 겸을 잡은 솔나의 팔에는 위로가 더해졌다.

토닥! 토닥!

소용돌이치는 운명을 안고 두 개의 팔이 서로를 다정하게 감쌌다.

그때, 비스듬히 열린 창고 문으로 홍화의 얼굴이 기척도 없이 다가와 안을 들여다보았다.

"휴! 결국은 이리될 일이었지! 하기야, 내 또한 이미 알고 있었으면서."

탁!

홍화는 한숨을 쉬면서도 창고 문을 닫아주었다. 아무도 두 사람을 엿보지 못하도록.

잠시 후.

양화관의 내실에서는 마주 보는 두 개의 시선이 팽팽했다.

"지금 무엇이라 하명하셨사옵니까?"

홍화가 감정을 삭이며 물었다.

"솔나에게 일궁녀의 직책을 주라 했어요."

"궁녀의 직책은 주지 않겠다고 하시어 허락한 양화관 생활입니다. 잊으셨사옵니까?"

"그렇다 하여 그리 먹게 버려두었나요? 저자의 걸인이 먹는 밥도 그보다 더하지는 않을 것인데."

"양화관에 들이실 때, 분명 두 번 다시는 분란이 되지 않게 하겠다 약조하셨사옵니다."

홍화의 눈빛이 결연했다.

"좋아요. 하면, 제 식찬에 수저를 한 벌 더 올려서 들이세요."

"조카님!"

왕자 훈육에 한창이던 시절, 따끔하게 나무랄 일이 있으면 홍화는 저 음성과 눈빛으로 겸을 조카라 불렀었다.

"국혼까지 앞두신 분이 어찌 아이같이 억지를 쓰시옵니까?"

"이모님! 이왕에 거둔 아이예요. 조금만 배려를 해주면 아니 되겠어요?"

홍화가 조카라고 부르니 겸 또한 이모라고 했다.

"왕자궁 곁방에서 식찬을 들게 하는 것이 조금의 배려이옵니까?"

"해서, 아니 되겠단 말씀이에요?"

"생전 고집 한 번 없으시던 분이 어찌 솔나의 일이라면 이리 억지를 쓰시는 것이옵니까? 저도 한 번은 져 드렸지만 두 번은 불가하옵니다."

"좋습니다. 하면 앞으로 나도 식찬 상을 받지 않겠어요."

"……."

"궁녀도 아니라 하여 다른 궁녀들이 겸상도 하지 않겠다 한다지요? 하니, 밥이라도 편하게 먹게 해주자는 것이에요."

"저 신분에 저 멍든 모습에 저도 이미 많은 것을 양보하였사옵니다."

"일궁녀의 직책까지 딱 한 번만 더. 정말 더 이상은 말하지 않겠어요."

"끝까지 아니 된다 하면 어찌시렵니까?"

"좋아요. 그렇다면 식찬 때마다 내 수저를 양보할 수밖에요."

"조카님!"

"네!"

이제 홍화의 목소리는 아예 비명이었다.

하지만 꼼짝도 없이 고집이 깃든 겸의 눈이 홍화를 쏘아보았다. 솔나를 처음 양화관에 데려오던 날 보여주었던 그 눈빛으로.

"알겠사옵니다. 왕자님! 대신 상은 궁녀실에서 따로 차리도록 하옵지요."

홍화의 말끝에 긴 한숨이 따라 나왔다.

"하나, 세 번은 없사옵니다. 그때는 정말 제가 궁녀장의 옷을 벗겠사옵니다."

겸의 대답도 듣지 않고 홍화는 내실을 나와 버렸다.

"처음부터 시작하지 못하게 할 일이었어. 내 진즉에 신분을 알아보았거늘. 딱 한 번이 이제 두 번이 되었다. 하니 또 언제 세 번이 될 것인가? 처음부터 들이지 말 일이었다. 휴! 잘못하였어. 내가 잘못하였다. 잘못하였어!"

겸이 변했다. 유약하면서도 모든 일에 미소로 일관하던 겸이 솔나 때문에 변하고 있었다. 홍화의 한숨이 자꾸만 길어졌다.

다음 날.

겸의 내실로 미우가 들어섰다. 다른 궁녀들은 다 광화관(태양궁의 가장 넓은 전각)으로 갔는데 겸이 부른다는 전갈을 들었다.

"왕자님! 찾아 계시옵니까?"

미우의 납작 엎드린 자세가 한 마리 두꺼비 같았다.

"그래! 미우야!"

겸이 다정하게 이름을 불러주자 미우의 입술이 헤벌쭉 벌어졌다.

"내 저번에 보니 넌 솔나랑 서로 장난도 치는 사이더구나. 게다가 솔나의 글 선생도 너라면서?"

"네? 네, 왕자님!"

"그동안 솔나에게 궁녀라는 직책이 없어 동무로 지내기가 어려웠지. 그래서 이번에 솔나에게 일궁녀 직책을 내릴 것이야."

"정말이옵니까? 참으로 기쁜 소식이네요."

"하면, 허물없이 식찬도 먹고 일도 서로 돕고 지금까지처럼 다정히 지내어줄 테냐?"

"그리하옵지요. 왕자님! 응당 그리하겠어요."

"그래. 고맙구나. 미우야! 앞으로 잘 당부하마."

웃어주는 겸의 얼굴이 황홀하도록 고왔다. 게다가 자신의 이름까지 불러가며 부탁을 했다. 지금까지도 그랬지만 앞으로는 더 세상없어도 솔나의 가장 친한 동무가 되어 주어야겠다고 미우는 다짐했다.

겸의 내실을 나온 미우는 곧장 화원의 솔나 옆으로 와서 앉았다.

"미우야! 너도 그만 광화관으로 가야지?"

꽃잎을 만지던 손을 멈추고 솔나가 미우를 보았다.

"안 가도 돼."

"왜? 다들 기다릴 터인데."

"오늘은 너랑 있어도 좋다고 왕자님이 허락하셨는걸."

"그래? 하면 너도 꽃송이들 좀 봐줄래? 사이사이 진드기들이 숨어 있어."

"알았어."

대답은 해놓고도 미우는 여전히 향석 위에 엉덩이를 붙이고 있었다.

"미우야!"

"응!"

솔나가 부르는데도 대답조차 건성이었다.

"미우야?"

다시 부르면서 미우의 얼굴을 보니 멀쩡하게 넋이 나간 것처럼 보였다.

"너 오늘 왜 그러는 것이야?"

"흐흐! 글쎄. 너무 좋아서."

"뭐가 그리 좋은데?"

"너도 좋구 나도 좋구."

"뭐?"

"기다려 봐. 꽃 소식보다 더 좋은 소식이 날아들 테니. 흐흐."

"너도 참!"

솔나가 밉지 않게 눈을 흘긴 후 다시 꽃송이 사이를 살피기 시작했다. 미우는 여전히 눈이 풀린 채 흐흐거렸다.

솔나가 일궁녀가 되는 것도 너무 좋았고 겸이 자신의 이름을 부르며 다정히 대해주었던 것도 꿈속처럼 좋았다. 미우의 웃음이 멈추지 않았다.

며칠 후.

겸은 태양관에 다니러 가고 궁녀들도 모두 생신진연 준비로 자리를 비웠다. 이제 일궁녀가 된 솔나가 궁녀의 복색을 갖추고 양화관의 화원을 손보고 있었다. 새로 지어 입은 일궁녀의 옷이 썩 마음에 들어 솔나는 몇 번이나 저고리 솔기를 쓰다듬어 보았다.

지금까지 입던 옷은 회색에 가까운 치마, 저고리였다. 하지만 일궁녀의 복색은 자주색과 하늘색이 산뜻했다.

"너! 혼자 양화관에 있지?"

공손하지 못한 말투가 날아들었다. 일궁녀를 두 명이나 거느리고 아루가 양화관에 왔다. 손에는 색색의 고무공 몇 개를 쥐고 있었다.

"납시었사옵니까?"

꽃대를 손질하던 손을 놓으며 솔나가 몸을 일으켰다.

"너, 이번에 일궁녀의 직책을 받았다지?"

"네."

"뭐, 양화관의 화원을 돌보는 사람이니 적당한 직책을 받았음이구나."

"황공하옵니다."

"아니다. 오라버니가 안 했으면 나라도 그리하시라 말씀드릴 참이었으니까."

참 희한한 일이었다.

"양화관의 뜰이 참으로 풍성하여졌구나. 양화관 온 지 아직 넉 달이 채 지나지 않았는데. 다선 밑에 있어서인지 역시 너의 꽃 가꾸는 솜씨만큼은 훌륭한 모양이야."

아루답지 않게 칭찬까지 했다.

"장세화까지 피워내다니 참말 대단해. 다들 실패를 했다던데."

땅에서 가는 실이 피어 나와서 그 끝 공중에서 다시 뿌리를 내리고 꽃을 피워내는 장세화가 몇 송이 피어 흐드러지고 올망졸망 꽃송이는 수없이 맺혔다.

"꽃들도 왕자님의 궁실임을 알아서 저리 잘 피어오르나 보옵니다."

"그래? 네 솜씨가 빼어난 탓은 아니란 말이로구나."

아루의 한쪽 입가가 삐딱하게 올라가더니 화원 쪽으로 조금 더 다가갔다.

"내가 말이야."

삐딱하게 기울어진 입술이 다시 열리면서 아루가 장세화 한 송이를 손에 쥐었다.

"요즘 이 고무공 놀이에 푹 빠져 있단다."

아루는 고무공을 다른 쪽 손아귀에 넣더니 둥글게 돌리기 시작했다.

"아라(바다) 건너 청국에서 들여온 공인데 이리 돌리고 놀면 혈행을 원활하게 하고 지압의 효과가 있다고 하는구나. 여간 재미있는 게 아니란다. 어머나!"

갑자기 아루가 새된 비명을 질렀다. 아루의 손아귀에서 돌아가던 고무공들이 뜰 안으로 떨어지고 말았다. 아니, 사실은 아루가 힘을 더해 고무공을 뜰 안으로 집어 던졌다는 것이 맞을 것이었다.

"이를 어째? 고무공이 화원 안으로 떨어져 버렸네."

정확하게 뜰 중간쯤으로 날아간 고무공들은 보이지 않았다.

"이를 어쩌나? 큰일이로구나. 아라 건너에서 들여온 물건이라 다시 구할 수도 없는데."

그다지 걱정하는 것도 아닌 음성으로 아루가 뜰 가운데를 쳐다보았다.

"그러니 일궁녀야! 이 일을 어쩌면 좋으냐?"

아루의 고운 눈이 세모꼴로 변하며 야비한 빛을 띠었다.

"제가 찾아 돌려 드리옵지요."

솔나가 막 뜰 안으로 들어서려고 했다.

"아니다. 되었어. 내 실수이니 내 궁실의 아이들이 응당 수고를 하여야지. 네가 같이 수고할 이유는 없어."

솔나가 채 만류할 틈도 없이 아루가 손을 들어 데려온 궁녀들을 가리켰다.

"얘들아! 어서 고무공을 찾아오도록 하려무나. 꽃이 다치지 않게 조심해야 하느니라."

"네. 공주님!"

아루만큼이나 야비한 눈빛을 빛내며 류화관의 궁녀 둘이 화원 안으로 들어섰다.

휘청! 휘엉청!

꽃대들이 엉망으로 흔들리면서 두 궁녀의 발길 아래 짓밟히고 꽃대가 눕기도 했다. 꽃잎이 이리저리 이지러지고 이파리들은 파스스 흩어져 내렸다.

"아이! 이 공이 도대체 어디를 간 거라니?"

"조심하거라. 꽃이 마구 밟히지 않니?"

"너야말로 조심해. 저 일궁녀가 얼마나 애를 써서 가꾸어놓은 것인데?"

깔깔거리는 웃음을 참아가면서 두 궁녀는 온통 화원을 휘저어 놓았다. 장세화의 가는 실이 부러지고 채송화의 작은 꽃잎은 즈려밟혔다. 민들레 홀씨는 사납게 흩어지고 해바라기는 허리가 꺾였다. 공을 들여 솔나가 가꾸어놓은 뜰이 엉망으로 망가져 가고 있었다. 솔나의 마음도 따라서 망가졌다.

"조심, 또 조심들 하라니까!"

아루는 팔짱을 끼고 서서 그러는 모습을 빠짐없이 쳐다보았다. 재미있어 죽겠다는 얼굴이었다.

이제야 알겠다.

겸이 없는 시간을 골라 양화관을 방문한 아루의 진짜 속셈을.

뜰을 엉망으로 밟아놓고 나서야 두 궁녀는 고무공을 찾아서 나왔다.

"어머나! 이 일을 어쩌면 좋으냐? 내 조심하라 일렀는데 뜰이 조금 망가지고 말았구나."

고무공을 받아든 아루는 조금이라는 말에 아주 강세를 주었다.

"네 이년들! 오라버니의 뜰을 손상시켜 놓았으니 궁실로 돌아가면 치도곤을 당할 각오들을 하거라."

"용서하옵소서, 공주마마!"

가관이었다. 아루의 음성은 나무라는 음성이 아니고 일궁녀들의 목소리에도 용서를 구하는 기색은 조금도 없었다.

"궁녀야! 내 부러 이리한 것도 아닌데 설마 오라버니에게 이를 것은 아니지?"

"그럴 리가 있사옵니까? 심려 마옵소서."

"그래. 고맙구나. 내 이만 가볼 테니 뜰 정리나 잘하도록 하렴."

"네."

고개 숙인 솔나를 뒤로하고 아루가 양화관을 나갔다. 치맛자락이 사납게 휘날리는데 뒤를 따라가는 두 궁녀의 치맛자락도 같이 사납게 휘날렸다.

양화관을 나서자마자 아루가 배를 움켜쥐고 웃음을 터뜨렸다.

"아하하하하하히! 고것 참 쌤통이로구나. 말 한마디 못 하고 멀거니 서 있는 저 꼴이라니. 아하하하하하하!"

눈가에 눈물까지 담아가며 아루는 웃음을 멈출 줄 몰랐다.

"아하하하! 흉측한 천것 주제에 감히 태양궁의 궁녀복을 꿰입고 서 있다가 날벼락을 맞은 기분이겠구나. 아하하하하하하하!"

"그렇사옵니다. 공주님. 어디서 굴러먹다 왔는지도 모를 천것 주제에 감히 궁녀의 직분을 받아 챙기다니요."

"해서 내가 오늘 주제를 잘 알라 이리 와서 특별히 가르침을 내린 것이 아니더냐? 이 또한 화가야 공주가 챙겨야 할 소임이니."

"잘하셨사옵니다."

"뜰을 돌보라 들인 것인데 저리 뜰을 엉망으로 망쳐 놓았으니 이제 양화관에서 쫓겨나도 할 말은 없을 것이야."

"맞사옵니다."

"하하하하! 내가 다녀갔다 말도 못 할 것이고 저 얼빠진 모습이라니! 아하하하하하!"

"오호호호호호호!"

"앞으로 저 흉측한 얼굴을 볼 일은 진짜 없겠지?"

"그렇겠사옵니다."

"아하하하하하하!"

아루와 두 궁녀는 똑같이 간악한 웃음을 흘렸다.

혼자 남겨진 솔나는 뜰의 가까이로 가서 무릎을 꿇고 앉았다. 엉망으로 짓이겨진 꽃대와 꽃송이들이 찢겨진 자신의 마음과 똑 닮았다.

"미안하구나. 참으로 미안하구나. 너희들을 지키지 못하여."

솔나는 짓이겨진 채송화 몇 송이를 손바닥에 주워 들었다.

흡!

솔나가 왼손을 들어 올리더니 자신의 엄지손가락을 깨물었다. 스륵! 한 줄기 핏줄기가 흘러내렸고 솔나가 손을 휘둘러 자신의 피를 화원 곳곳에 흩뿌렸다. 솔나의 피가 가 닿는 곳마다 꽃들이 다시 살아났다.

채송화의 꽃말은 <천진난만>.

6.
목숨을 바친 연모

내화원 온실 입구에 찔레꽃이 화사하게 피어올랐다.

"화원장님!"

온실로 들어서자 찔레꽃 향기가 더 짙게 풍기며 솔나의 코를 찔렀다. 아루가 손상시킨 꽃들에게 줄 영양제를 얻으러 온 걸음이었다.

다선은 매화 분재를 앞에 두고 골똘히 생각에 잠긴 모습이었다.

"웬 매화분인가요?"

"겸 왕자님께오서 잘 살려달라 두고 가신 것이에요. 청천비마마 처소의 것이지요."

"한데 꽃이 많이 상하였네요."

"그러게요."

"왜 보고만 계십니까?"

"뿌리도 멀쩡하고 벌레에 상한 것도 아닌데 왜 그런지 알 수가 없네요. 말도 하지 않고 꽃의 기억도 읽어낼 수가 없어요."

"말을 하지 않다니요?"

"충격 때문에 그런 것 같습니다."

"그래도 화원장님이 읽지 못하는 꽃의 기억도 있나요?"

"아무리 정신을 모아도 보이지가 않습니다."

"제가 좀 도와드릴까요?"

"안 그래도 잠시 다녀가시라 청할까 생각 중이었네요."

다선이 손을 내밀자 솔나가 매화 분재 쪽으로 한 걸음 다가섰다.

솔나가 팔을 들어 매화 분재를 양손으로 감쌌다. 그러자 나무 주변으로 동그랗게 원의 기운이 그려졌다.

다선은 온실 입구 쪽을 향해 손을 한 번 휘저었다. 무성하게 피어오른 찔레꽃의 키가 순식간에 자라나더니 온실 입구를 덮어버렸다. 누군가가 내화원으로 다가온다면 꽃들이 먼저 알려줄 터였다.

그런 다음 다선은 솔나의 뒤로 다가갔다. 솔나의 손에 닿지 않도록 다선 또한 매화 분재를 감쌌다. 동그란 원의 기운이 더 커졌다.

"꽃이여! 그대의 기억을 열어 보여다오."

다선이 말했다. 매화 주변의 원의 기운이 점점 커지면서 두 사람과 함께 하얗게 빛이 났다.

이윽고 매화 분재를 돌보는 세화관의 제일 궁녀의 모습이 보였다. 왔다 갔다 분주한 발걸음이었다. 매화 분재에 물을 주고 가지를 만져 주며 온갖 정성을 들였다.

그런데 잠시 후.

일궁녀는 물을 주다 말고 저고리 소매에서 무언가를 꺼냈다. 투명한 유리병이었다. 주위를 둘러보더니 재빨리 물과 함께 병에 든 액체를 쏟아부었다. 매화나무가 고함을 내지르며 진저리를 쳤다.

솔나와 다선은 동시에 깜짝 놀라며 눈을 떴다. 동그랗게 퍼져 나던 원의 기운이 사라졌다. 서로를 마주 보는데 두 사람 다 입술 끝을 살짝 깨물고 있었다.

"인제 저 궁녀는 어쩌실 요량이세요?"

"글쎄요. 죄 없는 꽃을 상대로 그런 무서운 짓을 했으니 응당 대가를 치러야겠지요. 한데 손가락은 또 왜 그러신 겁니까?"

솔나의 엄지손가락이 물어 뜯겨 있는 것을 다선이 용케 발견했다. 솔나는 어제 아루가 다녀간 일을 말해주었다. 그래서 영양제도 얻으러 왔다는 말까지.

영양제를 건네자 솔나는 곧 양화관으로 돌아갈 차비를 했다

"차라도 한잔 드시고 가시지요."

"볼일이 끝났는데 이만 돌아가야지요. 궁녀들이 아무도 없는 터라 저라도 혹시 왕자님의 잔심부름을 해야 할지도 모르고."

"차 한잔 적실 여유도 없이 지내십니까?"

"아니에요. 이제 궁녀의 직분도 받았으니 더 소임에 충실해야지요."

솔나가 가버리고 다선은 혼자 남겨졌다. 다선의 입가에 쓴 약 처럼 알싸한 웃음이 걸렸다.

"이십 년을 솔나님과 함께한 저의 삶이고 저와 함께 있는 곳이 솔나님의 집이었는데. 이제는 양화관이 솔나님의 집이라고 이리 무심히 돌아가시네요. 고독한 찔레꽃과 함께 저를 남겨두시고."

뾰족이 내민 찔레꽃의 가시가 심장을 찌르는 기분이었다.

따끔! 따끔!

다선의 가슴에 통증이 올랐다.

"이제 세화관의 저 일궁녀는 어떻게 처리해야 한다? 어찌 모녀가 하나같이 저리도 악랄할꼬?"

통증이 오르는 가슴을 쓰다듬으며 다선이 생각에 잠겼다.

양화관의 내실에는 겸이 얼굴을 찡그리며 보료에 몸을 기대고 있고 홍화는 그 앞에 앉아 있었다.

"두통은 좀 어떠시옵니까?"

걱정스러운 표정으로 홍화가 겸을 쳐다보았다.

겸의 두통이 심하여 온 내실 문을 열어젖혀 놓았다. 쪽문까지 다 열어젖힌 터라 양화관 입구에서부터 전 궁실의 풍경이 다 내다보였다.

어제 아루가 엉망으로 망쳐 놓고 간 뜰은 여전히 생생한 모습 그대로였다.

"궁내 어약사를 좀 들라 하올까요?"

"그리 심한 것이 아니니 궁녀장은 심려하지 마세요."

"요즘 들어 부쩍 두통이 잦으시옵니다."

"그런가요? 생각이 좀 번다하다 보니."

"국혼 때문에 그러시지요?"

"하하하! 나는 생각도 않고 있는 국혼을 보는 이마다 얘기해 대는군요."

여전히 찡그린 얼굴로 겸이 쓴웃음을 터뜨렸다.

그때, 내화원에서 돌아온 솔나가 막 양화관으로 들어섰다. 얼굴을 찡그리고 있던 겸이 솔나를 보았다.

사르르르!

봄눈이 녹듯이 두통이 사라지는 기분이었다. 어느새, 겸의 표정이 밝게 변했다. 그러더니 지금까지의 쓴웃음이 아닌 환한 미소를 지었다.

겸의 맞은편에 앉아 있던 홍화는 그 변화를 알아차렸다. 이유가 뭔지 몰라 겸의 시선을 따라 몸을 옆으로 돌려보았다. 홍화의 시선 끝에도 막 양화관 입구로 들어서는 솔나가 보였다.

설마?

홍화의 얼굴이 잠시 굳어졌다.

'왕자님! 저 아이가 왕자님께 정녕 그런 의미이옵니까?'

자신이 그렇게 환하게 웃는지도 모르고 겸은 계속 솔나를 보고 있었다. 홍화가 마주 보고 있는데도 알아차리지 못할 정도로.

'이제는 정녕 제가 나서야 할 때이옵니까?'

홍화의 굳어졌던 얼굴이 서서히 풀렸다.

다음 날.

심각한 표정의 홍화가 내화원으로 들어섰다.

"궁녀장마마님께오서 내화원에는 어인 일이신지요?"

다선은 부지런히 놀리던 손을 멈추었다. 감히 자신이 들라 말라 말할 수 있는 궁녀장도 아니거니와 한 번도 직접 내화원에 온 적이 없었다. 꽃들도 홍화가 누군지 몰라서 다선에게 알리지 못한 모양이었다.

"내 오늘은 양화관의 궁녀장으로 자네를 찾은 것이 아니네."

홍화의 의외의 말에 다선은 바짝 긴장을 했다.

"화가야의 유일 왕자 겸 왕자님의 이모로서 온 것이네."

"무슨……?"

"'칼날의 의식'은 자네가 치르었는가?"

칼날의 의식!

궁녀장 홍화가 어떻게 그것을??

다선의 얼굴에서 대번에 핏기가 걷혔다.

"그것이 무엇입니까?"

말도 안 되는 일이니 다선은 시치미를 뗐다.

"그래? 모른다?"

홍화의 입가에 묘한 웃음이 걸렸다. 몇 발짝 더 다가서더니 다선의 소맷자락을 확 걷어 올렸다.

맨살을 드러낸 다선의 팔뚝!

그리고 팔꿈치 옆, 팔을 치켜세우지 않는 이상은 보이지 않는 곳에 작은 문양 하나가 모습을 나타냈다. 통곡의 숲에 있는 불타는 붉은 이파리의 나무였다.

"마마님! 어찌?"

놀란 다선이 채 말을 마무리하지도 못했는데 이번에는 홍화가 자신의 소맷자락을 걷었다. 그리고 드러난 홍화의 팔에는 다선과 똑같은 장소에 똑같은 문양이 내려앉아 있었다.

"앗! 궁녀장마마님! 어떻게 이것이 마마님의 몸에?"

"사명을 받지는 못했지만 나 또한 자네와 같은 가문의 사람일세. 하니, 내게 일호라도 거짓을 고할 생각은 말게."

잔뜩 긴장이 들어갔던 다선의 눈가가 힘없이 늘어져 버렸다.

"다시 묻겠네. 칼날의 의식은 자네가 치렀는가?"

"⋯⋯네."

"죽음보다 더 고통스러웠을 텐데."

"아시는 바대로입니다."

"어쩌자고 그리한 것인가?"

"⋯⋯."

"혹 자네 때문이었는가?"

그렇다고 대답할 수 있다면 얼마나 좋을까? 하지만 솔나는 자신 때문에 그 길을 선택한 것이 아니었다.

"설마하니 겸, 왕자님⋯⋯ 때문인가?"

홍화는 다선이 아니라고 말하기를 간절히 소원했다. 하지만 이미 대답은 알고 있었다.

겸을 따라 양화관으로 들어서는 솔나를 처음 보았을 때 소리를 내며 떨어졌던 홍화의 심장. 아프게 눈에 들어왔던 솔나의 그 붉은 머리.

홍화의 오래전 기억 속의 그녀.

수정처럼 빛나던 몸을 가졌던 그녀.

그녀와 똑같은 붉은 머리카락!

그녀와 똑같은 얼굴!

그녀와 똑같은 멍투성이까지!

홍화는 아니기를 간절히 소원했지만 나쁜 짐작은 꼭 이렇게 들어맞았다.

"하기야 자네 때문이었다면 왕자궁으로 따라오지도 않았을 터. '꽃달의 사슬'은 몇 번을 치렀는가?"

"올 이월에 칼날의 의식을 통과했으니 겨우 다섯 번을 지내었습니다."

휴! 홍화의 한숨이 밤처럼 깊었다.

"사가에 있을 때부터 자네가 모시었던가?"

"네."

"어떻게 자네가 모시게 되었는가?"

"아버님이 모시던 분의 핏줄입니다. 그 어머님이 꽃달의 사슬이 끝나기 전 생명을 잃으셨고, 해서 저희 집으로 오신 후 저의 소임이 되었습니다."

"백일홍의 핏줄인 것이지?"

"마마님께서 그것까지 어떻게?"

늘어났던 다선의 눈가에 다시 긴장이 팽배해졌다.

"그저 알게 되었네."

이번에도 홍화의 나쁜 짐작은 들어맞았다.

매정한 사람! 결국 자신의 핏줄마저 나와 엉기게 하다니.

"자네가 왕자님과 만날 수 있도록 방도를 내었는가? 얼마나 어리석은 미망인지를 뻔히 알면서."

"아닙니다."

"그래. 자네의 눈빛을 보니 자네는 아니겠구만! 미망을 품은 이는 그이뿐인 것은 아닌 것 같으니."

세월의 연륜은 사람의 눈에도 지혜를 넣어주는 법. 홍화는 몇 마디의 대화 끝에 솔나에 대한 다선의 마음을 읽어내었다.

"언제부터인가? 왕자님과의 인연은?"

"벌써 오 년이 되었습니다."

"오 년이라?"

그때라면 겸이 독화살 사건으로 큰 마음의 상처를 입고 괴로워하던 때였다.

"어쩌실 요량이십니까? 끊으실 것이옵니까?"

"끊는 것도 맺는 것도 우리의 소임은 아니네. 해서 자네도 그냥 왕자궁으로 보낼 수밖에 없었던 것이 아닌가?"

"하면?"

"이미 운명의 실은 자아지기 시작했네. 우린 그저 그 물레의 뾰족한 끝이 심장을 찔러 피를 보지는 않기만을 간절히 바랄 뿐이지. 모든 것은 우리 손을 떠났네."

홍화의 입가가 비장하게 굳어졌다.

"자네가 칼날의 의식을 행한 그 순간부터. 하니, 내가 알고 있다는 말은 하지 말게나."

홍화의 마지막 말은 꼭 다선을 탓하는 것은 아니었다. 하지만 그 음성은 어쩔 수 없이 원망을 담고 있었다.

☾

끊임없이 이야기하는 옛일은 전설로 남았다. 하지만 이야기하지 않는 것들은 어느새 시간 속으로 소멸해 갔다. 특히나 그 이면에 인간의 검은 죄악이 개입되어 있는 것이라면 더욱더.

천 년 전.

보라색 안개의 결계를 깨뜨리고 소용돌이 파도를 지나 육가야의 유민들은 숨겨진 화가야 땅에 도착했다. 처음 보는 연노랑의 구름과 온갖 꽃들이 피어나 그들을 맞이하였다. 온통 꽃들의 영토였다.

하지만 그들을 맞이한 것은 그것들만이 아니었다.

백수정으로 이루어진 것처럼 투명한 피부.

피어난 꽃들의 색깔만큼이나 다양한 머리카락 색.

꽃보다 더 짙은 향기.

꽃과 나비와 대화를 나누며 꽃과 나비를 부리는 신묘한 능력.

사람과 똑같이 생겼지만 또 완전히 다른 화인(花人)들이 해변에서 육가야의 유민들을 맞이하였다.

원래 화가야의 원주인은 화인들이었던 것이다.

화인들은 온순하고 친절하였다. 순순히 육가야의 유민들에게 자신들의 땅을 내어주었다. 그들의 식량은 꿀이었고 낮 시간 동안 꽃을 돌보며 살다가 밤이 되면 자신의 집인 꽃 안으로 들어가 잠을 잤다. 사람들과 공존하지 못할 이유가 없었다.

집 짓는 일을 도와주고 물레로 실을 잣는 것도 도와주었다. 옥이 나는 광산의 위치와 처음 보는 꽃의 이름도 가르쳐 주었다. 그럴 때면 육가야의 유민들은 햇빛을 받아 반짝이는 그들의 머리카락을 황홀하게 바라보았다. 모두 자신의 집인 꽃과 같은 머리카락 색이었다.

화인들은 뱃일을 하던 사람들 중 일부에게는 보라색 안개의 결계를 깨뜨리고 소용돌이 파도를 넘어가는 은밀한 바닷길을 가르쳐 주었다. 비밀의 땅이라서 그 길을 아는 사람은 없었다.

덕분에 선택된 뱃사람들은 화가야에서만 나는 양질의 보석이나 철 등으로 무역을 할 수 있었다. 화가야의 유민들은 꿀만 먹고 살 수가 없어서 여러 가지 자원이 필요했다.

그리고 화가야의 삼 대 한울왕은 화인과 결혼을 했다. 손등에 꽃문양을 가진 왕손을 제일 처음 낳았던 왕후 목단련은 사실 화인이었던 것이었다. 죽음을 각오한 '칼날의 의식'과 삼 년의 '꽃달의 사슬'을 거친 후 목단련은 사람이 될 수 있었다.

그 후, 사람과 연모에 빠진 화인들은 목단련 왕후의 의식을 따라 사람이 되고자 했다. 하나 칼날의 의식이 너무나도 고통스러운지라 수가 많지는 않았다.

목숨을 건 칼날의 의식과 삼 년간, 서른여섯 번의 꽃달의 사슬에 매여야 하는데도 어리석고도 맹목적인 연모는 멈추지 않았다.

꽃달의 사슬!

칼날의 의식을 무사히 통과해서 혹 생명을 건지게 되더라도 삼 년간은 온전한 사람의 몸이 될 수는 없었다.

매달의 마지막 날, 꽃달이 뜨는 밤이면 그들의 몸은 다시 화인의 몸으로 변하였다. 온몸이 수정처럼 빛이 나고 머리카락 색도 원래의 색으로 돌아갔다. 죽은 꽃을 살려낼 수 있었고 온갖 나비 떼를 불러들였다.

사람이 된 화인들의 대부분이 사람과 부부의 연을 맺는 뜻을 이루었지만 꽃문양의 혈통은 왕실에서만 나타났다.

평화로운 나날들이었다. 사람들과 화인들은 함께 행복했다.

그런데 어느 날, 뱃사람들의 마음속에 검은 욕심이 들어오기 시작했다. 태초부터 있었던 그 삼각 머리의 뱀들은 소리 없이 뱃사람들의 마음에 꽈리를 틀었다.

"저 빛나는 머리칼을 잘라서 무역을 할 수 있다면!"

"이왕이면 돈이 많이 되는 것이 좋잖아!"

"어차피 저들은 사람도 아닌데."

자기들의 땅을 내어주고 왕후까지 배출한 화인들을 보는 뱃사람들의 눈이 점점 더 검어지기 시작했다. 그러면서 뱃사람들은 다른 화가야인들을 향해서도 검은손을 뻗쳐 계속 부추겼다.

화인들의 머리카락을 잘라 오면 큰 재물을 주겠다고. 그 머리카락으로 무역을 하면 그 어떤 것보다도 광대한 부를 얻을 수 있을 것이라고.

자신들에게 부유함을 준 화인들의 은혜를 뱃사람들은 원수로 갚았다.

화인은 사람보다 수명이 세 배는 길었다. 일단 스무 살의 성인이 되면 그 몸 그대로 삼백 년의 수를 누렸다. 그들은 병이 들지도 않았고 다치지도 않았다. 싸우지도 않았고 화를 내지도 않았다.

하지만 단 하나, 머리카락을 자르면 그들은 생명을 잃었다. 뱃사람들은 모두 그것을 알고 있었다. 그러니 뱃사람들은 사실상 화인들의 생명을 탐내었던 것이었다.

처음에는 생각뿐이었다. 하지만 생각이 거듭될수록 구체적인 형상이 만들어져 갔다. 그 형상은 결국 밖으로 드러났고 대대적인 전쟁이 일어났다.

화가야인들은 그 땅의 원주민이었던 화인들을 닥치는 대로 살상하기 시작했다. 밤낮이 없었고 장소도 가리지 않았다. 모두 뱃사람들이 주도를 하였다.

하긴 전쟁일 수도 없었다. 그것은 그냥 일방적인 살육이었다.

사람들은 악했으며 화인들은 선했다. 사람들은 탐욕에 가득 찼고 화인들은 평화를 원했다. 사람들은 무기를 들었고 화인들은 그저 서글픈 미소만 지을 뿐이었다.

머리카락이 잘리자마자 화인들의 몸은 산산이 조각나서 흩어졌다. 마치 깨어져 흩뿌려지는 수정 가루처럼. 그리고 그 가루들은 한 알 한 알 수정나비로 변했다. 태양궁에서만 살고 있는 수정나비는 사실은 피와 죄악의 상징인 것이었다.

뱃사람 가문은 수정나비의 원수. 수정나비들이 방물장수 할멈을 치 떨리게 싫어한 것이 바로 그 이유에서였다.

이때 떨치고 일어난 사람들이 '꽃의 전달자'들이었다. 민가에서 살던 화인들의 후손인 그들은 자신들의 핏줄인 화인들의 편에 서서 그들을 지키고 살육을 멈추기 위해 애를 썼다. 하지만 화가야인은 너무 많았고 꽃의 전달자들의 수는 너무 적었다. 모든 화인들을 소수의 꽃의 전달자들이 지킬 수는 없었다.

결국 화인들의 수가 백여 명 남짓밖에 남지 않게 되자, 화인들은 사람들 곁을 떠나기로 했다. 꽃의 전달자들에게 오직 화인의 숲에서만 살고 밖으로는 나오지 않겠다 선언했다.

그때부터 그들의 몸은 투명해질 대로 투명해져 버려서 일반 사람들은 더 이상 그들을 볼 수 없게 되었다. 오직 꽃의 전달자들과 뱃사람 가문의 사람들만이 그들을 볼 수 있었고 그들과 대화를 나눌 수 있었다.

꽃의 전달자들은 화인의 핏줄이어서, 뱃사람 가문의 사람들은 화가야인들 중 제일 처음으로 화인에게서 그런 능력을 부여받았기에, 가능했다.

화인의 숲에는 결계가 만들어졌다. 오직 화인들만이 들어갈 수 있는 꽃의 결계.

그리고 화인의 숲이었던 그곳은 어느새 이름마저도 통곡의 숲으로 변해 버렸다. 통곡의 숲 안에서도 화인들이 사는 곳에 출입할 수 있는 길은 꽃의 전달자들에게만 알려졌다. 숲의 이파리들은 하나같이 검붉게 변했다. 화인들의 피눈물이었다.

화가야 전국의 범들이 통곡의 숲으로 몰려왔다. 범들은 화인들이 사는 숲을 지키기 시작했다. 그렇게 통곡의 숲은 사람들에게 공포의 대상이 되었다.

그리고 어느새 화인들에 대한 이야기도 금기가 되었다. 부모가 된 그 누구도 자신의 아이에게 화가야가 원래는 화인들의 땅이었다는 진실을 들려주지 않았다.

그런데도 여전히 인간 세상을 동경하는 화인들이 간혹 있었다. 그들은 목숨을 대가로 하고 인간이 되려고 했다. 투명한 피부 대신에 인간의 살색을 원했다. 아름다운 꽃 색의 머리카락 대신에 칠흑의 머리카락을 원했다.

하지만 일방적인 살육 이후에는 더 이상 화인들은 뜻을 이루지 못했다. 대다수가 칼날의 의식을 치르는 중에 목숨을 잃었다.

물론 어쩌다가 칼날의 의식을 통과해서 꽃달의 사슬을 치르는 화인들도 있었다. 그들은 쉽게 사람들의 눈에 띄었다. 의식이 끝난 후 얼마간은 보통 사람들도 그들을 볼 수 있는 탓이었다.

그러면 사람들은 그들이 통곡의 숲의 요녀라며 두려움의 대상으로 삼았다. 혼을 빼앗아 가는 괴물이라고 하였다. 역시나 닥치는 대로 죽여 버렸다.

세월이 흘렀다.

화가야인들은 자신들의 흉악한 죄를 덮었고 화인들은 잊혀져갔다. 그리고 범이 사는 통곡의 숲, 그 숲의 요녀라는 두려움과 괴물의 이야기만 사람들의 뇌리에 남았다.

☾

태양궁 내화원의 온실에서 다선과 백일홍은 함께 살았다. 물론 원래부터 거기에서 살았던 것은 아니었다.

"백일홍님! 드디어 제가 태양궁의 화원장이 되었어요."

기쁨에 들떠서 백일홍을 보는 다선의 얼굴이 상기되어 있었다. 연두색의 구름이 떠올라 곧 눈이 내릴 것 같은 겨울날이었다.

"이제 백일홍님을 더욱 안전히 지킬 수 있게 되었어요."

다선의 기쁨은 백일홍을 위한 기쁨이었다.

그리고 돌아온 봄날, 백일홍은 다선과 함께 태양궁의 내화원으로 거처를 옮겼다.

"백일홍님! 온통 꽃들만 사는 곳이고 사람들의 출입은 제가 철저히 금할 것이에요. 여기에서 사 년간만 잘 지내시면 통곡의 숲으로 가실 수 있어요."

다선은 궁궐의 내화원장이 되어서 기쁜 것이 아니라 백일홍에게 좋은 집을 마련해 줄 수 있어서 기분이 좋았던 모양이었다. 꽃가지를 손질하면서 평소답지 않게 콧노래를 흥얼거렸다.

다선의 콧노래를 들으며 백일홍은 혼자서 온실을 나섰다. 백일홍이 막 열린 내화원 입구를 쳐다볼 때였다.

"어떡해? 그냥 들어가 볼까?"

"내화원 안에 들어가면 화원장님께 혼이 난대잖니?"

"그래도 한 번 더 보고 싶어. 우리 전각에 꽃을 가져다주러 왔는데, 꺅! 왕자님만큼 아니더라도 참으로 예쁘고 고운 분이시더라."

"맞지! 맞지! 나도 지나가는 걸음에 한 번 뵈었는데…… 꺅!"

"화원 선발 시험 경쟁률도 아주 높았다던데. 머리도 영민하신 모양이야. 어쩜 좋아!"

"사가에 있을 때부터 신묘한 솜씨를 지녔다 명성이 높으셨대."

"에휴! 그럼 뭐하니? 내화원에 발이라도 들일라치면 아주 경을 친다던데."

한 떼의 일궁녀들이 내화원 입구에 서서 소란을 떨고 있었다.

"안녕하세요?"

백일홍은 그들을 향해 고개를 숙였다. 공손한 몸짓이었다. 하지만 그들은 모두 백일홍을 무시하고 자기들의 이야기를 나누기에 분주했다. 한참을 꺅꺅대던 궁녀들은 끝내 백일홍을 못 본 체하고 발길을 돌렸다.

"왜 그러세요?"

백일홍이 어깨를 늘어뜨리고 온실로 들어서자 화분을 들고 있던 다선의 손길이 멈추었다.

"궁녀들 몇이 다녀갔어요. 입구에서 한참들 소요하다가 갔네요."

"아무도 백일홍님을 못 알아보았겠지요?"

백일홍의 어깨가 늘어진 이유를 다선은 금방 알아차렸다.

"자꾸 마음에 담아두지 마세요. 백일홍님을 볼 수 있는 사람은 저와 같은 꽃의 전달자들 그리고 선택된 뱃사람들뿐인 것을 아시지 않습니까?"

놀라운 말이 다선의 입에서 흘러나왔다.

꽃의 전달자!

전설이 되지 못한 이야기 속에서 화인들과 함께했던 그들의 조력자.

그렇다면 백일홍의 정체는?

온실 제일 안쪽 값비싼 옥 화분에 심어놓은 붉은 백일홍 한 송이. 그 꽃을 집으로 해서 살고 있는 백일홍은 바로 화인이었다.

보통 사람의 눈에는 보이지 않는 투명한 몸!

불타는 자수정 빛깔의 머리카락!

붉은 백일홍 꽃빛의 입술과 양 볼!

개울에 씻은 듯 맑은 눈동자!

꽃대처럼 반듯한 콧날!

나비 떼를 홀리는 짙은 꽃향기까지!

사람들의 횡포로 전설 속에서 쫓겨나 이제는 투명해져 버릴 대로 투명해진 몸으로 통곡의 숲에서만 살아가는 존재들, 화인!

"백일홍님! 이제 사 년만 참으시면 화인들이 사는 화인의 숲으로 갈 수가 있어요. 제가 반드시 무사히 모셔다드릴 것이에요."

"알고 있어요."

"인간들이 얼마나 잔인한 존재인지 이미 말씀드렸지요."

"사람들에게 가까이 가고 싶어 그러는 건 아니에요."

"부디 어머님의 죽음을 기억하십시오. 막 태어난 백일홍님을 꽃의 전달자였던 아버님께서 저희 집으로 모셔왔던 그 날이 지금도 눈에 훤합니다."

"……."

백일홍은 더 이상 말이 없었다.

며칠 후.

백일홍은 다시 내화원을 산책하고 있었다.

팔랄랄라랑.

날갯짓 소리가 들리더니 수백 마리의 나비가 백일홍을 향해 날아왔다.

더듬이가 실타래처럼 늘어진 노란 나비.

여섯 쌍의 날개가 차례로 접혔다 펴졌다 하는 주황색 나비.

꽁무니에 해초 같은 꼬리가 흐느적거리는 보라색 나비.

무엇보다 제일 신기한 것은 자신처럼 온몸이 투명하게 반짝이는 수정나비였다.

그리 많은 나비 떼는 백일홍도 처음 보는 장관이었다.

아! 그리고 이 짙은 향기는!

내화원의 어떤 꽃과도 구별되는 짙은 꽃향기가 백일홍의 콧속으로 스며들었다. 보통 사람들이 느끼지 못하는 자신만큼이나 짙은 향기였다. 백일홍의 눈이 휘둥그레졌다.

그런 백일홍의 눈이 더 커질 수 없게 완전히 휘둥그레진 것은 나비 떼를 몰고 걸어오는 겸을 보았을 때였다.

　백일홍은 홀린 듯이 겸에게로 다가갔다. 가까워질수록 겸의 향기가 더 짙어졌다. 향수에서 풍기는 향기가 아니라는 것을 금방 알 수 있었다.

　"응? 이게 무슨 향기지?"

　백일홍이 가까이 가고 있는데, 겸이 갑자기 뒤에 선 시종장에게 물었다.

　"무슨 향기 말이옵니까?"

　"처음 맡아보는 향기인데. 도대체 어느 꽃에서 풍겨오는 것인가?"

　겸이 이리저리 고개를 돌려 주변을 살폈다.

　어떻게?

　설마!

　내 향기를 알아챈 건가!

　백일홍의 가슴이 뜨끔했다.

　갑자기 나비 떼가 겸에게서 흩어졌다. 일제히 하늘로 날아오르더니 백일홍을 향해 모여들었다.

　"저기! 무엇이 있는 듯한데."

　나비 떼가 백일홍의 위를 춤추듯이 날아다니자 겸이 손을 들어 정확하게 백일홍이 있는 곳을 가리켰다.

　"아무것도 없사옵니다. 나비 떼가 왜 저러는 것인지."

　"아닌데. 저기 뭔가 붉은 것이."

　붉은 머리카락. 백일홍의 머리카락 색.

　말도 안 돼. 저 사람이 어떻게 나를!

"얼른 나에게서 흩어져 줘!"

백일홍이 나비들에게 말을 했다.

"저분에게로 다시 날아가!"

나비 떼를 향해 손까지 내젓자 나비 떼는 다시 겸에게로 날아갔다. 그러자 백일홍은 온실 안으로 황급히 몸을 숨겼다.

말도 안 돼!

내 향기를 맡을 수 있는 사람이라니!

내 머리칼을 볼 수 있는 사람이라니!

꽃의 전달자도 아니고 뱃사람도 아닌데! 분명 왕자님이라고 불렀는데.

백일홍의 얼굴이 붉게 달아오르고 심장의 두근거림이 멈추지를 않았다. 급하게 달려오느라 그런 것이 아니란 걸 그때는 몰랐다.

그 후로 나비 떼들이 날아오면 백일홍은 온실을 나섰다.

겸에게 가까이 다가가지는 못하고 꽃 속에 숨어서 겸을 지켜보았다. 그런데 용케도 그때마다 겸은 백일홍의 향기를 알아차리고는 의아해하였다. 몇 번 나비 떼가 날아드는 통에 곤란을 겪기도 했지만 더 이상 겸에게 머리카락을 들키지는 않았다.

한 번은 겸이 이런 말을 하며 눈물을 흘리는 것도 보았다.

"아율아! 도대체 이 향기는 무엇이냐? 혹 억울한 너의 죽음이 넋이 되어 내게 와서 머물다가 가는 것이냐?"

겸의 눈물이 유리 방울처럼 떨어졌다. 넋두리 같은 중얼거림이 너무나 슬퍼서 백일홍도 눈물을 흘렸다. 겸 앞에 나서지도, 옆에 가까이 가지도 못하고 백일홍은 숨어만 있었다.

궁에 들어오고 꽃달의 밤이 세 번쯤 흘렀을 때다. 어려운 부탁이 있다면서 다선 앞에 선 백일홍의 볼은 상기되어 있었다.

"다선! 나를 저기 온실 밖 꽃들 사이에 심어줄 수 있어요?"

"……."

처음에 다선은 백일홍의 말을 못 들은 척했다.

"다선!"

"백일홍님! 제가 아무리 단속을 한다지만 온실 밖은 한 번씩 궁인들이 출입을 하는 곳이요. 사람들의 눈에 띄면 어쩌시려고 그러세요?"

"온실 안이 너무 답답해서요. 사가에서부터 내도록 집 안에서만 지냈잖아요."

"다 백일홍님을 위해서 그런 것이에요. 제가 단속을 단단히 하고는 있지만 어떤 일이 벌어질지는 모릅니다. 왕자님은 아주 자주 다녀가시고요."

다선은 왕자님, 아주 라는 말에 힘을 주었다. 숨어서 겸을 지켜보는 백일홍을 다선 또한 숨어서 지켜보고 있었다.

"전 정말 괜찮으니 며칠만 그리해 주세요."

바로 그 겸 왕자 때문이라고는 차마 백일홍은 말하지 못했다. 겸 왕자 때문이냐고 차마 다선도 묻지 못했다.

다선은 깊은 한숨을 내쉬었다.

백일홍은 화인인 어머니와 인간인 아버지의 핏줄이었다. 그래서 처음에는 다선의 사가에서 함께 살았다. 하지만 백일홍이 열 살이 되자 정상적이었던 몸이 투명해져 버렸다.

백일홍을 사가에서 거두는 일은 힘들었다. 보이지 않는 백일홍

에게로 여느 때처럼 나비 떼가 날아들어 주변 사람들의 의혹을
사는 일이 빈번했다.

어느 때부터는 사실을 알아차린 뱃사람 가문의 방물장수 할멈
이 찾아와서 백일홍을 내달라고 하였다. 머리카락을 팔아 무역을
다녀오면 큰 부를 얻게 해주겠다고 제안하면서.

미친 소리 하지 말라며 다선은 방물장수 할멈을 단숨에 쫓아
내었다.

결국 궁에 들어오기까지의 오 년 동안 백일홍은 대문 밖 출입
을 못 했다.

"백일홍님! 제가 백일홍꽃을 구해 왔어요. 화인의 숲의 백일홍
이랍니다. 그러니까 이제 힘드실 때마다 여기 들어가셔서 편히 지
내세요."

다선이 백일홍이 심긴 귀한 옥 화분을 내밀었다. 그 후 백일홍
은 거의 백일홍 꽃 속에 들어가 다선의 방 안에만 있었다. 그럼에
도 불구하고 방물장수 할멈은 화가야를 나가 무역을 떠날 때마다
다선을 찾아와서 백일홍을 내놓으라고 야단을 했다. 머리카락이
잘리면 백일홍은 죽어버리지만 머리카락은 누구나 볼 수 있게 변
했다.

그 긴 시간 동안을 한 번도 백일홍은 투정을 부려본 적이 없었
다. 비록 화인이라고는 하나 백일홍도 결국은 작은 여아에 불과했
는데.

그런 백일홍이 처음으로 한 부탁이었다. 겸에 대한 백일홍의
마음을 알면서도 결국은 다선이 지고 말았다.

흙째로 백일홍을 화분에서 들어내는 다선의 손길은 조심스러

웠다. 잘 보이지 않는 모퉁이 끝자락에 백일홍을 심었다. 일부러, 일부러 아주 모퉁이 길을 골랐다.

"다선! 정말 고마워요."

백일홍의 투명한 몸이 연기가 스미듯 백일홍 꽃 속으로 들어갔다.

"궁인들이 못 들어오도록 더 단단히 단속을 하겠어요."

백일홍 꽃을 보며 다선이 말을 하였다. 다선의 아픈 입술 끝이 하얗게 물렸다.

'며칠만 지나면 다시 화분으로 옮겨 심어야지.'

혼자 생각을 하며 다선은 손에 묻을 흙을 털어내었다. 그 일이 결국은 이 모든 이야기의 시작이 될 줄은 꿈에도 모르고.

겸은 내화원을 좋아했다.

꽃그늘 안에 들어앉아 있으면 온 세상이 꽃으로만 가득 차 끝없이 펼쳐졌다. 아무것도 겁나지 않았고 아무도 자신을 찾아내지 못했다. 더욱이 광운비는 절대로 겸을 찾지 못했다.

누구에게나 친절하고 부드러운 미소를 짓는 왕자였지만 그건 겸의 본모습이 아니었다. 병약한 부왕의 보호를 받지 못한 채 사악한 광운비에게 시달리는 화가야의 유일 왕자에게는 마음껏 눈물 흘릴 안식처가 필요했다.

그날은 시종장을 떼어놓고 혼자서 내화원엘 왔다. 겸은 끝없이 늘어진 꽃길을 걷고 있었다. 그런데 저만치 한 귀퉁이에서 익숙한 향기가 풍겨왔다.

"응? 이 향기는?"

나직하던 겸의 걸음이 성큼성큼 크게 놓였다. 잘 보이지 않는 귀퉁이 부분까지 거침없이 다가갔다. 한참을 걸었다. 그리고 그 자리에 다다랐을 때, 겸의 눈에 들어온 것은 커다란 꽃 한 송이를 이고 있는 붉은 백일홍이었다.

"응? 이건 분명 그동안 내 주위를 따라다니던 향기인데."

다른 곳에서는 볼 수 없는, 키가 커다란 백일홍이었다.

백일홍! 백일 동안 붉은 꽃송이가 피어 있다는 꽃.

겸이 백일홍의 꽃대를 살짝 건드려 보았다.

"어제까진 분명 없었던 것 같은데."

겸이 고개를 갸웃거릴 때마다 수정나비 떼가 날개를 팔랑거렸다.

흠!

겸이 백일홍의 향기를 들이마셨다. 그러더니 백일홍의 옆에 벌러덩 몸을 눕혔다.

"왜 그동안 내가 널 못 보았을까? 정말 기분이 좋은 향기로구나. 참으로 마음이 편안해지는 향이야!"

백일홍의 향기는 왠지 아율의 향기를 떠오르게 했다. 백일홍의 옆에 누워버린 겸의 눈이 곧 감겼다. 오랜만에 맛보는 단잠이었다.

그 모습을 멀리에서 지켜보는 다선의 눈에 슬픔이 어렸다. 다시 백일홍을 옥 화분에 옮겨 심기는 틀린 일이란 것을 깨달았다.

그 이후로 겸은 백일홍을 계속 찾아왔다. 언제나 혼자였다.

"아느냐? 나는 너의 이 향기가 너무나 좋구나. 다른 그 어떤 꽃하고도 구별되는 너의 이 향기가 말이야. 너의 꽃잎도 참으로 귀하지만 이 향이야말로 어느 꽃에 비할 수가 있겠어?"

겸의 말에 백일홍도 가만히 꽃잎을 흔들어주었다.

'저도 왕자님의 향기가 너무 좋아요.'

"네가 만약 사람이었다면 아마도 심성이 참으로 고운 아가씨일 게야. 나는 알아. 너의 향기를 맡으면 그걸 알 수가 있어. 그리고 말이지! 네가 그리 고운 아가씨라면 난 널 나의 비로 맞고 싶구나!"

'왕자님의 비가 된다? 정말요?'

"난 겨울이 오는 게 너무 싫구나. 겨울이 오면 남쪽 별궁에 가서 지내야 하는데 널 여기 혼자 두고 가야 하는 게 싫어. 눈이 내려서 겨울을 좋아했었는데 이제 겨울은 오지 않았으면 좋겠단다."

'저도요. 저도 왕자님과 헤어지는 것은 싫어요.'

그 후 이 년간, 겸은 겨울 별궁에서 빨리 돌아왔다.

"아율이는 말이야! 아주 고운 아이였단다. 열 살짜리 여아가 어찌 그리 얌전하고 빼어났던지 거리 행렬에 나서면 화가야 백성들이 모두 아율이의 이름만 불러댔었지. 그리고 그 아이의 매화 향기도 정말로 짙었단다. 꼭 너처럼 말이야."

어느 날은 겸이 와서 아율 공주에 대한 이야기를 하기도 했다.

"그런데 이제 그 고운 아이를 볼 수가 없단다. 그 예쁜 춤사위도 다시는 볼 수가 없어. 그리고 이리 오랜 시간이 흘렀는데도 나는 어제 일처럼 그 아이가 또렷해."

겸의 눈빛이 서글펐다.

"보고 싶구나. 우리 아율이. 그리웁구나. 가여운 나의 누이!"

겸의 눈에 눈물이 그렁그렁 고였다.

'너무 슬퍼하지 마세요. 왕자님!'

백일홍은 꽃잎을 펼쳐서 겸을 조그맣게 다독여 주었다.

"내 진정을 털어놓을 수 있는 나의 유일한 친구. 너는 언제나 내 곁에 있는 거다. 그렇게 떠나지 않기다. 알았지?"

겸이 갑자기 꽃잎 위에 입을 맞추었다. 꽃잎보다 고운 겸의 입술이 꽃잎 위에 내려앉자 백일홍은 더 붉어질 낯빛도 없는데 얼굴을 붉혔다.

"이건 너와 나의 약조의 증표야."

꽃잎에서 입을 뗀 겸의 얼굴이 부드럽게 풀렸다.

"백일홍아! 화가야의 왕자로 태어난 것이 나에게 행일까? 불행일까? 시종장도 홍화 이모님도 모두가 날 왕자로만 대하고 있어. 한 군데 투정 부릴 데도 없단다. 정말 어떨 땐 화가야의 유일 왕자이고 싶지가 않아. 하지만, 너라도 있으니 다행이지. 너라도 곁에 있으니 얼마나 안심이야? 이리 오래오래 나와 함께해 주어야해. 약속할 테지?"

겸이 손가락을 내밀었다. 백일홍도 손가락을 내밀고 싶었지만 백일홍에게는 손이 없었다.

"백일홍아! 광운비마마는 참으로 무서운 분이시란다. 부왕 전하의 뒤를 이어 내가 한울왕이 되어야 하는데 나는 그분이 너무 무섭구나. 내가 과연 왕실을 잘 이끌어갈 수가 있을까? 아니, 내가 그분의 겁박 아래 목숨을 이어 나갈 수는 있을까?"

'괜찮아요. 왕자님은 잘하실 수 있을 거예요.'

"그래. 힘을 낼 거야. 언제나 내 곁을 지켜주는 네가 있으니 나는 힘을 낼 거야."

그런 이야기를 할 때면 겸은 백일홍의 줄기를 가만히 감싸 안았다.

이 년이 흘렀고 겸은 스무 살이, 백일홍은 열여덟 살이 되었다.

"백일홍아! 난 일 년 동안 화가야를 떠나 있어야 해. 화가야의 왕위 계승 왕자가 스무 살이 되면 꼭 치러야 되는 의식이지. 비록 화가야가 역사에도 기록되지 않고 숨어 살지만 세상 돌아가는 이치는 알아야 하니까. 너를 두고 가는 게 너무 마음이 아프지만 조금만 참고 있으렴. 일 년 후에는 꼭 다시 돌아와 너를 만나러 올 테니. 참, 그리고 너에게 이름을 하나 지어주고 갈게. 어디에 가서 붉은 백일홍을 보게 되더라도 그것과는 다른 너를 나는 떠올릴 테니까. 고운 네 이름은 말이지……."

겸은 백일홍에게 이름을 하나 지어주었다.

'왕자님! 이 이름 꼭 기억하고 간직할게요. 얼른 돌아오세요!'

백일홍은 기꺼이 기다리겠다고 꽃송이를 흔들었다. 나비 떼를 휘장처럼 휘날리며 겸은 백일홍을 떠났다.

시간이 흘렀다.

백일홍은 단 한 번도 꽃 밖으로 나오지 않았다. 다선이 몇 번을 간곡히 부탁했지만 소용이 없었다. 언제 겸이 돌아올지 알 수가 없었다. 백일홍은 꽃의 모습 그대로 겸을 기다려야만 했다.

일 년 후, 백일홍은 열아홉 살이 되었다. 그리고 겸은 다시 화가야로 돌아왔다.

하지만…….

겸은 두 번 다시 백일홍을 찾아오지 않았다. 일 년간의 외유에서 얻어 온 겸의 꽃가루 염증병은 심각한 수준이었다. 양화관의 뜰까지도 다 파헤쳐 버렸다.

백일홍은 꽃잎을 피워 올릴 힘을 잃었다. 좋은 향기도 피워내기 싫었다. 윤이 났던 꽃잎은 퍼석퍼석하니 병이 들고 움푹움푹 상처가 배였다. 세상에 둘도 없던 향기도 어느새 희미해지고 말았다.

「왕자님! 왕자님!」

백일홍이 목이 메도록 불러보아도 겸은 듣지 못했다.

본체인 꽃을 떠나 멀리 갈 수 없는 백일홍은 겸을 보러 갈 수가 없었다. 백일홍의 그리움이 병이 되었고 병은 온몸에 독을 퍼뜨렸다.

"꽃이 잘못되면 백일홍님의 생명 또한 보존하실 수가 없어요. 어떻게든 살아는 계셔야 왕자님을 다시 만날 기약이라도 있지요."

다선이 애원도 하고 회유도 해보았지만 백일홍은 아무런 말이 없었다. 꽃 속에 들어 있는 채로 두 번의 겨울을 보내었다. 칼바람이 살을 베고 된서리와 눈은 발을 얼렸다. 그래도 백일홍은 꼼짝도 하지 않았다.

시간은 거짓말같이 흘렀고 백일홍은 스무 살이 되었다.

스무 살.

선택을 할 수 있는 나이.

백일홍이 헛된 선택을 하게 될까 봐 다선은 너무나 걱정이 되었다.

그렇게 스무 살이 막 된 올해의 이월, 꽃달의 밤.

늦은 시각임에도 내화원 온실 안은 촛불 빛이 환했다. 붉은 백일홍 꽃이 심긴 옥 화분을 가운데 두고 백일홍과 다선이 마주 앉아 있었다. 다선은 이 년 만에 꽃에서 나온 백일홍을 만났다.

잘 갈아둔 칼 하나가 옥 화분 옆에서 날을 빛냈다. 초췌하게 마른 백일홍의 투명한 얼굴에 칼날 빛이 이리 일렁거렸다 저리 일렁거렸다.

"정녕 하셔야겠습니까?"

다선의 음성이 비통했다.

"저는 칼날의 의식을 치를 수 있는 스무 살이 되기만을 간절히 기다렸어요."

"어머님의 죽음을 생각하십시오. 잔인한 미망 따위는 가슴에 품지 마시라 제가 누누이 일러 드렸는데."

다선의 마음이 무너졌다.

우루루!

무너지는 소리가 너무 거대해서 온실이 흔들리고 내화원이 흔들리고 태양궁 전체가 요란하게 요동을 쳤다.

"백일홍님의 어머님도 백일홍 화인의 몸으로 사람이셨던 아버님을 연모하셨지요. 그래서 죽음을 대가로 칼날의 의식을 치른 후 사람이 되셨어요. 요행히 어머님께서는 칼날의 의식을 치른 후에도 목숨을 잃지 않으셨거든요. 두 분은 행복하셨고 삼 년째 접어드는 해에 백일홍님이 태어나셨지요."

"……."

"딱 한 번의 꽃달의 사슬 의식이 남은 때였어요. 해산을 하고 몇 시간 지나지도 않은 몸으로 어두운 창고 안에서 어머님은 마지막 꽃달의 사슬이 빨리 지나가기만을 기다렸을 거예요."

그날만은 다선은 백일홍에게 너무 잔인했다. 날카롭게 백일홍의 가슴을 찢었다.

"그때, 이상하게 여긴 아버님이 창고의 들창을 통해 낮처럼 환한 빛을 발견하셨을 거예요. 당연히 들여다보셨겠죠. 그리고는 꽃달의 사슬에 묶인 어머님을 발견하셨어요."

다음 이야기는 듣지 않아도 이미 알고 있었다.

사랑하는 여인이 통곡의 숲의 요녀라고 생각하게 된 순간, 세상의 것이 아니게 빛나는 몸과 붉은 머리카락에 사내는 제정신을 잃었다. 배신감과 분노와 두려움을 참을 수가 없었다. 가차 없이 창고 문을 열어젖히고 들어간 사내의 손에는 어느새 낫이 들려 있었다.

쉬익!

낫이 휘둘리며 뱀의 혓소리를 내었다. 두 번 휘두를 것도 없이 낫에 맞은 여인의 숨이 끊어졌다.

아!?

잠시 후에야 자신이 저지른 일을 알아차린 사내는 손에 든 낫으로 미련 없이 자신의 목도 그어버렸다.

붉은 백일홍 꽃잎이 산산이 흩날리고 그 위에 더운 피가 흩뿌려졌다.

순간, 마지막 꽃달의 사슬의 밤이 끝나길 손 모아 기다리던 다선의 아버지의 심장 가운데로 극심한 통증이 뚫고 지나갔다. 화인과 꽃의 전달자의 감정은 서로 연결되어 있었다. 지체 없이 백일홍의 집으로 달려왔고 죽어 있는 두 사람을 보았다.

은밀히 사람이 와서 두 사람의 시신이 처리되었다.

배고픔에 잠이 깨어 울고 있던 아기 백일홍은 다선의 아버지의 품에 안겨 다선의 집으로 왔다.

"열 살이 되자 백일홍님의 몸도 투명해지기 시작하셨죠. 꽃달의 사슬을 끝내지 못한 어머님의 피가 흐르기 때문이었죠. 그날부터 오늘까지 저는 백일홍님의 꽃의 전달자가 되어서 백일홍님을 지키는 일에 제 목숨을 걸었어요. 태양궁 내화원의 화원이 된 것도 다 백일홍님이 스무 살이 되어 화인의 숲으로 돌아가기까지 가장 안전하게 지키기 위해서였단 말이에요."

인간 세계에서 태어난 화인의 핏줄은 스무 살이 되어야만 화인의 숲의 결계를 통과할 수 있었다.

"잘 알고 있어요."

"아시면서, 그 긴 시간 제가 어찌 시름을 하였는지 아시면서 정녕 이리하셔야겠어요?"

"송구합니다."

"모지십니다."

"네. 그 어머니의 딸이라 저 또한 이렇게 모진가 봅니다."

"후회하시지 않겠습니까?"

백일홍은 고개를 저었다.

"사람이 되어 그분 곁에 서보고 싶습니다. 화인인 저는 알아보셨지만 사람이 된 저는 알아보지 못하셔도 좋아요. 아니, 평생 그분 곁에 가보지 못하고 홀로 늙어가도 상관없어요. 그저 저는 사람이 되고 싶어요."

벼려둔 칼날에 촛농이 떨어지면서 반으로 쪼개졌다. 마치 칼날에 죽어갈 백일홍의 눈물처럼.

"꽃의 마음이 다르고 사람의 마음이 다르며 꽃의 연모가 다르고 사람의 마음이 다른 법입니다."

"……."

"진정 칠십 년의 짧은 생을 사시려 삼백 년의 긴 생명을 버리시겠습니까?"

"연모를 잃고 살아간다면 삼백 년의 긴 세월이 무슨 소용이 있겠어요?"

"생명과 바꾸는 연모라니 도대체 그 마음이 무엇인지 저는 이해가 되지 않아요. 많이 고통스러우실 것입니다. 목숨을 장담할 수도 없어요. 칼날의 의식이 끝나는 순간 백일홍님에 대한 왕자님의 기억도 소멸할 것이고요."

화인의 연모의 대상은 화인이 칼날의 의식을 치르게 되면 화인에 대한 모든 기억을 잃었다.

"괜찮습니다."

"지금의 아름다운 모습도 잃으실 것이에요. 멍투성이 흉한 모습의 인간이 될 것입니다. 세상의 어떤 약재로도, 의술로도 치료할 수 없는 흉한 상처를 안고요. 그나마 서른여섯 번의 꽃달의 사슬이 지나야 겨우 본모습을 찾으실 것인데."

"하니 더 송구합니다. 이리 잔인한 의식을 부탁드려서. 하지만 이 연모를 잃고는 어차피 제가 살 수가 없을 것 같아요."

무슨 말로도 더 이상 백일홍을 말릴 수 없었다. 다선의 눈에 검은 슬픔이 차올랐다.

'하면 저의 연모는 어찌해야 합니까?'

묻지도 못한 채 칼을 집어 드는 다선의 온몸으로 이월의 겨울

바람이 싸늘했다. 다선이 백일홍의 가까이로 다가앉았다. 칼날의
의식을 행하려는 줄 알았다. 하지만 대선은 팔을 내밀어 가만히
백일홍을 감싸 안았다.

"다선님!"

다선을 밀어내지도 못하고 백일홍은 고개를 떨구었다. 두 사람
의 속눈썹이 파르르 떨렸다.

다선은 백일홍을 안고 눈을 감았다. 다가오는 백일홍의 향기를
코가 아닌 가슴으로 들이마셨다. 어지럽고 아늑했다.

처음이었고 어쩌면 또 마지막일 것이었다.

백일홍의 이 여린 몸을 안아보는 것은……

한결같았던 다선의 마음이었다. 백일홍이 사람이 되겠다는 헛
된 미망을 갖지 않기를 기원했지만 그보다 더 간절히 사람이 된
백일홍과 함께할 수 있기를 다선은 기원했었다. 혹 그렇게 된다면
영원히 자신의 마음은 변치 않으리라 다짐했었다.

그랬는데!

'이제 다 부질없는 갈망이 되어버렸구나!'

다선의 눈가가 이지러졌다.

"하면."

마음 한 자락 고백하지 못하고 다선의 팔에 힘이 풀렸다.

"지금부터 백일홍님의 칼날의 의식을 시작하겠습니다."

다선이 백일홍의 몸을 밀어내었다. 백일홍은 자세를 고쳐 앉으
며 고개를 끄덕였다.

"그만둬야겠다고 생각이 드시면 언제든 제 이름을 부르십시오.
마지막 순간까지는 기회가 있어요."

다선의 떨리는 손이 백일홍이 심긴 옥 화분을 쥐었다.

"시작하세요."

백일홍의 입이 일자로 굳게 닫혔다.

얼마나 시간이 지났을까?

결국 다선이 옥 화분의 흙을 긁어내기 시작했다.

싹싹!

조금씩 조금씩 백일홍의 뿌리가 드러났다.

쓰르륵.

순간, 앉아 있던 백일홍의 몸이 움찔거렸다. 명치 끝이 막히면서 호흡이 가빠졌다.

흐읍-!

백일홍의 몸이 옆으로 기울어졌다. 느린 다선의 손길이 계속 흙을 파냈다. 백일홍의 호흡은 더 가빠졌다.

왕자님!

백일홍은 겸의 모습을 떠올렸다. 온실의 벽이 빙글빙글 돌기 시작했다. 두 손이 저절로 배 앞으로 모였다.

쑤욱!

백일홍 꽃의 뿌리가 화분에서 완전히 뽑혀 나왔다. 백일홍의 눈앞이 노래지면서 그나마 빙글빙글 돌던 온실 벽이 눈에 보이지 않았다.

"백일홍님!"

부르는 다선의 음성에 눈물기가 가득했다.

"흐읍! 계속- 흐읍! 그냥 계속- 하세요!"

숨이 넘어가는 목소리로 백일홍이 말했다.

계속 겸의 얼굴에만 정신을 모았다. 오 년이건 십 년이건 내화원에서 기다리고 있으면 겸의 얼굴을 볼 수는 있을 것이었다. 꽃가루 염증병이 다 나으면 분명 겸은 내화원에 다시 찾아올 것이었다. 그러면 혹시나 한 번쯤은 겸이 자신을 쳐다볼지도 모를 일이었다.

백일홍은 오직 그 생각만 하였다.

이번에는 다선이 백일홍의 초록 이파리를 하나하나 떼어내기 시작했다.

스슥! 스스슥!

배에 모였던 백일홍의 두 팔이 제멋대로 요동을 쳤다. 가는 혈관의 곳곳이 뚫리기 시작했다. 그리고 뚫린 구멍마다 백일홍 꽃잎이 분수처럼 솟구쳤다.

"흐읍! 흐읍!"

겸의 얼굴이 흩어지려고 했다. 백일홍은 생각을 모아 모아 간신히 그 모습을 붙들었다.

이파리가 다 뜯겨 나가자 이번에는 꽃잎의 순서였다. 눈물투성이가 된 다선이 꽃잎을 하나하나 뜯어내기 시작했다.

"으흐흐흑!"

스물넷의 사내가 부끄러운 줄도 모르고 울음소리를 내질렀다.

이번에는 백일홍의 머리에 송곳으로 찌른 듯 예리한 구멍들이 생겨났다. 그리고 거기에서도 붉은 꽃잎은 분수처럼 또 솟구쳐서 흩날렸다.

점점 더 높이, 점점 더 세게. 점점 더 많이.

백일홍의 머리가 미친 듯이 흔들렸다.

'왕자님! 왕자님! 힘을 주세요! 왕자님!'

낭자한 핏물 같은 백일홍 꽃잎이 온몸을 타고 흘러내려 고였다.

'아아아! 아아악! 아아아아아아악!'

"으흐흐흑! 흐흐흐흑!"

밖으로는 내지르지 못하는 백일홍의 비명이 머리에서 폭발했다. 입에서도 붉은 꽃잎을 피처럼 토하기 시작했다. 다선의 울음도 자꾸 커져 갔다.

이제 다선의 칼이 백일홍의 뿌리를 향했다. 빨리 끝내기 위해 다선의 손길은 점점 빨라졌고 울음소리는 짐승의 소리처럼 변했다.

싹둑!

'으아아아아아악!'

뿌리가 잘리자 백일홍의 몸이 튕기듯이 하늘로 솟구쳤다. 그대로 땅으로 내려오지 못하고 백일홍은 허공에서 발버둥을 쳤다. 그래도 백일홍은 다선의 이름을 부르지 않았다.

마지막으로 다선의 칼은 꽃술만 남은 꽃송이를 향했다. 재빠른 동작이었다. 끝끝내 자신을 부르지 않는 백일홍을 위해서 빨리 끝내는 것이 최선이었다.

싹둑!

다선의 칼이 지나가자 꽃송이가 그대로 떨어져 내렸다. 다선의 손에 남은 것은 가느다란 백일홍 꽃대뿐이었다.

투두두두 툭!

튕기듯 솟구쳤던 백일홍의 몸이 땅으로 떨어져 내렸다. 옆으로 고개를 돌려 떨어진 그대로 아무런 미동도 없었다. 내쉬는 숨도, 들이쉬는 숨도 모두 멈추어 버렸다.

백일홍의 머리에서, 입가에서, 팔에서, 다리에서 온통 붉은 백일홍 꽃잎만이 낭자하게 흘러내렸다. 온통 핏빛이었다. 커다란 피무덤이 만들어졌다. 꽃 피의 냄새가 온실 안에 진동을 했다.

"으흐흐흑! 으흐흐흑! 비명이라도 지르실 것이지……!"

칼과 대만 남은 백일홍을 손에 들고 다선도 피눈물을 쏟았다.

그대로 죽은 듯이 시간이 지났다.

낮 시간, 내화원을 돌보는 다선의 모습은 넋이 나간 사람 같았다. 다선의 발밑에 키 작은 꽃들이 밟히기도 하고 꽃을 보내 달라고 각 궁실에서 보내온 서찰들이 그대로 쌓여 있기도 했다.

꽃대를 만지는 다선의 손길이 수전증이라도 걸린 것처럼 떨렸다. 꽃들이 힘들다며, 아프다며 비명을 질러댔지만 다선의 귀에는 들리지 않았다.

밤이 되면 다선은 잠도 자지 않고 백일홍의 곁을 지켰다. 남들은 보지도 못하는 백일홍 꽃무덤 속에 주저앉아 손 하나 꼼짝할 수 없었다.

이대로 다시 눈을 뜨지 못하시면 나는 어떡해야 하나??

그 생각만으로도 다선은 숨이 막혔다. 짧은 한잠도 잘 수가 없었다. 내화원의 꽃들도 조용히 숨을 죽였다. 끝없는 암흑이 영원히 끝날 것 같지가 않았다.

백일홍의 코끝에 손을 대어보아도 숨소리 하나 잡히지 않았다. 다선이 자신의 머리를 미친 듯이 때렸다.

"내 탓이다! 다 내 탓이야!"

다선이 검을 맞은 들짐승처럼 울부짖었다. 시간은 덧없이 흘렀다.

파르르르르–!

예고도 없이 백일홍이 떨리는 눈썹을 밀어 올렸다. 제일 먼저 온실의 천장이 눈에 들어왔다. 온실 벽에서는 새로 찾아온 봄날의 햇살이 잘게 부서졌다.

"백일홍님!"

다선이 비명처럼 부르며 백일홍의 옆으로 달려왔다. 바싹 말라 피부가 일어난 다선의 입술에서는 피가 터졌다. 백일홍은 겨우겨우 다선에게 웃어 보였다.

"화원장님!"

다선을 부른다고는 했는데 목소리가 들렸는지는 잘 모르겠다. 백일홍은 오른손을 들어 올려 보았다.

툭!

처음에는 아무런 힘이 없어 떨어졌다. 다시 힘을 모아보았다. 겨우 떨리는 손을 들어 눈앞으로 가져왔다.

멍투성이긴 하지만 고운 살결의 피부. 투명하던 백일홍의 몸은 사람과 똑같은 살색의 피부를 지니고 있었다.

이번에는 머리카락을 한 가닥 집어보았다. 칠흑 같은 머리카락. 불꽃의 색으로 타올랐던 붉은 머리카락도 이제 화가야 사람들과 똑같은 색이 되었다.

다행이었다. 백일홍은 칼날의 의식을 무사히 통과했다.

"백일홍님!"

다선이 다시 비명처럼 불렀다.

"더 이상 저를 백일홍이라고 부르지 마세요. 제게는 왕자님께오서 주신 저만의 이름이 있잖아요."

정신을 차린 백일홍의 첫 말이었다. 다선은 검은 슬픔이 더 깊어진 눈으로 아무런 말도 하지 못했다.

그래. 이만큼이라도 되었다. 이리 살아서 다시 돌아왔으니 그것만으로도 나는 되었다. 이리 살아나셨으니 그걸로 나는 되었어.

다선은 스스로를 위로하였다.

그리고 두 번의 꽃달의 사슬이 지난 오월의 봄날.

사람이 된 백일홍의 몸에 멍 자국은 여전히 남아 있었고 하늘에서는 맑은 날씨를 알리는 연노랑 구름이 흘러가고 있었다.

백일홍은 꽃 사이를 걷고 있는 중이었다. 어디선가 갑자기 겸의 흰나리 향이 홀리듯이 풍겨왔다. 세상 그 어느 꽃하고도 구별되는 겸만의 향기였다.

설마—!

하지만 분명했다. 백일홍은 겸의 향기가 풍겨오는 쪽으로 고개를 늘어뜨렸다.

아! 겸 왕자님!

겸이 막 내화원으로 들어서는 중이었다.

두근! 두근! 두근!

주체할 수 없게 심장이 뛰기 시작했다. 개구리 울음주머니처럼 크게 부풀어 올라 금방이라도 터질 듯했다.

백일홍은 얼른 몸을 숨기고 뒤를 따랐다. 꽃들에게는 겸이 온 것을 다선에게 알리지 말라 단단히 당부를 하였다. 어찌나 기척 없이 따라왔는지 겸도 시종장도 솔나의 걸음을 알아차리지 못했다. 넋을 놓고 한참을 따라왔다.

그런데 한순간, 겸이 나비 떼를 날려 보냈다. 그리고 나비 떼는 조금의 망설임도 없이 백일홍에게로 와서 맴을 돌았다. 곧 겸의 발걸음도 백일홍 쪽으로 움직이기 시작했다.

벡일홍은 재빨리 몸을 돌려 버렸다. 다가오는 겸을 어떤 얼굴로 맞아야 할지 몰랐다. 물레 실처럼 얽혀 버린 머릿속에는 아무런 말도 떠오르지 않았다.

겸의 기척이 자신의 뒤에 와서 한참을 머물 때에야 어쩔 수 없이 다시 겸을 향해 몸을 돌렸다.

아! 정말! 왕자님!

이 년 만에 다시 만난 겸은 기억 속의 모습 그대로였다. 그리고는 백일홍을 향해,

"누구냐? 넌?"

이라고 겸이 물었다.

이 년을 거의 매일이다시피 백일홍을 찾아왔던 겸이었다. 하지만 이런 모습의 백일홍은 처음 보았고 사람의 모습은 더욱이나 꿈에서조차 상상하지 못했을 것이었다. 그러니 설령 기억을 잃지 않았다고 하더라도 그렇게 묻는 것은 당연한 일이었다.

겸에게 백일홍은 이제 완전히 낯선 사람일 뿐이었다.

"누군가? 이 아이는?"

겸이 다선에게 물었다. 이미, 다선과 백일홍은 기억을 잃고 저잣거리를 떠도는 것을 다선이 거두어들였다고 하기로 서로 말을 맞추었다.

슬픈 눈동자의 다선은 겸에게 그 여인의 이름이 솔나라고 아뢰

었다. 그리고 겸을 따라 내화원을 떠나가는 백일홍의 뒷모습을 오래오래 지켜보았다.

일 년간의 외유를 떠나기 전, 겸이 백일홍에게 지어준 이름이 바로 솔나였다.

백일홍의 꽃말은 <인연>.

7.
해당화 바닷가의 입맞춤

"화원장님! 화원장님!"

일궁녀 한 명이 내화원으로 왔다. 궁녀는 문 앞에서 안쪽으로 목을 늘이더니 다선을 불렀다. 하지만 여전히 아무런 인기척이 없었다.

"화원장님!"

태양궁에 들어온 지 얼마 되지 않은 궁녀이지만 다선에 대한 소문을 들어서 잘 알고 있었다. 그 누구를 막론하고 내화원에 발을 들이는 것을 용납하지 않는다고. 모르고 발을 들인 궁녀들은 다선에게 혼쭐이 나서 넋이 빠질 정도라고.

그런데 왜 자신을 내화원으로 오라고 전갈을 넣었는지 모르겠다. 청천비의 궁실인 세화관의 뜰 가꾸는 일이 분주하기만 한데.

그리고 그렇게 자신을 불러놓고 다선은 기척도 없었다. 일궁녀는 짜증이 일었다.

"아이! 참! 화원장님!"

어쩔 수 없이 궁녀의 발이 내화원의 문을 넘어서고 막 해바라기가 늘어 핀 담장을 온전히 지났을 때였다.

쾅!

시끄러운 소리를 내며 궁녀의 등 뒤에서 내화원의 궁실 문이 닫혔다. 뒤를 돌아본 궁녀는 자지러지게 놀라고 말았다.

"놀래라! 저 문이 왜?"

온통 꽃들만 빼꼼하게 피어 있어서 닫은 사람도 없이 문이 닫혀 버리자 일궁녀는 소름이 올랐다.

궁녀가 다시 내화원 문 쪽으로 나갈 때였다.

담장 사이로 늘어진 담쟁이덩굴이 쑥쑥 자라나기 시작했다. 그리고 마치 공기 중에서 흐느적거리는 문어의 발처럼 꿈틀거리는 담쟁이덩굴의 줄기가 궁녀에게로 다가왔다.

"으악!"

문이 닫히는 바람에 놀란 궁녀는 담쟁이덩굴이 꿈틀거리며 다가오자 결국 비명을 터뜨렸다.

"엄마야!"

다가온 담쟁이덩굴이 궁녀의 발목을 감아버렸다. 궁녀로서의 처신도 잊고 소리를 내질렀다. 도망치려고 해보지만 손목과 발목을 단단히 감아버린 담쟁이덩굴이 질기기만 했다.

"살려주세요! 엄마……!"

다시 한 번 소리를 내지르려 하지만 끝맺음 하지 못한 비명이었다. 어느새 크게 자라난 해바라기의 잎이 궁녀의 얼굴 밑을 감싸면서 입을 막아버린 탓이었다.

궁녀는 담쟁이덩굴에 발목이 잡히고 해바라기 잎에 입이 막힌 채로 발버둥을 쳤다. 두려움에 바들바들 떨리는 궁녀의 온몸은 사시나무는 저리 가라였다.

"광운비마마가 사주하셨더냐?"

두려움에 떨고 있던 궁녀의 등 뒤로 음성 하나가 떨어졌다. 엄하고 날카로운 음성이었다. 소매가 늘어진 팔을 뒷짐을 지고서 다선이 궁녀에게로 다가왔다.

"청천비마마의 매화분 말이다. 광운비마마가 시켰더냔 말이다."

다선이 묻는 말의 의미를 알아차린 궁녀가 고개를 좌우로 격하게 흔들었다.

"다시 한 번 물으마. 광운비마마의 사주를 받고 하였더냐?"

이번에도 궁녀는 고개를 좌우로 흔들었다.

"아직 혼이 덜 난 모양이로구나."

다선이 손을 들더니 해바라기를 향해 흔들었다. 그러자 해바라기의 다른 이파리가 길게 자라나더니 이번에는 궁녀의 얼굴 윗부분을 감쌌다. 궁녀의 얼굴 전체가 해바라기 이파리로 덮여 버렸다.

"읍! 읍! 읍!"

더욱 공포에 질린 궁녀가 발광을 하듯 몸을 흔들어댔다. 하지만 견고한 담쟁이덩굴도, 해바라기 잎도 꼼짝을 안 했다.

"이곳에서 너 하나 죽어 나가도 누구 한 명 아는 사람이 없을 것이다."

다선이 궁녀의 앞에 가서 무릎을 세우고 앉더니 턱을 괴었다. 음성에 담긴 날카로움은 한층 더 깊어졌다. 물론 다선은 궁녀를 해할 생각은 손톱만치도 없었다.

"마지막으로 묻겠다. 청천비마마의 매화분은 광운비마마의 사주냐?"

"읍! 읍!"

지금까지와는 다르게 궁녀의 고개가 아래위로 격하게 끄덕였다. 해바라기 이파리도 고갯짓을 따라 같이 아래위로 흔들렸다.

"그렇단 말이지?"

턱을 괴고 있던 다선이 몸을 일으키자 궁녀의 얼굴을 감싸고 있던 해바라기 이파리가 제자리로 돌아갔다.

겨우 해바라기 이파리에서 해방된 궁녀가 손목과 발목을 감고 있는 담쟁이덩굴을 보며 울상을 지었다.

"살, 살려주세요. 화원장님!"

"네 죄를 아는 것이냐?"

"잘못하였습니다. 제가 잘못하였어요."

"네 생명은 귀한 자가 어찌 꽃의 생명은 하찮게 여겼더냐?"

"……."

"무릇 생명이라 함은 그 경중을 논할 수가 없는 것이다. 사람의 생명은 소중하고 길 언저리 허전하게 피어난 꽃의 생명은 가볍다고 누가 말할 수가 있겠느냐? 네 감히 세화관의 뜰을 돌본다는 자가 어찌 꽃을 상대로 그리 끔찍한 일을 저질렀더란 말이냐?"

"……."

"비록 말은 할 수가 없다고 하나, 비록 팔다리가 달려 있지 않다고는 하나, 꽃이란 생명체도 우리와 같이 희로애락을 느끼고 시절을 아는 것들이다. 흔적도 없이, 자취도 없이 어찌 그런 맹독을 써서 그 생명을 해할 수가 있단 말이냐?"

"잘못하였습니다. 잘못하였어요."

"방금 꽃의 앙갚음을 직접 보았지? 차후 다시 그런 짓을 또 할 터이냐?"

다선은 부러 더 엄한 말투를 했다.

"아닙니다. 절대로 아닙니다. 아니에요."

궁녀가 어찌나 도리질을 하는지 양쪽 볼살이 부르르 떨렸다.

"어찌할 테냐? 너를 청천비마마 처소에 그대로 두고 볼 수는 없을 것 같은데."

"이 길로 바로 출궁을 하겠습니다. 그리하겠어요. 그리하면 되는 것이지요?"

궁녀의 말이 끝나자 발목을 감고 있던 담쟁이덩굴이 스르르 풀리기 시작했다. 소리를 내지는 않았지만 담장이덩굴 줄기가 작게 줄어들더니 다시 담장을 타고 올라가 멈추었다.

"지금 바로 출궁을 하겠습니다. 바로 그리하올게요."

아직까지도 제정신을 못 차린 궁녀가 화다닥 몸을 일으키다가 발을 헛디뎠다. 애써 몸을 바로 하고서는 휘이휘이 급하게 사라져 갔다.

내화원의 문이 열리자 궁녀는 꼬리가 빠져라 달려갔다. 궁녀의 뒷모습을 보며 다선의 눈이 가늘어졌다.

"하여간 참으로 간악한 모녀지간이로다."

다선이 고개를 흔들었다.

구월이 되었다.

궁녀장 홍화는 두 개의 너울을 손에 들고 미우를 기다리고 있었다.

"궁녀장마마님! 불러 계시옵니까?"

"그래. 미우야! 이리 가까이 와보련. 요즘 솔나 일궁녀와 너나들이 동무로 잘 지내는 듯하던데."

"암요. 솔나랑 제가 가장 친한 동무인데요."

미우가 뿌듯한 마음에 가슴을 내밀었다.

"하면 솔나와 함께 저자 드팀전(옷감 가게)에 가서 갈포(천 이름) 한 단만 끊어오너라."

"네? 옷감 방에도 차고 넘치게 많은 갈포를요? 그것도 한 단만요?"

"오냐."

허튼 일을 시키는 법이 없는 홍화인지라 미우는 두 개의 너울을 받아 들었다. 하지만 홍화의 마지막 말은 아무리 생각해도 이해가 안 되었다.

"혹여 솔나를 잃어버리거든 찾지 말고 그냥 돌아오너라. 명심해야 한다. 그냥 꼭 혼자 두고 오란 말이다."

"하지만 왕자님께오서 아시오면……."

"어허!"

홍화의 호령이 날벼락 같아 미우는 더 이상 말을 못 했다.

얼마 후.

홍화의 명으로 솔나와 미우는 저잣거리에 나갔다 돌아오는 길이었다.

한 단의 피륙을 들고 너울을 쓴 미우가 앞서갔다. 역시나 너울을 쓴 솔나는 옆에서 걸으며 장사치들을 둘러보았다. 미우는 무슨 일이 있어도 솔나를 데리고 함께 궁으로 돌아갈 생각이었다. 홍화의 꾸중보다는 겸의 신임을 잃는 것이 더 무서웠다.

그 시간.

"요즘 말고기는 한 근에 얼마나 셈을 하여 파는가?"

평복으로 갈아입고 겸의 아버지 행세를 하는 시종장이 다림방(정육점) 주인에게 고깃값을 물었다.

"철폐(삼국시대에는 덩이쇠를 화폐로 사용하다가 이후 문양이 없고 가운데에 구멍이 뚫린 철화폐를 사용) 닷 냥이지요."

넉살 좋게 웃으며 다림방 주인이 고기를 들어 보여주었다. 고개를 이리저리 기웃거리며 시종장은 고기를 살펴보았다.

옆에 선 겸은 웃음이 났다. 양화관의 시종장이 본다고 해서 고기의 질을 알아볼 것인가? 그런데도 계속 주인과 수작을 주고받는 시종장의 모양새가 절로 웃음을 일으켰다.

정기적으로 저자에 잠행을 나왔다. 오늘도 시종장과 함께 아버지와 아들처럼 분장을 하고 저자의 물가를 알아보는 중이었다.

한 여인이 저잣거리 길목에 나타났다. 머리칼은 종아리까지 흘러내리고 투명한 너울을 썼다. 한 팔에는 비파를 안고 이마와 목에는 옥으로 만든 장신구가 가득이었다.

"거리 악사다!"

누군가가 외쳤다. 그러자 거리에 있던 사람들이 우르르 여인에게로 몰려들었다. 바삐 움직이던 미우와 솔나도, 부자(父子) 행세를 하던 겸과 시종장도 거리 악사를 보러 걸음을 옮겼다.

디링~ 디리링~

거리 악사가 비파의 줄을 골랐다. 사람들은 마른침을 삼켰다.
곧 여인의 입술이 열렸다.

보라색 안개의 결계를 깨뜨리고
소용돌이 거센 파도를 넘어서면
나그네의 돛단배는 바다를 지나
화(花)가야의 해변에 닿을 수 있네

역사에서 잊혀진 전설의 나라
육가야의 혼을 이은 꽃들의 가야
나그네여! 묻는다면 답해주리라
이 나라 화가야는 일곱 번째 가야라고

어리석은 연모는 목숨을 바친 연모
연모가 애달프면 생도 애달파
빛나는 머리칼 바래 칼끝에 춤을 추면
차라리 내 심장을 먼저 찔러둘 것을

꽃이 피면 지지 않고 꽃향기는 긋지 않아
꽃 같은 그이들이 꽃과 함께 살았었지
나그네여! 묻는다면 답해주리다
이 땅의 원주인은 꽃들이었다고

아무도 몰랐지만 여악사의 노래는 화인에 관한 것이었다.

꽃대 담은 이랑비가 이랑이랑 내려올 제
꽃잎 감은 이랑풍이 이랑이랑 불어오면
이랑강에 이랑이랑 꽃잎이 떠간다네
꽃향기에 취해 사니 늘 취함이 되수련가

손에 놓인 꽃문양에 수정나비 날아들면
왕자님도 공주님도 꽃으로 화한다지
나그네여! 묻는다면 답해주리다
화(花)가야의 왕손은 꽃의 후예라고

청아하고 행복에 겨운 거리 악사의 목소리가 공기 중에 울렸
다. 여악사가 부르는 노래가 화(花)가야 천 년 역사를 이야기하고
있는 것은 둘러선 모든 사람들이 알았다. 화인에 대한 것은 금기
라서 뜻을 다 알 수는 없지만 어머니 태 속에서부터 듣고 자라 귀
에 박혔다.

거리 악사는 마지막 소절을 마무리했다. 사람들은 넋을 잃고
거리 악사의 목소리에 빠져 있었다.

그때, 겸은 어디에선가 풍기는 꽃향기를 맡았다. 솔나에게서 풍
기던 이름을 알 수 없다던 야생화의 향기였다.

솔나도 어디에선가 풍기는 꽃향기를 맡았다. 겸의 손등에서 풍
기는 흰나리의 향기였다.

"응? 설마하니 솔나가?"
"응? 설마 왕자님께서?"

두 사람은 모여든 사람들을 헤치며 서로의 향기가 풍기는 곳을 찾아갔다. 그 바람에 겸은 시종장과 헤어지고 솔나는 미우와 헤어지고 말았다.

얼마나 시간이 지났을까?

겸이 먼저 솔나를 발견했다. 평복을 입고 너울을 쓰고 있지만 분명 그 모습은 솔나였다. 겸의 긴 발걸음이 성큼성큼 솔나에게로 놓였다.

"왕자님!"

너울 속의 솔나가 겸을 불렀다. 솔나도 겸을 발견하였다.

"쉿! 어찌 저자에 있는 것이냐?"

솔나의 옆으로 다가와 선 겸은 손가락으로 입을 가리는 시늉을 했다.

"궁녀장마마님의 심부름이 있어서……."

"홀로 궁을 나온 게야?"

"아니옵니다. 미우와 함께 나온 길인데. 하온데 왕자님께오선 저자에 어이 계시는 것이옵니까?"

"잠행 중이야. 달포(한 달)에 한 번씩은 꼭 나오는 걸음이니라."

"한데 어찌 왕자님은 홀로 나오셨사옵니까?"

"아니다. 나도 시종장과 동행하였어."

솔나는 겸의 향을 쫓느라 미우와 헤어졌고, 겸은 솔나의 향을 찾느라 시종장을 놓쳤다. 하지만 헤어지고 놓친 이유를 서로에게 숨겼다.

"이런! 낭패구나! 둘이 같이 돌아가야겠는걸."

겸과 솔나는 함께 저자를 벗어났다.

"솔나야!"

"네."

"잠시 들를 곳이 있는데 함께 갈 테냐?"

저만치에 태양궁의 수문이 보이는데 갑자기 겸의 발걸음이 멎었다.

"하오나, 궁녀장마마님께서……."

"내 궁녀장에게 말을 잘하여 주마."

"그러면 안 될 것 같사온데."

"내가 괜찮다는데 무슨 상관이냐?"

"어디로 가실 요량이시옵니까?"

"그저 따라오렴. 내 좋은 구경을 시켜줄 테니."

솔나의 팔을 겸이 잡아끌었다. 저고리 위로 잡은 팔인데 솔나는 맨살이 닿은 듯 소름이 돋았다. 궁녀장 홍화가 무슨 날벼락을 내릴지, 시종장과 미우가 얼마나 당황할지, 둘 다 지금은 생각하지 않았다.

그 시각 양화관.

"궁녀장마마님! 송구합니다. 분명 같이 서 있었는데."

솔나를 잃어버리고 궁으로 혼자 돌아온 미우가 홍화 앞에서 고개를 조아렸다.

"되었구나. 혹 잃어버리면 그냥 돌아오라 내가 허한 일이니."

홍화는 아무렇지도 않은 낯빛이었다.

"한데 어찌 돌아올까요? 지리도 잘 모를 터인데. 왕자님이 아시오면……."

미우는 여전히 잃어버리고 온 솔나 걱정이 태산이었다. 솔나가 어떤 지경을 당하고 있을지 속이 끓었다.

"넌 심려치 말고 가서 네 일이나 보거라."

큰일이었다.

양화관의 궁녀들이 솔나를 따돌리긴 하지만 설마 궁녀장마마까지 솔나를 저리 미워할 줄 몰랐다. 출입패도 없고 평복을 입었으니 궁궐로 다시 돌아오기가 쉽지 않을 터인데.

겸에게 이 일을 일러야 하는지 말아야 하는지 미우는 큰 근심에 잠겼다. 그나마 지금은 잠행을 나가시고 없는데.

어째야 하지? 옳지!

걱정을 하던 미우가 양화관을 나서서 내화원으로 갔다.

시간이 한참을 흘렀다. 다선이 갑자기 양화관에 들었다. 급한 마음에 미우가 다선에게 가서 도움을 청한 것이었다.

"자네가 웬일인가?"

홍화가 마땅찮은 시선으로 다가오는 다선을 보았다.

"솔나를 보러 왔습니다."

"솔나라니? 둘이 있을 때도 그리 부르는가?"

"……."

"그이라면 내가 궁 밖 심부름을 보내었네."

"궁 밖 심부름이라니요? 무슨? 누구랑 이요?"

이미 미우에게 다 듣고 왔지만 확인을 하는 다선이었다.

"혼자 내보냈네."

"아니요. 같이 보냈지만 혼자 남겨두고 오라 명하셨겠지요."

다선과 홍화의 시선이 쩅 부딪쳤다.

"오늘은 왕자님께서 저자 잠행을 나가신 날이네."

"해서요?"

"해서라니? 인연이면 만날 것이고 못 만나면 그대로 궁에 다시 들어오지는 못할 터. 어느 쪽이든 나는 상관없네만."

"궁녀장마마님!"

다선이 고함을 치듯 홍화를 불렀다.

"끊는 것도 맺는 것도 우리의 소임이 아니라면서요?"

"그렇네. 하나 이제 다 확인이 되었으니 내는 손 놓고 가만히 있을 수만은 없네. 끊는 것도 맺는 것도 우리의 소임은 아니지만 끊어지도록 혹은 맺어지도록 도울 수야 있겠지."

"참 무정하십니다. 정말 이대로 궁 밖을 홀로 떠돌게 되면 어쩌시려고……?"

"그야 내 알 바는 아니지."

홍화에게 채 말을 다 하지도 못하고 다선은 급히 양화관을 나섰다. 꽃들에게 물어서 어떻게든 솔나를 찾아내야 했다.

"다선! 자네의 마음도 내 모르지는 않네만. 어쩔 것인가? 내 생각에는 두 분이 꼭 만났을 것 같은데. 쯧! 쯧! 어쩌는가? 인연의 줄은 오래전 이미 엮여 버린 것 같네."

홍화는 다시 하늘을 올려다보았다. 멀리 태양궁 밖에까지 그 시선이 날아갔다.

태양궁을 황급히 빠져나가는 다선의 마음은 조급했다. 저자를 향한 발길이 빠르게 내달렸다.

하지만 다선이 막 저자를 향해 가는 그 사선 방향으로 겸과 솔나는 멀어져 가고 있었다.

궁궐 담을 돌아 동쪽으로 가는 겸의 발걸음이 힘차게 놓였다.

발걸음을 맞추느라 솔나도 종종걸음을 쳤다. 숲 그늘이 짙어졌다가 옅어졌다. 구름의 모양은 동그랗다가 길어졌다. 시간이 꽤 흘렀다.

숲 그늘이 완전히 없어지더니 탁 트인 풍광이 시야에 들어왔다.

"자! 보아라!"

겸이 손을 들어 무언가를 가리켰다.

"아! 여기는!"

솔나의 입에서 탄성이 터져 나왔다.

바닷가였다.

천 년 전, 육가야의 유민들이 처음 당도하였던 화가야의 해변.

저 멀리 수평선에는 보라색 안개가 구름처럼 뭉게뭉게 피어올랐다. 해면과 하늘이 닿아 있고 그 사이에서 피어오르는 보라색 안개는 우거진 수풀처럼 무성했다.

보라색이라 그런지 좀 불길해 보이긴 하지만 너무 예뻤다. 게다가 얼마나 멀리에 걸려 있는지 해변에서는 가늠해 볼 수 없었다.

"바닷가에 와본 적이 있느냐?"

"처음이옵니다."

솔나의 입이 다물어질 줄 몰랐다.

"보라색 안개도 처음 보옵니다. 색깔이 옅어졌다 짙어졌다 너무 신기하옵니다."

"저 안개 덕분에 뱃사람 가문의 사람들이 아니고는 화가야를 출입할 수가 없어. 게다가 저 안개 밑으로는 거대한 바다 소용돌이가 휘몰아치고 있지. 그 또한 화가야가 숨어 살 수 있는 이유

중의 하나란다. 뱃길을 아무도 찾을 수가 없으니."

"길을 잃기가 십상이겠어요."

"그래도 네게 보여주고 싶은 것은 이게 아니란다. 이리 따라오
너라."

"또 어디로 가시려고요?"

겸의 마음이 급하였는지 솔나의 팔을 잡아끌었다. 해변의 끝
쪽을 향해 걸어갔다.

해변 모퉁이에 갯바위가 큼직하게 놓인 곳이 있었다. 커다란
갯바위들이 촘촘하게 이어 붙어서 바위 위로 올라가거나 넘어가
는 것은 위험해 보였다. 마치 갯바위로 지은 하나의 성벽처럼 보
였다.

"자! 이리로!"

겸은 그중의 한 틈새로 솔나를 이끌었다. 의아해하면서도 솔나
는 가만히 겸의 뒤를 따랐다.

겸이 그 많은 갯바위 중 길고 얇은 바위 하나를 힘을 주어 흔
들었다.

"무엇을 하시옵니까?"

"가만히 있어 보거라."

겸은 솔나의 궁금증도 아랑곳하지 않았다.

그때였다.

쏙-!

소리를 내며 겸이 흔들던 갯바위가 옆으로 밀려났다. 사람이
지나갈 수 있을 만한 공간이 생겼다.

"왕자님! 이것은?"

"나만 알고 있는 비밀 통로란다."

겸의 목소리에 자랑스러움이 배었다. 먼저 틈새를 빠져나가는 겸의 뒤로 너울을 비스듬하게 쓴 솔나의 몸도 빠져나갔다.

"아!"

아까보다 더한 탄성이 솔나의 입에서 터져 나왔다. 갯바위의 성벽 너머는 온통 해당화 밭이었다. 망울망울 맺힌 연분홍의 해당화 꽃이 지천으로 널렸다.

"저번에 내가 준 은방울꽃을 귀애하는 너를 보고 이곳에 꼭 한번 데려오마 싶었구나. 하 많은 꽃이 피어나 지천으로 흐드러지는 화가야국이 아니냐? 세 철을 내리 피어나는 꽃 한 송이에 그리 설레어 하는 이는 처음 보았어."

"누구라도 왕자님께 꽃을 받았다면 그랬을 것이옵니다."

"그래?"

하긴 겸도 여인에게 꽃을 선물해 보기는 처음이었다.

"승하하신 모후께서는 이 해당화 숲을 참으로 좋아하셨다는구나. 생전에는 아바마마와 함께 궁을 빠져나와 여기에 자주 오시고는 하셨대. 특히나 새벽녘 이 해당화에 맺힌 해울(첫 이슬)을 그리 곱다 하셨다는구나."

"이런 장관은 처음이옵니다."

"당연할 게다. 혼자 은밀히 숨겨두고 보는 곳이니. 하고, 그리 보아서야 제대로 볼 수나 있겠느냐? 그만 너울은 걷도록 하려무나."

가뿐히 건너온 겸의 손이 너울의 천을 걷었다. 가로막혔던 솔나의 눈앞이 훤하게 트였다.

"혹시 해당화 전설을 아느냐?"

"잘 모르옵니다."

"옛적, 바닷가에 사이좋은 오누이가 살았다는구나. 한데 어느 날 관청의 아전들이 찾아와서 그 누이를 데려가 버렸지. 당시 그 나라에는 대국에 공녀를 바치는 풍습이 있었대. 어린 동생이 뱃길까지 누이를 쫓아왔다지. 이 해당화 꽃잎처럼 붉은 울음을 울면서 누이를 데려가지 말라 발버둥을 쳤다는구나. 한데 어느새 누이를 태운 배는 수평선 너머로 완전히 사라져 버렸고 두 번 다시 누이는 돌아오지 않았어. 어린 동생은 매일 바닷가에 나와 누이를 그리워하며 울었지. 몇 날이 가고 며칠이 지났지만 그 기다림은 끝이 날 줄 몰랐지. 그리고 어느 날 그 소년은 그만 그 자리에서 목숨을 잃고 말았다는구나. 소년이 죽자 소년의 울음처럼 붉은 꽃이 바닷가에 피어났대. 그 꽃이 바로 해당화야."

"이 예쁜 꽃에 그런 슬픈 전설이 있사옵니까?"

"그래. 해서 해당화의 꽃말도 원망이라는구나. 한 번 가서 오지 않는 누이를 많이 원망하던 소년의 울음에서 붉은 꽃말이지."

"원망이라……? 전설만큼이나 슬픈 꽃말이네요. 이 아름다운 꽃에 그리 슬픈 전설이라니요."

"해서 더 비극적이고 어여쁜 꽃이지 않겠느냐?"

"한데 왕자님께오선 이런 이야기들을 어찌 다 아시는 것이옵니까? 궁궐에서 전설 이야기 같은 것은 잘 하지 않는다 들었사옵니다."

"내게는 좋은 이야기 동무가 있단다. 그이는 오장육보에다가 이야기보따리를 하나 더 가진 이지."

"그렇사옵니까?"

"옳지. 올겨울 초입에도 그이가 올 터이니 네게도 한번 봬주도록 하마."

어디에선가 비 냄새가 몰려왔다. 이야기를 나누다 보니 보라색 안개 위로 연분홍 구름이 몰려와 있었다.

"이런! 매지구름(비를 머금은 연분홍의 구름)이 떴구나!"

화가야의 연분홍 구름은 비를 알리는 구름이었다. 손을 얼굴 위에 드리우며 겸이 먼 하늘을 바라보았다.

"비를 피해야겠다."

후두둑!

발길을 움직이자마자 결국 비가 떨어졌다. 보라색 안개 사이로 빗살무늬로 떨어지는 빗발도 보라색으로 어렸다.

그래서 솔나와 겸은 함께 바위 그늘로 들어섰다. 나란히 서서 내리는 비를 보았다.

두 사람은 지금 꿈길에 서 있었다. 작은 빗방울이 해당화 꽃잎 끝에 대롱대롱 매달렸다. 마치 작고 투명한 거미들이 줄을 늘여 매달린 것 같았다.

시간이 흐를수록 자꾸 빗방울이 굵어졌다.

"이런! 아니 되겠다! 비를 제대로 피해야겠어."

바위의 튀어나온 부분이 작아서 들이치는 빗발을 다 피할 수가 없었다. 두 사람의 어깨 자락이 자꾸만 젖어들었다.

"괜찮겠느냐?"

내리는 비를 보던 겸이 고개를 솔나에게로 돌렸다.

"무엇이 말이옵니까?"

"너의 너울을 벗어서 함께 비를 가리자꾸나. 슈룹(우산)처럼 쓸 수 있을 것 같은데."

너울은 대나무로 둥글게 짜인 입자 아래 천이 늘어졌고 옆에 달린 끈으로 단단히 턱 밑을 조여 맸다.

천을 걷어주었던 겸이 그 끈을 풀려고 했다. 마주 보고 서게 되어 솔나의 몸이 겸의 가까이로 다가갔다.

"어찌 풀어야 하는 것이냐? 여인네들의 옷차림은 당최 알 수가 없구나."

겸이 두 번을 돌려 묶은 끈을 풀려고 하는데 잘 풀리지가 않았다. 조금 더 힘을 주어 당겨보았다. 그런데 풀리라는 끈은 풀리지 않고 솔나의 몸이 겸에게로 당겨왔다.

겸과 솔나의 몸이 가까이 맞붙었다.

솔나의 젖은 어깨에서 백일홍 향기가 확 끼쳐 왔다. 겸의 젖은 머리칼에서는 흰나리 향이 빗방울처럼 떨어져 내렸다. 둘의 향기가 꿈처럼 흩어졌다가 다시 뭉쳤다.

"⋯⋯."

잠시, 적막이 흐르고 빗소리는 더 자잘해졌다.

툭!

그제야 풀린 너울은 둘의 발아래로 떨어져 내렸다. 하지만 누구도 주워들 생각을 하지 않았다. 누구에게서인지 모르게 마른침 삼키는 소리가 났다.

겸이 솔나를 더 가까이 끌어당겼다. 솔나는 저도 모르게 몸을 뒤로 뺐다. 하지만 겸의 긴 손가락이 솔나의 허리를 감싸 안으면서 멀어지는 것을 용납하지 않았다.

'미친 짓이다. 겸! 멈추어라! 여기에서 그만!'

겸의 이성이 끊임없이 경고를 했다. 하지만 겸의 손가락은 그와는 반대로 솔나의 허리를 더 깊이 파고들었다.

"내가 무엇을 하려는지 아느냐?"

겸이 물었다. 동그랗게 뜨인 솔나의 눈은 깜박거리고만 있었다.

"싫으면 말하거라. 여기에서 멈출 것이니."

겸의 목소리가 가뭄에 마른 논바닥처럼 갈라졌다.

몸을 조금 더 뒤로 빼면서도, 동그란 눈이 더 동그래지면서도, 솔나는 고개를 저었다. 움켜쥔 솔나의 손에 하얗게 핏기가 몰렸다.

솔나의 허리를 감싸지 않은 겸의 다른 편 손이 솔나의 어깨를 감쌌다. 그대로 팔뚝을 쓸어내렸다.

솔나의 팔을 손가락 끝까지 쓸어내려 간 겸이 솔나의 손을 잡았다. 그리고는 자신의 목 뒤로 솔나의 손을 가져갔다. 그러자 솔나의 나머지 손은 저절로 그 뒤를 따라왔다. 두 사람은 서로를 깊숙이 끌어안은 모양이 되었다.

빗소리가 멈추어 버렸다. 해당화 꽃잎도 흔들리지 않았다. 끊임없이 피어나던 보라색 안개도 모두 물러가 버렸다.

똑! 돌아가던 시곗바늘도 멈추었다.

그리고 드디어,

파르르! 떨리는 겸의 입술이 그만큼이나 떨리는 솔나의 입술에 내려앉았다. 맞닿은 입술은 달콤하고 또 향기로웠다. 정신은 끝 간 데 없이 아득했다. 밀착된 입술 사이로 새어 나오는 탄성은 은밀하면서도 조심스러웠다.

겸의 손가락이 솔나의 등을 파고들었고 솔나의 손은 겸의 목 뒤를 안으며 발끝이 살짝 들렸다.

따스하게 맞물린 입술이 벌어지자 서로의 향기가 친밀하게 감돌았다. 이윽고 밀려들어 온 흰나리의 말캉한 속살이 백일홍의 속살 끝을 살짝 건드리자 발가락이 곤두서고 솜털이 따라서 일어섰다. 백일홍의 잇속을 헤집는 흰나리의 속살은 조심스럽지만 거침이 없었다.

사방이 온통 막힌 비밀의 공간.

열 오른 숨결!

조심스럽지만 거침없는 입맞춤!

몰려든 연분홍의 구름은 어느새 해당화 꽃과 색깔이 같아졌다.

「솔나님은 왕자님과 함께 바닷가 쪽으로 갔어요.」

저잣거리를 벗어나 태양궁으로 향하는 한 귀퉁이에 피어올라 넝쿨을 감은 나팔꽃이 다선에게 대답했다. 다른 꽃들의 대답도 같았다.

"왕자님과 함께? 참말 왕자님이셨느냐?"

「네. 두 분 다 변복을 하고 계셨지만 분명해요.」

겸이 위장을 했어도, 솔나가 너울로 얼굴을 가리고 있어도 꽃들은 두 사람을 알아보았다.

'겸 왕자님과 함께라?'

그렇다면 걱정할 필요도 없을 터였다. 게다가 바닷가까지 쫓아갈 수는 없어 다선은 혼자 태양궁으로 돌아가는 중이었다.

"이리 저를 걱정시켜 두고 솔나님은 왕자님과 함께 행복하십니까?"

하지만 작은 원망이 다선의 안에서 꿈틀거렸다.

비가 그쳤다. 비밀스럽고 은밀했던 입맞춤도 끝이 났다.

돌아오는 길에 겸은 한마디 말도 없었다. 앞서 걸어가면서 솔나가 잘 따라오고 있는지 쳐다보지도 않았다. 솔나의 손도 잡아주지 않았다.

솔나도 말없이 겸의 뒤를 따랐다. 겸의 얼굴을 쳐다볼 수가 없었다.

'왕자님! 제가 무얼 잘못하였나요?'

묻고 싶은 마음은 굴뚝같지만 말 한 마디 할 수가 없었다.

함께 양화관에 들어섰을 때, 홍화도 아무런 말이 없었다. 그저 깊은 눈빛을 하고 두 사람을 쳐다볼 뿐이었다. 그러자 겸도 아무런 변명의 말없이 그대로 내실로 들어가 버렸다.

차라리 다행이었다.

아무 말 없이 들어가 버린 겸을 보며 솔나는 속으로 가슴을 쓸어내렸다. 겸이 자신을 왜 그렇게 대하는지, 자신이 무엇을 잘못하였는지 도무지 몰랐다.

"솔나야! 어찌 왕자님이랑 함께 돌아왔어?"

미우가 다가왔다. 겨우 가슴을 쓸어내리는 기색이었다. 이미 다선이 와서 솔나 걱정은 하지 말라고 하고는 갔다.

"응. 저자에서 우연히 왕자님을 뵈었어. 함께 가자 하셔서 돌아오는 길이야."

"한데 왜 이리 늦은 게야? 널 잃어버린 줄 알고 내가 얼마나 걱정을 했게?"

"그냥 어쩌다 보니."

"그런 말이 어디 있어? 내는 걱정이 돼서 죽을 뻔했구만."

"미안."

겸과 함께 바닷가에 갔다 왔다는 말은 할 수가 없었다.

"그나저나 궁녀장마마님께오서 어찌 아무 말씀이 없으실까? 그나마 천만다행이긴 하지만. 그렇지?"

"으, 응."

솔나도 아무 말이 없는 홍화가 이상하기는 했다. 하지만 겸에게 온통 생각을 뺏겨 거기까지는 헤아려 볼 수가 없었다.

"왕자님 표정이 편치 않아 보이시는데. 네 얼굴 표정도 그렇고."

"아무런 일도 없었는데."

솔나가 시치미를 떼었다.

"얼른 내화원에 좀 다녀올게."

끈질긴 미우의 질문이 끝도 없을 것 같으니 피하려면 달리 방도가 없었다. 또 다선을 만나서 겸에 대한 일도 물어보고 싶었다.

"늦은 시각에 어쩐 일이신가요?"

멍하니 있던 다선이 솔나를 맞았다.

"궁 밖에 나갔다가 잠시 들렀어요."

"아무런 연유도 없이요?"

"그냥, 그저."

다선을 찾아온 이유를 솔나가 말하지 못했다.

"사실은 저기, 그것이……."

"예. 말씀해 보시지요."

"오늘 궁 밖에서……."

"궁 밖에서요?"

"아니, 아니에요."

솔나는 결국 겸을 만나서 바닷가에 갔다 왔다는 말은 못 했다.

"싱거우시기는!"

"저기, 이건 그저 여쭙고 싶은 것인데요."

"물음 하시지요."

"사내들은……."

솔나가 한 번 침을 삼켰다.

"사내들은 아무런 마음도 없이 입, 맞춤을 하기도 하나요? 그리고 입맞춤을 나누고 나면 그 여인이 미워지는 것인가요?"

입맞춤이라는 단어는 거의 들리지 않을 만큼 기어들어 갔다.

파지직!

하지만 솔나의 그 말에 다선의 심장이 몇 조각으로 쪼개졌다. 바닷가에 둘이서만 갔다 온 겸과 솔나, 한참을 걸려서 돌아온 발걸음. 그리고 누가 보아도 표가 날 만큼 상기된 솔나의 표정.

그 사내는 분명히 겸일 것이고 그는 마음 없이 입맞춤을 하지는 않았을 것이었다.

화인의 후손인 겸. 역시나 화인의 후손이면서 자신 또한 화인인 솔나. 아무도 알 수 없는 둘만의 끌림으로 겸의 마음은 솔나의 마음과 같아졌을 것이다. 아니 겸에게는 솔나가 첫 마음일 것이었다. 부정할 수 없는 사실이었다.

곧 겸의 국혼이 선포된다. 한울왕의 여인이 왕후뿐인 것은 아니니 겸은 어떤 식으로든 솔나를 옆에 두려고 할지도 모른다.

하지만 큰일이 있었다.

'아루 공주!'

큰일은 바로 국혼의 상대가 아루라는 것이었다.

사실을 알게 되면 아루가 어떻게 나올 것인가? 아루가 솔나를 가만히 둘 리가 없었다. 그 성질 사납고 포악한 아루를 솔나가 견뎌낼 수나 있을까? 누구보다도 그 사실을 잘 아는 겸은 또 무작정 솔나를 계속 붙잡을 수 있을 것인가?

결국 제일 상처 입고 아파야 할 사람은 솔나일 것이었다. 어쩌면 아루에게서 목숨을 위협받을 수도 있다.

어떻게 해야 할까?

꽃의 전달자의 사명은 화인을 지켜야 하는 것인데.

"저도 잘 모르겠으나 그런 사내가 꽤 많지요. 열 여인을 마다치 않고 마음 없이 아무나 품을 수 있는."

그러니 구태여 솔나에게 겸의 마음을 설명해 줄 필요는 없겠다. 홍화가 솔나의 정체를 알고 있다는 이야기도. 차라리 솔나는 모르는 게 훨씬 나을 것이었다.

다선의 대답에 솔나의 얼굴이 어두워졌다.

해당화의 꽃말은 <원망>.

8.
소용돌이가 시작되다

겸이 아무런 말도 없이 솔나를 외면하는 며칠이 지났다. 태양궁의 가장 넓은 전각인 광화관에서는 청천비의 생신진연이 열렸다.

제일 윗단의 가운데에 한울왕이 앉아 있고 양옆으로 청천비와 광운비가 앉았다. 한 칸 아래의 오른쪽 단에는 겸과 아루가 앉아 있고 왼쪽 단에는 한울왕의 누나인 유희 공주와 부마가 자리했다.

그들이 앉은 탁자 앞에는 큰 토분 위에 뜬 유리화가 놓였다. 왕실 행사라서 다선이 공을 들여 토분에 옮겨 심은 것이었다.

그 외 왕족들도 각각의 자리에서 여흥을 즐기고 아래 마당에는 귀족회의의 대신들이 각자의 상을 앞에 두고 앉았다. 그중에서도 대각간 김우찬의 상이 제일 잘 차려졌다.

"오라버니! 오랜만에 즐거운 왕실 행사네요."

아루가 몸을 기울여 겸의 귓가에 속삭였다.

"그렇구나."

겸은 억지로 미소를 지었다.

"대신들 좀 보세요. 무희들의 춤은 보지 않고 나비 휘장과 유리화를 구경하느라 입들을 다물 줄을 모르네요."

한울왕의 뒤로는 수정나비를 위시한 나비 떼로 이루어진 휘장이 펼쳐져 있었다.

"오라버니와 나란히 앉아 왕실 행사를 보게 되니 참 좋아요. 항상 제 자리는 고모님이신 유희 공주님의 옆이었는데. 이제 국혼이 선포되면 이럴 기회가 더 많아지겠지요."

"그래."

"오라버니! 소녀는 지금 참말로 행복해요. 이 세상 모든 사람의 행복을 다 합한 것보다 지금의 이 아루가 더 행복하답니다. 오라버니도 그렇지요?"

"으…… 웅!"

겸은 계속 건성으로 대답을 했다. 아루가 겸 쪽으로 몸을 기울여 귓가에 말을 하는데 겸의 몸은 꼿꼿이 굳어 있었고 아루의 얼굴을 한 번 보지도 않았다. 그런데도 눈치도 없는지 그저 아루는 싱글벙글이었다.

뒤에서 웃고 있던 광운비의 눈썹이 팔자로 휘어진다.

"쯧쯧! 아루, 저 청맹과니 같은 것."

광운비는 분통이 터졌다.

"너는 이런 꼬락서니로라도 겸의 곁에 있고 싶은 게냐? 정녕?"

광운비는 너무 분해서 미칠 지경이었다. 부르르! 모아 쥔 주먹이 격하게 떨렸다.

이제 진연이 파해 가는 분위기였다.

한울왕이 몸을 일으켰다. 모든 악기 소리와 이야기 소리가 멈추고 연회장은 적막감마저 감돌았다.

나비 휘장의 중앙에 앉아 있던 수정나비들이 일제히 날아와 한울왕의 등 뒤에서 날개 형상을 이루었다. 수정처럼 투명한 몸체에 햇살이 부서지면서 마치 한울왕의 어깨에서 투명 날개가 돋아난 것 같았다.

"들으라! 나 화가야의 사십사 대 한울왕이 선포하노라! 내년 봄의 첫 번째 달에 화가야의 유일 왕자 겸은 화가야의 제이 공주 아루와 국혼을 할 것이며 국혼과 동시에 한울왕의 보위를 양위함을 이 자리에서 선포하노라! 온 궁내 사관은 이를 기록하고 한울왕의 인장을 찍어 그 내용이 보존됨에 한 치의 어긋남도 없도록 하고 만방에 알려 화가야 백성의 기쁨으로 삼도록 하라!"

"전하! 그 은혜와 하해와 같사옵니다. 화가야 왕실, 만세! 만세! 만만세!"

아래 마당에 앉은 대각간 김우찬이 지나칠 만큼 만세를 외쳤다. 얼굴 전면에 희색이 가득했다. 국혼이 선포되자 부왕과 아루, 김우찬의 얼굴에는 화색이 돌았다.

하지만 대조적으로 청천비와 겸의 얼굴은 표가 나게 어두워졌다. 조카의 국혼 소식을 듣는 유희 공주의 표정도 밝지는 않았다. 광운비는 이도 저도 아니었다.

솔나와 양화관의 모든 궁녀들은 뒤꼍 쪽에 숨어 서서 뜰을 산책하는 겸과 아루를 보았다. 국혼이 선포된 후 부쩍 함께 많은 시간을 보내는 두 사람이었다. 거의 매일이다시피 아루가 양화관을 방문했다.

"어쩜! 어쩜! 두 분이 마치 한 폭의 그림 같지 않으니?"

"그러게. 꽃 사이로 거닐고 계신데 꽃보다도 더 아름다운 두 분이잖아."

"우리 공주님 참 아리따우시다."

"흉측한 명투성이 누구랑은 아~주 다른 모습이시지. 크크크크."

궁녀들이 곁눈질로 솔나를 보며 숨죽인 웃음을 터뜨렸다. 미우와 솔나만 남겨두고 뒤꼍 쪽으로 돌아가 버렸다.

"저런 말 따위 신경 쓰지 마. 왜 애먼 너를 두고 왕자님이랑 저리 엮지 못해 난리래니?"

"……."

"괜히 남의 말을 못 해서 안달들이야. 왕자님이 너를 아끼신다 하여 네가 무슨 딴 맘이라도 품고 있는 줄 아는 것인지, 원."

솔나의 지난 이야기를 아무것도 모르는 미우가 그렇게 말하는 것은 당연한 일이었다. 가고 없는 궁녀들을 향해 눈까지 흘겼다. 멍하니 넋이 나가 있는 솔나는 알아차리지 못하는 모양이었다.

"우리도 그만 가서 좀 쉬도록 하자."

궁녀들이 간 반대 방향으로 미우가 솔나의 팔을 잡아끌었다.

"아니, 미우야! 내는 잠깐 내화원에 다녀오마."

"내화원엘 또?"

"응! 국혼이 선포되었으니 양화관 단장에 더 힘을 기울여야지."

"참 부지런키도 하구나. 누가 알아서 상을 주는 것도 아닐 텐데."

"……혹여 궁녀장마마님이 찾으시면 말씀드려 다오."

"알았어."

내화원으로 가야 하는데 잠시 어느 쪽으로 가야 하는지 가늠이 되지 않았다. 지끈지끈 두통이 오르면서 머리가 멍했다. 발 앞쪽에 향석이 튀어나와 있는데 보지 못해 걸려 넘어질 뻔하기도 했다.

겸의 국혼 선포를 들었을 때부터 내도록 이 모양이었다.

국혼!

게다가 내년 봄이면 영원히 겸과 이별해야 했다. 국혼 전 왕자를 모셨던 궁녀들은 국혼 후에는 모두 출궁을 해야 한다고 광운비가 단단히 엄포를 놓았다.

'왕자님! 사람이 되어 왕자님의 옆에 설 수만 있어도 좋다고 생각했어요. 저에 대한 기억을 모두 잊은 왕자님이지만, 저 또한 아름다움과 향기를 잃었지만, 그래도 왕자님의 얼굴만 보아도 저는 행복하리라 믿었어요. 사람이 되어서 사람의 모습으로 사람의 말을 하며 왕자님을 바라볼 수만 있어도 만족하리라 믿었어요. 아무런 욕심도 없이 그저 곁에 있으리라 생각했죠. 하지만 지금은 그 어리석음이 제 가슴을 칩니다. 짧은 입맞춤 한 번만 남기고 이리 변해 버린 왕자님이 원망스럽습니다. 아루 공주님과 다정히 화원을 산책하시는 모습이 너무 아픕니다. 이리 아프게 왕자님 곁을 떠나야 하는 제가 한스럽습니다. 아니, 하지만 그보다는 더, 어떻게든 왕자님 곁에 머물고 싶습니다. 국혼을 치르신 후에라도

그저 곁에서 모실 수만 있으면 좋겠다 자꾸 욕심이 생깁니다.'

아픈 독백이 솔나의 마음을 헤집어놓았다. 다 삼켜지지 않는 울컥거림은 온몸을 아프게 내리쳤다.

아루와 함께 뜰을 산책하면서 겸의 생각도 온통 솔나에게로 쏠려 있었다. 옆에 서 있는 아루 따위야 마음 한 자락에도 들어와 서지 않았다.

해당화 바닷가에서의 그날, 겸은 자신의 마음을 저리도록 확인하였다.

솔나를 향한 서걱거림이 가여움 때문이 아님을 알게 되었다. 솔나를 향한 마음이 얼마나 커다랗게 자신의 안에 집을 짓고 있는지 알게 되었다.

하지만 겸이 할 수 있는 것은 아무것도 없었다. 아루와 국혼을 해야 할 것이고 그 후에 솔나는 궁을 나가게 될 것이다. 포악한 아루가 솔나를 가만히 두고만 보려고 하지도 않을 것이었다.

차라리 해당화 바닷가에서의 그 입맞춤을 참을 수 있었더라면. 아니, 그전에 솔나를 데리고 둘이서만 바닷가에 가지 않았더라면.

겸은 자신의 경솔함을 자책하고 또 자책했다.

'솔나야! 어느 가문의 아가씨를 왕자비로 맞이한들 광운비의 포악함 앞에 궁 생활을 이겨낼 수 있을까? 그래서 차라리 아루라면 더 이상 왕실에 풍파는 없으리라 생각했다. 어차피 마음에 품고 두고 본 여인도 없었다. 아루가 나에게만큼은 지극정성을 다하니 이만큼이면 되었다 싶었다. 하늘 같은 부왕의 엄명이니 따르

는 것이 당연한 도리다 여겼다. 지금까지는 그랬다. 하지만 이제
는 어쩌면 좋으냐? 내 너를 마음에 품었고 너를 보면 치밀어 오
르는 갈망과 죽을 만큼 싸워야 하는구나. 너를 계속 곁에 두고만
싶은 나의 이 마음을, 이길 수 없는 이 갈증을 나는 어쩌면 좋겠
느냐?'

솔나에게 너무 미안했다. 씻을 수 없는 죄를 지은 듯하여 마주
보고 서 있을 수가 없었다. 책임질 수 없는 행동을 한 자신에 대
한 실망감에 그리고 그 미안함에 솔나를 향해 한 번 웃어줄 수도
없었다. 그저 모르는 척, 옆에 없는 척, 쳐다보지 않는 척, 외면하
는 척하는 것으로 겸은 애써 자신의 마음을 감추었다.

겸의 독백을 모르는 솔나는 다선에게 인사도 없이 내화원의 한
쪽 구석으로 갔다.

"오늘은 조용히 있다 가고 싶어. 화원장님께는 내가 왔다 알리
지 말아주었으면 해."

솔나가 입구의 꽃들에게 속삭였다. 꽃들은 알았다고 고개를
끄덕였다.

'흐흐흑! 바보 같은 왕자님! 내가 누군지도 알아보지 못하시면
서. 이제 솔나는 어떻게 하라고?'

솔나의 눈물이 방울져 떨어졌다. 겸의 마음을 모르는 솔나는
겸이 야속하기만 했다. 화인일 때는 이런 욕심 따위는 없었다. 이
것도 다 사람이 되었기에 가지는 마음일 것이었다.

"으흐흐흐흑!"

솔나의 눈물이 그칠 사이도 없이 비처럼 쏟아졌다. 겸을 위해

명투성이가 된 손으로 자신의 가슴을 끊임없이 두드려 댔다.

그런 솔나의 모습을 다선은 오롯이 지켜보고 있었다. 꽃들이 알려주지 않았지만 다선은 눈물 흘리는 솔나를 알았다. 찢어지는 솔나의 마음을 다선도 느꼈다. 솔나의 눈물 속에 다선도 함께 잠겼다. 솔나의 마음과 똑같이 다선의 마음도 찢어졌다.

'솔나님! 국혼의 상대가 아루 공주만 아니라면, 그랬다면, 어떻게든 저는 솔나님을 도와드렸을 것입니다. 내 마음이 천 갈래 만 갈래 찢어져서 영원히 불타오르는 불구덩이를 안고 살아야 하더라도 제게는 솔나님의 행복이 우선이었을 것에요. 잠시라도 좋으니 저의 연모도 돌아봐 주시라 억지 쓰고 싶은 마음 같은 것일랑 다 넣어두고 그저 솔나님의 연모만 지키시라 힘이 되어 드리려하였을 것에요. 솔나님을 보내고 나의 생은 횅하니 비어버린 껍데기로 남더라도 꼭 그리해 드리리라, 매일매일 그리움으로 죽어가더라도 그 또한 제 몫이라 감사하며 살리라 다짐했었어요. 하나, 하나 국혼의 상대가 아루 공주입니다. 그리고 광운비마마는 양화관의 모든 궁녀들을 내보내라 단단히 엄포를 놓았다지요. 하니 이제 어찌해야 합니까?'

각자의 찢기는 독백 속에서 시간은 잠시 무심히 흘렀다.

"어찌 울고 계십니까?"

솔나의 눈물이 어느 정도 잦아들자 다선은 아는 척을 했다.

"울기는요? 아니에요."

고개를 돌린 솔나가 애써 눈가에 어렸던 물기를 걷어냈다.

"제 눈에는 분명 눈물 자국이 보이는데요."

"아니라는데도요."

"왕자님의 국혼 때문에 그러시는 것이지요?"

"……."

"제가 말씀드렸지요? 꽃의 마음이 다르고 사람의 마음이 다르며, 꽃의 연모가 다르고 사람의 연모가 다르다고. 그리고 어떤 사내들은……."

다선은 마음 없이 입맞춤을 하는 사내도 분명 있다고 하지 않았냐고 하려고 했다. 하지만 그때, 갑자기 솔나가 다선에게로 다가섰다.

"화원장님!"

다선을 부르는가 싶더니 물기를 머금은 솔나의 몸이 다선에게로 기대어 왔다.

"그냥 오늘은 아무런 말씀도 말아주세요. 부탁이에요."

솔나가 다선의 품에 고개를 묻었다.

"으흐흐흐흑!"

그리고는 잦아들었던 솔나의 눈물이 새로 슬픈 것처럼 다시 터졌다.

"이런 욕심이 생길 줄, 이리 미망이 커져 갈 줄 저는 몰랐어요. 화인일 때는 정말 몰랐어요. 흐으윽!"

다선의 품에 안긴 솔나의 울음이 점점 커져 갔다.

"흐흐흑! 어리석었어요, 저는. 꽃의 마음과 사람의 마음은 이리도 다른 것을."

다선이 손을 올려 솔나의 어깨를 다독였다. 결 고운 솔나의 머리카락을 쓸어내렸다. 조심스러운 손길로 위로를 건넸다.

"어차피 솔나님은 왕자비마마가 될 수는 없어요."

"알아요. 압니다. 알고 있어요. 한데, 자꾸만 욕심이 생겨요."

"그 욕심마저도 이제는 버리세요."

"으흐흐흐흑!"

많이 아플 것이었다. 깨질 듯 쓰리고 아플 것이었다. 세상이 다 끝나 버린 듯 지금은 캄캄하고 황망할 것이었다.

하지만 시간은 모든 것을 해결하는 법!

광운비의 명으로 내년 봄이면 솔나는 출궁을 해야만 할 것이다. 그리고 다선은 그때 솔나와 함께 궁을 나가리라 이미 결심을 하였다.

바스락!

그때, 두 사람 뒤로 겸이 다가왔다. 겸은 아루가 돌아가자마자 솔나부터 찾아보았다. 하지만 양화관 어디에도 솔나가 보이지 않았다. 내화원으로 갔으리라 싶어서 뒤를 따라온 걸음이었다.

'솔나야! 다선!'

소리 내어 부르지 못하는 이름이 겸의 가슴속에서 터져 나왔다. 겸의 손에 힘이 들어가더니 발길을 돌렸다.

내화원에서 돌아온 겸은 양화관 화원의 나무 정자에 앉아 있었다. 화원을 둘러싼 향석 사이사이에는 바람꽃이 피어올랐다.

겸은 솔나를 안고 있던 다선의 모습을 떠올렸다. 눈물 가운데 통곡으로 젖어가던 솔나도 생각했다. 어리석고 경솔했던 자신의 입맞춤으로 솔나는 깊은 상처를 입고 말았다. 그래도 솔나의 곁에 다선이라도 있어서 다행이다 싶었다.

"국혼을 하신 후에는 양화관의 궁녀들은 모두 출궁을 시켜 주세요."

마치 당연한 듯이 요구하던 광운비의 말이 떠올랐다. 광운비가
그런 청을 할 줄은 몰랐다. 그런데 겸에게는 그 청을 마다할 명분
조차도 없었다.

'솔나야! 도대체 나는 어쩌면 좋으냐?'

겸의 고뇌가 바람꽃의 꽃잎 위로 떨어져 내렸다.

C

보리는 움직임도 없이 서서 내리는 가을볕을 맞았다.

오 년 전, 부모님이 차례로 세상을 떠난 후, 보리는 왕실이 주
관하는 무과에 응시하였다. 장교급 무관을 뽑는 시험이었다.

화가야 태양궁에서는 장교급 무관을 등용할 때 문학적 소양을
함께 심사했다. 글솜씨가 수려한 보리는 단연 우수한 성적으로
등과를 하였다. 성적으로 하여 자신이 원하는 궁실로 자원하는
기회도 주어졌다. 보리는 잠시의 망설임도 없이 광운비의 궁실인
열리관을 지원하였었다.

잠시 전 아루가 열리관에 들었다. 국혼이 선포된 이후 부쩍 광
운비의 처소를 찾는 일이 잦았다. 창을 든 채 서 있던 시위병들이
곁눈으로 아루를 흘깃거렸다.

화가야 제일미, 아루의 미색만은 화가야 내에서 따라올 이가
없었다. 아루가 지난 자리마다 태양궁 시위병들의 얼이 빠졌다.

"무얼 흘깃거리는 게야?"

보리의 단호한 음성에 곁눈질을 하며 군기가 풀렸던 시위병들이 바짝 기합이 들었다.

"일전에 치도곤을 당한 동무의 일을 잊은 것이냐? 조심하고 또 조심해야 할 것이다."

예전에, 열리관의 시위병이 아루의 발 앞에 창을 떨어뜨린 적이 있었다. 아루의 얼굴을 훔쳐보다가 넋이 빠진 탓이었다. 아루와 광운비가 노발대발 난리가 났다.

감히 고개를 들고 화가야 공주의 얼굴을 훔쳐본 죄, 귀한 공주의 발 앞에 날카로운 무기를 떨어뜨린 죄, 시위병으로서의 소임을 게을리한 죄, 여러 가지 죄명을 지고 시위병은 태형을 당했다.

두 눈을 빼버리라며 아루가 난리를 쳤는데 그마나 시위부령장이 간곡히 선처를 부탁한 덕분이었다. 다친 다리를 이끌고 궁 밖으로 내쳐진 그는 두 번 다시 궁으로 돌아오지 못하였다. 한울왕사운이 강성한 시절이었다면 어림도 없을 사건이었다.

광운비와 아루의 이야기가 길어지더니 어느새 사시가 넘었다. 점심상이 광운비의 내실로 들어갔다.

식사도 끝나고 오수에 들 시간이었다.

하지만 오늘도 보리는 번을 섰다. 언제나 오수의 시간에 보리는 번을 자청했다. 덕분에 함께 근무를 하는 시위병들은 쾌재를 불렀다. 다른 궁실의 시위병들이라면 시위부령이 오수를 즐기는 동안 번갈아 가며 번을 서야 했다.

번을 서면서 보리는 누이 차연과의 첫 만남을 떠올렸다.

보리의 아버지는 태양궁 공주의 궁성 류화관의 지시위부령(왕실 제삼위 경호대장)이었다.

철이 들고부터 아침상을 물리고 나면 보리는 언제나 아버지의 방으로 달려갔다. 늘 어머니가 입궁 채비를 돕고 있었고 늠름한 아버지의 모습이 보리는 그저 좋았다. 아버지가 저고리에 바지를 갖춰 입고 나면 어머니는 그 위에 시위부령의 관복인 판갑옷에 목가리개와 팔가리개 그리고 허리가리개를 매어주었다.

하지만 어느 날, 모든 것이 변하였다.

아직 어스름 녘도 아닌데 아버지가 집으로 돌아왔다. 보리가 나가 인사를 했는데도 눈길 한 번 주지 않았다.

그리고 다음 날, 아침상을 물린 보리가 아버지의 방으로 달려갔을 때 아버지의 방문은 굳게 닫혀 있었다. 어머니는 마루 아래에 서서 주먹을 쥐고 왔다 갔다만 했다. 그리고는 마지막이었다. 다시는 태양궁 지시위부령의 관복을 떨쳐입은 아버지의 모습을 볼 수가 없었다.

한 달쯤 지나자 아버지는 다시 문밖출입을 시작하였다. 하지만 가는 장소는 태양궁이 아니었다. 아버지가 새롭게 매일 드나들기 시작한 곳은 음방(淫房, 유곽)이었다. 어스름과 함께 돌아오는 아버지에게서는 이제 역한 분 내음이 났다.

늘 정갈한 관복 차림이었던 아버지의 옷매무새도 조금씩 흐트러져 갔다. 어머니의 얼굴은 무심해 보였지만 그 속이 어떨지 보리는 알 수 있었다. 이제 아버지를 볼 때면 보리의 가슴속에 불이 일었다.

그러다가 한참 후에야 보리는 알게 되었다.

아버지가 지시위부령으로 보좌하던 제일 류화관의 제일 공주 아율이 하늘화원에서 실종이 되었고 그 일로 하여 아버지가 파직을 자청하였다는 것을. 왕실에서 몇 번이나 부름이 있었지만 자신을 자책하면서 물리치고만 있다는 것을.

"보리야! 우리 화가야의 제일 공주님은 말이다. 참으로 영민하고도 고우신 분이란다. 그런 공주님의 곁을 지키는 사람이라는 게 애비에게는 큰 광영이로구나!"

"아버님! 어찌 공주님만 귀하다 하십니까? 설마하니 이 보리보다 더하시는 건 아니겠지요?"

"맹랑하구나! 지금 네가 공주님과 경쟁을 하자는 게냐?"

"매일 저녁 공주님 말씀만 하시니 제가 분이 나서 그래요."

"하하하하! 아들아! 그런 생각일랑 하지 말거라. 화가야의 금지옥엽 귀한 제일 공주님, 이 세상 하나뿐인 나의 핏줄, 누가 더 귀하고 아니고, 가 있겠느냐?"

"참말이시지요?"

"하하하하! 그렇고말고."

저녁 시간이면 자신을 앞에 앉혀두고 공주님의 이야기를 들려주던 아버지의 음성이 얼마나 다정다감했는지를 떠올렸다. 그래서 보리는 그만 아버지를 용서하기로 하였었다. 일 년의 시간이 흘렀다.

그날도 집으로 돌아온 아버지의 옷매무새는 여전히 흐트러져 있었다. 그런데 아버지의 옷자락 끝에 작은 여아 하나가 매달려 왔다. 하나로 묶어 단을 드리운 머리가 삼단처럼 매끄러운 아이, 바로 차연이었다.

아버지가 정해두고 발걸음을 하던 유녀는 아버지의 오래된 정인이라 했다. 그리고 그 사이에서 태어난 차연은 어미가 줄곧 양육해 왔다고 하였다.

얼마 전 화가야 음방 거리에서 큰 화재가 일어났고, 그 화마에 어미를 잃었다 했다. 그래서 아버지의 집으로 오게 되었다고.

차연 또한 화마에 큰 상처를 입었다. 화상의 흉터가 오른쪽 손 팔꿈치까지를 덮었다 했다. 그래서 차연은 오른 손등부터 팔꿈치까지를 두꺼운 흰 천으로 칭칭 동여매고 있었다.

그 후로 스무 살이 된 지금까지 한 번도 천이 풀려 있는 것을 본 적이 없었다. 저고리가 얇아진 여름에도 차연의 오른팔에 감긴 흰 천은 항상 그대로였다.

☾

잃어버린 연모의 눈물 가운데 시간이 지났다.

청천비의 생신진연을 준비하느라 바빴던 궁인들을 위해 광화관에서 위로연이 열렸다. 모두가 참석차 갔는데 솔나는 또 혼자 남았다. 미우는 함께 가고 싶어 했는데 다른 궁녀들의 눈총이 너무 따가웠다.

겸은 시종장과 함께 태양궁에 갔고 양화관은 텅 비었다.

"솔나님!"

양화관의 빈 공기 속으로 다선이 들어섰다.

"화원장님! 양화관에는 어인 일이세요?"

"좀 어떠신가 하여 뵈러 왔어요. 양화관이 비었을 것 같아서요."

"일부러 안 그러셔도 되는데."

"왜요? 제가 온 것이 싫으십니까?"

말끔하게 묶어 올린 다선의 머리카락이 농담처럼 말을 건넸다. 솔나가 도통 내화원엘 다니러 오지 않으니 무리하게라도 다선이 올 수밖에 없었다.

겸이 솔나를 놓겠다고 결정한 이상 다선도 자신의 마음을 숨길 생각이 없었다.

"무슨 그런 말씀을 하세요?"

솔나가 선하게 웃었다.

"장세화 꽃이 피었네요."

다선이 장세화로 다가가서 길게 자라난 실을 만지작거렸다.

"솔나님이시라면 키워낼 수 있으리라 믿었어요."

"모두 다선님께 배운 덕이지요."

"배운다 하여 다 할 수 있는 것은 아니에요."

솔나의 몸에 흐르는 화인의 피. 저번 날, 아루가 엉망으로 망쳐 놓고 간 화원의 꽃들을 다시 살려낸 것도 바로 솔나의 피였다.

"화원장님! 장세화 몇 송이를 더 얻을 수 있을까요?"

"얼마든지요."

"조만간 가지러 갈게요."

"아니요. 제가 틈을 내서 가져다 드릴게요."

그러던 차에 겸이 양화관에 돌아왔다. 뒤따르는 시종장과의 사이에 수정나비 떼가 끼여서 함께 들어섰다.

"왕자님! 옥체 미령하시면 궁내 어약사를 좀 부르올까요?"

"되었네. 마음이 좀 분주하여 그렇지 몸에 이상은 없네."

"그래도 전하와의 친접(왕을 직접 만나는 일)을 이리 일찍 마치신 날은 한 번도 없었는데."

"정말 괜찮데도. 내실에서 좀 쉬면 괜찮을 것이니."

친접은 저녁나절에나 끝날 예정이었는데 마음이 어지러운 겸은 친접마저도 제대로 마칠 수가 없었다. 솔나를 놓겠다고, 보내겠다고 결심을 하고서도 여전히 겸의 마음은 어지럽게 그네를 타고 있었다. 양화관에 혼자 남은 솔나가 어찌 지내고 있나 걱정이 되어 한시바삐 돌아오고 싶은 마음뿐이었다.

하지만 겸은 양화관에 들어서자마자 솔나와 서 있는 다선을 발견했다. 갑자기 두통이 더 심해졌다.

"화원장! 자네가 또. 어. 쩐. 일인가?"

다선을 보자마자 겸의 시선이 삐딱하게 올라갔다. 솔나 혼자 있는 양화관에 다선이 와 있는 것을 보는데 처음 보는 순간부터 기분이 좋지 않았다. 아니, 아주 불쾌했다. 아주아주 불쾌했다. 또, 라는 단어에 강하게 감정이 실렸다.

"솔나를 잠시 보러 왔습니다."

"양화관의 궁녀에게 내화원의 화원장이 무슨 볼일이라는가? 게다가 아무도 없는 궁실에서?"

일전 날, 내화원에서 눈물 흘리는 솔나를 안고 토닥이던 다선의 모습이 떠올랐다.

얼마간은 잊고 있었던 두 사람의 모습인데 지금 이렇게 서 있는 모습을 보니 그 장면이 생생하게 겸의 뇌리를 휩쓸고 지나갔다.

솔나 옆에 다선이라도 있어서 다행이었다 싶은 마음은 순식간에 없어졌다. 둘이 함께 있는 모습을 본 그 순간부터 겸의 마음에 거센 불이 일었다. 자신의 곁에 둘 수 없는 솔나이지만 다선의 곁에 서 있는 것도 싫었다. 정말, 절대, 싫었다.

"왕자님의 뜰을 돌보는 것도 화원장인 저의 소임 중 하나이옵니다."

"그 일은 솔나가 전담하기로 이미 끝난 이야기인데."

"어려움이 있을까 잠시 들른 길입니다."

"어려움이 있었으면 솔나가 먼저 자네를 찾았겠지."

"먼저 내색하는 성품이 아닌지라."

"언제 솔나의 성품까지 죄다 꿰었던가?"

이쯤 되면 다선에게 시비를 건다고 보아도 좋을 것이었다.

"송구하옵니다. 왕자님! 제가 생각이 짧았나 보옵니다."

"알았으면 되었네. 두 번 다시 내 궁실에서 그리 둘이 서 있는 모습은 보지 않았으면 좋겠네."

"유념하옵지요."

"양화관의 뜰은 이제 솔나의 소임. 솔나의 솜씨 또한 빼어나니 구태여 자네가 와서 보살필 일은 더 없을 것이네. 알았으면 이만 물러가게."

겸이 마지막 일별을 남기며 내실 쪽으로 걸어가 버렸다. 그러도록 솔나 쪽은 한 번 보지도 않았다. 시종장은 어리둥절한 표정을 지으며 겸의 뒤를 따라갔다.

"화원장님! 송구합니다. 괜히 저 때문에."

역시나 어리둥절한 표정으로 겸과 다선의 대화를 듣고만 있던 솔나가 손가락을 만지작거렸다.

"아니에요. 혼자 계시는 궁실인데 제가 조금만 더 신경을 썼어야 했어요. 이제 양화관의 정식 궁녀이신데. 한데 왕자님께오선 어찌 솔나님을 저리 대하십니까? 항상 저러세요?"

"아닙니다. 뭐 마음 어지러운 일이 있으신가 보지요. 이만 돌아가세요. 장세화는 나중에 제가 가지러 가겠어요."

솔나는 국혼 선포 이후 내도록 겸이 이랬다저랬다 변덕이라고는 말하지 않았다.

"대체 어쩌자는 것입니까? 왕자님!"

내화원을 향해 가면서 다선이 혼자서 물었다.

아루와의 국혼, 그래서 겸은 분명 솔나를 놓으리라 결심을 했다고 믿었다.

"하지만 지금의 저런 반응이라면? 도대체 어쩌시려고? 왕자님! 왕자님은 반드시 솔나님을 놓으셔야만 합니다."

앞에 있지도 않은 겸에게 다선은 다짐을 두었다.

광운비의 궁실인 열리관의 내실.

윗목에는 광운비와 아루가 사선 방향으로 앉아 있고 아랫목에는 열리관의 궁녀장과 류화관(아루의 궁실)의 궁녀장이 머리를 조아리고 있었다.

"아니, 그래! 그깟 궁녀 하나 꾀어내는 게 그리 힘이 들더란 말이냐?"

"그것이, 양화관의 궁녀들은 모두 홍화 궁녀장의 사람인지라."

"아무리 그렇기로 돈 앞에서 맥을 추는 인간이 있더냐?"

"친한 일궁녀 아이들도 동원해 보고 귀한 패물도 안겨주고 해봤사온데."

"이리 미련한 것들을 궁녀장이라고!"

아루가 양화관의 궁녀 하나를 꼬여내어 첩자로 삼아달라고 광운비에게 부탁을 했었다. 그래서 광운비가 두 궁녀장에게 명령을 내렸는데 양화관의 궁녀 중 단 한 사람도 꼬임에 넘어오는 이가 없었다.

"돈으로 안 되면 그 가족들이라도 털어보거라. 가족 중에 심한 병증이 있거나 곤란한 지경을 당한 이가 있으면 그거로라도 겁박을 해보란 말이다."

"미처 거기에까지는 저희들이 생각이 미치지 못했사옵니다. 다시 해보겠사옵니다."

두 궁녀장이 함께 머리를 조아렸다.

"나가들 보아. 이런 맹한 것들이 궁녀장이라고 앉아 있으니 태양궁의 앞날이 걱정이로구나."

광운비가 귀찮다는 듯 손을 내저어 두 사람을 물렸다.

"대체 양화관의 첩자는 구해서 무얼 하겠다는 것이냐?"

궁녀장들이 사라지자 광운비가 아루 쪽으로 고개를 돌렸다.

"어마마마! 내는 불안합니다. 양화관의 동태를 알 수가 없어 너무 불안하단 말이에요."

"또 그 흉물스러운 천것 때문에 그러는 것이냐?"

"예감이 좋지 않아요. 아무래도 이상하단 말이어요."

"그깟 천한 것 하나가 왜 그리 이상하더란 말이냐?"

"어마마마는 한 번도 못 보셨지요. 그 천것을."

"내가 부러 그따위 것을 뭐하러 찾아가 보겠느냐?"

"분명 신분도 알 수 없는 천한 것인데, 멍투성이의 흉측한 몰골인데, 어찌하여 소녀는 이리도 불안하고 염려가 되는 것일까요?"

"이제 국혼까지 선포되었어. 그것은 내년이면 궁을 나갈 천것일 뿐이다. 게다가 그 흉한 몰골을 두고 겸이 딴마음을 품을 리도 없어."

"아니에요. 아니에요. 그냥 천것이 아니에요. 일전에도 소녀가 궁녀 아이들을 거느리고 양화관에 가서 그 천것이 가꾸어놓은 뜰을 엉망으로 짓밟아 놓고 왔었는데."

다시 가본 양화관의 화원은 언제 그런 일이 있었냐는 듯 말짱하고 화사하게 빛나고 있었다. 아루는 시시콜콜히 그 이야기를 광운비에게 늘어놓았다.

"아루! 이 맹한 것! 어찌 다 짓밟아 버린 꽃들이 다시 살아났겠느냐? 겸 왕자에 대한 너의 마음이 지극하여 헛된 상상이라도 했던 것이지."

"궁녀 아이들까지 대동해서 갔던 걸음이었어요."

"어허! 그래도. 그만 그런 천것 따위야 제발 잊어버리려무나. 네가 그러면 그럴수록 괜히 네 처지만 비참해지는 것이야. 네가 하도 간청하니 내 궁녀장들에게 첩자를 하나 알아보라 하명을 하였다만 구해지면 구해지는 것이고 아니면 그만이야. 더 이상 애를 태우지 말거라."

"어마마마! 제발요!"

이제 아루의 얼굴은 아예 울상이었다.

"쯧! 쯧! 알았느니. 알았느니. 다정도 지나치면 병이라 하더니 딱 네가 그 짝이로구나. 애먼 일에 공연히 안달이 나서는!"

광운비가 나무라든 말든 아루의 마음은 온통 잔나비 뛰놀 듯 진정이 되지 않았다. 정말 신경이 쓰였다. 솔나라는 그 천것이.

아무것도 아닌 천것인데, 무시하고 없는 척 취급하면 그만인 흉한 것인데 왜 이리도 불안하고 광증이 일듯 답답하단 말인가?

여자의 직감이란 무서운 법이었다.

시월이 되었다.

"왕자님! 아루 공주님 들었사옵니다."

아루가 양화관에 와 서 있고 뒤에는 악기지기가 가얏고를 매고 있었다.

"오라버니마마께 가얏고를 타 드리려 왔는데요."

아루는 겸이 혹시 자신을 물리칠까 봐 눈치를 보았다.

"그래. 그럼 같이 마루로 올라서자꾸나."

겸이 선뜻 몸을 일으켰다. 어지러운 마음이라 오늘만큼은 아루가 와서 다행이다 싶었다. 내실에는 들어가기가 싫어 내실 마루에 자리를 잡고 앉았다.

양화관 안에 아루의 가얏고 선율이 울려 퍼졌다. 가늘면서도 애잔하고 높게 솟구쳤다가 다시 낮아졌다. 아루의 성품과는 달리 가얏고 선율은 참 아름다웠다.

"아리따운 공주님은 가얏고 선율도 아리따우시구나."

옷을 정리하다 미우가 옆에 있는 것도 잊고 솔나가 중얼거렸다.

"가얏고 선율이야 아름답지."

옷을 만지던 미우의 손길이 갑자기 거칠어졌다.

"하지만 가얏고 선율 아름다운 게 무에 대수냐 말이다."

"그게 무슨 말이냐?"

"너도 공주님의 포악함을 모른다고는 아니하겠지?"

"……."

솔나는 자신을 겁박하던 아루의 무수한 말들을 떠올렸다.

"그리 포악한 성정을 지녔는데 가얏고 선율 아리따운 게 무에
대수냐 말이다."

"그래도 왕자님께는 참으로 지극정성이시지 않으냐?"

"그래서 내는 우리 왕자님이 더 가엾다. 저리 왕자님 앞에서만
가면을 쓴 아루 공주님과 억지로 국혼에 끌려들게 되셨으니."

"응? 전하께오서 정하셨고 왕자님도 허하셨으니 이루어진 국혼
이 아니냐?"

"너야말로 아무 얘기 못 들었니? 이번 국혼은 광운비마마께오
서 병석에 누우신 전하를 기함하도록 졸라서 얻어낸 국혼이란 것
을. 귀족회의의 수장인 대각간 대감까지 한패가 되어 아주 가관
도 아니었어."

"뭐라고?"

"하긴 내가 아니면 너에게 그런 얘기 들려줄 사람이 없으려나?
전하는 병증으로 앓아누워서 아무런 힘이 없고 지금의 왕실은 온
통 광운비마마의 것. 그래서 힘없으신 왕자님이야 어쩔 수 없이
국혼에 끌려 들어가신 거다."

솔나는 겸의 국혼에 그런 내막이 있는 줄은 정말 몰랐다.

"광운비마마께오서 겸 왕자님께 얼마나 모질고 악하게 굴었는지 너는 모를 거다. 겸 왕자님께오서 광운비마마라 하면 아주 치를 떨었었지. 그런데 아루 공주님께오서 애가 끓도록 겸 왕자님을 연모하니 어쩔 수 없이 국혼을 앞두고 광운비마마는 얼굴을 바꿔썼을 뿐이야."

"그게 참말이냐?"

"암! 궁인들은 다 아는 사실인걸. 게다가 광운비마마와 공주님께 치도곤을 당한 궁인도 어디 한둘이라야지? 솔나 너도……."

미우가 잠시 말을 멈추었다.

"솔나 너도 그 얼굴만 아니었으면 진즉에 열두 번은 끌려갔을 게다. 왕자님께오서 살뜰히 너를 챙기시니."

말해놓고 미안했는지 미우는 얼른 말을 돌렸다.

"가여운 우리 왕자님! 사십오 대 한울왕으로 등극하신다 한들 결국 광운비마마와 귀족들에게 휘둘리며 살게 되실걸. 거기다 공주님의 새암은 또 얼마나 극악할까? 에구! 가여우신 우리 왕자님!"

듣고 보니 겸의 얼굴이 새삼 어두워 보였다. 다부지게 솟아 있던 어깨도 어느새 한없이 처져 보였다.

"왕자님!"

그때, 바라보는 솔나의 눈길을 느껴서인지 겸이 가얏고에서 눈을 들었다. 건너편 옷방에 앉은 솔나가 보였다. 그러자 겸의 시선이 끝 간 데 없이 풀린 실처럼 솔나에게로 날아갔다. 자신도 모르고 하는 행동이었다.

가얏고를 타던 아루가 겸을 보느라 고개를 들었다. 가얏고 선율에 감격해 있을 겸을 기대하면서 함빡 웃음을 머금었다.

그런데 겸의 시선은 아루에게 와 있지 않았다. 내실 마루에 머물러 있지도 않았다. 겸의 시선은 건너편 어딘가로 나아가고 있었다. 아루도 따라 고개를 돌려보았다. 겸의 시선 끝으로 열린 옷방 안에 앉아 있는 솔나가 보였다.

티딕!

아름답던 가얏고 선율이 갑자기 튀었다. 그런데도 겸은 알아차리지도 못했다. 아루의 얼굴이 사납게 구겨졌다. 흉해진 그 눈매가, 입가가 파르르 떨렸다.

잠시 후.

치맛자락을 사납게 휘날리며 광운비가 류화관에 들어왔다.

"마마! 황공하옵니다. 잠시 전 양화관에 가셨다 돌아오셨는데 무슨 일에 마음을 상하신 건지 오시는 걸음에 저러고 계시옵니다."

한걸음에 달려온 류화관의 삼궁녀(태양궁 궁녀 중 제이위)가 광운비에게 머리를 조아렸다.

"뭐라? 화가야의 유일 공주가 저리 분이 나도록 대체 너희들은 무엇을 한 게야?"

앞뒤 정황도 물어보지 않고 광운비는 불호령부터 내렸다.

"그것이 여쭈어도 말씀도 없으시고 아무도 내실로 들지 말라 엄포를 놓으셔서. 지금 궁녀장이 들어는 있사온데……."

"국혼을 앞둔 귀한 공주님을 받들어 모시는 궁녀들이 하나같이 이리 아둔하여서야! 내 전하께 아뢰어 모조리 갈아 치우고 말 테다!"

"송구하옵니다!"

잘못한 것도 없이 삼궁녀가 용서를 구했다.

"아둔한 그 얼굴 보기도 싫으니 썩 저리들 물러서거라! 내 친히 들어가 공주를 볼 것이니!"

광운비가 발을 들인 아루의 방은 엉망으로 흐트러져 있었다. 장식으로 달아놓은 금은 노리개가 방바닥에 나뒹굴고 깔아놓은 비단 보료도 배를 드러내고 뒤집어졌다. 철제 명경은 거울이 깨져 한쪽 구석에 처박혔다. 궁녀장은 문 앞에서 머리를 조아리고 있었는데 이마에서 피가 흘렀다. 아루가 집어 던진 무언가에 맞은 모양새였다.

그러고도 분이 풀리지 않는지 바닥에 아무렇게나 주저앉은 아루는 옥 목걸이로 바닥을 연신 내려쳤다. 줄이 터져서 옥구슬들이 이리저리 굴러다녔다.

"아루야! 공주야! 대체 무슨 일인 게야?"

"어마마마! 어마마마! 으흐흐흐흑!"

"그래. 내다. 에미가 왔다. 대체 무슨 일이냐? 에미에게 모두 얘기해 보렴!"

한걸음에 아루에게 다가간 광운비가 아기를 안듯 아루를 감쌌다.

"오라버니가, 오라버니가……."

"왕자가 또 왜?"

광운비의 눈썹 사이가 휘어졌다.

"오라버니를 위해 양화관에 가서 가얏고를 탔어요. 악공들도 혀를 내두르는 저의 가얏고 선율을 들려주러 갔는데……."

"갔는데?"

"글쎄, 그 흉측한 것을 쳐다보면서 아루의 가얏고 선율은 들은 척도 하지 않았어요."

아루는 양화관에서 있었던 일을 고해바쳤다.

"고작 그만한 일로 화가야의 귀한 공주님께서 이리 눈물을 흘리는 게야?"

"고작이라니요? 국혼을 앞두고도 제게 따스한 눈길 한 번 주지 않는 오라버니예요. 어여쁘다, 곱다 말 한마디 건네지도 않지요. 언제든 그 흉측한 천것 따위나 쳐다보면서 아루를 얼마나 참담하게 만드는지……"

"그래봐야 국혼 후에는 왕자 곁을 떠날 천것이다. 게다가 겸이 그 천것을 보고 있었다는 보장도 없잖느냐?"

"그러니, 그러니 더 분이 나요. 이런 생각이나 하는 제가 더 분이 난다고요. 으흐흐흑!"

"이런! 이런! 내 저번에도 알아듣게 일렀거늘."

광운비가 어깨에 기댄 아루의 몸을 잡아 떼어놓았다.

"겸 왕자가 자애로운 성품이다 보니 그 천것의 사정이 딱해서 위해 주는 것이지 무슨 별다른 마음이 있겠느냐? 생각해 보려무나! 겸 또한 사내인 것을, 흉측한 그 얼굴에 다른 생각이야 품었겠어?"

광운비가 아루의 어깨를 토닥였다.

"모르는 척 눈감아주고 네가 먼저 더 아량을 베풀도록 하거라. 그 모습이 바로 겸 왕자가 원하는 바일 테니. 그리고 정 네가 마음이 쓰인다면 그깟 흉측한 천것 따위야 국혼 후에 죽여 버려도 그만이다.”

살벌한 광운비의 말에 아루의 통곡이 멎었다.

“죽여, 주시겠다고요?”

“그래. 뭐 어려운 일이라더냐?”

“참말 약조해 주시는 것이세요?”

어여쁜 얼굴에 흉측한 표정을 띠며 아루의 안색이 밝아졌다.

“오냐! 오냐! 그깟 천것 하나의 목숨이 뭐 대수라고?”

“하면, 지금은 아니 되어요? 지금 당장 그 천것을 죽여주시면 아니 되시냔 말이에요?”

“어허! 지금은 어찌 되었든 양화관의 궁녀이고 국혼까지 결정된 마당에 구태여 우리 손에 피를 묻힐 이유가 무엇이냐?”

“그래도……”

“조금만 참거라. 내년 봄에 궁을 나가고 다시 천애 고아가 되어버리면 그깟 것 하나 죽어버린다 한들 알아차리고 슬퍼한 이도 없을 것이다. 궁녀장!”

“네! 마마!”

얼이 빠져 지켜만 보던 궁녀장이 광운비의 갑작스러운 부름에도 침착하게 답을 했다.

“아이들 들게 해서 깨끗이 소제하고 오늘 일에 대해서는 필히 함구하여야 할 것이네.”

“알겠사옵니다.”

“아이들 단단히 입단속들 시키고.”

“명심하겠사옵니다.”

“쯧! 쯧! 궁녀장이나 돼서 미련하기는! 자네는 나가서 그 이마부터 처치하게."

"네!"

인사를 하고 궁녀장이 나가는데 이마에서 피가 흐르는 모양이 예사로 다친 것 같지 않았다. 하지만 광운비와 아루는 서로를 쳐다보며 그 모습에는 아랑곳하지 않았다.

다음 날.

솔나가 겸에게 차를 올리려던 참이었다.

"가여운 우리 왕자님! 사십오 대 한울왕으로 등극하신다 한들 결국 광운비마마와 귀족들에게 휘둘리며 살게 되실걸. 거기다 공주님의 새암은 또 얼마나 극악할까? 에구! 가여우신 우리 왕자님!"

미우의 말이 떠오르자 솔나는 그만 찻잔을 떨어뜨리고 말았다.

쨍그랑!

정자의 바닥으로 떨어진 찻잔은 두 조각으로 깨어졌다. 놀란 솔나가 찻잔을 집으려 몸을 숙였다. 그런데 겸의 손이 먼저 솔나의 팔을 잡았다.

"괜찮으냐?"

"괜찮사옵니다. 저만큼 비키시옵소서."

솔나가 팔을 내젓는데 겸은 숙인 몸을 일으키지 않았다.

"으흠! 왕자님!"

시종장의 음성이 날아들자 겸은 겨우 몸을 바로 해서 앉았다.

솔나는 얼른 깨진 찻잔을 주워 들었다. 그러는 둘을 바라보는 시종장의 눈빛이 퍽이나 불편했다.

솔나는 찻잔을 들고 나와 세기방(그릇 씻는 방) 앞에 섰다. 깨어진 찻잔은 무력한 겸이자 아무것도 해줄 수 없는 자신 같았다.

솔나가 깨어진 찻잔을 정리하고 나오니 뜰에 서 있는 시종장의 모습이 보였다. 미우에게 뭐라고 말을 하면서 고개를 갸웃거렸다. 겸은 보이지 않았다.

왕자님께선 어디를 가신 걸까?

솔나가 주변을 둘러보는데 세기방 옆, 꺾어 돌아가는 모퉁이 옆에 겸이 서 있었다.

"솔나야! 참말 괜찮은 것이냐?"

멋쩍어하는 표정을 지으며 겸이 다가왔다.

"괜찮사옵니다."

혹시나 겸을 찾던 자신을 들켰을까 봐 솔나는 뜨끔했다.

"혹여 손을 다친 것이 아닌가 걱정하였다."

겸이 한 발 앞으로 다가왔다.

"찻잔이 심하게 깨지지 않았사옵니다."

"그래? 괜찮다니 되었구나. 무슨 일에든 늘 조심을 하려무나!"

"심려를 끼쳐 송구하옵니다."

"아니다. 내 궁의 궁녀이니 내가 알뜰히 챙겨야 할 것이 아니냐?"

말을 마치고 겸은 얼른 내실 쪽으로 갔다. 아무래도 시종장이 신경 쓰이는 모양이었다.

하지만 솔나는 겸의 뒷모습을 계속 지켜보았다. 시선이 떨어지지 않았다.

그때, 솔나에게 장세화를 주기 위해 다선이 양화관에 들어섰다. 솔나는 궁실 입구 쪽 세기방 앞에서 멍하니 서 있었다. 그리고 그 시선을 따라가 보니 거기에는 겸이 걸어가고 있었다.

"솔나님! 솔나님의 연모는 바람꽃과도 같습니다. 땅에서 솟아나오는 대도 약하고 올라오는 잎새도 연약하며 꽃잎마저도 유약한 꽃! 세미한 바람에도 금방 꽃잎을 떨구고 누워버리는 바람꽃! 한데 어찌하여 보답 받을 수 없는 마음으로 왕자님만을 바라보고 있는 것입니까? 어이 아픈 눈빛을 하고 있는 것이냐 말입니다."

하지만 그 시각, 내실로 들어서려던 겸 역시 다선을 발견했다. 양화관의 입구에서 다선은 고정된 눈길로 무언가를 뚫어지게 보았다. 다선의 눈길을 따라가니 막 세기방을 돌아서는 솔나가 보였다. 조금의 움직임도 없는 다선의 눈동자가 솔나의 등에 달라붙어 있었다.

'다선! 자네 혹시 솔나를……?'

겸이 손을 모아 쥐었다. 주먹을 쥐니 움찔! 퍼렇게 핏줄이 드러났다. 수정나비가 한순간 흩어지면서 공중으로 날아올랐다.

살에 따가운 가을 햇살이 쨍강 깨어졌다. 바람꽃이 꽃잎을 흐트러뜨렸다.

바람꽃의 꽃말은 <덧없는 연모>.

9.
나의 지지 않는 꽃그늘

태양궁 서문의 수련장에서 겸과 다선은 마주 섰다.

날이 새자마자 수련장에서 보자는 겸의 전갈을 받고 다선이 왔다. 마주 보고 선 두 사람에게 병사에게서 건네받은 목검을 가져다준 이는 시종장이었다.

"오늘은, 목검은 되었네."

내미는 목검을 받지 않고 다선을 보는 겸의 눈이 가늘어졌다.

"오랜만에 진검 승부는 어떤가?"

물어보는 겸의 말끝에 서늘한 기운이 따라갔다.

"진검 승부라? 괜찮으시겠습니까?"

다선도 서늘한 기운을 받아쳤다.

"대신, 진검을 잡은 손끝에 사정을 두지는 말게나."

"화가야 유일 왕자님의 명, 받자옵지요."

"왕자님! 어이하여……."

두 사람 사이에 끼어들며 시종장이 만류하려 했다.

"진검을 가져다주게."

시종장의 만류를 외면하며 겸의 눈이 더 가늘어졌다.

"하오나, 왕자님!"

"오늘은 진검 승부를 하겠다 하지 않았는가? 물러나 있게."

단호한 겸의 말에 물러서면서 시종장의 표정이 구겨졌다.

쨍—

맞부딪친 강철 진검이 울음을 토했다. 칼날을 힘주어 잡고 겸과 다선은 서로의 몸을 밀며 버텼다. 마주 보는 눈빛은 강철 진검보다 더 예리하게 번득였다.

'다선! 왜 자꾸 솔나의 주변을 맴도는 것인가?'

겸은 한없이 솔나를 바라보던 다선의 모습을 떠올렸다.

'검을 잡은 손끝에 사정을 두지 말라 하셨지요? 그런데 어이하여 왕자님은 마음에 상념을 두시고 검을 휘두르시옵니까?'

다선은 겸에게 못 박혀 있던 솔나의 시선을 떠올렸다.

"어제도 양화관에 온 자네를 보았네."

"양화관으로 가기 전까지야 솔나는 오롯이 저의 소임이었사옵니다."

"내 궁으로 오던 그날, 이미 솔나는 나의 소임이 되었네."

"이제야 소임이고 말고가 있사옵니까? 내년 봄이면 강제로 출궁을 당하게 될 터인데요."

"해서?"

"솔나가 출궁을 당하면 저도 함께 궁을 나가려는 참이옵니다."

"솔나가 그리하겠다 하던가?"

"하늘 아래 의지가지 하나 없는 몸이요. 저를 따라나설 수밖에 없을 것이옵니다."

"의지가지없다 하여 자네를 따라나선다 어찌 확신하는가?"

"그를 꼭 말로 하여야 아옵니까?"

다선의 몸이 겸의 몸을 강하게 밀자 마주쳐 버티던 두 검날이 떨어지면서 간격이 생겼다.

"내가 솔나를 아니 보내겠다 하면?"

"아니 보내실 수 있사옵니까?"

"내는 화가야의 유일 왕자. 그 아이 하나 곁에 둘 힘이 없겠는가?"

"하면, 아루 공주님은요? 공주님께오서 퍽이나 그리하시라 두고만 보시겠사옵니다."

아루라는 말에 잠시 겸이 몸을 움찔거렸다. 다시 검을 휘두르며 다선에게로 다가서는데 잠시 칼끝이 손목 밑을 비키어 지나갔다.

"아루가 솔나 그 아이와 무슨 상관인가?"

"그는 왕자님이 더 잘 아실 터이지요."

"아무에게도, 그 어떤 것에도 상관없이 그래도 내가 솔나를 곁에 두겠다 하면?"

"이러나저러나, 어차피 왕자님께오선 보내실 수밖에 없사옵니다."

"도대체 멍투성이 그 아이에게 자네 마음이 무엇인가?"

"그런 왕자님이야말로 그 아이를 무슨 마음으로 보고 있는 것이옵니까?"

"내 궁의 아이이네."

"국혼식 때까지만 그러하시겠지요."

"저자에서 떠돌던 아이라 하여 희롱을 놓을 참이라면……."

다선이 솔나를 희롱할 사람이 아니라는 건 무엇보다 겸이 잘 알고 있었다. 하지만 억지를 부리고 싶은 마음이었다.

"희롱이라니요?"

"희롱이 아니라면?"

"희롱이 아니라…… 진심이옵니다. 소신은."

"진심이라고?"

"네. 진심이요."

다선의 검 끝이 다시 겸의 검과 떨어졌다.

"왕자님께오선 솔나에게 결코 주실 수 없는 진심이요. 하옵고, 진심인 마음은 결단코 멈출 수가 없는 법이옵니다."

다선의 마지막 말에 검을 높이 쳐들었던 겸의 몸에서 힘이 빠져나갔다. 지켜보는 시종장의 얼굴은 자꾸만 자꾸만 구겨졌다.

양화관으로 돌아온 겸은 어딘지 모르게 창백해 보이는 낯빛으로 내실로 들어갔다. 그 뒤를 홍화가 따랐다.

편치 않았던 겸의 얼굴을 떠올리며 솔나는 세기방에서 차 준비를 했다.

"우리 왕자님! 왜 그리 곤한 얼굴로 돌아오신 걸까?"

옆에 선 미우에게 솔나가 물었다.

"그러게. 퍽이나 창백해 보이시던데."

"수정나비들도 날개가 축 처진 것이 힘이 하나도 없어 보였어.

에구! 하기사 이런 국혼에 말려들어 가시게 되었으니 편한 얼굴이 시면 그게 더 이상할 듯도 하다.”

“이왕에 성사된 국혼이잖니.”

“에구! 또 그 소리! 정말 예전에 광운비마마가 겸 왕자님을 대하던 모습을 생각하면 내가 다 오금이 저리고 몸서리가 쳐진다. 정말 끔찍하다고! 에이구! 에구!”

끓어오르는 찻물처럼 속이 부글거리는지 미우가 가슴팍을 쳤다.

“솔나 일궁녀!”

세기방의 문이 열리더니 겸의 뒤를 따라 내실로 갔던 홍화가 들어왔다.

“상처를 치료할 도구를 챙겨서 나를 따르거라.”

홍화가 솔나 쪽으로 한 걸음 다가섰다.

“네? 누가 몸을 상한 것입니까?”

“묻지 말고 따르거라.”

솔나가 말끝에 물음을 달았는데도 홍화가 내색 없이 재촉을 했다.

“네! 궁녀장마마님! 미우야! 내 잠시 다녀오마. 차가 다 끓거들랑 왕자님께 좀 갖다 드릴 테냐?”

“오냐!”

옆에 서 있던 미우를 두고서 솔나는 세기방을 나섰다.

약실로 들어갔다. 그리고 약 상자를 챙기는 동안 홍화는 아무 말 없이 솔나를 지켜보고만 있었다. 준비를 마치자 홍화가 앞장서서 겸의 내실로 향했다.

'응? 혹시 왕자님께오서?'

홍화에게는 물을 수가 없어 같이 내실로 들어서는 솔나의 걸음이 빨라졌다.

윗목에 앉은 겸은 오른쪽 옷소매를 걷어 올리고 있었다. 팔가리개를 풀고 있어 내실 안이 온통 흰나리 향기로 진동을 했다. 오늘은 내실까지 따라 들어온 수정나비들이 겸의 오른손 옆으로 모여 앉았다.

자세히 보니 오른손 손목 밑으로 설핏 핏빛이 비쳤다.

"왕자님! 어인 일이시옵니까?"

솔나가 빠른 걸음으로 홍화를 지나쳐 겸에게로 갔다. 홍화는 소리 없는 한숨을 삼키더니 말없이 내실을 나가 버렸다.

"조용히 하거라. 칼끝에 손목을 살짝 베인 것뿐이다."

"어찌 궁내 어약사에게 가시지 않고 양화관으로 오신 것이옵니까?"

화가야에는 의원이라는 직함이 없었다. 대신 약사가 모든 병자를 진맥하고 처방도 하고 치료도 했다.

"대검 중 화가야의 유일 왕자가 검상을 입었다. 아무리 다선이라고 하나 어찌 무사할 수 있겠느냐? 내가 다친 것도 모르고 돌아갔으니."

"다선 화원장님과 진검 대련을 하셨사옵니까?"

"그래."

"어찌하여?"

"내가 그리하자 하였어."

"화원장님께서 어찌 조심을 하지를 않고?"

"아니다. 내 혼자 방심하여 상처를 입었다. 결코 다선의 탓이 아니야."

"차후로 진검 대련일랑 하지 마시옵소서. 화가야 유일 왕자님의 옥체에 흠이 가실까 걱정이옵니다."

"알았느니. 내도 다선과 진검 대련은 처음이야."

솔나는 백분 지혈제를 바르고 하고초(夏枯草, 꿀풀)와 삼백초를 말려 빻은 가루를 뿌렸다. 해독 작용이 있어 몸을 상하게 하는 균이 들어가는 것을 방지하고 새 살이 돋게 하는 것이었다.

겸은 상처를 치료하기에 여념이 없는 솔나를 보았다.

멍투성이인 솔나의 얼굴이 겸의 얼굴 아래에 있었다. 내리깐 속눈썹은 가지런하고 반듯한 이마에는 설핏 실핏줄이 내비쳤다. 그리고 공기 중에 은근히 떠도는 향기. 솔나의 곁을 떠도는 이향(異香)이 코끝으로 스몄다.

욱신! 욱신!

손목의 검상과는 비교도 되지 않는 아린 통증이 겸의 심장에 치밀어 올랐다. 예리하게 빛나던 검날만큼이나 아린 열기가 전신에 피어올랐다.

솔나가 흰 천을 대어 겸의 손목을 감쌌다.

그런데 그때, 갑자기 겸의 오른손이 건너와 솔나의 얼굴에서 멈추었다. 욱신거리는 심장을 겸이 더 이상 참아내지 못했다. 소스라치게 놀란 솔나가 동작을 멈추었다.

"얼굴을 들어보거라."

겸이 천천히 솔나의 고개를 들게 했다. 두 사람의 시선이 같은 높이에서 만났다.

"솔나야! 나는 어떡하면 좋겠느냐?"

겸이 측은하게 묻자 솔나의 눈이 커졌다.

'왕자님!'

이상했다. 그 순간, 솔나도 알아버리고 말았다. 겸이 바로 자신으로 하여 고뇌하고 있다는 것을. 해당화의 바닷가가 아직 끝나지 않았다는 것을.

겸의 국혼 상대는 아루 공주 그리고 그 뒤에는 광운비가 있었다. 자신이 겸의 마음을 어지럽혀서는 안 된다.

"이만 물러가겠사옵니다."

솔나는 약 상자를 펼쳐 둔 채 겸의 앞을 박차고 나오려 했다. 몸을 돌렸다. 하지만 금방 돌아선 솔나의 몸이 묶이고 말았다.

따라 일어선 겸이 솔나의 한쪽 팔을 잡아버린 것이었다.

"솔나야!"

물에 젖은 겸의 음성이 한숨처럼 건너왔다.

"너의 얼굴을 제대로 보고 싶어. 하니, 잠시만 나를 똑바로 바라보거라."

"멍투성이의 흉한 얼굴입니다."

솔나가 고개를 젓는데 겸이 솔나의 몸을 돌려세웠다.

"아니다. 아니란다. 너의 얼굴은 하나도 흉하지 않아. 그러니 나를 보거라!"

하지만 솔나는 겸을 마주 볼 수가 없었다.

"솔나야! 제발, 나를 보란 말이다!"

겸의 음성이 물속에 풍덩 빠졌다. 물기가 뚝뚝 떨어졌다. 솔나는 겸을 향해 고개를 들어 올렸다.

겸은 처음에는 솔나의 머릿결을 쓸어내렸다. 한숨 같았던 음성만큼 겸의 손길도 한숨 같았다. 드러난 솔나의 귀 위에서 손가락으로 동그라미를 그렸다. 솔나의 귓속 솜털이 진저리를 치며 일어섰다.

한참을 겸은 솔나의 귀를 만지작거렸다.

겸의 손이 내려오더니 솔나의 손을 잡았다. 솔나의 손등을 엄지손가락으로 쓰다듬었다. 솔나는 말 없는 겸의 말을 다 알아들었다.

잠시 후, 만지작거리던 솔나의 손을 겸이 얼굴께로 들어 올렸다. 그리고는 들어 올린 솔나의 손등 위에 자신의 이마를 기대었다.

두근, 두근, 두근.

가벼운 겸의 손놀림인데 얹혀오는 고뇌만큼은 너무나 묵직했다. 주저하는 겸의 몸짓인데 얹혀오는 진심만큼은 천금보다 무거웠다.

"정말 어쩌면 좋으냐? 솔나야!"

겸이 속삭이듯이 말을 했다.

"내도 진심이란다. 내도 진심이야. 해서, 내, 도 더 이상은, 멈출, 수가, 없을 것 같아."

안타까운 고백이 겸의 이마를 지나 솔나의 손등에 내려앉았다. 솔나의 다리가 휘청거렸다.

그때, 미우가 찻잔을 받쳐 들고 내실을 향해 왔다. 문 앞을 지키고 섰던 홍화가 손을 내저으며 고개를 흔들었다. 눈이 동그래진 미우가 아무 말 없이 다시 내실에서 멀어져 갔다.

겸은 태양관의 내실 앞에 섰다. 뒤따르던 시종장은 한 발 물러서서 발을 멈추었다.

"아바마마! 소자 겸이옵니다. 안으로 들겠사옵니다."

겸은 직접 자신이 왔음을 고했다.

"들어오너라!"

한울왕의 답이 이어 나왔다. 매달 있는 왕실 가족 성찬이었다. 아루의 바로 곁에 겸의 다과상이 미리 놓여 있었다.

"하하하! 오늘도 태양궁 왕실 가족이 모두 모였음이야!"

한울왕이 흥에 겨워 기분 좋은 웃음을 지었다. 모두가 따라 웃는데 제각각의 마음과 계산을 감추고서 한울왕 앞에서는 아무도 내색을 하지 않았다.

"아루는 국혼을 앞두고 미색에 물이 올랐구나! 아주 화사한 낯빛이야! 어떠냐? 왕자! 화가야 제일미라는 아루가 여느 때보다도 훨씬 아름답지가 않으냐?"

"네."

겸은 건성으로 대답하며 아루를 한 번 쳐다보지도 않았다.

"혼인을 앞둔 여인의 낯빛이야 그 어느 꽃에 비할 수가 있겠습니까?"

자신의 딸을 추켜세우는 광운비의 얼굴에 흡족한 미소가 흘렀다.

"한데, 왕자는 어찌 얼굴빛이 그 모양인 게야? 무슨 근심이 있는 것이냐?"

"아, 아니옵니다. 아바마마! 어찌 그리 하문하시옵니까?"

"네 낯빛이 유난히 그늘이 져 있어 묻는 말이구나. 행여 국혼을 앞두고 무슨 근심이라도 있는 게야?"

솔나 생각에 잠겨 마음껏 웃을 수 없는 겸을 한울왕이 걱정스럽게 보았다.

"국혼을 앞두고 무슨 근심이 있겠사옵니까? 전하께오서는 그런 생각일랑 하시지 마시옵소서."

청천비가 겸을 대신해서 답을 했다.

"그렇소? 암요. 화가야 왕실이 경사를 치르게 되었으니 모두가 기쁜 마음으로 준비하여야 할 것이오."

"네! 전하!"

"네! 아바마마!"

"하고, 하명할 일이 하나 더 있소."

한울왕의 말에 다들 귀를 모으고 그 얼굴을 쳐다보았다.

"내년 봄의 국혼 후에 바로 후비를 한 명 들일 것이오."

"전하!"

"아바마마!"

겸과 청천비는 놀라서 한울왕을 불렀다. 얼굴에서는 동시에 핏기가 걷혔다.

"대각간 김우찬 공의 여식이요. 이름은 아라라 했소. 미모와 재색을 겸비하여 왕실의 여인으로 부족함이 없을 것이오."

겸과 청천비가 동시에 서로를 바라보았다. 아루나 광운비가 아무런 말이 없는 것으로 보아 자기들끼리는 이미 말을 다 맞추어 놓은 모양이었다. 아마도 왕실의 외척 자리를 자기들이 다 꿰차려는 모양이었다.

"왕자! 공주! 그리고 비들도 그리 알고 준비하도록 하시오."

"네."

네 사람이 함께 대답을 하자 한울왕의 얼굴에는 흡족한 미소
가 올랐다.

아루는 광운비의 옆에, 겸은 청천비의 옆에 서서 태양관의 마
당으로 내려섰다.

태양관의 앞뜰은 온통 모란이 차지하고 있었다. 화중지왕(花中
之王)이라는 이름답게 한울왕의 궁실을 차지하고 있었다.

"왕자! 잠시 내 처소에 들어 아루와 함께 담소를 나누고 가지
않겠소?"

막 발걸음을 옮기려는 겸을 광운비가 부드러운 음성으로 붙들
었다. 아루도 기대감에 찬 눈으로 겸을 보았다.

"송구합니다만 양화관으로 돌아가야 합니다."

겸은 공손하게 거절을 했다. 겸의 안은 솔나의 생각으로 가득
차 있었다.

"하면, 아루와 잠시 산책이라도 다녀오시든지요."

아직까지는 부드러운 광운비의 음성이었다.

"급히 보아야 할 서책이 있는지라."

겸은 또 거절을 했다.

"보셔요! 왕자! 혼인을 앞둔 여인의 마음이 얼마나 잔나비 떼처
럼 뛰노는지 아십니까? 그를 일말이라도 헤아린다면 좀 더 자주
아루와 시간을 보내주세요."

광운비의 말투가 금방 거칠어져 버렸다.

"유념하겠습니다."

"하고, 아루를 보는 눈빛은 왜 그렇답니까? 혼인을 앞둔 사내의 눈빛이 그러니 누가 보면 싫은 혼사에 억지로 끌려드는 줄로 알겠습니다!"

"그리 보였다면 송구합니다."

"내한테 송구할 일은 아니지요? 아니 그렇습니까? 청천비!"

"왕자께오서 그저 일이 바쁘다 하지 않습니까?"

청천비는 자신에게로 향하는 광운비의 서슬을 다독였다.

"왕자께서 모후처럼 섬기시는 청천비이니 국혼에 임하는 자세에 대해서도 얘기들을 좀 나누시지요. 내 청천비에게 했던 이야기를 기억하신다면요."

"광운비!"

청천비의 낯색이 단번에 창백해졌다.

"아루야! 우린 이만 가자꾸나!"

"네."

광운비는 치맛자락이 펄럭이도록 돌아서고 아루는 애써 웃음을 지어 보이고 뒤를 따라갔다.

"꼭 이 국혼을 해야겠느냐?"

거리가 멀어지자 광운비가 묻는데 아루의 얼굴은 이미 일그러져 있었다.

"꼭 국혼을 해야겠느냐 묻지 않니? 저리 너에게 성마르기만 한 겸이 그리도 좋으냐? 겸이 아니어도 우리에게는 다른 길도 있음을 너도 알 터."

"어마마마! 무슨 말씀이세요?"

"겸이 없이도 우리는 이 왕실을 다 가질 수 있다는 말이야. 내 준비는 미리 다 해두었어. 당장 오늘이라도 우리는 그럴 수 있어."

"설마 오라버니에게 또 무슨? 아니 되어요. 절대 아니 되어요. 저는 꼭 겸 오라버니여야만 해요. 저는 오라버니 없이는 못 살아요."

여전히 일그러진 얼굴이지만 겸을 향한 아루의 마음만은 진심이었다.

"설령 오라버니가 한울왕이 될 수 없다 해도 저는 그것도 아무 상관 없어요."

"쯧! 쯧! 물색없는 것! 그렇다면 조금만 더 숨기며 인내하거라. 국혼만 이루어지고 나면 그땐 네가 원하는 바대로 마음껏 살 수가 있을 터이니."

"네."

"아라를 들이고 나면 왕실에는 더 이상의 후비조차 없을 것이다. 아라야 우리가 마음대로 주무르면 될 것이고. 하면 겸의 마음이 화가야 제일미라는 너에게로 결국은 돌아서지 않겠니?"

광운비는 아루가 아닌 자신을 달래듯 말했다.

"그리고 그 천한 궁녀까지 해서 너를 시름하게 하는 것들은 내 모두 처리하여 줄 것이다. 하니 너는 그저 행복한 왕후가 될 준비나 하거라. 쯧! 겸의 일이라면 이리 팔푼이에 청맹과니처럼 변해 버리니, 도대체 마땅치가 않아서, 원!"

광운비가 혀를 차는데도 아루는 그저 겸 생각뿐이었다.

겸은 양화관의 서고에 앉아 있었다. 누워서도 책을 볼 수 있게 만들어진 긴 의자에 푹신한 보료가 함께 깔렸다.

내다보이는 서고의 동창으로는 등나무가 꽃그늘을 늘이고 있었다. 어른 팔 길이만 한 등꽃 무더기가 주렁주렁 매달렸다. 간간히 부는 바람에 낭창거리는 등꽃송이는 연보라색 붓이 되어 공기 중에 향기를 써내려 갔다.

겸은 등꽃송이를 하염없이 바라보았다. 그리고 등꽃과 함께 솔나도 겸의 마음속에서 흔들렸다.

'솔나는, 솔나는 어찌해야 하는 것인가?"

또다시 자신에게 묻지만 여전히 답을 할 수가 없었다.

내년 봄이 되고 국혼을 치르고 솔나가 떠나고 그러고 나면······.

등나무 꽃그늘이 겸을 쳐다보았다. 겨울이 오면 다 말라 버릴 꽃그늘이었다.

꽃그늘이 사라져 버리면. 꽃그늘이 없으면.

겸은 등꽃의 꽃그늘에 잠겨 또 생각했다. 생각하고, 생각하고 자꾸 생각했다.

"그래. 그리하겠어."

겸이 결국 한 가지 결론을 내렸다.

그때, 서고 문이 열렸다. 솔나가 고배찻잔을 받쳐 들고 들어와 있었다.

"궁녀장마마께서 차를 올려 드리라 하셔서."

솔나는 겸을 어떻게 봐야 할지 모르겠다. 자신을 알아봐 달라고, 자신의 연모를 지켜 달라고 하고 싶었던 마음은 이제 겸에게는 무거운 짐이 될 뿐이었다.

"서탁 위에 놓아두거라. 그리고 너는 이리 오너라!"

"네?"

솔나가 화들짝 놀라 고개를 드는데 겸은 창밖만 바라보고 있을 뿐이었다.

"이리 오라고 했느니."

"……"

솔나는 답을 못 하고 얼어붙은 듯 서 있었다. 그러자 겸이 벌떡 일어났다. 성큼성큼 마룻바닥을 울리는 겸의 발소리가 솔나에게로 다가왔다.

"그냥 너와 더불어 등꽃을 보고 싶구나. 동창으로 불어오는 바람에 등꽃이 춤을 추지 않느냐?"

겸은 자신이 앉았던 반대편에 솔나를 앉히더니 동쪽과 서쪽으로 떨어져 앉았다. 긴 의자에서 가장 멀리 자리를 잡았다.

"솔나야! 내는 등꽃이 좋구나! 너는 어떠하냐?"

다시 겸이 등꽃을 뚫어져라 보았다.

"연보라 꽃그늘이 참으로 서늘하옵니다."

"그래. 서늘한 꽃그늘이 늘어지는 곳마다 편안하게 쉴 수 있는 자리가 되니까. 그래서 내는 등꽃의 꽃그늘이 참으로 좋아. 그 꽃그늘 아래 들어 있으면 모든 것을 잊고 편안히 쉴 수가 있거든."

솔나는 힘든 겸의 처지를 생각했다. 병석에 누운 부왕. 무력해진 왕권. 포악한 광운비와 아루. 그리고 마음에도 없는 국혼.

'가여우신 겸 왕자님!'

솔나의 안타까움도 연보랏빛이 되었다.

그리고 그때였다.

등꽃을 보고 있느라 솔나는 몰랐다.

"왕자님!"

동쪽과 서쪽으로 떨어져 앉았던 겸이 솔나의 무릎을 베고 누워버렸다. 놀란 솔나가 몸을 일으키려고 했지만 겸이 솔나의 팔을 잡았다.

"놓아주시옵소서."

"아니."

솔나를 잡은 겸의 팔 힘이 더 단단해졌다. 그리고 잠시 후, 솔나를 잡지 않은 다른 팔을 들어 올려 겸이 자신의 얼굴을 가렸다.

겸의 얼굴이 팔 아래에서 모습을 감추었다. 겸의 눈이, 코가, 입술이 보이지 않게 되었다.

"이제 곧 겨울이 올 것이다. 하면, 등나무 꽃그늘은 모조리 말라 버리게 될 테고. 답해보아라. 맞느냐?"

한겨울 찬비를 맞는 것처럼 시린 음성이었다.

"하면 나는 어디에서 쉬어야 하겠느냐? 겨울에도 내게는 꽃그늘이 필요한데."

"……."

"아느냐?"

"……."

"해서, 해서 내는 네가 필요하구나."

"어인, 말씀…… 이시옵니까?"

"등꽃이 말라 버린 겨울에도 내게 꽃그늘을 드리워 줄 네가, 내는 필요하다는 말이다. 네가 내게는 시들지 않는 꽃그늘이라고 지금 말하고 있는 게야."

설마? 왕자님!?

천장을 향해 누워 얼굴을 가리고 있던 겸이 몸을 모로 세워서 누웠다. 솔나의 저고리 앞섶에 얼굴을 묻었다. 그리고는 겸의 손이 경직된 솔나의 허리 뒤쪽을 감싸 안았다.

"포근하구나! 얼굴도 본 적 없는 모후마마의 품속같이 참으로 포근해."

솔나가 밀어내려 했지만 허리를 감싸고 있는 겸의 손이 덩굴처럼 꽉 감겼다.

"이러지 말거라. 화가야 천지에 내 마음 한 자락 뉘일 곳은 네 곁뿐이다. 하니 나를 밀어내지 말아."

"궁녀장마마께서 찾으실 것이옵니다."

"이제는 내가 결정을 하였으니 되었어. 당장은 아무에게도 너를 드러내 말할 수 없겠지만 나는 이리 너의 꽃그늘 아래에서 쉴 것이야."

겸이 손깍지를 끼었다. 솔나의 엄지와 겸의 엄지가, 솔나의 새끼손가락과 겸의 새끼손가락이 아프게 얽혔다. 오롯이 드러낼 수 없는 마음이라 더 아픈 손가락들이 깍지를 꼈다.

'왕자님! 어쩌시려고, 정녕 어쩌시려고 이러시는 겁니까?'

솔나는 겸에게 잡히지 않은 손을 들어 입을 막았다.

솔나의 허리를 안고 겸은 속으로 생각했다.

'그래. 한 가지 확실해. 열을 달라 하면 열을 줄 것이고 백을 달라 하면 그 또한 내줄 것이야. 왕후가 열이든, 후비가 열이든, 그래. 마음대로 다 하라지. 모든 것을 내어주고 그런 연후 딱 한 가지, 너만은, 솔나 너만은 곁에 둘 것이다.'

겸의 눈이 깜박거렸다.

'왜인 줄 아느냐? 네가 곁에 있으면 난 제대로 숨 쉴 수가 있을 테니까. 조금 더 훌륭한 한울왕이 될 수가 있을 테니까. 네가 나에게 용기와 지혜를 줄 테니까. 싸워서 이길 힘을 줄 테니까. 그러니 나는 결정하였어.'

겸의 결정은 완벽하게 끝이 났다.

등꽃의 꽃말은 <환영>.

10.
나의 진정한 왕후는 너야

가을이 깊었다. 솔나는 화원에서 꽃대를 손질하는 중이었다.

"솔나야!"

겸의 부름에 시든 꽃잎을 따던 솔나의 손이 멈추었다.

"네! 왕자님!"

솔나가 겸을 향해 돌아서려고 했다.

덥석!

하지만 뒤에서 다가온 겸이 먼저 솔나를 안았다. 솔나는 겸의
품 안에 동그랗게 갇혀 버렸다.

"왕자님!"

"왜 이리 시끄러이 부르는 것이냐?"

솔나의 음성이 놀라움으로 커지는데 겸은 태연하기만 했다.

"어이 이러시옵니까? 보는 눈이 많사옵니다."

"보는 눈이라! 어디에 있느냐?"

"시종장님께서……."

"그 잔소리꾼 시종장 말이냐? 내가 태양관에 심부름을 보내었어."

"궁녀장마마께서……."

"이모님은 세화관으로 심부름을 보내었지."

"다른 궁녀들이……."

"다른 궁녀들? 그도 내 모조리 다른 궁으로 심부름을 보내 버렸구나."

"네?"

놀란 솔나가 고개를 반만 돌려 겸을 보았다.

"다들 한아름 선물을 안기어서 양화관에서 내보내었어. 이리 다 내보내느라 내 내탕고는 텅텅 비어버렸단 말이다."

"정말 내탕고를 비우셨사옵니까? 왜요?"

"너랑 둘만 있고 싶어서 그랬지."

"그 많은 재물을 어쩌자고?"

능청스러운 겸의 말에 솔나의 볼이 확 붉어졌다.

왕자궁 내탕고의 재물이 얼마나 많은데 그만한 일로 비워질 리가 없었다. 그런데 진짜라고 믿고 물어오는 솔나가 사랑스러워 미칠 지경이었다.

"하면 내가 거짓을 말하겠느냐? 내 늘 화가야의 유일 왕자인 것이 답답한 족쇄 같았는데 오늘에서야 그 이름을 단단히 써먹었어."

"풋!"

솔나가 손바닥에 입을 묻고 웃었다. 늘 신중하고 반듯한 겸이 개구쟁이 아이처럼 구는 게 믿기지가 않았다. 겸을 따라온 수정 나비들이 솔나를 따라서 웃었다.

"지금 나를 놀려서 웃는 것이냐?"

"아니옵니다. 그럴 리가 있사옵니까?"

"내 너랑 둘만 있고 싶어 내탕고까지 비웠는데 웃을 것이 아니라 감격을 해야 할 것이지."

"……"

"어찌 답이 없는 것이냐?"

"말로서야 제 마음을 다 전할 수 있겠사옵니까?"

"무정한 아이로구나! 저 또한 그러했습니다 하면 될 것을."

"네. 저 또한 그러했사옵니다."

솔나가 고개를 끄덕였다.

"꽃빛이 옅어졌구나!"

"가을바람에 많이 바래었사옵니다."

"벌써 십일월이야. 그러다가 겨울이 오면 이 뜰도 스산해지겠지."

"꽃잎이 다 떨어져 내릴 것이옵니다."

"하지만, 내는 괜찮다. 내게는, 솔나, 시들지 않는 꽃그늘이 있으니까."

겸이 한 손으로 솔나가 손보던 꽃대를 만지더니 귓가에 작게 속삭였다.

겸의 속삭임에 솔나의 귀에 돋은 잔털이 일제히 곤두섰다. 서 있기가 힘들게 발가락들이 꼬물거렸다. 솔나는 들키지 않으려고 애꿎은 치맛자락을 구겼다.

"솔나야! 당장은 아무에게도 너를 말할 수 없는 나를 용서하려무나. 정말 미안하지만 국혼 때까지만 이리 숨은 여인으로 내 곁에 있어 다오."

"기꺼이요."

한 자락 바람이 둘 사이를 비집고 심술궂게 지나갔다.

⟨

보리는 퇴궁을 하는 길이었다.

넓은 소매 속에서 머리 장식을 꺼내더니 살짝 웃었다. 은을 두드려 펴서 꽃가지 모양으로 만든 장식 위에 매화꽃이 놓여 있었다. 차연에게 줄 선물이었다.

보리의 집 대문간에는 늘어진 매화 가지가 보리를 맞았다. 잠시 매화나무 그루터기를 쓰다듬고는 별채 쪽으로 발길을 돌렸다.

그러다가 보리는 무언가를 발견했다. 보리의 눈이 커다래졌다. 믿을 수 없다는 듯이 다시 한 번 보았다. 여전히 그 모습 그대로였다.

"이럴 수가?!"

이랑비의 매화 꽃송이가 꽃대를 내리고 있었다.

⟨

보리는 사실 딱 한 번 차연의 흰 천이 풀린 것을 본 적이 있었다.

오 년 전, 화가야 전국을 휩쓴 전염병이 아버지를 덮쳤다. 며칠을 누워만 계시다가 그 저녁을 넘기지 못하고 눈을 감았다. 보리와 차연에게 유언 한 마디 남기지 못했다.

오일장을 치른 후, 이번에는 어머니가 앓아누웠다. 고열이 나면서 때론 정신이 혼미해졌다. 보리와 차연을 알아보지 못하기도 했다.

그날 밤도 보리와 차연은 함께 어머니의 곁을 지키고 있었다. 고열에 들떠 세미한 신음만을 뱉어내던 어머니가 갑자기 눈을 떴다. 눈빛이 흐렸고 여전히 정신은 혼미해 보였다.

"보리야! 차연아!"

"네. 어머니!"

"보리야! 차연이를, 차연이를 잘 지켜다오. 세상에 하나뿐인 귀한 아이란다. 무슨 일이 있어도 차연이를 꼭 지켜야 한다."

"네. 그러겠습니다. 어머님! 제가 꼭 그리하겠습니다."

"고맙구나……."

어머니의 시선이 이번에는 차연을 향했다. 차연의 눈에 눈물이 핑그르르 돌았다.

"차연아! 우리 공주님!"

아버지는 차연을 우리 공주님이라고 즐겨 불렀었다. 그럴 때면 화가야에서 딸을 공주라 부르는 것은 불경한 일이라며 어머니는 손사래를 쳤었다. 하지만 혼미한 정신에 어머니의 입에서도 그런 명칭이 흘러나왔다.

"보리야! 내 잠시 차연이와 둘이 나눌 말이 있어. 자리를 좀 물러주겠니?"

의아하였지만 공손히 대답을 했다. 나서는 보리의 등 뒤로 소곤거리는 어머니의 음성이 들려왔다.

보리는 한참을 방문 밖에 서 있었다. 두 사람의 이야기는 방문 안에서 끝도 없이 늘어지고 있었다.

그러다가 혹여 임종을 지키지 못할까 봐 덜컥 겁이 났다. 어머니의 명을 어기고 보리는 방문을 열었다. 얘기를 나누는 중이라 어머니와 차연은 방문이 열린 것도 깨닫지 못했다.

그때, 보리는 보았다.

어머니가 차연의 오른손을 붙잡고 있었고 늘 손을 감싸고 있던 흰 천이 풀려 있었다. 어머니는 차연의 맨손을 잡고서는 손등을 쓰다듬고 또 쓰다듬었다.

보리가 서 있는 쪽을 향해 선명하게 내밀어져 있던 차연의 오른손. 그리고 그 손에 내려앉은 화마(火魔)의 흔적.

흡!

터져 나오는 비명에 보리는 가까스로 입을 막았다. 세상 누가 보아도 마찬가지일 것이었다. 그것은 너무나도 무서운 형상이었고 너무나도 끔찍한 흉터였다. 차연이 왜 철저하고 꼼꼼하게 흉터를 싸매고 다녔는지 온전히 이해가 되었다.

저런 흔적을 가지고 차연이 어찌 살아갈까?

저런 끔찍한 흉터를 가진 차연을 아버지도 없이 나는 어찌 지켜야 할까?

보리의 마음이 밤처럼 참담하였었다.

차연은 꿈을 꾸고 있었다. 물속으로 끊임없이 빠져드는 꿈이었다. 역한 물비린내가 났다.

"오라버니! 오라버니!"

꿈속에서 비명을 질렀다.

"차연아! 누이야!"

누군가 차연의 몸을 흔들어댔다. 화들짝 놀라며 차연은 깨어났다. 어렴풋했다가 밝아오는 차연의 시야에 보리가 들어왔다. 근심스런 표정으로 차연을 들여다보고 있었다.

"오라버니! 퇴궁하셨습니까?"

"그래. 한데 누이는 흉한 꿈을 꾼 게로구나!"

"예. 통 꾸지 않았던 꿈인데."

"이른 시간에 잠이 들어 흉몽을 꾼 게야. 그러게, 누이가 어찌 낮잠엘 들었어?"

"간밤에 늦게까지 속방패에 수를 놓느라 곤하였던 모양이에요."

차연은 보리에게 빨리 속방패를 주고 싶어 늦은 시각까지 매화꽃을 수놓았었다. 자꾸만 차연의 마음이 급하였다.

"두어라! 속방패 만드는 일이 무에 그리 급하다고? 왼손을 가지고 놀리는 것도 쉽지가 않을 텐데."

오른손에 화상을 입은 차연은 왼손잡이였다.

"몸이 상할까 걱정되는구나."

"알아서 하고 있으니 심려 마세요. 식사는요?"

"먹고 왔어."

그때, 보리는 느꼈다. 차연의 흰 천을 뚫고 피어오르는 낯선 향기를.

보리는 소매 속에 넣어둔 차연의 머리 장식을 만지작거렸다. 차연에게 주려고 사왔지만 지금 건네주어야 할지는 모르겠다.

별채를 나온 보리는 다시 대문간으로 갔다.

이랑비에 주워 온 매화가 꽃대를 내렸다. 분명 아침에 입궁할 때만 해도 꽃송이만 꽂혀 있었는데.

보리는 차연의 흉터를 보고 난 후, 오 년을 내리 가져다 심었다. 하지만 한 번도 매화 꽃송이가 꽃대를 내린 적은 없었다.

보리는 아무에게도 말할 수 없는 간절한 소원을 담고 매화 꽃송이를 심었었다. 꽃대가 내리기를 기원하고 또 기원했다. 하지만 꽃대가 내린 모습을 보고 나서 보리의 마음이 단번에 어두워졌다.

사실은 이랑비의 매화 꽃송이가 뿌리 내리지 않기를 바랐나 보다.

"향기가 돌아왔구나! 이제는 정녕 때가 된 것인가?"

기뻐할 수만은 없는 보리는 건네지 못한 차연의 머리 장식을 가만히 쥐었다.

☾

"잘 마셨다."

겸이 차를 모두 마시자 솔나가 찻잔을 집어 들었다. 그때, 시종장이 눈치채지 못하는 사이 겸이 얼른 솔나의 손을 한 번 잡았다

놓았다.

훗!

솔나의 귓불이 달아오르고 겸은 은밀하게 웃었다. 달아오른 귓불을 애써 감추며 솔나는 나무 정자를 물러났다.

"무얼 유심히 보시옵니까?"

솔나를 뒤따르는 겸의 눈길을 시종장이 느낀 모양이었다.

"햇빛을 보았네. 마지막 가을 햇살이 하 게을러 보여서."

"솔나 일궁녀를 보신 것은 아니옵구요?"

"그럴 리가 있는가?"

"왕자님! 왕자님을 모시는 시종장으로 한 말씀 올려도 되겠사옵니까?"

시종장의 입술이 결연한 표정을 지었다.

"저 아이에게서 관심을 그만 거두옵소서. 양화관의 궁녀들 사이에서 흉한 소문이 돌고 있사옵니다."

"흉한 소문이라니?"

"왕자님과 저 아이에 대한 것이옵니다. 왕자님이 늘 저 아이에게 유심한 모습을 보이시니 그런 것이 아니겠사옵니까?"

뜨끔한 겸이 아니라고 말을 못 했다.

"궁녀장도, 소신도 입단속을 시키고는 있으나 흉한 소문이 양화관 담을 넘는 것도 그리 긴 시간이 걸리지는 않을 듯하옵니다."

"알았네. 알았어. 나는 단지 솔나 일궁녀에게서도 이 차와 같은 향이 풍기니 그것이 의아하여 자주 본 것뿐이네."

겸이 일부러 솔나의 이름 뒤에 일궁녀를 붙이며 핑계를 늘어놓았다.

"네? 솔나 일궁녀에게서 무슨 꽃 향이 풍긴다는 말씀이시옵니까?"

시종장이 의아한 듯이 고개를 갸웃거렸다.

"저 궁녀 아이에게서 이 차 향이 풍기다니요?"

"솔나에게서 이 아침 차와 같은 꽃 향이 자주 풍기지 않는가? 자넨 이상하지 않은가?"

"솔나에게서 도대체 무슨 꽃 향이 난다는 말씀이시옵니까? 소신은 한 번도 느낀 적이 없사옵니다."

"아닌데? 분명 솔나에게서……?"

"왕자님! 일전에 바다 건너 외유를 떠나시기 전에도 늘 내화원에 기분 좋은 향을 풍기는 꽃이 있다 말씀하셨지요. 해서 외유에서 얻어 오신 꽃가루 염증병이 다 나으신 연후에는 제일 먼저 그 꽃을 보러 가겠다 하실 줄 알았는데 말씀 한 번 없으셨사옵니다."

"응?"

"마치 여인이라도 아끼듯 그 꽃에 연연해하시더니 금방 잊어놓으시고는 이제는 또 솔나 일궁녀에게서 꽃 향이 난단 말씀이옵니까? 참으로 이상하옵니다."

"응? 정말 자네는 한 번도 못 느꼈다고?"

이번에는 겸이 의아하여 고개를 흔들었다. 화인이었던 솔나의 향기를 자신만이 간혹 느낄 수 있다는 것을 겸은 알 턱이 없었다.

"네. 왕자님의 후각은 남들은 모르는 향기만 찾아내는 듯하옵니다."

조금은 비꼬는 시종장의 말이었다.

"음! 그건 그렇다 치고 내화원에 꽃이? 뭐라고?"

"열여덟 살 드셨을 무렵 매일같이 그 꽃을 보러 내화원에 혼자 가시지 않았사옵니까? 외유를 나가시기 전 이 년을 내리 그러셨지요."

시종장이 혼자라는 말에 유난히 힘을 주었다. 그 시절 매일 혼자 내화원으로 가는 겸이 못마땅했었다.

"꽃? 도대체 무슨 꽃인가?"

"모르옵니다. 다선 화원장에게도 몇 번 물었더니 모르겠다고만 했습지요."

"하면 왜 지금까지 자네는 내게 한 번도 말을 않았는가?"

"왕자님께오서 말씀을 않으시니 소신도 까마득히 잊고 있었사옵니다."

"뭐지? 난 도통 기억에 없는데."

겸은 고개를 갸웃거렸다.

시종장은 솔나에게서 풍기는 짙은 꽃 향을 한 번도 느끼지 못했다고?

게다가 외유를 나가기 전, 자신이 매일 찾아가던 꽃이 내화원에 있었다고?

순간 겸의 머릿속으로 싸한 바람 한 줄기가 지나갔다. 겸은 시종장에게 자세히 물어보려다가 그만두었다.

'나중에 나 혼자 알아보아야겠군.'

시종장의 불편한 심기를 더 건드려서 좋을 건 없을 것 같았다.

잠시 후. 겸은 혼자서 내화원으로 발걸음을 옮겼다. 시종장에게는 빨리 다녀오마 했다.

다선이 예를 올렸다. 그런 후에 한참 동안 침묵을 지켰다. 솔나를 사이에 둔 두 사람 사이에 남모를 긴장감이 있었다.

"다선! 자네에게 물어볼 것이 있네."

"하문하소서."

그래도 다선은 공손하게 답을 했다.

"오전에 시종장에게 들었네. 내가 일 년간의 외유를 나가기 전, 아주 아끼었던 꽃이 하나 있었다는데, 이 내화원에."

"……."

다선의 눈가에 긴장이 팽팽하게 깃들었다.

"맞는가?"

"소신은 모르옵니다."

그래. 드디어 올 것이 왔다. 다선은 속으로 생각을 하며 거짓말을 했다.

"하긴! 자네도 모른다 하더군. 그런데 말일세. 시종장이 재미난 말을 했어. 내가 그 꽃을 마치 여인을 연모하듯이 애지중지하였다던데?"

"시종장의 지나친 말씀 같사옵니다. 어찌 인간 사내가 꽃을 여인 보듯 하겠사옵니까?"

"그렇겠지? 하여간 시종장은 그게 문제야. 그건 그렇고 다선! 내 자네에게 따로 할 말이……."

솔나에 대한 다선의 마음이 진심이라면 솔나를 곁에 두기로 한 자신의 결정을 다선에게도 얘기해 주는 것이 맞았다. 하지만 겸은 곧 생각을 바꾸었다. 만약 얘기를 하더라도 그것은 솔나의 몫이어야 할 것이었다.

"말씀하옵소서."

"아, 아닐세. 내일은 저자에 나가서 새로 나온 꽃씨나 좀 살펴오게."

혹시나 새로운 꽃씨가 나와 있을까 싶어 겸은 자주 다선을 심부름을 보내었다.

"알겠사옵니다."

겸이 간 후에도 다선은 한참을 멍하니 생각에 잠겼다.

"이대로라면 정녕 출궁을 서둘러야 할 것인가?"

겸의 마음을 알 리가 없는 다선이 고개를 저었다.

다음 날.

"솔나야!"

미우가 다가오며 솔나를 불렀다.

"너 잠시 내화원에 다녀와야겠어. 궁녀장마마님께서 특별히 필요한 꽃이 있다고 내화원장님께 당부하셨다는구나! 네게 가서 찾아오라 말씀하셨어."

"그래? 알았다."

옥을 얇게 깎아 벽을 세운 내화원의 온실은 늦은 가을 햇살을 받아 초록색으로 빛이 났다. 그런데 온실의 입구는 단단히 닫혀 있었다.

"화원장님! 화원장님!"

온실 문을 두드리기까지 했는데 견고하게 닫힌 온실의 문은 열릴 기미가 없었다.

"내화원장님! 양화관에서 왔어요. 아니 계세요?"

이상했다. 아무래도 다선이 내화원을 비운 모양이었다.

"누구를 찾아온 것이냐?"

뒤를 돌아보니 수정나비 떼를 팔랑거리며 겸이 서 있었다.

"내화원에는 어쩐 일이냐?"

겸의 긴 다리가 성큼 솔나에게로 다가왔다.

"궁녀장마마님께서 온실에 가서 얻어 오라 하신 꽃이 있어서."

"이상하구나! 다선은 조금 전 저자에 씨앗을 사러 갔는데."

"네? 하오나……."

"내게 그리 말을 하고 갔어."

"하오면 이만 궁녀장마마님께 가 말씀 올리겠사옵니다."

솔나가 다시 몸을 돌리려 했다. 그런데 겸의 옷자락이 펄럭이더니 솔나의 앞을 막아섰다. 솔나의 나아갈 길이 막혀 버렸다.

"왕자님! 어이 그러시옵니까?"

"내가 왜 내화원에 있는 것인지 궁금하지 않으냐?"

"태양궁의 주인이 왕자님이시온데 어디에 계신들 이상할 것이 무엇이옵니까?"

"산보를 하려고 왔어."

"하오면 산보를 하시옵소서."

"혼자서는 너무 스산하구나! 너도 함께 가지 않으련?"

"궁녀장마마께 말씀을 올려야 하온데요."

"내 오늘도 궁녀장은 심부름을 보내었는데."

겸의 입가에 개구쟁이의 익살스런 웃음이 다시 걸렸다.

"하오나 궁녀장마마님께서 온실의 꽃을 가져오라 하셨다고 미우가…… 앗!"

이런!

솔나는 미우가 흘리던 알 수 없던 웃음을 떠올렸다. 솔나의 표정을 알아챈 겸이 다시 웃었다.

"이제야 알았느냐? 다선이 돌아오면 산보하며 꽃을 상하게 한다 싫어할 테니 어서 가자꾸나!"

"화가야 유일 왕자님의 이름을 이럴 때 쓰시라 배우셨사옵니까?"

"어디에다 써먹든 그는 내 맘이지. 하하하하하!"

"참. 왕자님도!"

조그만 궁실만큼이나 넓은 내화원은 겨울을 앞두고 온통 꽃잔치였다. 무엇이든지 마지막 직전이 가장 아름다운 법이었다.

겸과 솔나는 천천히 걸음을 옮겼다. 움직일 수 없는 꽃들 사이로 움직이는 흰나리와 백일홍이 스쳐 지나갔다.

이윽고 두 사람이 멈추어 선 곳은 키가 큰 나무 앞이었다.

자귀나무!

해오라기의 깃털처럼 생긴 연분홍 꽃송이들이 부채 모양으로 피어 앉았다.

"솔나야! 이 나무의 이름을 아느냐?"

"자귀나무이옵지요."

"꽃말도 아느냐?"

"그는 모르겠사옵니다."

"아라(바다) 건너 청국에서는 여인에게 혼사를 청할 때 이 자귀꽃을 건네어준다고 하더구나. 두 사람의 혼을 하나로 묶는다 하여 달리 합혼수(合婚樹)라고도 부른다고."

"합혼수요?"

묻는 솔나의 머리 위로 자귀꽃의 연분홍 꽃술이 우수수 떨어져 내렸다.

"솔나야! 누누이 말했지만 당장은 너에게 이 꽃을 건네어줄 수 없을 것이다. 드러내어 너를 얘기할 수도 없을 것이다."

겸이 솔나의 팔을 잡아 두 손 안에 가두었다.

"하나, 내 약조하마! 내 마음의 자귀꽃은 솔나 너에게만 건네어줄 것이야."

"무슨 말씀이시옵니까? 당치 않으시옵니다."

"아니다. 조금만 기다려다오. 국혼을 하고 그리고 내게 힘이 생기면, 그때는……."

"왕자님! 흉한 얼굴에 신분도 모르는 저를 어찌 자꾸만 품으려 하시옵니까?"

"얼굴의 상처도 신분도 저어될 것이 없다. 내 이미 방도를 생각해 두었으니."

"공연히 왕자님의 마음만 상하실 것이옵니다."

"자귀꽃의 꽃말을 아느냐 물었지?"

솔나의 말에는 답도 없이 겸이 뜬금없이 물었다.

"그는 물색없이 뛰노는 마음이라는구나."

겸이 쥐었던 솔나의 손을 가슴 위로 가져다 댔다. 달려오기라도 한 것처럼 급하게 오르락내리락하는 겸의 심장이 솔나의 손 밑에 느껴졌다.

"바로 여기에 물색없이 뛰노는 마음이 있구나. 내 혼자만의 마음이더냐?"

"왕자, 님! 저는……."

겸이 이번에는 손을 솔나의 가슴 위에 얹었다. 손바닥을 통해서 겸과 똑같이 달리기를 한 솔나의 심장박동이 들렸다.

"나는 이미 너의 심장에게서 답을 들었어."

겸이 손을 풀고 솔나를 가까이 끌어당겼다.

"등꽃의 꽃그늘 아래에서도 분명 약조하였지. 하니, 결코 멈추지 않을 것이야."

"왕자님의 마음만 다치실 것이옵니다."

솔나는 같은 말만 되풀이했다.

"멈추지 않을 것이라 하였다. 너도 내를 멈출 순 없어."

겸의 손이 솔나의 턱을 들어 올렸다. 잔잔하게 비치는 눈 속에 서로가 잠겼다. 겸의 한 손이 솔나의 볼을 감싸 안았다. 그리고 천천히 겸의 입술이 솔나의 머리 위에 내려앉았다. 흑암처럼 깊은 솔나의 머릿결 위를 헤엄치듯 미끄러져 내려갔다.

양화관에서는 야단이 났다. 겸의 심부름으로 청천비에게 다녀온 홍화는 보이지 않는 겸과 솔나 때문에 궁녀들을 다그치는 중이었다.

"대체 왕자님께오서 홀로 어디를 가셨단 말이냐?"

"소인들은 아무것도 모르옵니다. 시종장님께 서고에 계시겠다고 하셔서 저희들도 다 그런 줄로만 알고……."

"자네들의 소임이 무언가? 양화관에서 왕자님을 불편 없이 보필하는 것이 그 첫째가는 것이거늘."

"송구합니다, 궁녀장마마님!"

"시종장님께서도 그렇소. 어찌 홀로 나가신 왕자님께오서 한 식경이 지나도록 돌아오지 않으시는데 이리 태평이신지요?"

"내는 왕자님이 서고에 계신 줄로만 알았소."

겸이 잠시 없어진 것은 큰일이 아닐지도 몰랐다. 하지만 중요한 것은 솔나도 같이 없어졌다는 사실이었다. 홍화는 난처한 시종장의 얼굴에서 눈을 돌려 다시 한 번 둘러선 궁녀들을 둘러보았다. 그때, 제일 뒤에서 고개를 숙이고 안절부절못하고 있는 미우가 홍화의 눈에 들어왔다.

"모두 왕자님을 수소문하시게. 은밀히 표 나지 않게 조심해야 할 것이네."

궁녀들이 흩어지고 미우도 함께 걸음을 옮기려 했다.

"일궁녀 미우! 너는 잠시 나를 따르거라!"

화들짝 놀라서 미우의 얼굴이 사색이 되었다.

"네에에."

소라 고동처럼 기어들어 가는 미우의 대답이 겨우 나왔다.

잠시 후, 서고 동창 옆 등꽃 그늘이 늘어진 곳에 홍화와 미우가 서 있었다.

"미우 너는 무언가를 아는 것이지?"

"무, 무엇을 말이옵니까?"

"썩 고하지 못할까? 치도곤을 당한 후에야 바른말을 할 것이냐?"

"아이쿠! 궁녀장마마님! 잘못하였습니다."

숙였던 미우의 고개가 더 조아려졌다.

"말해보거라. 어찌 된 일이냐? 분명 왕자님과 솔나가 함께 있는 것이지?"

"그것이, 왕자님께오서 궁녀장마마님의 심부름이라 하고 솔나를 내화원으로 보내어라 하명을 하시어서……."

"무어라? 해서?"

"해서 소인이 솔나에게 내화원으로 가보라고……."

"아니, 이런 맹랑한 궁녀를 보았나?"

홍화의 불호령이 떨어졌다.

"뉘 알면 어쩌려고 이런 엄청난 일을 벌인 것이냐? 양화관 안에서야 모를까, 밖에는 보고 듣는 눈과 귀가 얼마나 많은지를 모르고!"

"하오나 내화원은 아무나 출입을 하지는 못하는 곳이라……."

홍화는 긴 한숨을 내쉬며 손을 들어 올려 이마를 짚었다.

"미우야! 오늘 일을 허투루 발설할 시에는 모두가 곤경을 치르게 될 것이다."

"알고 있습니다."

"알았다. 내가 내화원으로 갈 테니 이만 너도 가보아라."

"그런데요, 궁녀장마마님!"

두고 가려는 홍화의 발걸음을 여전히 기어드는 목소리의 미우가 붙들었다.

"무어냐?"

"제가 솔나의 얼굴을 보았습니다."

"무슨 말이냐?

찌푸려지는 홍화의 얼굴이 단박에 표가 났다.

"꽃달의 밤이 지난 새벽이었는데요. 솔나의 얼굴이…… 제가, 그 전날 잠이 빨리 깨라고 각성초를 조금 마시고 잤었거든요."

"해서……?"

"고운 얼굴이었습니다. 솔나의 얼굴이 아리따이 변해 있었습니다. 우리가 알고 있던 그 얼굴이 아니었어요."

"뭐라고?"

솔나와 미우는 궁녀실에서 같은 방을 사용했다. 미우는 꽃달의 사슬을 막 지난 새벽에 본모습을 아직 드러내고 있는 솔나를 보았다. 꽃달의 사슬이 끝난 직후 얼마 동안에는 보통 사람들도 솔나를 볼 수 있었다.

원래 솔나가 화인으로 변할 때는 수면초 가루가 흩뿌려져서 미우는 아무것도 몰랐다. 그런데 시월 마지막 날 꽃달의 밤에는 미우가 각성초를 마시고 자는 바람에 수면초 가루가 다 듣지 않았던 것이다.

"왕자님께오서 솔나에게 특별한 마음이 있다는 걸 저도 압니다. 그러니, 왕자님께오서 솔나를 가까이 두신다 한들……."

"……."

"솔나가 왜 고운 얼굴을 숨기고 있는지 알 수는 없으나 가여우신 왕자님께 숨 쉴 그늘이 되어줄 수만 있다면……. 혹 솔나가 후비라도 된다면 왕자님의 안위가 오히려……. 아루 공주님께만 시달리시기보다는……."

"어허! 일개 일궁녀가 어찌 화가야 유일 왕자님의 안위를 입에 올리는 것이냐?"

"하오면 왜 궁녀장마마님께서는 왕자님과 솔나를 도와……."

"그만! 그만!"

움찔거리면서도 물러나지 않는 미우에게는 솔나에 대한 연민과 겸에 대한 안타까움이 있었다. 미우의 마음도 홍화 자신과 같을 뿐이었다.

"미우야! 잘 듣거라! 오늘 일은 누구에게도 비밀이니라. 하고, 솔나 일궁녀의 얼굴에 대한 일은 더더욱이나 비밀. 그 어느 누구라도 알아서는 결단코 아니 돼."

홍화의 표정이 누그러졌다.

"알겠습니다."

"너의 마음이 무엇인지 아니까, 되었어. 그만 물러가거라."

움찔움찔 물러나는 미우를 홍화가 아득한 심정으로 보았다.

'정녕, 정녕 이 일을 어쩔 것인가? 이제!'

겸의 심부름으로 궁 밖에 나갔다가 양화관으로 온 다선은 홍화와 미우의 이야기를 엿들었다.

"왕자님! 이러시려고 일부러 저를……?"

그래서, 그랬던 것인가?

왕자님마저 결국은?

그리고 미우라는 저 궁녀는 꽃달의 사슬이 다 풀리지 않은 솔나를 본 것인가?

겸의 심부름으로 사온 꽃씨 봉투를 쥐고서 다선은 입술을 깨물었다.

솔나의 머릿결에 내려앉았던 겸의 입술이 떨어졌다. 겸이 웃음으로 솔나를 보았다.

"으쌰!"

"앗!"

겸이 갑자기 솔나를 번쩍 안아 올렸다. 땅에서 떨어진 솔나의 두 다리가 허공에서 대롱거렸다. 어쩔 수 없이 솔나는 팔을 올려 겸의 목을 끌어안았다.

"어지럽사옵니다. 내려주옵소서."

하지만 겸은 자귀나무 등걸로 가까이 가서야 솔나를 내려놓았다.

"아라 건너에서는, 여인에게 연모를 고백할 때면 그 여인의 앞에서 사내가 무릎을 꿇는다 하더구나."

겸이 한 발짝 물러서더니 정말로 무릎을 꿇고 앉았다. 흡사 고귀한 여인 앞에서 무릎을 꿇은 모습이었다.

"왕자님! 이러시면 아니 되옵니다."

깜짝 놀란 솔나가 팔까지 내저으며 겸을 만류했다.

"늘 아니옵니다, 아니 되옵니다. 내 나중에 너를 곁에 두게 되면 입술부터 단단히 다시 가르쳐야겠다. 이것도 되옵니다, 저것도 되옵니다 라고만 하도록."

"제 자리가 어찌 감히 왕자님의 곁이 된단 말씀이옵니까?"

"반드시 그리될 것이다. 그리고 내 곁에 있게 되면 하고 싶은 말을 다 할 수 있게 될 것이고. 약조하마! 내 마음의 자귀꽃은 너에게만 준다고. 하니 조금만 기다려 다오."

겸의 반짝이는 눈빛이 대답을 하라고 솔나에게 재촉을 했다. 솔나가 겨우 고개를 끄덕였다.

겸이 무릎걸음으로 솔나에게 다가갔다. 펼쳐진 솔나의 치마에 겸의 무릎이 주름을 그렸다. 그리고는 깨어질 듯 조심스럽게 솔나를 안았다.

"나의 마음의 약조는 내가 들었고 네가 들었고."

겸이 잠시 호흡을 가다듬었다.

"합혼(合魂)을 한다는 자귀나무가 들었느니라."

솔나 또한 애타게 듣고 싶었던 겸의 고백이었다. 흉한 얼굴의 천한 신분이 되어서까지 가지고 싶었던 겸의 마음이었다. 하지만 부질없는 일이었다. 저도 모르게 눈물이 흘렀다.

겸의 입술이 솔나의 눈물을 가만히 어루만졌다. 조심스럽게 자신의 입안으로 솔나의 눈물을 머금었다가 다시 놓았다.

그런 후 겸은 솔나의 얼굴에 있는 멍 자국 하나하나마다 입술을 찍었다.

"흉하다 하지 말거라. 내게는 네가 세상에서 제일 고운 여인이야."

그리고는 겸의 입술과 솔나의 입술이 맞닿았다. 겸의 입안에 고인 솔나의 눈물이 다시 솔나의 입으로 건너갔다.

하나가 된 흰나리와 백일홍의 향기가 진동을 했다. 홀려서 날아든 나비 떼들이 휘장처럼 드리웠다.

내화원으로 온 홍화는 숨을 죽이고 두 사람에게서 고개를 돌렸다.

자귀꽃의 꽃말은 <환희>.

11.
애처로운 그 밤에

솔나는 겸의 내실로 들어가기 전 층계참에 놓인 화분의 꽃을
손보고 있었다.

"솔나님!"

뒤에서 다가온 다선이 솔나를 불렀다.

"화원장님! 양화관에는 어쩐 일이십니까?"

"드릴 말씀이 있어 왔습니다."

양화관의 궁인들은 모두 국혼에 관한 비상 모임으로 불려갔고
겸 또한 시종장과 함께 태양궁에 갔다는 것을 알고서 다선이 왔
다.

"내화원에 가 계세요. 제가 들르겠어요."

"왕자님께오서 백일홍의 존재를 아셨습니다."

"네?"

"아무것도 모르는 시종장이 말을 해주었답니다. 시종장께서 여

인 보듯 아꼈던 꽃이 있었다고 왕자님에게 말을 해주었단 말이에요."

"그런……?"

"제발 저와 함께 궁을 나가세요."

"뜬금없이 무슨 말씀이세요?"

"시종장의 말 때문에 왕자님의 기억의 봉인에 금이 가기 시작했어요. 이대로라면 솔나님의 정체가 언제 드러날지 몰라요. 궁에 계속 머무시다가는 화를 입으실 것입니다."

"그렇더라도 아직은 아니에요. 국혼이 끝나면, 그때는……."

"국혼 때까지 기다리면 너무 늦어요. 왕자님의 꽃가루 염증병이 그리 빨리 나을 줄 알았다면 저는 칼날의 의식을 행하지도 않았을 거예요. 꽃달의 사슬이 끝나고 그래서 온전한 사람의 몸이 될 때까지 내화원에서 솔나님을 무사히 지킬 수 있으리라 믿었기 때문에 저는 그 의식을 행하였습니다."

"……."

"칼날의 의식은 솔나님에게 죽음에 이르는 고통이었지요. 하지만 저에게도 그랬습니다. 죽을 만치 힘든 일이었지만 그래도 하지 않으면 정말 솔나님을 허망하게 잃게 될까 봐 칼날의 의식을 행하였어요. 모두 다 솔나님을 지키기 위해서였단 말이에요."

"……."

"그러니 제발 저와 함께 궁을 나가세요."

다선이 솔나를 보는 눈에 힘을 주었다.

"아니요. 싫습니다."

솔나는 뒤꼍 쪽으로 돌아서 가려 했다. 그런데 다선이 손을 내밀어 솔나의 팔을 낚아챘다. 잡힌 솔나의 팔이 파르르 떨렸다.

"제발 저와 함께 궁을 나가시자고요."

"무슨 말씀을 하시는 겁니까? 저는 이제 왕자님의 양화관의 정식 일궁녀예요. 제 마음대로 오고 갈 수 있는 몸이 아니란 말입니다."

"어차피 국혼 후에는 나가야 할 궁입니다. 시기가 조금 앞당겨진다 하여 바뀔 것도 없습니다."

"출궁을 하게 되더라도 그는 국혼 후입니다. 분명 그리 말씀드렸잖아요."

"어차피 나가야 한다니까요. 그러면 더 이상 왕자님 곁에 있을 수 없습니다. 한데 국혼의 광경까지 눈에 담고 가슴이 찢겨가며 궁을 나가시겠단 말인가요?"

"……만약에 왕자님이 끝까지 저를 곁에 두겠다 하시면요?"

겸이 자신을 곁에 두겠다고 말했다고, 왕후의 옷을 입혀주지는 못하지만 마음속 진정한 왕후는 자신뿐일 것이라고 말했다. 겸이 이미 약속하였다 말은 못 하고 솔나가 물었다.

"잊으셨습니까? 지금 솔나님은 꽃달의 사슬에 매여 있어요. 아직까지 이 년 넘게 반인반화의 몸으로 살아야 해요. 그런데 어떻게 궁궐에서, 그것도 왕자님 곁에 머물 수가 있다는 말씀입니까? 게다가 광운비마마가, 아루 공주님께서 그 모습을 지켜만 보고 있답니까?"

"아무래도 저는 상관이 없어요."

"어리석으신 분! 그 연모가 솔나님뿐 아니라 왕자님께도 독이 될 거라는 것을 모르시나요? 제발 저와 함께 궁을 나가세요. 제가 왕자님께 청을 넣겠습니다."

"이만 돌아가세요. 그 말씀은 아니 들은 것으로 하겠어요."

솔나의 몸이 더 차갑게 돌아서려 했다. 하지만 다선이 솔나의 팔을 단단히 쥐고서 힘을 풀지 않았다.

"화원장님! 놓아주세요."

솔나가 다선의 팔을 뿌리치려 했지만 역부족이었다.

"대답을 들으면 놓을 것입니다."

"저는 절대로 왕자님 곁을 떠나지 않을 것이에요. 국혼식 전까지는."

솔나와 다선의 눈길이 부딪쳤다. 결연하게 입을 다문 솔나의 얼굴과 슬픔으로 젖어드는 다선의 얼굴이 마주 보았다.

"솔나님! 제발!"

이윽고 물기에 잠긴 다선의 목소리가 자신을 부르자 솔나의 잡힌 팔이 움찔 놀랐다. 다선의 목소리만 물기에 잠긴 것이 아니라 눈마저 물기에 잠겨 글썽거렸다. 다선의 그 눈물이 솔나를 놀라게 했다.

"저, 는 보이지 않는 것입니까? 저의 진심은 솔나님에게 아무것도 아닌 것인가요?"

"……."

"꽃의 전달자로서 화인이신 솔나님을 지켜야 하기에 이 어리석은 마음은 단 한 번도 내비칠 수 없었어요. 스무 살이 되시면 화인의 숲으로 떠나셔야 한다고 믿었기에 한 번 손 내밀어 잡아볼 엄두도 내지 못하였어요. 하지만 저에게도 어리석은 꿈 하나는 있었어요. 사람이 된 솔나님과 함께 가을 갈대처럼 희어져 갈 수 있다면 얼마나 행복할까 꿈꾸었던 적이 한두 날이 아니었어요. 어느 날부터인가 그 소망으로 저 또한 살아가게 되었단 말이에요."

"화원장님!"

다선의 뜻밖의 고백이었다.

"이리 시작하면 안 되겠어요? 왕자님의 옆자리는 결코 솔나님의 것이 될 수가 없어요. 비를 잡을 수 없듯이, 바람을 품을 수 없듯이. 해서 솔나님도 솔나님을 온전히 드러낼 수 없는 것이 아니던가요? 제발 잘 보아주세요. 저는, 진심이에요. 이 진심과 함께 시작하면 안 되시겠냐고요?"

어느새 다선의 말투에까지 물기가 스몄다.

"화원장님!"

다선의 마음을 전혀 몰랐던 것에 대한 미안함이 왈칵 솟았다.

와락!

그리고 말릴 새도 없이 다선이 솔나를 잡아당겼다. 미안함으로 하여 밀쳐 낼 수 없는 솔나의 몸이 다선의 품에 안기고 말았다.

"한 번만이라도 좋으니 제 진심도 제대로 보아주세요!"

솔나를 품에 안고 다선이 눈물에 젖어들었다. 이곳이 겸의 궁실이라는 것은 까맣게 잊어버린 듯했다.

"이게 뭐하는 짓이냐?"

미안함 때문에 안겨 있던 솔나 대신에 갑자기 노기에 찬 음성이 두 사람을 떼어놓았다. 겸이 돌아왔다.

"평안하십니까, 왕자님?"

다선이 솔나를 품에서 놓았지만 여전히 팔은 풀지 않은 채로 겸에게 예를 올렸다.

"화원장 자네, 왕자궁의 궁녀에게 이 무슨 행패인가?"

"궁녀가 아니지요. 언제 한 번이라도 솔나가 궁녀의 대접을 받은 적이 있사옵니까."

"그만 놓게. 자네는 왕자궁의 궁녀에게 희롱을 칠 만큼 그리 한가로운가?"

"희롱이 아니라 진심이라고 몇 번이나 말씀드렸사옵니다."

"듣기 싫네. 이만 그 아이에게서 물러서게."

겸과 다선의 대화를 들으며 솔나는 다선의 마음을 겸은 이미 알고 있었다는 것을 깨달았다. 그래서 겸은 그렇게 고뇌를 했었나 보다.

"왕자님이야말로 물러나시지요. 이 아이의 살아가는 처지를 정녕 모르시옵니까? 혼자만의 이기심으로 이 아이를 곁에 두고 처참히 살아가는 모습을 즐기시는 것이옵니까?"

"내도……."

겸은 말을 꺼냈으나 자신도 진심이라고 잇지 못했다. 할 말이 없었다. 아니, 말을 할 수가 없었다.

옆에는 시종장이 서 있었다. 다선의 말에 대꾸할 수 없는 자신이, 진심임을 드러내 말할 수 없는 왕자라는 위치가 화가 났다.

두 사람의 눈빛이 공중에서 쨍 부딪쳐 내렸다. 진검 승부를 겨루던 그때와 같이 서슬 퍼런 기운이었다. 주먹을 쥔 두 사람의 손이 바르르 떨렸다.

"왕자님! 고정하시옵소서. 궁녀들이 보고 있사옵니다."

시종장이 만류를 했다. 어느새 하나둘 들어서는 궁녀들이 세 사람의 모습을 기이한 듯 지켜보았다.

"시종장은 먼저 들어가게. 내 궁의 아이의 일이니."

"그리할 수는 없사옵니다. 왕자님을 무사히 보필하는 것이 소신의 소임이옵니다."

첩첩산중이었다. 이 와중에 시종장까지 고집을 피우며 움직일 생각을 안 했다. 세 사람을 차례대로 쳐다보며 자꾸만 시종장의 얼굴이 일그러졌다.

"솔나 너는! 왕자궁의 사람으로서 몸가짐을 어떻게 하였기에 화원장이 이리 희롱을 놓는 것이냐? 너부터도 몸가짐을 조심하거라."

겸은 괜히 엉뚱한 솔나에게 화를 냈다.

"송구하옵니다, 왕자님!"

잘못도 없이 솔나는 고개를 숙였다.

"하고 화원장 자네도 감히 왕자궁에서 이런 추태를 부리다니. 차후에 다시 한 번 이런 일이 있을 시에는 내 태양궁의 규율을 들어 엄히 문책할 것이네. 두 사람 다 썩 물러가라."

유리 절벽의 살얼음 같은 겸의 말투가 솔나를 베고 지나갔다.

팔을 잡히고 안긴 것이 솔나의 뜻이 아니라는 것을 겸은 알았다. 하지만 두 사람의 모습을 쳐다보는데 머리끝까지 불이 일었다. 꺼지지 않고 온몸을 태운 화기에 겸의 머리마저 녹아버렸다. 정상적인 판단이 서지가 않았다.

"에이!"

치밀어 오르는 욕지거리를 참으며 겸은 내실 쪽으로 가버렸다.

겨울이 되면 방물장수 할멈이 화가야로 돌아온다. 방물장수 할멈에게 부탁을 할 것이다. 솔나의 얼굴을 고칠 방도를 찾아달라고. 그런 후 국혼이 끝나면 솔나를 반드시 자신의 후비로 맞을 것이다.

그때는 누구도 자신의 뜻에 반대할 수 없을 것이다. 겸은 주먹을 불끈 쥐었다.

"솔나야! 다시 들르마!"

다선도 솔나 쪽으로 시선을 한 번 주고는 양화관을 나가 버렸다. 궁녀들은 거들떠보지도 않았다.

"어쩜! 어쩜!"

"두 분 다 머리들이 어떻게 되신 것 아니냐? 저 흉측한 것을 사이에 두고?"

"궁녀장마마님 아시오면 이제 저 천것은 목숨이 뎅강 이로구나."

"몰랐니? 궁녀장마마님도 은근히 저 천것의 편이잖아."

"그럼 이대로 두고만 볼 거야?"

궁녀들의 얼굴이 있는 대로 찡그러졌다. 미우만이 다가와서 솔나를 다독였다.

국혼의 절차 중 하례를 상의하느라 한울왕이 겸과 아루를 불렀다.

"오라버니!"

물먹은 솜처럼 힘이 드는 가운데 논의를 마치고 돌아오는데 아루가 다정하게 불렀다.

"잠시 류화관에 들렀다 가시어요."

"왜?"

"오라버니께 보여 드리고 싶은 게 있어서요."

겸은 아루의 류화관으로 들어갈 생각은 털끝만치도 없었다. 빨리 돌아가서 솔나를 보아야겠다. 솔나에게 공연한 꾸지람을 했다.

"국혼식 후 입으시라 잠자리옷을 하나 수놓고 있사와요. 흰나리를 놓는 중이온데 보시고 어떠한지 말씀해 주시겠어요?"

아루는 겸의 앞에서만은 언제나 이렇게 고분고분했다. 아루의 마음이 진심이고 절실하니 그럴 것이었다.

"진심이라고 했습니다. 저는……. 왕자님!"

겸은 다선의 말이 생각났다. 그래. 아루 너 또한 다선처럼 진심이겠지만 미안하게도 나에게는 아루 너에게 줄 수 있는 마음이 없다.

"양화관에 급히 처리할 일이 있구나! 잠자리옷일랑 잘 마무리해 두거라. 내 근일 들러서 봐줄 터이니."

겸이 거절하자 애써 노여움을 숨기는 아루의 얼굴이 새파래졌다. 나비 떼를 거느리고 겸이 사라져 가도록 서서 지켜봤다. 한 번도 돌아보지 않는 겸의 모습에 아루의 움켜쥔 손에 손톱이 파고들었다.

"공주님! 그만 드시옵소서."

일궁녀 하나가 다가오는데 듣지 못한 아루는 요지부동이었다.

"공주님!"

그러자 일궁녀가 가볍게 아루의 등을 잡았다.

"이 천것이 어디다 감히 손을 대는 것이야?"

갑자기 아루가 고함을 내지르더니 손을 날려 일궁녀의 **뺨**을 있는 힘껏 내려쳤다. 얼마나 힘이 강하였던지 그 서슬에 일궁녀가 옆으로 쓰러져 버렸다.

"감히 화가야 유일 공주의 몸에 손을 대? 이 천하디천한 것이!"

아루는 쓰러져 누운 일궁녀에게 삿대질을 하며 악을 썼다.

"궁녀장! 이년을 데려다가 당장 저 손모가지를 뎅겅, 잘라 버리게."

그러고도 분이 풀리지 않아 궁녀장을 바라보며 길길이 날뛰었다. 궁녀장은 일전에 아루가 집어 던진 패물함에 다친 이마에 아직 흉터가 남아 있었다.

"아이쿠! 공주님! 어찌 이러시옵니까?"

궁녀장이 아루를 진정시키고자 고개를 있는 대로 조아렸다.

"내 말이 들리지 않느냐? 이년을 데려다 당장 손모가지를 잘라 버리라니까! 아니! 아니다. 아예 이년의 모가지를 잘라 버리거라."

"고정하시옵소서! 공주님! 고정하세요! 소인이 잘못 가르친 탓이옵니다. 하오니, 소인이 벌을 받을 것이옵니다. 이만, 이만 안으로 드시옵소서!"

조아린 고개 그대로 궁녀장이 아루에게 다가섰다.

"네 이년들! 네 이년들! 감히 천하디천한 것들이! 감히! 감히! 이 아루를 뭘로 보고!"

짝!

궁녀장도 아루를 달래느라 치맛자락을 살짝 잡았는데 역시나 뺨을 얻어맞고 쓰러져 버렸다.

"뎅겅 다 잘라 버릴 것이다. 네년들 그 모가지를 몽땅 다!"

아루가 미쳐 날뛰는 지옥귀처럼 발악을 해댔다. 쓰러져 누운 궁녀장과 일궁녀, 그리고 류화관 궁녀들의 혼이 몽땅 달아났다.

어두움을 밟고 스미듯이 다가온 누군가가 광운비를 뵙기를 청했다. 소리 죽여 미닫이문이 열리고 광운비의 취향답게 화려한 내실이 그를 맞았다. 엎드려 예를 올리고 무언가를 말했다. 광운비의 요란한 눈썹이 구부린 활처럼 치켜 올라갔다.

"뭣이라! 그 천것을 사이에 두고 다선과 언성을 높이었다고?"

"그렇습니다."

"하! 다선이나 겸 왕자나 둘 다 실성을 한 게로구나! 감히 아루와 국혼을 약조한 몸으로 그런 처사를 해? 내 그 천것을 가만히 두어서는 아니 되겠구나!"

"왕자님께오서 호락호락 내어주지 않을 것입니다."

"그게 무에 대수라던가? 천것을 귀애라 하는 취향은 딱 부왕을 닮은 게로군. 무슨 사달이 나기 전에 내 그 천것을 요절을 내고 말 테니. 내일이 왕자의 잠행 날이 맞는가?"

"네."

"그래. 며칠 후면 겨울궁으로 떠날 것이고. 그래! 시기도 마침 적절하구먼! 으으으!"

요란하게 찢어진 광운비의 음성이 분노로 가득 차서 독사의 혀처럼 날름거렸다.

미친 소용돌이가 일었다.

꽃빛으로 어리는 아침이 되었다.

류화관과 양화관의 궁녀들이 조답방에 가득했다. 국혼식 옷을 준비하느라 다들 분주했다. 모여 앉은 무리에서 솔나와 미우만 따로였다.

말 한마디 없이 바느질하는 손만 놀리는데 문이 열렸다.

"솔나 일궁녀!"

들어선 궁녀가 솔나를 부르자 솔나는 바느질하던 손을 멈추었다.

"광운비마마 처소의 궁녀들이 찾으시네. 나가보게."

"광운비마마 처소의 궁녀분들이 어찌 저를……."

"그야 낸들 알겠나?"

들어선 궁녀의 말에 솔나가 바느질감을 내려놓고 일어섰다.

"솔나야! 어찌하면 좋으냐? 필시 어제 일로 무슨 사달이 나는 모양이다."

미우가 근심 어린 얼굴로 솔나를 쳐다보았다.

"괜찮아. 내 금방 다녀오마."

시간이 흐른 후.

홍화는 궁내 어약사에게 다녀오는 길이었다. 국혼이 결정된 후 청천비가 자주 앓아누웠다. 마음에 화가 가득 차서 병이 된 것이고 겸이 특별히 마음을 써달라 당부하였다.

홍화가 막 양화관으로 들어서는데 궁녀들이 모여 서서 수군거리고 있었다.

"무슨 일이냐?"

저도 모르게 인상을 찡그린 홍화가 궁녀들에게 다가섰다.

"그것이……."

다가온 삼궁녀(태양궁 제이위 궁녀) 하나가 말을 못 하고 머뭇거렸다.

"냉큼 고하시게."

"광운비마마 처소 궁녀들이 솔나 일궁녀를 끌고 갔습니다."

"무엇이라? 아니, 우리 궁에 와서 말인가? 하면 자넨 그걸 두고만 보았는가?"

"아닙니다. 갑자기 조답방에 몰려와서는."

"아이들은 그를 가만히 보고만 있었다는가?"

"그것이 삼궁녀를 앞세우고 와서는……."

"하면 자네라도 가볼 것이지. 자네 또한 삼궁녀이지 않은가?"

"하오나 그것이 열리관의 사람들이라……."

광운비가 무서워서 가지 못했다는 말이었다.

"이런 허술한 사람을 보았나? 냉큼 따르시게."

독사 같은 광운비에게 끌려갔으니 지금쯤 무슨 딱한 꼴을 만났을지 불을 보듯 뻔했다. 잠행 나간 겸이 알면 궁성이 발칵 뒤집힐 일이었다. 홍화의 걸음이 빨라졌다.

솔나는 열리관 앞뜰에 납작 엎드렸다. 등에 한차례의 매질이 있었고 기진하여 엎드린 솔나의 주변으로는 열리관의 궁녀들이 늘어섰다.

"네 이년! 감히 국혼을 앞둔 화가야 유일 왕자의 성심을 어지럽

히다니! 흉측한 천것 주제에 그러고도 살기를 바랐더냐?”

“……”

“그 몸으로 잘도 요사스러운 행실을 했으렷다.”

“……”

“입이 들러붙은 것이냐? 이것이 매맛을 좀 더 보아야 바른말을 할 것이로구나! 보아라! 더 모질게 때리거라.”

매를 든 궁녀가 손을 치켜들자 솔나의 눈이 감겼다.

“광운비!”

막 솔나의 등에 회초리가 떨어지려는 찰나였다. 병중에 누워 있다던 청천비가 들어섰다. 힘이 드는지 양쪽에 궁녀들이 부축을 하였다.

“청천비! 그대가 여기까진 어인 걸음이오?”

“양화관의 궁녀 아이를 끌고 오셨다지요?”

“궁녀도 아닌 그냥 천것이지요. 게다가 끌고 오다니요? 내 왕실의 어른으로서 바른 몸가짐을 가르치려던 중이었소. 병중인 청천비가 관여할 일은 아니지요.”

“아무리 광운비시라도 왕자궁 처소의 아이를 함부로 매질할 수는 없음이요.”

“무에라? 지금 한울왕의 후비인 나를 가르치려 드는 게요?”

“바로!”

또 다른 음성이 날아드는데 청천비와는 달리 힘이 넘쳤다. 청천비의 등장에는 꿈쩍도 하지 않던 궁녀들이 움찔거리며 광운비가 선 대청마루 주변으로 몰려가 섰다.

양화관의 궁녀들을 이끌고 홍화가 들어섰다.

"바로 전하의 유일 왕자이신 왕자님께오서 아끼시는 아이입지요. 차후 왕자님의 노여움을 어찌 감당하시려 이리 하오시는지요?"

"이젠 궁녀장까지 합세를 하는 것인가? 그래봐야, 흥! 일개 천것일 뿐이다."

"말씀드리었지요. 왕자님께오서 친히 들이신 아이라고요."

"그는 내 알 바 아니지."

"이는 국혼에도 영향을 미칠 것이옵니다. 마마께오선 왕자비마마가 되실 공주님의 모후이시지 않습니까?"

한마디도 지지 않고 광운비를 보는 홍화의 눈빛이 시퍼렜다.

"지금 감히 화가야의 공주를 입에 올리는 것인가?"

모후라는 말에 잠시 광운비가 움찔거렸다.

"아니요. 화가야의 유일 왕자님을 말하는 것이옵니다."

"무엇이라!"

"허하신 줄 믿고 그만 데려가옵지요. 무엇들 하는가? 어서 부축하지 않고."

죽은 듯 엎드린 솔나를 양화관의 궁녀들이 안아 일으켰다.

"저! 저……!"

아무리 포악한 광운비라도 태양궁의 수궁녀장이자 겸의 이모인 홍화의 일침에 반박을 못 했다. 국혼 때까지만 참으라고 누누이 아루를 다독였던 광운비였으니 자신이 일을 그르칠 수는 없었다. 역시 아루와는 달랐다.

화를 참지 못하는 광운비의 거친 숨소리만 홍화의 뒤를 따랐다.

"청천비마마! 어찌 아시고 예까지 걸음을 하셨는지요?"

"내도 듣는 귀가 있으니 저 아이가 곤욕을 당하는 것을 두고 볼 수만은 없어."

"마마까지 나서지 않으셔도 될 일이옵지요. 신체 미령하실까 저어되오니 어서 처소로 납시옵소서."

청천비를 보좌한 홍화가 마지막으로 열리관을 나섰다. 지켜보는 광운비의 표정에 독이 올라 뻘겋게 핏발이 섰다.

보리는 그 모든 소동을 다 지켜보았다. 포악한 광운비나 아루의 성품에 몸서리가 쳐졌다. 솔나가 궁녀들에 둘러싸여 나가는 모습을 보았다. 진흙 구덩이에 뿌리를 내리고 선 수련같이 솔나가 애처로워 보았다.

'안되었구나. 왕자님의 아낌을 받고 있다는데 이 진창에서 어떻게 견디며 살아남을까?'

마음이 쓰인 보리는 멀어지는 솔나의 모습을 한참 바라보았다.

"어마마마! 어찌 맥없이 그 천것을 보내신단 말이어요?"

광운비의 내실에 숨어서 바깥의 동향을 살피던 아루가 들어온 광운비에게 화를 냈다.

"차라리 제가 나서서 처리할 것을 그리하였어요. 어마마마만 믿고 앉았는데 이리 허무하게 마무리를 짓다니요."

솔나를 그냥 보낸 일로 아루는 광운비에게 단단히 화가 났다.

"이 아이야! 공주야! 네가 그리 나서지 못하게 내가 먼저 손을 쓴 것이 아니더냐?"

"무슨 말씀이세요?"

"비록 양화관 안에서였다고는 하지만 겸이 그 천것에 대한 욕심을 드러내었다. 겸의 성품으로 보아 큰 결단인 것이지. 분명 겸에게도 마음의 동요가 있다는 말이다."

"하면 오라버니가 저 천것에게 정말 마음이라도 있다는 말씀이세요?"

"……!"

"하면 더 그냥 보내어서는 아니 되었지요. 제가 나서서 다스렸으면 그년의 두 눈알이라도 뽑아놓았을 것이에요."

"이 어리석은 아이야! 국혼은 이루어질 것이고 그 천것은 결국 떠나야 한다. 지금 괜히 겸의 마음을 헤집어놓아 좋을 것이 무엇이냐?"

"아니요. 분하여요. 이 아루는 분해서 견딜 수가 없사와요. 제 손으로 당장 그 천것의 모가지라도 한 번 비틀어놓아야겠어요."

"되었다. 오늘 일은 국혼 후에라도 행여나 왕자가 다른 맘은 못 먹도록 내가 본때를 보인 것이고, 그 천것이 정히 맘에 걸린다면 국혼 후까지 기다릴 것도 없다. 이제 며칠 후면 전하를 모시고 겨울 별궁으로 떠나지 않느냐? 그때 그것을 처리해 버리도록 하자꾸나."

"정말요? 어찌 말입니까?"

"이 화가야 왕실에 에미의 손과 발이 하나둘이더냐? 그깟 천것 따위 없애는 일은 일도 아니다. 우리는 태양궁에 없을 것이고 그 천것은 소리 소문도 없이 명줄이 끊기게 될 것이니, 오늘은 이만큼이면 되었단 말이야."

"벌써 거기까지 생각을 해두셨어요?"

"아무렴! 이 에미가 뭐 하나 허투루 벌이는 일이 있더냐? 이만큼이면 겸 왕자도 겨울 별궁으로 가기 전까지 더는 허튼 마음을 먹지 못할 것이야."

"역시 우리 어마마마세요."

"그래. 그리고 국혼 후에는 그 궁녀장까지 몽땅 제거해 버리자꾸나. 겸 왕자의 이모랍시고 주제도 모르고 날뛰는 모습을 더 이상 나도 두고 보지 못하겠구나."

"이 태양궁에 피바람이 불어오겠네요."

"그래. 이왕에 시작을 하였으니 깔끔하게 마무리를 하여야지. 호호호호!"

"생각만 해도 좋네요. 겸 오라버니와 함께 겨울 별궁에서 지내고 돌아오면 그깟 천것 따위 이제 얼굴 볼 일도 없을 터이니."

"아무렴! 푹 안심하려무나! 너는 천것을 잃어서 슬퍼하는 겸을 위로해 주면서 인정 많고 자애로운 모습만 보이면 된다. 내 말 알겠지?"

아루의 눈빛이 기쁨으로 반짝였다.

'아루! 이 무지한 것아! 우리에게는 분명 다른 길이 있거늘!'

딸을 향한 안타까움으로 광운비의 얼굴이 살짝 찡그려졌다.

궁녀실 솔나와 미우의 방.

궁녀들을 모두 물렸다. 저고리를 벗고 돌아앉은 솔나의 등에 홍화가 직접 약을 발라주었다. 솔나와 홍화, 둘만 있는 실내에 무거운 공기가 내려앉았다.

"이런 선택을 하는 게 아니었소."

시름에 잠긴 얼굴을 하고 솔나의 곁에 몸을 앉히던 홍화가 무겁게 입을 열었다.

"어인 말씀이십니까? 궁녀장마마님!"

난데없는 홍화의 말과 말투에 솔나는 깜짝 놀랐다.

"내도 화인이었던 목단련 왕후의 후손인 꽃의 전달자! 그대가 누구인지는 진즉에 알아보았소. 붉은 백일홍이여!"

솔나의 놀라움이 더 커졌다. 붉은 백일홍. 스스로도 잊고 살았던 자신의 이름!

"꽃의 길이 다르고 사람의 길이 다르며 꽃의 연모가 다르고 사람의 연모가 다른 법이오. 계속 그 미망을 떨쳐 내지 못하면 이런 고초를 겪을 줄을 몰랐소?"

"궁녀장마마님!"

"잠행 나간 왕자님 뒤에 드팀전(포목점)을 핑계로 따라 보낸 것도 내요, 내화원의 입구를 지키고 있었던 것도 내요. 서고에서 왕자님과 둘이 있을 적마다 그 뒤를 은밀히 지키고 있었던 이가 모두 내요."

다시 나온 홍화의 말은 의외였다.

"광운비의 왕실이 된 작금에 아루 공주와의 국혼까지 겹쳐 힘겨워하는 왕자님에게 그대가 필시 힘이 되어주리라 믿었소. 흉한 얼굴에 알 수 없는 신분을 무릅쓰고라도 양화관에 머물게 하는 것이 내게는 큰 모험이었단 말이오."

"그랬었군요. 그래서……."

말 없는 눈빛으로 겸과 솔나를 지켜보기만 하던 홍화가 이제야 이해가 되었다.

"결국은 이리되었소. 그대의 상한 얼굴을 보고서도 왕자님께오선……. 연모의 마음이란 것이 이리도 모질고 강한 것인 줄은 진즉에 몰랐소."

"저는, 저는 그런 줄도 모르고……."

"하나, 어찌하겠소? 작금의 그대는 왕자님에게 불이며 왕자님에게 칼이오. 그대로 하여 왕자님은 온통 타버린 뒤 재만 남을 것이고 그대로 인해 왕자님은 온몸이 찔려 핏속에 뒹굴게 될 것이란 말이오. 사악한 광운비가 움직이기 시작하였소. 그대가 곁에 있는 한 왕자님의 명운은 이제 장담할 수가 없게 되어버렸단 말이오. 더 이상 두고 보지만은 않을 것이오. 하니, 오늘 그대를 향했던 광운비의 악랄함이 내일은 누구를 향할 것인지 짐작할 수 있지 않겠소?"

"아무리 그래도 감히 화가야의 유일 왕자님을 해하는 일을 할 수가 있습니까?"

"일전에 창고에서, 독화사 사건에 대해 들었었지요?"

그날도 홍화가 지켜 서 있었구나! 솔나가 고개를 끄덕였다.

"왕자님이 차고 있던 팔뚝찌를 선사한 이가 바로 광운비였소."

"네에?"

솔나는 벌어진 입을 다물 수가 없었다.

"혹 제일 공주님의 일은 알고 있소?"

"매화 꽃문양을 타고났다는 공주님 말씀인가요? 미우에게 전해 들었어요. 하늘화원에서 실종이 되시었다고."

"그것 또한……."

홍화가 한숨을 내쉬었다.

"광운비의 소행이오."

"왕실의 왕자님을…… 공주님을…… 어찌 감히, 어찌 그리 참혹한……?"

이제는 놀라움이라는 말만으로는 솔나는 표현이 안 되었다.

"광운비가 바로 그런 성정을 지녔소. 비록 아루 공주가 왕자님을 연모하여 결정된 국혼이라 하나 일이 틀어지면 언제든 또 참혹한 일을 다시 벌일 수 있는 이란 말이오, 그이는. 하니 이 일을 어쩌겠소?"

"……제가 바로 궁을 나가겠습니다."

그래. 그래야 한다. 그것이 설령 꺼지지 않는 불지옥 속이 된다 하더라도. 광운비에게 끌려가서 매질을 당할 때부터 이 생각을 했다.

"잘 생각하였소. 지금은 그것이 가장 좋은 방법이오. 하지만 영원한 이별은 아니오. 곧 왕실 일가가 남쪽 별궁으로 행차하실 것이오. 겨울에 거하는 궁인데 전하의 병세가 위중하시어 휴양을 겸해 빨리 떠나는 게지요. 그때, 궁을 나가시오. 내 그대의 뒤를 살펴주리다. 잠시만 궁 밖에 있어주시오. 국혼을 하고 왕자님께오서 사십오 대 한울왕으로 등극하시면 내가 다시 그대를 들이겠소."

"아니요. 제가 왕자님의 곁에 있어서 위협이 될 수는 없습니다."

"위협이 아니요. 오히려 힘이 되어드릴 테지요. 한울왕의 왕위가 견고하게 설 수 있도록, 왕자님께오서 좀 더 강건하실 수 있도록 그대가 꼭 보필이 될 것이라 나는 믿소. 하여 왕자님의 권위가 든든하게 되면 더 이상 광운비가 무슨 짓을 할 수가 있겠소?"

"하지만…… 제가 정말 그럴 수 있을까요?"

"내는 꼭 확신하오. 대신 꽃달의 사슬이 끝나기 전까지는 숨은 여인으로 살아야 할 것이오. 그대의 명투성이 몸도, 알 수 없는 신분도 당장은 드러낼 수가 없으니."

"그런 건 아무래도 상관이 없습니다."

"약조하겠소. 꽃달의 사슬이 끝나서 본래 모습을 되찾고 나면 그대에게 어울리는 신분도 찾을 수 있을 것이오. 그러면 더 이상 은 숨은 여인으로 살지 않아도 될 것이고."

"어울리는 신분이라니요? 저는 핏줄의 근원도 모릅니다."

"아니. 꽃달의 사슬만 끝나면 그대에게도 반드시 좋은 일이 생길 것이오."

홍화가 말하는 뜻을 다 알 수는 없지만 솔나는 고개를 끄덕였다.

"궁을 나가 조금만 기다려 줄 수 있지요?"

"기꺼이요. 기꺼이 그리하겠습니다."

말은 그리하지만 솔나의 표정이 밝지가 않았다.

"등이 많이 아리겠구려! 도대체 어찌하여 저리 악랄한 성정을 지닌 겐지!"

"이런 일쯤은 아무것도 아닙니다. 왕자님의 곁에 머물 수만 있다면."

"그래요. 그대의 용기가 가상하구려."

홍화가 솔나의 등을 토닥였다.

"모레까지는 궁녀실에서 쉬시오. 내, 미우를 그대에게 붙여놓을 테니. 설마하니 광운비마마가 더 이상 횡포를 부리지는 않을 것이오."

"······."

솔나의 방을 나온 홍화는 문을 등지고 서서 생각에 잠겼다.

"도대체 누가 어제의 일을 광운비마마에게 고한 것이지? 내 궁녀 아이들 입단속은 참으로 단단히 시켰거늘."

홍화가 고개를 갸웃거렸다.

"세연 오라버니! 그래도 이만큼이면 저도 이제 속죄를 할 수 있는 것인가요?"

솔나의 방문을 보면서 홍화가 알 수 없는 말을 했다.

'왕자님! 송구합니다. 화원장님의 말이 맞았습니다. 제가 어리석었습니다.'

남겨진 솔나는 문갑 위를 바라보았다. 겸이 선물했던 은방울꽃이 시들어 있었다.

홍화는 양화관으로 돌아오자마자 겸의 부름을 받았다.

"궁녀장! 의논할 일이 있어요."

"말씀하옵소서."

홍화가 고개를 숙였다.

"내는 솔나를 후비로 맞고 싶습니다. 궁녀장이 나를 좀 도와주세요."

"네?"

홍화가 화들짝 놀랐다. 겸이 벌써 공개적으로 솔나의 일을 말할 줄은 몰랐다.

"신분도 모르고 모습마저 저렇사온데 어쩌려고 그러시옵니까?"

"방도가 있어요. 조만간 방물장수 할멈이 돌아올 거예요. 그이에게 부탁을 할 겁니다. 아무도 할 수 없는 것들을 하는 이가 아닙니까? 내 그이에게 솔나의 얼굴을 고칠 방도를 구하겠어요. 반드시."

"아무리 그이라도 모든 일이 가하지는 않사옵니다."

화인의 일은 뱃사람이라도 어쩔 수가 없는 부분이었다.

"설혹 얼굴을 고칠 수 없더라도 상관없어요. 무조건 곁에 둘 것입니다. 내 내일이라도 광운비마마와 아루에게 그리 이르겠어요."

"갑자기 어이 이러시는 것이옵니까?"

"광운비마마께서 큰 실수를 하셨어요. 돌이킬 수 없는 실수이셨고 해서 내도 더 이상은 참고만 있지 않을 거예요. 국혼이 이미 결정되었으니 설마하니 후비로 내정된 이에게 다시 위해를 가하기야 하겠어요?"

"어찌 아셨사옵니까?"

"미우에게 다 전해 들었어요."

"왕자님! 아니 되옵니다. 결코 아니 되옵니다. 솔나에게 후비라니요, 아무도 용납할 수 없는 일이옵니다."

홍화가 큰소리를 내질렀다.

"제발, 왕자님!"

"내가 이미 결정했어요."

"그 누구도 동감하지 않은 결정이옵니다."

"내는 무슨 말도 듣지 않겠어요."

"왕자님! 왕자님은 연모를 지켜야 할 사내이기 이전에 이 나라 왕실의 군주가 되실 몸이며 화가야 전 백성의 삶을 등에 짊어지신 분이옵니다."

아무런 말로도 겸을 설득할 수 없음을 알자 홍화는 백성들의 이야기를 꺼내었다. 민가의 백성들에 대한 마음이 그 누구보다도 깊고 간절한 겸이었다. 역시나 답을 못 하고 낯빛이 까맣게 어두워졌다.

"왕자님의 마음이 진정이시라면 좋습니다. 저도 더 이상은 불가하다 하지는 않겠사옵니다."

"그럼요?"

"제가 돕겠습니다."

"돕다니요?"

"솔나가 왕자님 곁에 있을 수 있도록 돕겠다는 말씀이옵니다. 하지만 왕자님이 말씀하시는 방법으로는 아니옵니다."

홍화가 겸의 가까이로 다가왔다.

"일단 솔나를 출궁시키겠습니다."

"솔나를 궁 밖으로요? 안 됩니다."

"잠시만입니다. 잠시만 솔나를 궁 밖에 두고 제가 돌보겠사옵니다. 겨울 별궁에 다녀오시고 내년 봄 국혼을 치르실 때까지 제가 솔나를 안전히 숨겨두겠다 이 말씀이옵니다."

"그 아이 혼자 어찌 궁 밖에서 지내라고?"

"궁 안보다는 훨씬 안전하고 따스할 것이옵니다. 그는 심려치 마시옵소서."

홍화가 겸의 곁으로 더 다가와 앉았다. 손을 내밀어 겸의 손을 잡았다.

"이미 광운비마마가 움직이기 시작했사옵니다. 아루 공주님 또한 모르고 있지 않을 것이고요. 지금은 솔나를 드러낼 때가 아니라 솔나를 숨겨야 할 때이옵니다. 지금 그리하시면 왕자님도 솔나도 다 위험에 빠뜨리게 될 뿐이옵니다."

홍화의 말이 옳았다.

"하니 제가 지켜 드리겠사옵니다. 왕자님의 그 마음, 그 애틋한 연모를 제가 지켜 드리겠단 말이옵니다."

"진정입니까?"

"네. 하지만 모습을 고칠 수 있을 때까지는 솔나는 여전히 숨은 여인으로 있어야 하옵니다. 그것 한 가지는 약조하여 주시옵소서."

"숨은 여인이라니요?"

"전하의 곁에 있으나 없는 여인이어야 하고, 전하의 여인이지만 아무것도 아닌 존재로 살아야 한다는 말씀이옵니다."

"그러다가 영영 모습을 고치지 못하면요?"

"제가 반드시 방도를 찾을 것이옵니다."

꽃달의 사슬이 끝날 때까지만 솔나를 잘 숨겨두면 될 것이었다. 게다가 아직 반인반화의 몸으로 왕손을 잉태해서도 절대 안 될 일이었다.

"하지만 왜 궁녀장이 그렇게까지 그 아이를……?"

"제가 그 아이에게 빚이 있사옵니다."

"궁녀장이 솔나에게 빚이요?"

"더는 하문하지 마시옵고 그저 그리만 아시옵소서."

"정녕 그리해 주겠단 말이지요?"

"네. 화가야 태양궁 수궁녀장의 이름을 걸고 약조 드리겠사옵니다."

겸은 조카의 눈으로 이모인 홍화를 보았다. 거짓 약조 같은 건 할 리가 없었다. 그리고 지금 홍화가 겸을 돕는다면 겸으로서는 천군만마를 얻는 것이었다.

"하지만 국혼까지는 아직 넉 달이 남았어요. 그 긴 시간을 그 아이를 궁 밖에 홀로 떨어뜨려 두란 말입니까?"

"그 아이가 보고 싶으시면 언제든 왕자님이 원하시는 대로 제가 모시겠사옵니다. 이 또한 약조 드리겠사옵니다."

"내는 궁녀장이 왜 이렇게까지 하려는지 모르겠어요."

"빚이 있다 이미 말씀드렸사옵니다. 그 어느 것보다 큰 마음의 빚이 말이옵니다. 이만하면 저를 믿고 맡겨두시렵니까?"

"하면 나도 부탁이 하나 있어요."

"무엇이옵니까?"

"마지막으로 오늘 밤 그 아이와 함께 밤을 보내게 해주세요."

망설이면서 꺼낸 겸의 말이었다.

"알겠사옵니다. 원하는 대로 하시옵소서." ·

강력하게 반대할 줄 알았던 홍화가 선뜻 수긍을 했다. 겸을 바라보는 눈에는 어느새 이모로서의 정이 가득 담겼다.

"하지만 절대로 그 아이를 품으셔서는 아니 되옵니다."

홍화의 마지막 말에 겸이 고개를 끄덕였다.

그날 밤은 십일월의 꽃달의 밤이었다.

해시쯤이었다. 양화관이 텅 비었다. 오늘은 수침궁녀도 수침시위병도 없었다.

"왕자님! 궁녀장이옵니다. 잠시 들겠사옵니다."

겸이 대답도 안 했는데 내실문이 열렸다. 홍화가 들어왔다. 그 뒤에는 솔나가 따르고 있었다. 왜 홍화가 자기를 데리고 이 시간에 내실로 오는지 듣고 솔나는 따라왔다.

"궁을 나가기 전 마지막 밤입니다."

"알고 있네."

겸이 대답을 하고 솔나는 가만히 있었다.

"하옵고 왕자님! 다시 한 번 약조하여 주시옵소서. 결코 솔나를 품어서는 아니 되옵니다. 꽃문양의 첫 혈손이 생길지도 모를 일인데 절차도 준비도 없이 치를 수는 없사옵니다."

"내 이미 약조하였네."

"이는 또 한 번의 큰 모험이옵니다. 꼭 약조를 지켜주셔야 하옵니다."

겸이 고개를 끄덕였다.

'하고, 오늘 밤은 꽃달의 밤이네. 솔나 자네는 왕자님이 잠이 드시면 바로 양화관을 나가야 하네.'

홍화가 눈으로 말했다. 꽃달의 사슬을 치르기 전, 양화관을 나가라는 말이었다. 하필이면 오늘 밤이 꽃달의 밤이었다. 겸이 겨울궁으로 떠나기 전에 다시는 시간이 없었다.

홍화가 나가고 겸의 내실에서는 서러운 시간이 흘렀다. 아무런 움직임이 없었다.

촛불의 일렁임을 따라서 나풀거리는 두 사람의 옷자락.

겸의 손등에서 아스라히 피어오르는 흰나리 향기.

검었다가 붉었다가 색깔을 바꿔 입는 솔나의 머릿결과 백일홍 향기.

드디어 하나의 움직임이 일어났다. 떨어져 앉았던 겸이 몸을 일으켰다.

"등이 많이 시릴 테지, 많이 아릴 테지. 나로 하여 이런 고초를 겪었구나!"

잦아든 겸의 음성이 바로 솔나의 앞에 있었다.

"아니옵니다. 아니옵니다."

"네 등이 아리니 내 몸도 아리는구나. 아픈 너보다도 더 아픈 나로구나. 이것이 내 진정이야."

"저로 인하여 아프지 마시옵소서."

"하나로 이어진 듯 간절한 느낌이 아프지 말라 한들 어찌 아프지 않겠느냐?"

"송구하옵니다."

"내가 겨울 별궁으로 떠나고 넌 궁을 나가기 전 오늘이 마지막 밤이다. 아느냐?"

솔나가 고개를 끄덕였다.

겸의 손이 건너와 솔나를 안았다. 튕기다 만 가얏고 현처럼 겸의 손이 흔들렸다.

그 손길이 솔나의 머리를 쓰다듬었다. 정수리로부터 흘러내려 온 겸의 손길은 솔나의 목덜미까지 내려와 하늘색 단에 머물렀다.

스르르.

단이 풀리고 하나로 묶였던 솔나의 머리칼이 출렁이며 흩어졌다. 겸의 손가락이 머리카락 한 올 한 올 사이로 아리게 얽혔다.

"솔나야!"

한숨같이 겸이 솔나를 불렀다.

"내가 겨울궁으로 떠나고 나면 너도 바로 궁을 나간다지?"

대답 대신 솔나가 고개를 끄덕였다. 겸은 잠시의 이별인 줄로만 알고 있었지만 솔나는 이미 영원한 이별을 생각하고 겸에게로 왔다.

"해서 오늘 밤이 더 애달프구나. 너를 다시 볼 수 있는 날까지의 기약도."

겸의 손이 솔나의 얼굴을 쓰다듬었다. 이마에서부터 눈썹을 지나 입술까지 세세히 오래도록 쓰다듬었다. 눈썹을, 코를, 눈을, 입술을 하염없이 만져 보았다.

"이렇게 너를 쓰다듬으면 다시 만날 때까지 오래오래 기억할 수 있겠지."

"……."

닿은 서로의 체온에서 아련함이 피어났다. 그러다가 겸의 얼굴이 솔나에게로 내려왔다. 굼뜬 겸의 입술이 솔나의 입술로 내려앉았다. 조심스럽게 닿은 흰나리의 입술 밑에서 붉은 백일홍의 화사한 꽃잎이 한 겹 한 겹 피어났다.

닿은 입술에, 안은 몸에 힘이 더해졌다.

바짝 붙어 앉았던 솔나의 몸이 뒤로 밀려난다. 겸이 너무 세게 밀어온 탓이었다.

사르륵-

두 개의 옷자락이 방바닥을 스치며 나비 날개 비비는 소리가 났다. 다시 안아오는 겸의 힘이 더해졌다. 솔나의 몸이 더 뒤로 밀려났다. 꽃잎처럼 내려앉는 겸의 입술은 부드럽지만 잠시의 숨쉴 틈만 허락할 뿐이었다.

솔나의 몸이 밀리다 밀리다 결국 경대 앞에까지 밀렸다. 여전히 가얏고의 현처럼 떨리는 겸의 손이 솔나의 어깨를 감싸는가 싶더니 흰나리 꽃잎이 백일홍 꽃잎에서 떨어졌다.

"기억하거라! 내 마음의 자귀꽃은 너의 것이니라."

"기억하겠사옵니다."

"아낄 것이다. 너에 대한 나의 마음이 진정이니 내 너를 아낄 것이다. 지킬 것이다. 내 너를 아끼니 또한 지킬 것이다. 너를, 반드시……."

솔나를 지켜야 한다는 간절한 이성으로 겸은 솔나를 안고 싶다는 원시적 욕망을 억눌렀다.

"왕자님!"

겸의 진정을 느낀 솔나는 고개를 끄덕였다.

'송구하옵니다. 송구하옵니다. 왕자님!'

영원한 이별을 준비한 솔나가 울음을 삼켰다.

서럽고 안타까운 몇 번의 입맞춤이 끝나고 겸과 솔나는 함께 자리에 누웠다. 등에 매질을 당한 솔나를 배려해서 옆으로 누운 겸이 팔베개를 해주었다.

"너에게 왕후의 옷을 입혀주지 못해 미안하구나!"

"어찌 그런 말씀을 하시옵니까? 그런 욕심은 가져 본 적도 없사옵니다."

"아니다. 화가야의 유일 왕자라 하나 아무런 힘이 없어 너에게 맞는 옷을 입혀줄 수 없는 나를 용서하려무나!"

"이만큼이나 왕자님의 마음을 받고 있사온데 저는 족하옵니다."

솔나가 겸의 품으로 파고들었다.

"솔나야! 꽃 중에 제일 예쁜 꽃이 무엇인지 아느냐?"

"무엇이옵니까?"

"꽃 천지인 화가야에서도 가장 아름다운 꽃은 사람꽃이란다."

"사람꽃이요?"

"그래. 그리고 사람꽃 중에서도 내게 가장 아름다운 꽃은 바로 너야."

"흉한 얼굴에 어찌하여 그런 이름을 주시옵니까?"

"아니야. 아니야. 너는 내게 가장 고운 사람꽃이라니까. 정히 의심스러우면 네가 얼마나 고운 사람인지 내가 알려주랴?"

겸의 입술이 부드럽게 휘면서 따스한 미소를 지어 보였다.

"여기도 곱고."

겸이 솔나의 이마에 입술을 맞추었다.

"여기도 곱다."

겸이 솔나의 멍투성이 볼에 입술을 맞추었다.

"여기도 곱고."

겸이 솔나의 코에 입술을 맞추었다.

"무엇보다 여기가 제일 곱다. 제일 달기도 하고."

겸이 솔나의 입술에 입술을 맞추었다. 잠시 호흡이 끊어졌다가 긴 호흡이 이어졌다. 솔나의 숨을 길게 빨아들인 겸이 혀끝으로 솔나의 입술을 훑었다. 한참을 빨아들인 숨결을 솔나의 호흡이 곤란하게 북받쳐서야 겸이 놓아주었다.

"숨 쉬는 매 식경마다 기억하렴. 내 마음의 자귀꽃은 꼭 너뿐이라는 것을."

솔나는 고개만 끄덕이며 대답을 하지 못했다.

"솔나야! 그런데 너는 나에게 무슨 꽃을 주겠느냐?"

"꽃을요? 음……, 하면 저는 왕자님께 상사화를 드리겠사옵니다."

"상사화? 그 꽃이라면 내는 싫구나!"

"어찌, 싫다 하시옵니까?"

"상사화의 꽃말은 이룰 수 없는 연모가 아니더냐? 어이하여 그런 서러운 꽃말을 지닌 꽃을 주겠다는 게야?"

"연모가 아려서 목숨을 잃은 이가 꽃으로 피어난 것이 상사화이옵지요. 얼마나 지독한 연모였기에 목숨과도 바꾸었겠사옵니까? 하니 저도 그러한 연모를 드리겠다는 다짐이옵니다."

"그런 뜻이었더냐?"

"네. 하옵고 밝은 날 다시 뵈오리니 이제 그만 침수에 드시옵소서."

"아니다. 너를 안고 오늘 밤을 새울 것이야. 이틀 후면 남쪽 별궁으로 가야 하는데 돌아오기 전까지야 언제 이런 밤이 또 오겠느냐?"

"이제 영원히 왕자님의 곁에 있을 것이옵니다. 하니, 오늘 밤은 달게 주무시옵소서. 제가 곁을 지키겠사옵니다."

"나를 지키겠다고? 오냐. 내 또한 너를 지킬 것이다. 서로를 지키고 아끼며 우리 정다웁게 지내도록 하자꾸나!"

솔나의 손을 들어 올려 손가락 하나하나마다 겸이 입맞춤의 낙인을 찍었다.

"궁을 나가서 내가 돌아올 때까지 무탈히 있어야 한다. 약조할 수 있지?"

솔나의 손가락에 흰나리 향을 토하며 겸이 물었다. 서럽게 고개를 끄덕인 솔나가 겸의 손에 깍지를 꼈다.

"이만 주무시옵소서."

솔나가 겸을 안고 토닥토닥 등을 두드렸다. 겸의 눈이 조금씩 감기더니 까무룩 잠이 들었다. 잠시 후, 겸의 숨결이 점차 잦아들었다.

솔나가 겸의 얼굴을 만졌다. 눈썹을, 코를, 눈을, 입술을 하염없이 만져 보았다.

"왕자님! 왕자님을 향한 저의 연모는 상사화와 같아서 이리 이룰 수 없는 연모로 끝이 나옵니다. 하나, 떠난 후에라도 화인의 길을 버리고 사람이 된 저의 연모만은 끝까지 왕자님의 곁을 지킬 것이옵니다. 매일매일 쉬지 않는 기도로 왕자님의 곁을 지킬 것이옵니다. 하니 언제든 편히 침수 드시옵소서."

자신을 후비로 삼아 곁에 두겠다는 겸의 마음도 고맙고 그것을 돕겠다는 홍화의 마음도 고맙다. 그래서 없는 여인으로 숨어 살더라도 다시 겸의 곁으로 돌아오려고 했다.

하지만 궁녀실에서 이틀을 고민해 봤지만 그건 안 될 일이었다. 광운비와 아루의 포악함을 정확하게 알게 되었다. 언제든 정말로 겸을 해칠 수도 있는 성미라는 것을 알게 되었다.

아무리 생각해도 자신의 존재는 겸에게 불이고 칼일 뿐이었다.

자신이 온전한 사람의 몸이 된다고 해도 그것은 변하지 않을 사실이었다.

C

겸에게 오기 전 솔나는 다선을 찾아갔었다. 홍화가 미우에게 절대로 솔나 곁을 떠나지 말라 일러두어서 함께 간 걸음이었다. 미우는 내화원 밖에 세워두고 솔나 혼자 내화원 안으로 들어섰다.

「솔나님! 솔나님! 괜찮으세요?」

「악독한 광운비! 악랄한 아루 공주!」

「악랄해요! 악랄해요!」

내화원의 꽃들이 일제히 솔나를 부르며 걱정스러운 표정을 지었다. 광운비에게 매질 당한 일이 이미 꽃들 사이에 퍼진 모양이었다.

"걱정을 끼쳐 미안하구나. 하지만 나는 괜찮아."

괜히 팔을 들어 올려 힘을 줘 보이며 솔나는 꽃들을 안심시켰다.

"화원장님을 보러 왔어요."

"어인 일로 저를요?"

다선이 서늘한 눈길로 솔나를 보았다. 이미 홍화가 찾아와서 솔나는 겸의 여인이 될 것이라고 얘기해 주었다.

"부탁드릴 것이 있어 왔어요."

잠시 어색한 침묵이 흘렀다.

"사실은 왕자님께오서, 저를 후비로 맞겠다고 하셨어요."

"……."

"화원장님!"

"이미 알고 있습니다. 하지만 결국은 숨은 여인으로 남게 되었다는 사실도요."

"그걸 화원장님께서 어떻게?"

"궁녀장마마님이 일부러 찾아오셔서 친절히 일러주셨습니다."

"왜 궁녀장마마님께서?"

"글쎄요. 그야 궁녀장마마님만 아시겠지요."

다선은 홍화도 꽃의 전달자 가문의 사람이라는 말은 하지 않았다.

"해서요? 그 말씀 일러주시러 일부러 오셨습니까? 발걸음을 딱 끊었던 내화원에 이리 친절하게 다니러 오셨냐는 말입니다. 함께 궁을 나가자는 저의 청을 이리 모질고 잔인하게 잘라내시려고……?"

꽃가지를 모아 쥔 다선의 손이 흔들렸다.

"솔나님! 제발 똑바로 보세요. 궁인 하나를 선발할 때도 심신과 지덕에 흠이 없고 완전한 자를 차출하는 태양궁입니다. 한데 어찌 상한 얼굴에 신분도 모르는 솔나님이 왕자님 곁에 있을 수 있겠습니까?"

"꽃달의 사슬이 끝나면 본모습을 찾을 것이고 신분 또한 걱정 말라고 궁녀장마마님이 얘기하셨어요."

"퍽이나 귀족 대신들이, 또 광운비마마가 그리고 아루 공주님께오서 그리하라 두고만 보겠네요."

"왕자님이 가지신 열을 내어주고 백을 내어주더라도 저를 곁에 두겠다고 하셨어요. 궁녀장마마님께서 돕겠다고 하셨고요."

"그런…… 그래도 아무 소용없는 일입니다."

다선이 다짐을 하듯 이를 악물었다.

"저도 잘 알고 있습니다. 그래서 저는……."

솔나의 얼굴에 눈물기가 모여들면서 잠시 말이 끊겼다.

"궁을 나갈 작정이에요."

다시 나온 솔나의 말은 의외였다.

"네?"

잘못 들은 말인가 싶어 다선이 머리를 흔들었다.

"왕자님의 곁에 있는 한 저는 이제 단 한 순간도 안전할 수가 없어요. 하지만 제가, 제가 상하는 것은 아무 상관이 없어요. 하지만 왕자님께오서 저 때문에 위험에 처할 수밖에 없는데 더 이상 왕자님 곁에 머물겠다고 고집 피울 수가 없어요."

"해서, 궁을 나가겠다고요?"

"네."

"왕자님을 연모하여 죽을 수도 있는 칼날의 의식을 치르셨고, 화인이라는 이름의 아름다움과 장수도 버리고 왕자님께로 가셨습니다. 한데 왕자님을 떠나 궁을 나가시겠다고요?"

"네! 네! 그리, 하려…… 구요."

솔나의 말이 눈물에 막혀 띄엄띄엄 끊어졌다.

"정말 그러실 수 있습니까?"

"네. 저는 꼭 그리할 것이에요."

"한데 저한테는 무슨 부탁이 있다는 말씀이에요?"

"화원장님께서는 저에게 함께 궁을 나가자 하셨죠? 네. 저와 함께 궁을 나가주세요."

"우리가 함께요? 제가 함께 궁을 나가자 할 때는 들은 척도 않으시더니?"

"네. 솔나 일궁녀는 왕자님 곁에 있는 무게를 이기지 못하여 화원장님과 함께 궁을 나가 버린 걸로, 겨울 별궁에서 돌아오신 왕자님께오서 그리 아셨으면 좋겠어요."

"이 말씀을 하시려고 일부러 여기까지 찾아오셨어요?"

다선의 말에는 억누른 분노가 깃들어 있었다.

"제 마음은요? 제 마음 같은 건 솔나님에게 하나도 중요하지 않으십니까? 왕자님에 대한 마음 중 작은 한 자락도 끊어내지 못한 솔나님을 모시고 궁을 나가자구요? 저는 그러겠다고 솔나님에게 함께 궁을 나가자 한 것이 아니에요."

"끊어내겠어요. 왕자님에 대한 마음일랑 작은 티끌 하나까지도 다 끊어내겠어요."

"하면 그런 후에는 저의 여인으로 사시겠습니까?"

물어오는 다선의 음성이 삐뚤어져 있었다.

"……."

"그러실 수 있겠냐 물었습니다."

"네. 그렇게 할게요."

솔나가 겨우 말을 토해냈다.

"정말로요?"

"금, 금방은 되지 않겠지만. 노력하겠어요. 정말 애쓸게요. 화원장님과 함께 궁을 나가면 언젠가는 화원장님의 여인이 될 수 있도록 애써볼게요."

솔나가 눈을 질끈 감았다.

"마음이라는 것이 애쓴다 하여, 노력한다 하여 되는 것이랍니까?"

쩌어억!

다선의 심장이 부서져 내렸다. 자신을 이용해서 겸의 곁을 영원히 떠나보겠다고. 그것이 얼마나 뜨거운 불구덩이 속 싸움인지 알지도 못하고서.

'정녕 그리하실 수 있단 말입니까?'

다선이 뚫어질 듯 솔나를 보았지만 솔나는 눈길을 피하였다.

"화원장님! 제발요!"

"……."

"화원장님!"

"알겠습니다. 그리하지요."

"화원장님! 감사합니다."

솔나가 다선에게 고개를 숙였다. 애써 눈물을 참고 있는 것을 알겠다.

하지만 이기적인 연모의 마음이라!

다선은 솔나가 먼저 자신에게 와준 것이 우선 기뻤다. 이렇게라도 솔나와 함께할 수 있다면 얼마든지 이기적인 사람이 되리라 생각했다.

'솔나님! 제가 이런 어리석은 꿈 하나를 꾸어도 될까요? 이 궁을 나가서 솔나님과 함께 아무도 없는 먼 곳에서 살아가는 고운 꿈 하나를 꾸어도 될까요?'

봄날 위에 나비가 날개 춤을 출 때면 만개한 들꽃의 풀밭 위에 누워도 보고, 여름날 소나기 내리칠 때면 산 그림자 아래로 피하며 달음박질도 하고, 가을 열매 또르르 구르는 철이면 도토리 주워 모아 묵을 쑤어 먹으며, 싸리문 위에 쌓이는 첫눈에 시린 손을 서로 불어주며, 그리 솔나님과 함께하는 어린 꿈 하나를 꾸어도 될까요?

솔나님과 함께라면 들판 위에 누워도 좋고 소낙비를 맞아도 좋고 도토리를 주워도 좋고 손이 시려도 좋은 그런 작은 사내가 되어서 사는 그런 꿈 하나를 말이에요.'

돌아 나가는 솔나의 슬픔을 애써 외면하며 다선은 단단히 다짐을 했다.

☾

궁을 나가게 되면 겸은 두 번 다시 자신을 찾을 수 없을 것이다. 솔나는 평생을 겸을 위해서 기도하면서 숨어 살 것이다.

"왕자님! 부디 안녕히! 부디 평안히!"

서럽게 속삭이는 솔나의 인사가 끝나자 꽃달의 달빛이 방 안에 내려앉기 시작했다. 어둡던 방이 환해지면서 눈앞이 또렷해졌다.

풀어 내린 솔나의 머릿결에 꽃달의 달빛이 내려앉았다. 달빛을 따라 붉은빛이 방 안에 퍼져 나갔다.

수면초 가루가 강력하게 흩뿌려졌다.

서서히, 서서히 솔나의 몸이 투명해지기 시작했다. 어느새 화인의 몸으로 변해 버려 사람의 눈에는 보이지 않게 되었다. 투명한

몸을 한 솔나는 붉은 머리를 한쪽으로 넘기고 조용히 겸의 방을
나섰다.

상사화의 꽃말은 <이룰 수 없는 연모>.

12.
잔인하게 부서지다

오늘도 겸은 꽃달의 밤의 여인의 꿈을 꾸었다. 그런데, 오늘 밤은 뭔가 달랐다. 항상 얼굴이 보이지 않던 여인이 겸을 향해 웃는데 얼굴의 형상이 점점 또렷해졌다.

"앗!"

여인의 얼굴이 완전히 또렷해지자 겸이 외마디 비명을 질렀다.

"솔나?!"

솔나의 얼굴이 나타났다. 겸이 벌떡 몸을 일으켰다. 분명히 수면초 가루가 강력하게 흩뿌려졌는데도 꿈속의 강한 갈망 때문에 잠에서 깨어버렸다.

잠을 깨려고 몇 번 고개를 흔들었다. 정신을 차리고 보니 솔나는 이미 가고 없었다.

"꿈속의 그 여인은, 분명 솔나?!"

이상했다. 솔나를 안고 자서 꿈속 여인의 얼굴이 솔나로 보였던 것일까?

겸은 허전함을 감추려 가슴에 손을 올리며 애써 꿈을 잊으려 했다. 몸을 일으켜 창을 열었다. 싸한 밤바람이 창을 타고 넘어 들어왔다.

"그 밤이로구나. 언젠가 나비 떼가 하늘화원으로 이끌던 꽃달의 밤!"

달빛이 내리는 뜰에는 꽃들이 거의 시들어 내렸다. 둥글게 꽃잎을 피워낸 늦가을의 국화만이 달빛을 먹고 흐드러졌을 뿐.

그때였다.

팔랑– 팔랑–

하늘에서 꽃잎이 떨어져 내렸다. 그러더니 그 뒤를 또 다른 꽃잎이 그만큼 팔랑이며 떨어졌다. 땅으로 내려가 떨어져 눕지 않고 그대로 공중에서 팔랑거리기만 하는 꽃잎들.

"이건 분명히……."

그랬다. 기억 속의 그날 밤과 똑같이 여러 마리의 나비 떼가 날개를 팔랑이며 어딘가로 날아가고 있었다.

겸은 겉옷을 걸치고 양화관을 나섰다. 홍화가 모든 궁인들을 물려서 양화관은 텅 비어 있었다.

겸은 나비 떼를 따라 걸어갔고 어느새 하늘화원 앞에 이르렀다.

"훗! 웃기는 일이로군! 이 오밤중에 두 번씩이나 이게 뭐하는 짓이람! 어쩌자고 어지러운 꿈 하나를 잊지 못하고."

겸은 다시 발걸음을 돌리려 했다. 그런데 그때 겸의 눈에 이상한 풍경이 보였다. 온통 호랑가시나무로 울타리를 쳐 놓은 하늘화원의 한쪽에 사람이 들어갈 만큼의 공간이 생겨 있었다.

"이게 뭐지?"

저번에는 미처 보지 못한 공간이었다. 겸은 살짝 몸을 들이밀어 보았다. 신기하게도 걸리지 않고 겸의 몸이 호랑가시나무 울타리를 통과했다.

하늘화원 안으로 걸어 들어갔다. 그리고 무언가에 홀린 것처럼 기어코 한가운데의 연못까지 걸어갔다.

하지만 폐쇄된 화원 안은 텅 비어 있었다. 꽃달의 고요만이 대기를 감싸고 있을 뿐이었다.

"저 달빛, 그래. 내가 저 꽃달의 달빛에 홀린 게지."

겸은 왔던 길로 다시 돌아 나가려 했다.

"앗!"

그런데 저만치 연못가에 하얀 옷을 입은 여인이 있었다.

꽃달의 달빛이 원으로 퍼져 나가더니 연못 가득히 야광화(어둠 속에서 빛을 내는 화가야의 꽃)가 피어올라 빛을 발했다.

"말도 안 돼. 십 년 전 뿌리까지 멸하여 버린 야광화가 왜?"

겸은 눈이 부셨다.

여인이 이번에는 머리를 빗어 내리기 시작했다. 그러자 그리운 꽃 향이 퍼져 났다. 나비 떼는 여인의 주변을 팔랑거리며 수없이 날아들었다.

꽃달의 달빛에 풀흰나비 떼의 날개 가루까지 더해지자 주위가 온통 환하게 빛이 났다. 겸은 숨을 죽였고 여인은 고개를 들어 잠시 꽃달을 바라보았다.

"헉!"

겸은 놀라움의 한숨을 급하게 들이켰다.

'저이는⋯⋯.'

분명히 솔나였다.

틀림이 없었다. 달빛 아래 앉아 있는 하얀 옷의 주인은 분명 솔나였다.

"나비들아! 이틀만 있으면 왕자님을 떠나야 한단다. 이렇게 내 꽃잎을 말려 왕자님께 올리는 것도 내일이 마지막이야. 왕자님의 연모를 얻었지만 무에 소용일까? 이제 나는 어떻게 살아가야 하니?"

나비 떼들에게 중얼거리는 솔나의 음성이 흐느꼈다.

겸은 솔나 쪽으로 조금 더 다가갔다. 그러다가 어느 만큼 거리가 가까워지자 걸음을 멈추었다.

빗질을 하는 솔나의 손끝을 따라 꽃잎이 우수수 떨어져 내리고 있었다. 향기를 담은 꽃잎이 쏟아졌다. 매일 아침 겸에게 올렸던 꽃잎 차는 바로 화인의 몸으로 변했을 때 빗어 내린 솔나의 백일홍 꽃잎이었다.

하지만 얄궂은 달빛의 장난이라!

겸에게는 꽃잎이 마치 뭉치어 떨어지는 핏물처럼 보였다.

"헉! 피, 핏물!"

겸은 숨죽인 비명을 삼켰다.

솔나의 흰 옷 위에 핏물이 낭자하게 떨어져 쌓였다. 그러고도 모자라서 솔나의 머릿결에서는 핏방울이 계속 돋아났다.

"내가 떠나고 나면 왕자님은 다시 나의 향기도 기억하지 못하실 테지."

솔나는 계속해서 나비 떼들에게 무에라고 중얼거렸다. 그런데 겸의 보기에 그 모습은 꼭 나비 떼들에게 주술이라도 거는 것 같았다.

핏빛 같은 입술,

핏빛 같은 머리칼,

점점이 떨어지는 핏방울,

뿌리째 뽑혀 나갔었는데 다시 피어난 야광화들!

나비 떼를 취하게 하는 기이한 향기!

나비 떼를 향한 주술 같은 중얼거림!

"솔, 나야!"

겸이 겨우 이름을 불렀다. 그런데 겸의 목에서 울컥- 하고 핏덩어리가 목소리와 함께 토해졌다. 목소리는 소리가 되지 못했다.

"솔나야!"

겸이 다시 솔나를 불렀다.

"왕…… 자…… 님?!"

솔나가 겸 쪽으로 고개를 들었다. 두 눈이, 입술이 사정없이 휘둥그레졌다. 그리고 방향을 바꾼 꽃달의 달빛 아래에서 솔나의 모습이 확연히 드러났다.

'거짓말……!'

겸은 다시 터져 나오는 비명을 삼켰다.

솔나의 모습은 지금까지 겸이 알아온 것과는 완전히 달랐다. 원래부터 전설 속 요녀처럼 말간 피부와 붉은 입술은 그렇다 하더라도 멍 자국이라고는 하나도 없이 홍조에 가득 찬 두 뺨에 시린 입술. 붉은색으로 반사되는 검은 머리칼이 아니고 정말로 붉은 자수정빛 머리칼.

무엇보다 솔나의 온몸이 수정처럼 투명했다. 사람의 몸이 아니었다. 그리고 투명한 그 몸은 꽃달의 달빛을 받아 반짝댔다.

꽃문양을 지닌 화인의 후예인 겸의 눈에 꽃달의 사슬 중인 솔나가 정확히 보였던 것이었다.

'거짓말……!'

겸은 머리를 세차게 흔들어보았다. 하지만 솔나의 모습은 그대로였다. 다시 더 흔들어보았다. 변한 것은 없었다.

반짝! 반짝! 바안짝!

멍 자국 하나 없는 솔나의 볼이, 손등이, 목덜미가, 붉은 머리카락이 사방으로 빛을 번져 냈다. 조금 전 겸이 입을 맞추었던 그 볼이, 손등이, 목덜미가, 머리카락이 발하는 빛에 주위가 대낮처럼 환해졌다. 눈이 부신 겸은 팔을 들어 얼굴을 막았다.

솔나는, 아! 정말 사람이 아니로구나!

겸은 자신도 모르게 그 말을 뱉어냈다.

벌떡 일어난 솔나의 눈이 커졌다. 수북이 쌓였던 꽃잎은 바람결을 따라 흩어졌다. 그 모습도 겸에게는 바람에 섞여 흩뿌려지는 핏방울로 보였다.

나비 떼는 일제히 날개를 펼치더니 밤하늘로 날아올랐다. 빛을 내며 꽃잎을 피워낸 야광화도 한꺼번에 연못 속으로 사라져 버렸다.

창백한 겸과 창백한 솔나 그리고 창백한 달빛만이 남았다.

솔나가 겸에게로 한 걸음 다가섰다. 그런데 겸은 한 걸음 물러섰다. 솔나가 손을 내밀었다. 그런데 겸은 손을 감추고 말았다.

"왕, 자님!"

물러선 겸의 얼굴이 창백하고 다가선 솔나의 손도 창백했다.

"누구냐?"

겸이 솔나에게 겨우 물었다. 다 토한 줄 알았던 핏덩어리는 여전히 겸의 목에 걸렸다.

"아니, 아니지."

급하게 들이키는 겸의 한숨이 신음을 질렀다.

"아니, 무엇…… 이냐? 넌?"

겸이 다시 물었다. 하지만 솔나는 대답 대신 겸에게 가까이 다가가려 했다.

"다가오지 마라."

비수 같은 겸의 말이었다. 솔나가 다가온 만큼 또 물러서면서 겸은 솔나가 처음 보는 눈빛을 지었다.

"네가 무엇이냐고 물었다."

"……"

"내가 잘못 본 것이 아니라면, 꽃달의 달빛이 나를 홀린 것이 아니라면, 넌, 넌 사람이 아니로구나."

"왕자님!"

솔나의 입에서 다시 탄식이 터져 나왔다.

"붉은 머리며 수정 같은 이 모습은 무엇이냐? 나비 떼를 취하게 한 이 향기는? 분명 시들어 멸절하였는데 다시 피어난 이 야광화는 또 무엇이고?"

겸이 혼자서 중얼거렸다.

"왕자…… 님!"

"온통 핏빛이로구나! 온통 핏빛이야!"

"……."

"말해라! 아니, 아니지! 아무 말도 하지 마라."

겸의 입술 끝이 아프게 물렸다.

"왕자님! 그 말씀대로라면 딱 통곡의 숲의 요녀가 아니옵니까? 하옵고 깊은 밤중에 하늘화원에는 어이 가셨사옵니까? 왕실에서 단단히 폐쇄를 시킨 곳인데요."

"요녀라면 그리 신비한 향기를 풍길 수가 없을 듯한데."

"그리 신비로우니 사람들의 혼을 속 빼어가는 것이지요. 꿈에서라도 두 번 다시는 그 요녀를 갈망하지 마옵소서. 하옵고 폐쇄된 하늘화원으로도 발걸음하지 않겠다고 이 늙은것에게 약조하여 주옵소서."

방물장수 할멈의 말이 떠올랐다. 혼란스러운 머릿속은 미친 듯이 회전을 했다.

"네 정녕 저 통곡의 숲의 요녀인 것이지? 늘 네게서 풍기던 이 향은 나를 미혹하느라 만들어낸 것이지? 매일 내게 올리던 차도! 마치 저 나비 떼를 홀리는 것처럼!"

겸의 음성이 점점 높게 그렇지만 아프게 변해갔다. 그리고 솔나의 눈가에는 걷잡을 수 없게 눈물이 차올랐다.

"이상하게도 네게 마음이 끌려 근심이 많았다. 국혼을 앞두고도 너의 생각에 사념이 자꾸 늘었어. 왜 이리 마음이 향해 가는지도 모르고 죽을 만치 힘들게 싸웠던 나였어. 해서 결심하였어.

열을 내어주더라도 백을 내어주더라도 아니, 내 모든 것을 다 내어주고라도 너만은, 너만은 곁에 두겠다고!"

겸의 음성에는 비통함이 가득했다.

"내를 다 내어주더라도 내 너만은 가지고 말겠다고."

"……."

"한데 모두가 미혹의 주술이었던 것이냐? 나비 떼를 취하게 한 것처럼? 말라 버린 야광화를 피워내는 것처럼?"

"……."

이제 겸의 목소리는 분노로 떨리고 있었다.

눈앞에서 보고는 있지만 그 어느 것 하나도 믿을 수도, 믿고 싶지도 않았다.

하지만 솔나는 젖은 눈망울을 하고 겸을 바라만 보며 아무런 말을 할 수가 없었다.

"왜 아무 말이 없는 것이냐? 뭐라고 답을 좀 해보거라."

화인에 대한 이야기는 오랜 금기. 게다가 오직 사람들의 기억에 남은 것은 통곡의 숲의 요녀.

금기를 이야기하는 사람은 목숨을 대가로 치러야 했다. 그래서 솔나는 아무 말도 할 수가 없었다.

겸의 입술이 아프게 물리고 솔나의 입술은 더 아프게 물릴 뿐이었다. 더 이상 묻는 이도 답하는 이도 없이 시간이 한참 흘렀다. 아무리 물어도 솔나가 답이 없자 겸의 입술이 삐딱하게 올라갔다.

"그래. 아무래도 상관없다!"

솔나를 향해 날아가던 나비 떼.

알 수 없이 자극적이었던 향기.

멍투성이의 흉한 모습이었지만 시리게 다가갔던 겸의 연모의 마음까지.

"이제까지의 일은 모두 잊거라. 화가야의 유일 왕자가 간악한 요녀에게 속아 마음을 빼앗겼구나! 마음을 빼앗긴 이가 나이니, 모든 것은 내 잘못이다. 하니 설령 네가 통곡의 숲의 요녀라 할지라도 내 손으로, 내 친히, 너를 상하게 하지 않겠다! 떠나거라! 네 스스로 왕궁을 떠나!"

겸의 힘겨운 목소리가 가쁜 숨을 몰아냈다. 한 걸음 두 걸음 겸의 발도 뒤로 물러섰다. 겸의 이 사이에 물린 입술이 어그러지고 어그러졌다.

이럴 수는 없다. 내 마음을. 내 진정한 연모를 다 내어주었는데. 모두의 반대를 무릅쓰고 후비라는 이름을 주어 옆에 두겠다고 다짐하고 약조하였는데.

이럴 수는 없다. 이럴 수는 없어. 솔나 네가 나에게 이럴 수는 없어.

겸의 심장이 미친 듯이 조여왔다. 한 숨 한 숨 호흡을 뱉어내는 것이 힘들고 아팠다. 다리가 후들거려서 제대로 서 있기도 힘들었다.

겸이 솔나에게서 몸을 돌렸다. 높이 올라간 달빛처럼 겸은 멀어져 갔다. 백일홍의 입술에 닿았던 흰나리의 입술이 잔인한 말만을 남겨두고 사라졌다. 주먹을 굳게 쥐고 양화관을 향해 걸어가 버렸다.

'왕자님! 저를 무어라고 왕자님께 말씀드려야 하나요? 제가 누구라고 왕자님께 아뢰어야 하나요? 저는 어떤 것도, 그 무엇도 말씀드릴 수가 없네요. 왕자님을 떠나는 마지막은 그래도 곱고 예쁜 모습이길 원했는데. 왕자님을 떠나기 전까지는 그래도 이 연모를 감추지 않겠다 생각하였었는데. 어리석었다. 화인이라서 내가 어리석었어. 왕자님을 향한 내 마음은 결국 이렇게 끝날 수밖에 없는데 화인이었던 나는 너무 어리석었어.'

눈물에 젖은 솔나는 겸을 잡지도 못했다.

아침이 밝았다.

겸은 식사를 마치고 여느 때처럼 나무 정자에 나와 앉았다. 겸의 기분을 알아챈 나비 떼는 아무도 곁에 오지 않고 멀리에서 날개를 팔랑였다.

겸은 화원에서 유일하게 꽃잎이 남은 국화를 내려다보았다. 저 국화는 어젯밤 죽어버린 자신의 마음에 바쳐진 꽃이었다. 다 토해내지 못한 겸의 통곡을 머금고 피어났다.

솔나가 다가와 차를 내려놓았다. 하지만 겸은 눈길 한 번 주지 않았다.

"물러가거라."

겸은 솔나가 건네준 찻잔을 든 채 차가운 한 마디를 뱉어낼 뿐이었다. 차가운 겸을 뒤에 두고 계단을 내려오며 솔나가 든 은쟁반이 바들바들 떨렸다.

'바보 같으신 왕자님! 제가 올려 드리는 마지막 차인데. 내가 누구인지 알아보지도 못하면서.'

아린 생각 끝에 가슴이 무너졌다. 그대로 내화원으로 갔다.

하지만 그러거나 말거나 겸은 하염없이 흰 국화만 바라봤다. 태양궁은 내일 남쪽 별궁으로 떠날 준비로 분주했다. 하지만 겸은 몸이 편치 않아 하루만 휴식을 갖겠다고 부왕에게 아뢰었다.

겸이 고뇌에 잠겨 있는데 갑자기 나무 정자 주변이 떠들썩해졌다.

"공주님! 차후에 들르시옵소서! 지금 왕자님의 심기가 편치 않으시옵니다."

누구의 행차인지 아뢰는 말도 없이 아루가 요란한 발걸음을 울리며 나무 정자 쪽으로 다가왔다. 만류하는 시종장을 뿌리친 아루의 얼굴에는 분노가 가득했다.

"아침 식전부터 어인 일이냐?"

겸은 힐끗 아루를 보고 나서 눈도 마주치지 않고 물었다.

"소녀의 얼굴은 보지도 않으세요?"

애써 화를 억누르고 아루는 잇새로 말을 밀어냈다.

"차후에 보자꾸나. 오늘은 내 혼자 있고 싶으니. 그만 물러가거라!"

"혼자라니요? 그 흉측한 천것과 함께 있고 싶은 것이 아니시고요?"

"무슨 말이냐?"

겸의 시선에도 팽팽하게 날이 서는데 아루는 자신의 노기에 가득 차서 깨닫지 못했다.

"소녀도 귀가 있고 눈이 있사옵니다. 어젯밤 그 천것과 밤을 보내셨다구요?"

"무슨 소릴 듣고 와서 이러는 게냐?"

"소녀에게도 말을 넣어주는 이쯤은 있어요. 오라버니야말로 국혼을 앞두고 이 무슨 망령된 행동이세요?"

"나중에 설명할 테니 그만 돌아가거라."

겸의 얼굴이 분노로 떨리는데 아루는 안하무인이었다.

"천것을 귀애하시는 것은 부왕 전하의 판박이시네요."

"제이 공주!"

겸이 아루를 제이 공주라 불렀다. 하지만 노기를 띤 겸의 음성에 잠시 움찔거렸으나 그렇다고 해서 물러날 아루도 아니었다.

"아니라 했느니! 그만하라!"

"왜요? 화가야의 유일 왕자님께오서 수치는 아시는 것인가요? 내 당장 그 천것을 데려다 오라버니 앞에서 요절을 내고 말 것이어요."

"그만하라 했다!"

"그만하지 못하지요. 내 오라버니의 눈앞에서 그 천것의 숨통을 끊어놓고 갈기갈기 찢어버리고 난 후에야 이 분이 풀릴 것에요!"

아루의 눈이 독을 품더니 마구 뿜어져 나왔다.

"눈알을 뽑아버리고 혀를 잘라 버리고 손가락 마디마디를 잘라버리겠어요. 두 다리를 꺾어버리고 그년의 내장을 꺼내서 잘근잘근 씹어 먹어버리겠어요. 하면 오라버니는 그 천것이 갈가리 찢겨 피를 토하고 죽어가는 모습을 똑똑히 지켜보세요! 네 이년! 이 천한 년! 썩 나오너라. 어디 있느냐? 어디 있느냔 말이다!"

"그만하라. 그만! 그만! 그만!"

겸이 폭발하듯이 소리를 내질렀다.

획!

탁자에 놓였던 찻잔이 정자 기둥을 향해 날아갔다. 기둥에 들어맞은 찻잔은 조각조각 깨어졌다. 찻잔을 집어 던진 겸의 숨결은 거칠게 오르내렸다.

"왕자님! 이 무슨 해괴한 행동이십니까?"

아루의 목소리가 파르르 하니 갈라졌다. 겸을 왕자님이라고 불렀다.

"내 진즉에 물러가라 했다."

"지금 물러갈 사람이 누구입니까?"

"시끄럽다. 시끄럽단 말이다."

겸이 이번에는 탁자를 내려쳤다.

"알겠어요. 하나, 지금 소녀에게 주신 수치는 가슴에 인을 새기고 돌아가겠습니다."

참고 참았다. 억누르고 또 억눌렀다. 하지만 이제 아루의 속이 몽땅 폭발하고 말았다. 아루가 예도 올리지 않은 채 찬바람을 일으키며 떠나갔다. 깨문 입술이 피가 나오도록 달아올랐다. 멀리서 있던 시종장은 알 수 없는 표정을 지었다.

잠시 후, 겸은 솔나를 찾아 헤맸다. 아루가 다녀간 후 자신의 마음을 살뜰히 들여다보게 되었다. 이 치미는 노기와 화증이 무엇 때문인지도 알았다.

수정나비 떼가 겸을 내화원으로 이끌었다. 솔나가 여기에 있다는 말이었다. 겸은 내화원으로 들어가며 걸음을 빨리했다.

솔나는 내화원의 한 귀퉁이, 붉은 백일홍이 심겨 있었던 꽃자리 앞에 서 있었다. 겸이 일부러 발소리를 내며 다가가자 솔나가 고개를 돌렸다. 멍하니 동작이 멈추며 두 사람은 서로를 한없이 바라보았다.

밝은 달빛, 전설처럼 우거지던 야광화들, 날개 가루를 뿌려 대던 나비 떼, 우수수 쏟아져 내리던 핏방울들, 붉은 머리카락, 그리고 무엇보다 수정처럼 투명하고 아름다웠던 솔나의 몸과 얼굴!

겸이 천천히 솔나에게로 다가갔다.

"내게, 할 말이 없느냐?"

겸의 신경은 온통 눈앞에 선 솔나에게 집중했다.

"아무것도요. 태양궁을 떠나겠습니다. 이미 채비는 마쳤습니다."

어차피 궁을 떠날 생각이었지만 이렇게 겸의 마음을 아프게 하고 갈 생각은 아니었다. 하지만 이것도 겸을 위한 일이었다.

"정녕, 궁을 떠나겠다는 말이지?"

"그리하겠사옵니다."

"떠나기 전에 내게 할 말은 없는 것이냐? 무슨 말이든 다 들어주겠다."

"없사옵니다."

"떠나라는 내 말은 참이 아니었다. 그래도 할 말이 없느냐?"

"없사옵니다."

"보내겠다는 마음조차 거짓이었어. 그래도 없느냐?"

"없사옵니다. 다만 한 가지, 저는 통곡의 숲의 요녀가 아니옵니다."

겸은 화를 참을 수 없었다. 이대로 떠나겠다고? 뭐라고 한마디 해명도 없이? 겸은 거친 발걸음으로 솔나에게 다가갔다.

"내가 듣고 싶은 답이 그것이라 생각하느냐?"

겸은 겨우 호흡을 몰아쉬며 솔나의 어깨를 움켜쥐었다. 겸의 손가락이 솔나의 어깨를 아프게 파고들었다.

"놓아주십시오!"

"통곡의 숲의 요녀가 아니라면 되었다. 하면 다음은?"

겸이 거친 숨을 들이마셨다.

"다음은, 그렇다면 도대체 누구냐? 넌?"

물어오는 겸의 입술이 싸늘했다. 그의 등 뒤로 내려앉은 수정 나비들이 어지럽게 날개를 팔락이자 반으로 묶은 긴 머리도 함께 흩어졌다.

"진정 저 통곡의 숲에 살고 있는 요녀는 아니란 말이지? 우리의 첫 만남도 네가 나를 미혹하였던 것이 아니란 말이지? 하면 말해라! 말하란 말이다. 무슨 말이든 내가 다 들어줄 터이니 말을 하란 말이다."

겸은 '제발!' 이라는 말은 끝내 삼키고 말았다. 모든 것을 보았지만, 모든 것을 알게 되었지만 여전히 솔나를 놓을 수는 없는 것이 겸의 마음이었다. 싸늘한 말투와는 다르게 제발 무슨 말이든 해보라고 겸의 마음은 간절히 구걸했다. 통곡의 숲의 요녀만 아니라면 솔나에게 어떤 사정이 있든 솔나를 다시 거둘 생각이었다.

아끼는 마음으로, 안타까운 심정으로 솔나의 조그마한 몸을 안았던 것이 바로 어젯밤의 일이었다. 저 입술에, 볼에, 이마에, 목덜미에 입을 맞추었던 것이 바로 몇 시간 전의 일이었다. 하지만 모든 것이 꿈이고 거짓인 것처럼 지금 두 사람은 이런 모습으로 서 있었다.

'제가 누구인지, 제가 무엇 때문에 왕자님 곁으로 왔는지 말할 수 있다면, 말해도 된다면 얼마나 좋을까요? 하지만 저는 아무런 말도 할 수가 없습니다. 송구하네요. 왕자님! 정말 송구합니다.'

말 없는 솔나의 대답이 눈물과 함께 떨어져 내렸다.

겸이 얼마나 자신을 아꼈는지, 얼마나 절절히 사랑하였는지 솔나는 기억했다. 동빙 왕자라 불리는 그가 언제나 자신 앞에서만은 진실한 미소를 보여주었다는 것도.

하지만 이제 그 모든 것이 깨어져 버렸다.

"……."

"어젯밤의 일은 미친 꿈인 게냐? 투명하게 빛나던 너의 몸은? 붉은 머리칼과 하늘화원의 야광화는 또 어쩐 일이고? 내게 답을 하거라! 무어라도 좋으니!"

솔나의 어깨를 거칠게 움켜쥐었던 겸이 무너지듯 몸을 숙였다. 말할 수 없는 솔나의 목덜미 위로 겸의 얼굴이 무너져 왔다. 숨죽인 겸의 흐느낌이 솔나의 어깨 위에서 떨리기 시작했다.

'제발! 무슨 말이라도 좋으니……, 내게 답을 하거라. 내가 너를 보낼 수가 없다. 너를 보내고는 살 수가 없어. 하니 제발, 솔나야!'

겸은 솔나의 목덜미에 묻혀 속으로만 말을 했다.

"아뢸 말씀이 없사옵니다. 기꺼이 궁을 나가겠다는 말씀 밖에는……."

솔나는 겸의 마음속 말을 듣지 못하고 눈물을 삼켰다. 무너지는 겸의 모습도 애써 외면했다.

"저도 궁을 나가기를 원하오니, 속히 떠나도록 하겠사옵니다."

마음에도 없는 솔나의 말이 겸의 심장을 찢어버렸다.

"혹시…… 다선과 함께 말이냐?"

"……네."

순간, 겸은 제정신이 아니었다. 다선과 함께 궁을 나가겠다는 솔나의 말에 이성이 발칵 뒤집히고 말았다.

"누구 마음대로? 네 허락도 없이 감히 궁을 나갈 수나 있을 줄 아느냐? 넌 이제 양화관의 일궁녀다."

"분명 왕자님께오서도 궁을 나가라 하셨사옵니다."

"허락할 수 없다. 이제 죄 없는 다선을 꾀어내려고? 내가 그렇게 내버려 둘 성싶으냐?"

겸은 입에서 나오는 대로 솔나에게 칼을 던졌다.

"그 천진한 얼굴에 멍투성이를 하고서는 동정을 얻고 다선의 인생을 망가뜨리려고? 흉악한 통곡의 숲의 요녀 주제에……."

겸이 솔나의 몸을 무섭게 흔들었다. 겸의 말은 나올수록 날이 섰다. 시퍼렇게 날이 선 칼은 먼저 겸을 베었고 다음으로 솔나를 베었다.

그러자 솔나도 더 이상은 참을 수가 없었다.

겸을 연모하여 화인의 길을 버리고 사람이 되어 겸에게 왔는데!

무너지는 마음이 아프게 비명을 질렀다.

"왕자님! 솔나는 왕자님이 제게 주신 이름이에요. 이렇게 잔인하실 것이면 왜 제게 이름을 주셨어요?"

숨겨두었던 말이 저도 모르게 솔나에게서 튀어나와 버렸다. 그러고는 놀라서 자신의 손으로 입을 틀어막았다. 그런 후 솔나는 눈물을 가득 담은 채 뛰쳐나가 버렸다.

혼자 남은 겸은 멍하니 서 있었다. 내도록 찌근거렸던 머리의 통증에 이제는 서 있기조차 힘이 들었다.

'진정 실성을 한 것이구나! 정신이 나간 것이야! 겸! 어떻게, 어떻게 솔나에게 그런 말을? 한데 도대체 무슨 말이냐? 왜 이름을 주셨냐? 내가? 솔나한테? 무슨 이름을?'

어지럽게 회전하는 겸의 머릿속은 엉킨 실타래였다.

막 솔나가 내화원 문을 뛰어나가는데 방물장수 할멈이 들어섰다. 뛰어가는 솔나를 오래 바라보는 눈빛이 이상했다.

"왕자님!"

방물장수 할멈이 겸을 불렀다. 어제 무역선을 타고 화가야로 돌아왔다. 겸에게 인사를 하러 왔는데 양화관의 궁인들 중 아무도 겸의 행방을 모른다 했다. 필시 내화원에 있을 것이라 여겨서 찾아왔다.

방물장수 할멈!

이번에는 솔나 때문에 더욱이나 간절히 기다렸는데……

"불편해 보이시는데 이 노파가 번다하게 해드렸사옵니까?"

"아닐세. 머리를 식히려 잠시 나와 있었네."

겸이 애써 아무렇지도 않은 척을 했다.

"보다시피 오늘은 몸이 불편하여 할멈과 오래 얘기를 나눌 수가 없네."

"하면 딱 한 가지만 시정해 드리고 가옵지요."

"응?"

"오늘 꼭 드려야 할 말씀이옵니다."

"내가 이리 불편하다 하는데도 말인가?"

"쇤네의 목숨 한 자락 떼어 붙이고서라도 꼭 드릴 말씀이옵니다."

"그리 긴한 이야기라면 한번 해보게."

"화가야의 전설에, 사람을 홀리는 요녀 이야기 기억하시지요? 통곡의 숲에 살고 있다는."

"그래."

"저번 봄날 제게 하늘화원의 이야기를 들려주실 때 제가 그를 통곡의 숲의 요녀라 일러 드렸지요."

"그랬지."

"하오나 사실은 그들은 요녀가 아니라 꽃의 화인들이옵니다."

"응? 화인이라고? 그것이 무엇인가?"

방물장수 할멈은 화가야의 기원 때부터 이어져 온 화인들의 이야기를 들려주었다.

"참말인가? 그것이 전설도 아니고 참말이란 말인가?"

"네. 그들은 인간의 이기심으로 목숨을 잃었고 인간들은 그 죄악을 덮어버리려 그들을 통곡의 숲의 요녀로 탈바꿈을 시켰지요."

"처음 듣는 기이한 얘기로구나."

"한데도 어리석은 그 화인들은 지금도 사람을 연모하여 목숨을 걸고 사람으로 변한다 하옵니다. 꽃달의 밤이면 다시 화인으로 변하는 속박을 삼 년간이나 참아가면서요."

할멈의 목소리에 왠지 슬픔이 어렸다.

방물장수 할멈은 짧은 이야기를 남기고 사라져 갔다.

'왕자님! 이만큼이면 왕실에 입은 은혜를 조금은 갚을 수 있는 것이옵니까? 저로 하여 아루 공주님과의 국혼으로 힘겨워하시는 왕자님에게 저 여인이 힘이 될 수 있다면 좋겠사옵니다. 금기를 말하였으니 늙은이 목숨 한 자락쯤이야 스러진다 하여도 저는 기쁘겠사옵니다.'

방물장수 할멈은 눈물 가운데 내화원을 뛰쳐나가는 솔나를 보았었다. 그리고 화인인 솔나의 본모습도.

'이것은 설마?'

지금까지 백일홍 화인의 연모의 상대가 다선이라고 생각했다.

하지만 지금의 모습으로라면 그 상대는 딱 겸이었다. 게다가 겸 또한 화인을 마음에 담고 있었다. 이야기를 꼭 해야 한다고 생각했다. 가능하다면 겸이 화인과 함께 행복할 수 있기를 바랐다. 방물장수 할멈이 아무리 탐욕스럽다고는 하지만 겸에 대한 충성만큼은 진심이었다.

겸은 솔나의 생각에다가 기이한 이야기까지 보태어 머리가 더 어지러워졌다.

오후가 되었다.

보리는 발걸음 소리를 죽이며 광운비의 뒤를 따랐다. 아침나절, 노기에 가득 차 열리관에 찾아온 아루는 이미 제정신이 아니었다.

"어마마마! 저는 국혼을 치르지 않겠어요."

"무슨 말이냐? 아루야!"

"오라버니께서 그 천것 때문에, 그 천것 때문에 감히, 감히, 이 아루에게……."

"겸이 또 천것을 싸고돈 게야?"

"그런 것이 아니어요. 제가 그 천것과의 일을 따지러 갔더니, 그 랬더니."

"그랬더니? 무슨 일이 또 있었던 게야? 에미가 분명 모르는 척 그냥 있으라 했거늘. 겸은 국혼을 앞두고 그 천것을 먼저 품을 만 한 성정이 못 된다."

"듣기 싫다 물러가라 하시며 고배찻잔을 제게 집어 던졌어요."

"뭐라! 무엇이라고?"

"제 얼굴에 대고 고배찻잔을 집어 던졌단 말이에요. 게다가 탁 자까지 내려치시면서."

"미친! 왕자가 실성을 한 게로구나! 정녕 실성을 하였어!"

"예! 실성하였습니다. 해서 소녀는 이제 국혼이고 뭐고 다 싫어 요. 제게 저리 성마르기만 한데 국혼을 한다 하여 뭐가 달라지겠 습니까? 그냥……."

"그냥?"

광운비의 물음에 아루의 눈빛이 이상한 빛을 번득였다.

"없애 주세요. 그냥 몽땅 없애 버려 달란 말씀이에요. 그깟 왕 후의 자리, 흉측한 얼굴의 천것보다도 못한 그깟 왕후의 자리, 이 제 소녀가 더는 싫어요."

"진정이지?"

광운비의 얼굴이 화들짝 피었다.

"진정이고말고요. 그 어느 때보다 더 진정이에요. 당장, 지금 당장 왕자고 천것이고 모조리 요절을 내주세요. 그래야 소녀의 기 막힌 한이 풀릴 것 같아요."

"알았다. 내는 진즉에 모든 준비를 해놓았음이니."

아루가 거칠게 이를 갈았다. 본시 여인의 연모란 무섭다. 하지만, 그 연모가 얼굴을 바꿔 쓰게 될 때의 무서움은 아무도 감당할 수 없는 법이었다.

아루가 돌아가고 비밀스럽게 서찰 두 개가 열리관을 빠져나갔다. 보리는 어느 것 하나 놓치지 않고 지켜보았다.

서찰이 나가고 얼마나 시간이 흘렀을까?

오수에 드는 시간이었지만 보리는 번을 자처하고 다른 시위들을 모두 물렸다.

내실의 문이 살며시 열리더니 광운비가 뱀처럼 빠져나왔다. 잠시 보리를 보는 듯하더니 시중궁녀도 없이 열리관 대문을 빠져나갔다. 보리는 무심한 척 서 있다가 어느 정도 간격이 멀어지자 광운비를 뒤따르기 시작했다.

시위가 없고 구석진 길로만 디녀서 광운비는 어딘가로 향하고 있었다.

그러다가 광운비가 걸음을 멈춘 곳은 통곡의 숲 입구였다. 놓치지 않는다고 보리가 세밀히 살폈는데도 어느새 광운비의 모습이 사라졌다. 초겨울 기운에 더 검붉게 변한 통곡의 숲 안으로 보리는 발걸음을 들여놓았다.

보리가 잠시 숲 그늘을 살펴보는데 인기척이 없었다. 숨을 죽이고 귀를 기울이니 안쪽에서 낮게 소곤대는 말소리가 들려왔다.

보리는 자세를 낮추고 앉은걸음으로 소리가 나는 쪽으로 다가갔다. 저만치에서 두 사람이 서서 이야기를 주고받고 있었다.

"겸은 틀림없이 내화원에 있는 것이렸다?"

"그러하옵니다. 소인이 확인을 하고 왔사옵니다. 그깟 천한 아이의 일로 넋을 놓고 몇 식경째 저러고 계시옵니다."

"궁수도 보내었을 테지?"

"네."

"홍화와 다선은 어쨌는가?"

"내화원장과 궁녀장은 제가 궁 밖으로 내보냈사옵니다."

"참으로 잘되었군! 가만히 서 있는 표적을 그 자리에서 죽이게 되었으니. 게다가 지금은 오수의 시간이라 내화원에 출입하는 이는 아무도 없을 것이고. 이게 다 하늘이 나를 도우는 덕분이겠지."

"하나, 마마! 왜 이리 위험한 선택을 하셨습니까? 저 또한 흉측한 아이에게 넋이 팔리신 왕자님이 걱정되어 아뢰긴 하였으나 이런 결정을 내리실 줄이야 생각치도 못했사옵니다. 너무도 처참한 결정이시옵니다. 다시 한 번 생각해 보심이 어떠시옵니까?"

"아닐세. 내 이제야 오랜 한을 풀게 되는 것뿐이니."

"화가야의 유일 왕자님이시옵니다. 공주님을 걱정하시는 것이 오면 천것 하나 없애 버리면 그만이옵지요."

"지금 겸의 편에 서고자 하는 건가? 나에게 대항을 해보겠단 말이지?"

"아니옵니다. 천부당만부당하시옵니다."

"그렇다면, 됐네. 언제부터 화가야가 꽃문양을 지닌 자들의 것이었던가? 게다가 사랑받지 못하고 사는 왕후라? 그런 여인의 삶도 삶이라던가? 내 하나로 그런 서러운 삶은 족하네. 아루와 국혼을 시킬 욕심만 아니었다면 진즉에 왕자 따위야 없애 버렸을 게야."

"남쪽 별궁 행차가 하루밖에 남지 않았는데 어쩌시렵니까?"

"그러니 더 좋지 않은가? 전하야 겨울 별궁으로 떠나시게 한 후 우리끼리 모든 일을 마무리하면 될 것이야."

"하지만 분명 호위하는 수정나비들이 먼저 알아차릴 것이옵니다."

"그도 걱정 없네. 해서 궁수를 두 명이나 준비한 것이 아닌가? 그래봐야 한낱 미물에 불과한 것들이야."

"수정나비들이 전하께 전말을 고하면 어쩌옵니까?"

"상관없네. 증거 하나도 없이 전하라고 어쩔 수 있겠는가?"

"조정과 왕실이 많이 혼란스러울 것이옵니다."

"혼란은 무슨? 새로운 왕이 세워지면 그만."

"새로운 왕이시라면?"

"삼국대통 전 신라국에 여왕이 있지 않았는가? 겸에 대한 연모만 아니었으면 내 진즉에 아루를 여왕으로 옹립하였을 게야."

"나중에라도 제가 한 거짓말들은 다 어떡하옵니까?"

"이제 곧 왕실과 조정이 전부 온전히 내 세상이고 새로운 여왕이 나의 딸이네. 왕자까지 없어진 마당에 누구도 무슨 말도 할 수 없을 것이야."

숲 그늘이 비껴가면서 비친 빛줄기에 두 사람의 얼굴이 드러났다. 한 사람은 역시나 광운비였다.

그리고 함께 서 있는 저 사람은…….

설마? 시종장!?

놀랍게도 남자는 양화관의 시종장이었다.

"일이 잘 성사되면 자네 가문은 대대로 시종장의 영화를 누리며 살아가게 될 것이야. 병증이 심한 자네 아이의 약 걱정도 할 필요가 없고. 내 무역선을 통해 들어오는 약재를 언제까지고 끊이지 않고 대어줄 터이니."

시종장은 얼굴빛이 참혹하게 변하면서도 광운비의 말을 들었다.

큰일이었다. 설마 시종장이 광운비의 편에 설 줄이야! 지금까지 은밀한 양화관의 일을 광운비에게 알린 사람이 바로 시종장이었던 것이었다.

지체할 일이 아니었다.

겸에게 위험을 알려야 했다. 두 사람이 통곡의 숲을 빠져나가도록 가만히 숨을 죽이고 있다가 보리도 몸을 돌렸다.

하지만 다음 순간, 스릉! 하고 차갑고 날카로운 철제의 기운이 보리의 목 옆에 와 닿았다.

"시궁쥐 한 마리가 숨어 있었구나."

보리는 몸을 마저 돌렸다. 뒤쪽에 검은색 변복을 한 사내가 보였다. 철검의 끝을 보리의 목에 겨누고 옷과 같은 검은색 복면을 하였다.

"누구냐?"

"어리석은 쥐새끼로구나! 천하의 광운비마마께오서 은밀한 호위도 없이 혼자 행차하실 줄 알았던 것이냐?"

"비켜라! 화가야의 유일 왕자님께오서 위험하시다."

"흐흐흐흐. 화가야의 유일 왕자라니? 이제 반 식경도 못 되어 주검이 되어버릴 그 어리석은 소자를 일컫는 말이냐?"

"불경한 놈!"

"크하하하! 그 입을 놀려대는 것도 이것이 마지막이리니. 저승 길 동무가 곧 따를 것이니 가는 길이 외롭지는 않을 것이다."

한 번의 섬광이 빛났고 변복의 사내가 멀어져 갔다. 보리는 가슴을 움켜쥐었다. 보리의 가슴에서 뜨거운 피가 흘러내렸다. 움켜쥔 손가락 사이로 핏물이 새어 나왔다. 더운 신음이 목을 치밀고 올랐다.

'공주님!'

보리는 희미해져 가는 의식 속에서 공주님을 불렀다.

☾

오 년 전 어머니의 임종 때, 우연히 보게 된 차연의 화마의 흔적.

차연의 손등에 선명하게 내려앉은 화마의 흔적은 바로 매화꽃의 문양이었다.

화가야의 제일 공주.

아버지가 늘 총명하고 슬기롭다 칭찬해 마지않던 아율 공주님의 문양. 그 꽃문양이 차연의 손등에 내려앉아 있었다. 늘 차연이 흰 천으로 동여매고 숨기고 있었던 끔찍한 흉터는 바로 매화 꽃 문양이었다.

잠시 후 어머니는 보리만을 다시 들라고 했다. 힘겹게 서찰 하나를 내밀었다. 아버지가 피로 적어 내려간 마지막 서찰이었다.

서책에는 그간의 모든 사정이 적혀 있었다. 모든 상황들이 정리가 되었다.

아버지는 태양궁의 지시위부령의 관직을 파하고 궁을 나온 후 음방의 유녀에게 드나들었다. 광운비와 귀족들의 눈을 피해 아율 공주를 음방에 숨겨두었던 탓이었다. 음방 거리에서 화재가 나던 날 밤, 늦게 돌아온 아버지의 옷에서 풍기던 그을음의 냄새, 음방 거리의 화재 또한 아버지의 계획이었다.

그리고는 아버지의 옷자락 끝에 매달려 왔던 차연은 더 이상 음방에 아율을 둘 수 없었던 아버지가 집으로 모시고 온 것이었다. 어머니 행세를 했던 유녀는 화재에 죽은 것으로 하고 먼 읍락으로 떠났다.

허수아비가 되어버린 한울왕은 아무런 힘이 없었고 광운비는 호시탐탐 아율을 노릴 것이다. 그런 상황에서 다시 왕실로 돌아간다면 그것은 사지로 아율을 밀어 넣는 것이었다.

게다가 연못에 빠지던 충격으로 아율의 매화 향기가 사라져 버렸다. 매화 문양은 그대로였지만 더 이상 향기는 풍기지 않았던 것이었다. 광운비 쪽에서 매화 문양을 만들어냈다고 우긴다면 향기도 없는 아율을 증명할 수가 없었다. 오히려 목숨이 위험했다.

열다섯 살이 되면 수정나비들이 아율을 알아볼 것이었다. 호위하며 보호하기도 해줄 것이었다. 그러면 아율의 신분도 증명되고 간악한 광운비의 손에서도 안전할 수 있었다. 그래서 아버지는 아율이 열다섯 살이 되기만을 기다렸다.

그런데 아율이 열다섯 살이 되기 몇 달 전, 아버지는 전염병으로 목숨을 잃었던 것이다.

보리는 광운비 처소의 시위부령으로 지원하였다. 광운비와 아루의 얼굴을 대하고 그 말소리를 듣는 것이 참을 수 없이 역겨웠지만 아율을 생각하며 견디었다. 혼자 힘으로 아버지가 기르던 사병들을 건사하는 일도 힘겨웠지만 아율을 위해 매일 힘을 내었다.

그러면서 어떻게든 아율을 태양궁으로 돌려보내려고 기회를 엿보았다.

그런데 그때, 그 사건이 일어났다. 바로 겸의 독화사 사건.

간악한 광운비가 겸의 내실에 독화사를 풀어놓아 겸을 해치려 한 사건이 발생했다. 겸은 거의 사지로 갔다가 겨우 돌아왔다.

그래서 보리는 아율을 돌려보낼 수가 없었다. 이미 아율을 한 번 죽였고 왕후 태생의 왕자이며 수정나비의 호위까지 받는 겸까지 겁 없이 해치려 하는 광운비였다. 그런 광운비가 있는 태양궁으로 아율을 보내 또다시 죽음을 맛보게 할 수는 없었다.

누구에게도 도움을 청할 수가 없었다. 보리가 볼 때 한울왕 사운, 청천비와 겸을 제외한 태양궁의 모든 사람들은 다 아율의 적이었다. 그런데 정작 아율을 지켜줄 수 있는 세 사람은 아무런 힘이 없었다.

청천비나 겸에게 아율이 살아 있다는 소식이라도 은밀하게 전하고 싶었다. 하지만 살벌한 광운비의 감시하에 살아가는 청천비에게는 도무지 접근할 방법이 없었고 독화사 사건 이후 마음의 문을 닫아버린 겸의 곁에 있는 궁인들도 도무지 믿을 수가 없었다.

무엇보다 아율이 태양궁으로 돌아가기를 거부했다.

매화 향기를 잃어버렸다. 이미 한 번의 죽음으로 어머니인 청천비와 부왕에게 씻을 수 없는 고통을 안겨 드렸다. 아율의 실종 이

후 청천비는 왕손을 낳을 수 없는 몸이 되고 한울왕은 완전히 병석에 누워버렸다는 것을 모르는 사람은 아무도 없었다. 태양궁에서 아율은 이미 죽은 사람이었다. 게다가 십 년이 지나도록 악몽에 시달릴 정도로 하늘화원에서의 기억은 아율에게도 몸서리치게 끔찍한 것이었다.

일 년에 한 번 있는 왕실 가족의 어가 행렬을 숨어서 바라보았다. 그런 밤이면 아율은 꼭 밤새도록 눈물을 흘렸다. 그러면서도 아무에게도 자신을 알리지 말라고 하였다. 부왕과 어머니, 겸을 제외한 그 누구도 믿을 수 없는 것은 아율도 마찬가지였다.

홍화만은 분명 아율의 편이 되어줄 것이었지만 아율도, 보리도 궁의 사정에 대해서는 어두웠다. 게다가 두 사람 모두에게는 서로를 떠날 수 없다는 간절함도 있었다. 만약 아율이 공주의 위를 회복하지 못한다면 그냥 이렇게 둘이서 살아도 좋겠다고 하는 헛된 간절함이.

그래서 내린 결론이었다. 아율 스스로 그리고 보리가 아율을 지킬 수 있을 만큼 힘을 길렀다는 확신이 들 때까지는 기다리기로. 아율의 향기가 돌아와서 아율을 증명할 수 있을 때까지는 기다리기로.

이제 아율은 스무 살이 되었고 드디어 내년이면 겸이 국혼을 하고 사십오 대 한울왕으로 등극하게 된다. 이랑비의 매화가 꽃대를 내리면서 아율의 향기도 돌아왔다. 드디어 기회가 찾아온 것이었다.

☾

그랬는데, 그랬는데 결국 이렇게 끝나고 마는 것인가?

'아율…… 공주님! 누이야!'

어디선가 향이 풍겼다. 매화 꽃송이가 꽃대를 내렸던 날, 아율의 흰 천을 뚫고 피어올랐던 낯선 향기. 살아 있다는 것이 알려지면 필히 다시 죽을 수밖에 없는 아율 공주의 매화 향기가.

'아율, 공주님…….'

보리가 목메어 불러보지만 그만이었다. 보리의 세상은 캄캄해져 버렸다.

하얀 국화의 꽃말은 <죽음의 애도>.

13.
낙화하는 혹은 피어나는

다선은 저잣거리를 걷고 있었다. 어제 들어온 방물장수 할멈이 무역선에서 들여온 외국의 종자 씨앗을 구하러 나온 길이었다. 겸왕자의 명이라면서 시종장이 오수 전에 당부를 하였다.

"적힌 대로 모두 다 꼭 구해서 들어오게나."

생각보다 씨앗들은 구하기가 힘들어 시간이 많이 지체되고 있었다. 그래도 다선은 솔나와 함께 궁을 나가기 전까지는 자신의 소임에 최선을 다할 생각이었다.

한편 홍화는 서찰을 품에 넣고 가마를 탄 채 유희 공주의 사가로 가고 있었다. 태양궁에 다니러 간 겸이 꼭 유희 공주에게 직접 전해 달라 했다면서 시종장이 건네주었다.

"저한테 직접 가시라 했다고요?"

"네. 제가 가겠다 하여도 꼭 궁녀장이 가야 할 일이라 하시면서. 별궁 행차를 하시기 전에 꼭 전해 달라 하셨습니다. 급한 일인가 봅니다."

"제가 양화관을 비운 사이에 무슨 일이 있었습니까?"

"아무 일도 없었습니다."

아루가 찾아왔던 아침 시간에 홍화는 청천비에게 가 있었다. 겸이 안색을 들키지 않으려고 일부러 보낸 것이었다. 그런데 시종장이 거기까지 찾아와서 서찰을 건네주었다. 시종장의 말이라서 홍화는 믿었다.

미우는 아침부터 보이지 않는 솔나를 찾아 궁 안을 돌아다니고 있었다.

"아침 이후로 계속 보이지가 않으니 애는 어딜 간 게야?"

궁녀장이 돌아오기 전에 솔나를 찾아야 할 텐데 미우는 혼자서 속이 탔다.

광운비의 부름을 받은 아루는 광운비의 처소 열리관의 내실로 들어섰다. 잘 차려진 다과상이 놓여 있었다. 아루가 다가와 앉기가 무섭게 광운비가 손을 내밀어 아루의 손을 잡았다.

늘 문 앞을 지키던 일궁녀 소희도 보이지 않았다.

"문 시중드는 궁녀 아이는 어디 갔나요?"

"내가 오늘은 아침 일찍부터 물려두었어."

"아니, 왜요?"

"이 일이야말로 너와 나 그리고 아진 시종장 말고는 아무도 몰라야 하기 때문에."

"이 일이라니요? 무슨 일이요?"

"아루야! 내 공주야! 이제 잠시 후면 이 어미의 오랜 염원을 이루게 되었구나."

"오랜 염원이요?"

"그래. 저 보기 싫은 청천비를 없애 버리고 내는 태후의 자리에 앉는 나의 꿈 말이야."

"저의 국혼은 한참이나 남았는데요."

아루가 의아하여 물었다. 겸과 아루가 국혼을 하고 나면 광운비에게는 태후의 자리를 주기로 한울왕이 이미 약조하였다.

"아니. 내는 왕후의 모후로서가 아니라 여왕의 모후로서 태후가 되는 것이다."

"여왕의 모후라니요? 누가 여왕이라는 말씀이에요?"

"참! 아직도 무슨 말인지 못 알아듣겠느냐? 내 곧 겸을 해할 계책을 실행할 것이고 이제 너는 이 나라 화가야의 여왕이 될 거란 말이다. 이 광운비의 핏줄인 아루 네가 말이다."

"어마마마! 도대체 이게 다 무슨 말씀이세요?"

아루의 목소리가 새되게 높아지고 들었던 찻잔을 소리 나게 내려놓았다. 하지만 광운비는 자신의 기분에 들떠서 알아차리지 못했다.

"이는 너의 소원이기도 하잖니? 왕자고 그 천것이고 몽땅 없애 달라면서. 해서 내가 초오독 화살을 제일 잘 쓰는 궁수를 선별하여 내화원으로 보냈어. 지금 겸은 혼자서 내화원에 머물고 있다는구나. 제 발로 걸어 들어와 주었어."

"어마마마!"

아루의 얼굴이 참혹함으로 일그러졌다.

"곧 끝날 것이다. 더 이상 겸에 대해 목맬 필요도 없이 이 화가야 왕실이 전부 우리의 것이 될 것이란 말이다."

"내화원, 으로 독화…… 살 쓰는 궁수, 들을 보내…… 셨다고
요?"

아루의 말투가 넋이 빠진 듯 끊어졌다.

"그래. 네가 분명 그리해 달라 하지 않았느냐? 내가 벌써부터
준비해 둔 계책이야."

"어마마마!"

비명을 지르듯 아루가 고함을 내질렀다. 찻잔이 내실 바닥에
나뒹굴었다.

"어마마마! 어마마마! 어찌! 어찌!"

아루가 벌떡 몸을 일으켰다. 잘 차려졌던 다과상이 그 바람에
한쪽으로 기울어지면서 쏟아졌다.

아루가 무어라고 중얼거리며 뛰쳐나갔다. 광운비의 내실 방문
이 부서져라 열렸다가는 다시 닫히지 않았다.

"아루야! 공주야!"

영문을 모르는 광운비가 아루를 목 놓아 불러보지만 치맛자락
을 휘날리며 아루는 이미 사라지고 없었다.

솔나는 눈물을 흘리며 얼마나 달렸는지 모르겠다. 이상하게
주위가 적막하여 둘러보니 어느새 내화원과 이어진 통곡의 숲 안
이었다. 무서운 줄도 모르고 깊숙한 곳으로 들어갔다. 검붉은 숲
빛이 자꾸 짙어졌다.

어느 순간, 솔나는 발에 뭔가가 차여서 헛 놀던 걸음을 멈추었
다.

"뭐지?"

자세히 바라보다가 솔나는 화들짝 놀랐다. 검붉은 잡초 위에는 조금 전, 검을 맞은 보리가 쓰러져 누워 있었다. 가슴에 사선으로 피가 맺혔다.

"보셔요! 보셔요! 정신을 차리세요! 보셔요!"

솔나가 꼼짝없이 누워 신음을 내뱉는 보리의 몸을 흔들었다. 움직임이 없었다. 이번에는 보리의 코에 손가락을 가져다 대보았다. 다행이다. 선명하게 호흡이 오르내렸다.

솔나가 속치마를 찢어내더니 신음하는 보리의 가슴을 단단하게 매어주었다.

"보셔요. 보셔요!"

솔나의 계속된 부름에 보리가 눈을 떴다. 온통 핏발이 선 보리의 눈동자에 힘이 잔뜩 들어갔다.

보리의 희미한 시야 안에 솔나의 모습이 들어왔다. 보리는 단번에 명투성이의 솔나를 알아보았다. 겸이 아낀다는 양화관의 궁녀! 그렇다면?

"왕자님이……."

보리의 입에서 왕자라는 말이 신음처럼 흐르자 솔나는 놓치지 않고 그 말을 알아들었다.

"왕자님이…… 위험합니다. 지금 내화원에, 광운비가 보낸 궁수가, 왕자님의…… 목숨을…… 빨리 알려 드려야……."

내화원? 광운비? 궁수? 왕자님의 목숨을?

"나는, 열리관의 지시위부령입니다. 속히 왕자님께, 몸을…… 피하시라……."

"알겠습니다. 알았어요. 정신을 놓지 말고 기다리셔요. 사람을 보낼 터이니 잠시만 견디고 계시어요."

무슨 말인지 대번에 솔나는 알아들었다. 보리의 가슴을 한 번 더 여민 후 통곡의 숲을 벗어났다. 내화원을 향해 빠른 속도로 달리기 시작했다.

"내 때문이다! 필시 이것은 내 때문이야!"

오수의 시간. 다선도 없는 내화원. 혼자 있을 겸. 그리고⋯⋯.

"안 돼. 아니 된다."

상상도 하기 싫은 장면이었다. 재빨리 뛰어가는 솔나의 발아래에서 검붉은 풀잎들이 짓이겨졌다.

겸은 몇 시간째 내화원에 서 있었다. 솔나가 마지막으로 남기고 간 말이 자꾸만 겸의 뇌리 속에서 맴을 돌았다.

이름을 주다니? 누가? 무슨 이름을? 누구한테?

방물장수 할멈의 이야기도 이상했다. 꽃의 사람 화인? 화인이라니?

그러다가 어느 순간. 겸의 단단한 기억에 다시 금이 가기 시작했다. 쩍! 쩍! 봉인된 겸의 기억이 열리려고 했다.

"화가야 유일 왕자인 나의 백일홍아! 하니, 너도 이름이 있어야 할 것이야."

어디선가 이런 목소리가 들려왔다.

"응? 이 목소리는?"

그것은 바로 겸 자신의 목소리였다.

꽈지직! 꽈지직!

기억의 봉인이 더 급하게, 더 요란하게 깨어지기 시작했다. 시종장이 백일홍에 대한 이야기를 했고 방물장수 할멈이 금기를 깨뜨리고 화인에 대한 이야기를 들려준 덕분이었다.

다음 순간, 겸의 앞으로 마치 영상을 보듯이 장면 장면이 지나갔다.

어디에서도 볼 수 없는 거대한 줄기를 지녔던 붉은 백일홍!

핏빛보다 더 붉었던 꽃잎!

그 꽃잎에 입을 맞추던 자신!

그 꽃그늘에 누워 잠을 청하던 자신!

아율의 이야기를 백일홍에게 들려주며 눈물을 글썽이던 자신!

겨울 별궁으로 떠나기 전, 백일홍과 안타깝게 이별하던 자신!

"백일홍? 백일홍!"

꽈지지지지직!

번개가 겸의 눈앞으로 지나가면서 지축이 흔들리듯 진동이 느껴졌다.

"헉!"

기억이 났다. 드디어 백일홍이 기억이 났다. 언제나 자신을 맴돌던 향기를 쫓아 발걸음을 옮겼을 때 내화원의 이 귀퉁이에 피어 있었던 붉은 백일홍!

나만의 백일홍!

게다가 일 년간의 외유를 떠나기 전 겸은 분명히 그 백일홍에게 이름을 하나 붙여주었었다.

"참, 그리고 너에게 이름을 하나 지어주고 갈게. 어디에 가서 붉은 백일홍을 보게 되더라도 그것과는 다른 너를 나는 떠올릴 테니까. 고운 네 이름은 말이지……."

방물장수 할멈이 바다 건너 송나라에서 구해 온 서책에 나왔던 아가씨의 이름. 병든 노모를 위해 열 개의 산과 다섯 개의 냇물을 지나 꺼지지 않는 화로에서 약을 구해 왔던 마음 착한 아가씨. 화가야인처럼 두 자의 이름을 가진 그 아가씨가 붉은 백일홍을 닮았었다.

'무엇이었지? 무엇이었지?'

겸은 다시 곰곰이 기억 속으로 빠져들었다. 그리운 이름이 자꾸자꾸 맴을 돌았다. 혀끝이 들썩들썩 움직이려고 했다.

겸이 그 이름을 기억해 내려 하는데 목이 메는 그리움이 먼저 차올라 버렸다.

'무엇이었지? 친숙한 이름이야! 친숙한……?'

겸의 심장박동이 빨라졌다. 잠깐, 잠깐, 지금…… 설마, 설마, 설마……!

"솔…… 나? 솔나?"

겸의 입에서 비명 같은 이름이 터졌다. 뒷머리를 세게 얻어맞은 듯 겸은 숨을 멈추었다. 분명했다. 병든 노모를 위해 목숨을 걸고 약을 구해 왔던 그 아가씨의 이름은 솔나였다.

"이리 잔인하실 거면 왜 저에게 이름을 주셨나요?"

"한데도 어리석은 그 화인들은 지금도 사람을 연모하여 목숨을 걸고 사람으로 변한다 하옵니다. 목숨을 걸고 또 꽃달의 밤이면 다시 투명한 화인의 몸으로 변하는 꽃달의 사슬을 삼 년간이나 참아가면서요."

"왕자님! 일전에 바다 건너 외유를 떠나시기 전에도 늘 내화원에 기분 좋은 향을 풍기는 꽃이 있다 말씀하셨지요. 해서 외유에서 얻어 오신 꽃가루 염증병이 다 나으신 연후에는 제일 먼저 그 꽃을 보러 가겠다 하실 줄 알았는데 말씀 한 번 없으셨사옵니다. 마치 여인이라도 아끼듯 그 꽃에 연연해하시더니 금방 잊어 놓으시고는 이제는 또 솔나 일궁녀에게서 꽃 향이 난단 말씀이 옵니까? 참으로 이상하옵니다."

솔나의 말이, 방물장수 할멈의 말이, 시종장의 말이 어지럽게 굴러다녔다.

그러자 또 생각이 났다. 늘 솔나를 따라 다니던 그리운 꽃 향. 그것은 어느 꽃하고도 구별되는 붉은 백일홍만의 특이한 향기였다.

게다가 꽃달이 뜨는 밤이면 자신을 찾아왔던 여인. 꿈속의 그 여인이 풍기던 향기도 분명히 백일홍의 향기였고, 바로 솔나의 향기였다.

게다가 어젯밤, 꿈속의 여인의 얼굴도 분명히 솔나였다. 뇌리 속으로 번개가 한 자락 지나갔다.

'그래. 기억났다, 모두. 모두 다. 분명히, 솔나? 솔나!'

그렇게 겸의 기억의 봉인이 완전히, 완벽하게 풀렸다.

드디어 내화원이었다.

솔나는 다급하게 내화원 안으로 뛰어들어 갔다. 아까의 안쪽 귀퉁이에 그대로 서 있는 겸이 보였다. 솔나는 잠시 숨을 골랐다. 무사하니 다행이었다.

하지만 이상했다. 겸은 넋이 나간 듯 멍하니 서서 미동도 없었다.

'왜 그렇게 서 계시는 것이옵니까? 왕자님!'

솔나는 퍼뜩 뒤쪽으로 눈길을 둘려보았다. 겸에게서 얼마 멀지 않은 나무 그늘 너머에 궁수가 보였다. 넋을 잃고 서 있는 겸에게 활을 겨누고 있었다.

"왕자님!"

솔나가 다급하게 겸을 부르는데 듣지 못했다. 다시 한 번 불러도 여전히 그대로였다. 궁수는 낭패다 싶은지 막 활시위를 놓았다.

쉭!

찬 공기를 가르며 화살은 겸을 향해 날아갔다.

수정나비들이 흩어지면서 화살을 낚아챘다. 겸을 향해 날아가던 화살이 방향을 바꾸어 다른 나무에 가서 박혔다.

하지만 두 번째의 궁수가 화살을 날리자 수정나비들은 그 화살은 채 막아내지 못했다.

"왕자님!"

솔나는 다른 생각을 할 새가 없었다. 그대로 몸을 날려 겸의 앞을 가로막았다. 무방비 상태로 서 있던 겸은 솔나가 달려드는 서슬에 휘청이며 뒤로 넘어졌다.

처음의 궁수가 다시 화살을 날렸다.

픽!

그 화살도 겸을 향해 날아왔지만 겸도 아니고 솔나도 아닌 다른 사람이 맞았다.

수정나비 떼가 하늘 높이 날아오르더니 날개를 팔랑이며 나비 떼를 불러 모으기 시작했다. 내화원 위의 하늘이 갑자기 무지개색으로 변했다. 몇백, 몇천 마리의 나비가 몰려들었다. 화가야 안의 모든 나비 떼가 다 모여든 것 같았다.

수천의 나비 떼는 일제히 궁수들을 향하여 날아갔다.

"으악! 이게 뭐야?"

"으악!"

활시위를 놓은 궁수 둘은 후원 담을 넘어 걸음아 나 살려라 사라져 갔다.

종자 씨앗을 살펴보던 다선은 묵직한 통증이 심장을 지나가는 것을 느꼈다.

"솔나님!?"

다선이 손에 들었던 것을 사정없이 집어 던졌다. 종자 씨앗들이 상점 바닥에 어지럽게 흩어졌다. 뒤 한 번 안 돌아보고 태양궁을 향해 미친 듯이 달려갔다.

홍화는 서찰을 읽은 유희 공주의 답신을 기다렸다.

"그냥 안부 서한인데 꼭 답을 받아오라 하시던가?"

"네? 그럴 리가요?"

"자네도 보게. 그냥 안부 서한이라니까."

유희 공주가 서찰을 내밀자 이상한 예감에 홍화는 몸을 일으켰다. 인사를 한 후 황급히 태양궁으로 가마를 돌렸다.

보리는 희미하게 눈을 떴다. 피가 멎었고 솔나가 천을 감아준 가슴이 숨을 제대로 내쉬었다. 빽빽하게 가려진 검붉은 이파리들이 눈에 들어왔다.

"왕자님! 제발!"

자신이 가기까지 겸이 무사하기를 바라며 보리는 힘들게 몸을 일으켜 걸음을 옮겼다. 아율이 놓아준 속방패 덕분에 몸을 크게 상하지는 않은 모양이었다.

미우는 내화원으로 걸음을 옮겼다. 다른 곳에 없다면 솔나는 역시 내화원에 있을 것이었다.

두 궁수의 모습이 완전히 사라졌다.

그리고 다음 순간, 솔나는 한 번도 겪어보지 못한 통증을 느꼈다. 이파리가 시들고 꽃잎이 말라가도 느껴보지 못했던 묵직한 통증이었다. 칼날의 의식을 치를 때와도 완전히 다른 통증이었다.

솔나는 자신의 가슴을 내려다보았다. 궁수가 날린 화살이 솔나의 심장 바로 앞에 꽂혀 있었다. 화살 끝에서는 붉은 것이 마구 흘러내렸다. 솔나의 몸이 꺾이면서 바닥으로 쓰러져 누웠다.

휘청거리며 뒤로 밀려났던 겸은 무슨 일이 일어났는지 가늠하는 모습이었다. 겸의 눈이 커다래지더니 바람같이 솔나에게 달려들었다. 겸은 솔나와 함께 땅을 뒹굴며 솔나의 몸을 끌어안았다.

"솔나야!"

솔나는 자신을 끌어안는 겸에게 웃어주려고 했다. 그런데 웃을 수가 없었다. 겸의 비명은 귓가에서 어지럽게 윙윙거렸다.

"왕…… 자…… 님!"

"아무 말도 하지 말거라……. 아무 말도. 내 얼른 가서 궁중 어약사를 불러오마."

사시나무처럼 떠는 겸은 제대로 말을 잇지 못했다.

"아니어요. 그만두세요."

"부디…… 부디…… 정신만 차리고 있어 다오……."

"왕자님! 저를…… 보…… 세요."

끝내 일어서려는 겸을 솔나가 붙잡았다. 솔나의 심장에서는 끊임없이 붉은 것이 흘러내렸다. 하지만 피가 아니었다. 흘러내리는 것은 피처럼 아니, 피보다 붉은 백일홍 꽃잎이었다.

낙화하듯 쏟아지는 꽃잎.

어스름 달빛 아래 솔나의 머릿결을 타고 흘러내렸던 그 꽃잎이 지금은 솔나의 심장에서 마구 흘러내리고 있었다.

아!

겸은 어젯밤 꽃달의 달빛 아래에서 쏟아지던 붉은 핏방울들이 바로 백일홍 꽃잎이었음을 뒤늦게 깨달았다.

"어느…… 약사도…… 제겐…… 소용이 없습니다."

"나의 붉은 백일홍 솔나야! 네가 누구인지 알았다. 내 너무도 늦게 알았다. 그러니……!"

하고 싶은 겸의 말은 눈물에 막혀 버렸다. 그래서 겸은 솔나만 보면 그리웠고 설레었고 두근거렸던 것이었다.

"감사합니다. 저를 알아봐…… 주셔서. 저는…… 저는…… 기뻤습니다. 왕자님이 주신…… 이름…… 솔나로 살 수 있어서…… 저는 기뻤어요."

"아니다. 나는 아니다. 나는 기쁘지 않았어. 네가 누구인지 알 수가 없어 나는 기쁘지가 않았어."

"아침이면…… 저의 꽃잎으로, 차를 달여 올, 리고, 나직하…… 게 서책을 읽으시는…… 왕자님 목소리를 들으며 매일 기뻤습니다……. 왕자님이 저를…… 부르시면, 대답을 하고, 왕자님을 위해, 뜰을…… 가꾸며, 저는 날, 마다…… 기뻤습니다."

"아니다. 그리 말하지 말거라. 이렇게 떠나 버릴 것처럼 말하지 말아. 널 너무 늦게 알아봐서, 널 일찍 알아주지 못해서 그래서 내게 울화가 난 것이라면 내 두고두고 잘못했다 빌면서 지내겠다. 그러니, 그리 말하지 말아."

겸의 눈물이 솔나의 얼굴을 타고 내렸다. 식어가는 솔나의 온기는 겸의 눈물 속에서 아롱졌다.

"저는…… 왕자님, 곁이라서…… 행복합…… 니다. 이리…… 제가, 기억…… 하는 마지막, 세상이 왕자님…… 품 안이라 행…… 복합니다……."

겸이 손을 내밀어 솔나의 상처를 막아보았다. 하지만 붉은 꽃잎은 겸의 손가락 사이사이로 멈추지 않고 흘러내렸다. 겸이 손가락을 모아 잡는데도 손가락 사이를 헤집고 나왔다.

"흐윽! 흐윽!"

거칠어져 가는 솔나의 호흡을 따라 겸의 통곡도 커져 갔다.

"솔나야! 제발 이러지 마라! 나를 두고 가지 마라. 이제야……

이제야 니가 누군지 알았는데……. 제발 이러지 마라! 제발……
날 두고 이리 가지 마라……."

"왕자님…… 사람이…… 되지 않았다면, 이런 왕자님…… 마음
도 받아보지 못했을 겁니다. 시간이 지나…… 왕자님…… 떠나셔
도 저는…… 또 절기가 바뀌어가도록…… 꽃 속에 살며 꽃을 피
워야…… 했을 겁니다. 그것이…… 저에게는, 너무나…… 고통스
런 일인데……."

겸이 솔나를 와락 끌어안았다. 마지막 남은 솔나의 온기를 빼
앗기지 않으려고 겸이 힘을 주었다. 끌어안은 자신의 손으로 솔나
의 온기를 지키려고 힘을 다했다.

"그러면…… 그러면 내는 어떻게 하란 말이냐……? 이렇게 널
보내고…… 이렇게 니가 가면 남겨지는…… 나는 어떡하란 말이
냐?"

"송구…… 합니다. 왕자님…… 마음 시리게 하고…… 가서. 하
지만…… 이제 죽어, 다시 꽃으로…… 피어나면…… 저를, 보시듯
보시며…… 웃어…… 주세요……."

"아니, 싫다. 내는 싫어. 네 꽃을 보며…… 너인 듯이…… 싫어."

"왕…, 자님……! 궁을 나가겠다는, 말도, 왕자님을 떠나…… 겠
다는 말도, 다 저, 의, 진심…… 은 아니, 었어요! 아시, 지요?"

"안다. 다 안다. 말하지 않아도 다 알아. 그러니까, 제발……!
제발!"

"왕자님…… 더 꼭…… 안아…… 주세요. 솔나는, 솔나는……."

"그래! 더 꼭 안아주마! 살아 있는 동안은 이리 안고 놓지 않으
마! 내 단단히 약조하겠다."

낙화하는 혹은 피어나는 417

솔나는 겨우 한 손을 들어 올렸다. 천천히 겸의 얼굴을 향하는데 부들부들 맥없이 떨렸다. 식어가는 솔나의 손바닥이 겸의 볼에 얹혀서 겸의 볼을 쓰다듬었다. 겸은 솔나의 그 손등을 감싸 쥐고는 다시 솔나를 꼭 끌어안았다.

"솔나…… 솔나는 왕자님을…… 참으로 연모…… 하였습……!"

가쁜 솔나의 숨결이 겸의 귓가에서 오르내렸다. 하지만 거기까지였다.

툭!

겸이 쥐고 있던 솔나의 손이 더 이상 박동이 느껴지지 않는 몸 위로 떨어져 버렸다. 겸의 품에 안긴 솔나의 몸에서도 힘이 빠져나갔다. 쉼 없이 흘러내리던 꽃잎도 딱 멈추어 버렸다.

"솔, 나…… 야? 아니, 지? 아닌 게지……?"

겸은 품에 안은 솔나의 몸을 조용히 흔들어보았다. 힘없이 움찔거렸다.

"아니지? 아니잖아."

겸은 그 어깨를, 그 손을 자꾸만 흔들어보았다. 여전히 움찔거릴 뿐이었다.

"왜 이러는 것이냐? 이러지 말거라."

겸은 처음 만났던 이후 가장 아름다운 모습으로 눈 감은 솔나의 얼굴을 내려다보았다. 겸이 솔나의 얼굴에 자신의 얼굴을 대었다. 아직까지는 온기가 도는 솔나의 뺨이 다정하게 겸의 얼굴을 만난다. 솔나의 이마를, 입을 만졌다. 눈썹을 만졌다. 눈 위를 만지고 콧날을 만지고 마지막으로 아직도 붉은 솔나의 입술을 만졌다.

"아니 된다! 아니 된다고 말했어. 눈을 떠라! 눈을 뜨거라! 화가야 유일 왕자의 애원이다! 제발 눈을 뜨란 말이다!"

겸의 눈물이 쉼 없이 흘렀다. 겸의 볼을 타고 내린 눈물은 그대로 솔나의 눈물이 되어 떨어졌다.

무엇 하나 믿을 수 없는데 이것은 거짓말이어야 했다. 어느 것 하나 실감할 수 없는데 이건 아니어야 했다.

"안 돼. 안 돼."

겸은 서서히 솔나를 바닥에 눕혔다. 폭포처럼 터지는 울음이 겸의 심장을 터뜨렸다. 혈관 마디마디를 뚫고 나온 울음은 피같이 솟구쳤다.

겸은 솔나의 이마에 입을 맞추었다. 다시는 뜨이지 않을 두 눈에 입을 맞추었다. 다시는 붉은빛을 띠지 않을 고운 두 볼에 입을 맞추었다. 다시는 호흡을 내뱉지 못할 콧날에 입을 맞추었다.

그리고 마지막으로 다시는 자신의 이름을 부르지 못할 솔나의 입술에 자신의 입술을 찍었다.

"솔나야!"

입술을 떼지 못한 채 겸이 다시 솔나를 불렀다.

"솔…… 나야! 제발! 으아아아아아아!"

겸의 울음이 태양궁을 뒤흔들며 울려 나갔다. 듣는 이의 가슴이 모두 녹아내리게 처절한 울음이었다.

솔나를 안고 울부짖는 겸의 뒤로는 또 다른 화살을 맞은 아루가 쓰러져 누워 있었다. 화살촉 끝에 바른 투구꽃의 초오독이 퍼지기 시작하면서 아루는 점점 사지가 마르고 숨이 꺼져 갔다.

조금 전의 궁수가 날린 마지막 화살은 급하게 내화원으로 달려

온 아루가 대신 맞았다. 겸을 죽여 달라고 한 자신의 말을 후회하며 급히 달려온 걸음이었다.

서서히 아루의 눈이 감겼다. 하지만 차마 겸을 향한 한쪽 눈은 감기지 못하고 반대쪽 눈만 감기는 중이었다.

'오라버니! 오라버니를 향한 저의 마음만은 진정이었어요. 그 누구에게도 진심이라는 것을 주어본 적이 없는데 아루의 처음이자 마지막 진심의 주인은 바로 오라버니셨지요. 이리 제가 죽고 나면 오라버니는 단 한 번도 제 생각을 아니 하겠지요? 저를 생각할 때마다 몸서리를 치며 토악질을 하시겠지요? 하지만 그래도 저는 이 세상의 마지막 모습으로 오라버니를 담고 갑니다. 송구합니다. 오라버니! 용서하세요. 오라버니! 그리고 부디 내도록 평안하시기를.'

아루의 눈이 완전히 감겨 버렸다. 하지만 겸을 보고 있는 아루의 한쪽 눈만은 여전히 동공이 열린 채로였다. 화가야 제일미로 불렸던 아루의 고운 얼굴은 독이 퍼져서 흉하게 일그러져 버렸다.

다선이,

홍화가,

보리가,

미우가,

내화원으로 들어섰다. 맨 먼저 그들은 보았다.

화살을 맞고 흉측하게 일그러져 죽어 있는 아루 공주를.

그리고 서럽게 피어난 커다란 꽃송이를 머리에 인 백일홍을 안고 꽃보다 붉은 울음을 울고 있는 겸을.

어느새 솔나의 몸은 백일홍 꽃으로 변해 있었다.

진정한 연모는 죽음까지도 비켜 간다고 했던가? 그 연모로 인해 누군가가 자신의 목숨을 대신 바치었기에······.

화가야 천 년의 역사 동안 가장 충격적인 왕실의 비극. 해결되지 못한 아율 공주 실종의 충격은 비할 수도 없을 큰 사건이었다.

사십사 대 한울왕의 후비가 왕후 태생의 유일 왕자를 시해하려고 한 음모.

열리관에서 왕자가 죽었다는 소식을 기다리고 있던 광운비가 광화관으로 끌려왔다. 다과를 나누다 말고 급하게 뛰쳐나가 버린 아루 공주를 기다리던 채로.

한울왕을 모신 행렬이 남쪽 별궁으로 떠나자 추국장이 설치되었다. 한울왕은 아무것도 모르는 채로 태양궁을 떠났다.

친국에 임하는 겸은 이제까지와는 완전히 다른 모습이었다. 분노에 찬 모습이 타오르는 불길 같았다. 격렬한 화기는 그 누구도 꺼뜨릴 수 없어 보였다. 그 누구도 섣불리 눈을 마주치지도 못했고 말을 걸지도 못했다.

겸의 옆에는 가슴을 동여매고 관복을 입은 보리가 서 있었다. 차연이, 아니 아율이 수놓아 준 속방패를 하고 있었던 덕분에 변복 사나이의 칼끝은 깊이 박히지 못했다. 보리는 아율을 지켰고 아율은 보리의 목숨을 구했다.

친국장을 둘러선 병사들은 단단히 무장을 하고 있었다. 태양궁의 시위병들뿐만 아니라 다른 병사들도 보였다. 아버지의 뒤를 이어 보리가 비밀히 기르고 있던 사병들이었다.

"왕자! 이 무슨 해괴한 작태요? 어찌 화가야 한울왕의 후비를 이리도 함부로 대한단 말이오?"

무릎을 꿇려서 앉은 광운비가 발악을 했다.

"어제, 바로 그 화가야 유일 왕자를 시해하려는 음모가 있었습니다. 이에 대해 하실 말씀이 있을 줄 압니다만."

얼음 폭포 속에 서 있는 듯 냉기가 풍기는 겸의 음성이었다.

"무에라구요? 이런 처죽일 인사들을 보았나? 뉘 감히 왕자의 목숨을 노리는 망령된 짓을 했단 말이오? 하고, 어이하여 그 일을 내게 묻는 것이오?"

독을 품은 광운비의 목소리가 연모를 잃은 겸의 마음을 고통스럽게 파헤쳤다. 솔나의 마지막 얼굴이 떠올랐다. 그 몸을 안았던 팔의 감촉도 아직 생생했다. 고통이 차올랐다. 빨리 끝내야 할 고통이었다.

"광운비께서 자행한 일이니 광운비께 묻는 것이 아닙니까?"

"내가요? 내가 왕자를 해치는 일을 도모하였다고요? 모르오. 내는 아무것도 모르는 일이오. 내는 억울하단 말이오."

"여기 서 있는 열리관의 지시위부령이 모든 내막을 다 고했습니다."

겸이 옆에 서 있는 보리를 가리켰다.

"무슨 말이요? 거기 서 있는 것은 열리관의 문지기 개가 아니요? 한데 저 문지기 개가 왕자에게 무슨 미친 말을 고했단 말이오?"

"아직까지도 자신의 죄를 모르겠습니까?"

"모르오. 내는 모르오. 왕자는 어찌 문지기 개의 말만 듣고 한 울왕의 후비를 문초한단 말이오?"

"증좌도 있고 밝히 말을 해줄 사람도 더 있습니다. 그만 실토를 하십시오."

"뉘 그리 말을 한단 말이오? 어느 경을 칠 놈이 그런 미친 언사를 한단 말이오? 데려오시오. 당장 내 눈앞에 그 죽일 놈을 데려오란 말이오."

그런 사람이 있을 리가 없었다. 이미 시종장과 궁수는 몸을 숨겼을 터였고 보리의 일은 모른다고 잡아떼면 그만이었다.

겸이 저만치 서 있는 병사에게 손짓을 했다. 그 모습을 보는데 광운비는 서서히 조여오는 두려움을 느꼈다. 온몸이 떨려왔다. 느낌이 좋지 않았다.

누군가 친국장으로 들어섰다. 시선을 조금 올려보니 일궁녀 하나가 들어서고 있었다.

소희?!

틀림없었다. 자신의 심복으로 온갖 은밀한 심부름을 도맡아 했던 일궁녀 소희. 일가붙이 하나 없는 아이라 요긴하게 쓸 요량으로 열리관에 들였었다.

"네 이년! 이 처죽일 년 같으니라고! 거두어주고 먹인 은혜도 모르고 감히 없는 일을 지어내어 주인을 사지로 몰려 하다니! 네년의 사지가 으깨어지고 찢어질 때에야 너의 이 미친 작태를 후회하게 될 테다! 소희 네 이, 년……!"

광운비는 소희에게 저주의 말을 있는 대로 퍼부었다. 그러다가 다시 몸을 숙이고 애원하는 모습이 되었다.

"왕자! 저따위 천한 일궁녀의 세 치 혀로 어찌 한울왕의 후비인 내게 이리할 수 있단 말이요? 이럴 수는 없소. 정녕 이럴 수는 없소. 내 친히 저년의 주리를 틀어 모든 일을 백일하에 드러나게 하겠소. 하니, 내게 맡겨주시오!"

"이제 그만하시지요, 광운비!"

몸부림을 치며 읍소를 하는 광운비의 말을 자른 것은 청천비의 음성이었다. 창백한 낯빛이지만 결연한 모습으로 청천비가 다가오고 있었다. 그러자 소희가 단정한 모습으로 청천비에게 인사를 올렸다.

광운비는 할 말을 잃고 청천비와 소희를 보았다. 함께 선 모양새가 오늘 처음 만난 사람들 같지가 않았다. 광운비는 오싹하니 소름이 올랐다.

"청천비……! 소희 네 이년! 어찌, 어찌……?"

넋이 나간 광운비의 물음이었다. 조금 전까지의 기세는 모두 날아가 버렸다.

"소희는 나의 사람이오. 겸 왕자를 지키고자 내가 심어둔 사람이란 말이오. 지금껏 이렇게나마 왕자를 지키고자 하는 일념으로 내는 살아왔소."

"뭬요? 소희, 네 이년! 감히 니가, 네…… 이년!"

"하니, 감히 화가야 유일 왕자를 해하려 한 죄, 목숨으로 그 값을 치러야 할 것이오."

청천비의 목소리 또한 싸늘하기가 겸과 같았다.

끝났다. 모든 것이 끝났다. 국혼을 생각하기 전에 몇 번이나 독을 넣어 겸을 해하려 한 일도 다 알고 있는 소희. 궁 안으로, 밖으로 심부름을 도맡아 한 아이. 이번 궁수 사건을 빼고는 모든 사건을 알고 있는 아이.

어째서 자신이 한 번도 겸을 온전히 해칠 수가 없었는지 이제
야 짐작이 갔다.

"살…… 살려주시오. 왕자! 아루를 천대하는 왕자의 마음이 야
속하여 내 잠시 미친 마음을 먹었소. 살려주시오. 살려주시오. 왕
자!"

광운비가 이제야 비굴한 모습으로 엎드려 빌었다. 그 모습이 저
잣거리에서 조리돌림을 당하는 여인처럼 비루하기 짝이 없었다.

"여봐라! 대령하라!"

비굴하게 엎드려 비는 광운비는 아랑곳없이 겸이 다시 명령을
내렸다. 시위부의 관병들이 무언가를 들고 광운비 쪽으로 다가갔
다. 막 짜인 관이었다. 아직 뚜껑에는 못질도 되지 않았다.

"무엇이오? 왕자!"

광운비의 온몸에 시린 소름이 올랐다. 갑자기 자궁 쪽이 아파
오면서 온몸의 털이 곤두섰다.

"뚜껑을 열라!"

관의 뚜껑이 열리고 안의 모습이 드러났다. 아루였다. 독화살
에 맞아 얼굴이 고통스럽게 일그러진 채로 아루가 관 속에 누워
있었다.

"아아아아악! 아루야! 내 공주야! 누구냐? 감히 누가 화가야
의 유일 공주를 이리 해하였느냐? 어서 나오너라! 나와! 내 너의
고기를 각을 떠서 잘근잘근 씹어 먹을 것이다. 으아아아아아악!"

광운비가 미친 듯이 발악을 했다.

"아루는 내 대신 독화살을 맞았어요."

겸의 입술이 무겁게 열렸다. 하지만 슬픔은 찾아볼 수 없었다.

"무에라구요? 이 어리석은 것이 끝내……."

탁!

광운비의 맥이 풀렸다. 하지만 광운비는 발악을 멈추자마자 곧 아루의 곁을 떠나 무릎걸음으로 겸에게 기어왔다.

"왕자! 내는 모르는 일이요. 내는 아무것도 모르는 일이요. 목숨만은 살려주시오. 이미 하나뿐인 금지옥엽 내 딸을 잃었소. 하니 내 목숨만은 살려주시오."

무릎걸음으로 기어온 광운비가 겸의 팔을 잡고 매달렸다.

"아루 공주마저 저 지경이 되었는데 마마께서는 그래도 그 한 목숨 도모하고 싶은 것입니까? 수많은 목숨을 앗아가 놓고 마마의 목숨만은 귀하답니까?"

"이미 아루가 목숨을 잃었소. 게다가 왕자에게는 아무 일도 없었지 않소? 이리 무사하지 않소? 왕자가 이리 무사히 살아 있으니, 살려주시오. 제발 내 목숨만은 살려주시오. 제발!"

"누가……!"

겸이 광운비를 향하여 귀가 찢어질 듯이 고함을 내질렀다.

"누가 살아 있단 말입니까? 정녕 살아 있는 듯이 보입니까? 내가……!"

무서운 기세였다. 광화관을 넘고 태양궁이 쩌렁쩌렁 울려대도록 겸이 고함을 내질렀다.

"살아 있지 않소? 이리 왕자는 무사히 살아 있지 않소?"

"으아아아악!"

고함 끝에 대청마루 위에 서 있던 겸이 신발도 채 신지 않고 마당으로 내려섰다. 겸이 허리에서 철검을 뽑아 들었다.

번쩍!

겸의 예리한 철검이 십이월의 찬 공기 속에서 빛을 발했다.

"왕자!"

"왕자님!"

"왕자님!"

둘러섰던 궁인들이 단말마의 비명을 질러댔다. 청천비와 홍화가 황급히 겸을 향해 몸을 날리려 했다. 하지만 이미 겸의 철검이 공기를 가르며 광운비 쪽으로 휘둘렸다.

"아악……! 아아아아악!"

광운비의 비명이 지옥도의 아귀처럼 울려났다. 그리고 잠시 후 뚝- 뚝- 붉은 핏물이 떨어져 내렸다. 얼어붙은 십이월의 땅 위에 더운 피가 흘러내렸다.

모든 것이 얼어붙은 듯이 적막만이 흘렀다.

얼마나 시간이 흘렀을까?

광운비는 숙였던 몸을 일으켰다. 온몸을 더듬어보고 자신의 목까지 만져 보았다. 멀쩡했다. 광운비의 몸은 어디 한 군데 검이 지나간 자국이 없었다.

그러고 보니, 연기가 오르는 더운 피는 광운비의 몸이 아닌 광운비의 눈앞에서 떨어지고 있었다.

광운비는 몸을 더 올려보았다.

헉!

흰나리 문양이 놓인 겸의 오른 손등에서 피가 뚝- 뚝- 떨어지고 있었다. 선명한 흰나리 문양은 자취를 감추었고 꽃 향 대신 피 내음이 진동을 했다. 세차게 깨문 겸의 입술 끝에도 피가 맺혔다.

고함과 함께 휘둘렀던 겸의 철검은 광운비의 몸이 아닌 겸 자신의 손등을 베었다. 흰나리를 베어버렸다. 그리고 겸의 손등에서 흘러내리는 핏물은 붉은 백일홍의 빛깔이었다.

"광운비! 똑똑히 기억하시오. 어제, 화가야의 유일 왕자는 죽었소."

핏물보다 더 진한 눈물이 겸의 볼을 타고 흘렀다. 검에 베인 고통쯤이야 아무것도 아닌 마음의 고통이 치밀어 올랐다. 이대로 검에 베여 숨을 놓아버리고 싶은 강렬한 충동도 함께 차올랐다.

하지만 그럴 수 없었다. 겸은 연모를 잃은 한 사내이기도 했지만 이 나라 화가야의 유일 왕자이기도 했다.

"왕자!"

"왕자님!"

둘러선 모두가 바닥에 꿇어 엎드리며 눈물을 흘렸다. 청천비와 홍화는 겸의 오른 손등을 감싸며 무릎을 꿇었다. 그들의 손에 겸의 붉은 피가 묻었다.

모든 일들이 백일하에 드러났다. 잡혀온 궁수들과 시종장은 효수를 당하였다. 수정나비들이 그들의 체취를 분별해 내어 숨어 있는 곳을 급습하였다.

처음 본 망나니의 칼끝이 꿈에 볼 듯 소름이 끼쳤다고 두고 본 이들이 말을 하였다. 광운비의 가문은 적몰을 당하고 국읍에서 가장 먼 소도의 지하 감옥에 유배되었다. 죽는 날까지 족쇄를 차고 죄인으로 살아야 했다.

그나마 아루의 시신은 아끼는 사람 하나 없이 평민의 묘지에 안장이 되었다.

귀족들은 일시간에 겸의 편으로 돌아섰다. 오히려 광운비에게 더 큰 형벌을 내려야 한다며 쉬지 않고 주청을 올렸다. 광운비의 사촌 오라버니인 대각간 김우찬의 목소리가 제일 컸다. 역시나 간사한 귀족들이었다.

모든 일이 끝났다. 이제 화가야 태양궁에는 광운비도 없고 제이 공주도 없었다.

양화관의 내실에서는 겸과 보리가 마주 앉았다.

"그대의 공이 참으로 컸네. 혼자였다면 감당치 못할 일이었으니."

"송구하옵니다."

"열리관의 지시위부령이 설마 내 편에 설 줄이야? 내 두고두고 이 은공을 갚도록 하겠네."

"황공한 말씀 거두시옵소서. 황공하옵니다."

"검상은 좀 어떠한가?"

"비켜 맞은 칼끝이라 이제 그만하옵니다. 소신의 누이가 속방패를 놓아주었는데 그것이 소신의 목숨을 살렸사옵니다."

"직접 속방패를 놓아주다니? 오누이 간의 정이 참으로 깊은가 보구나."

"……."

보리는 답이 없었다. 아율 공주와 오누이라는 이름 뒤에 숨을 수 있는 것도 오늘이 마지막이었다.

"바라는 것이 있는가? 어떤 식으로든 치하를 하고 싶네만."

"하오시면, 소신의 사가에 하루만 들러주시옵소서."

"사가에? 어이하여 그런 소원을 말하는 것인가?"

"아무것도 하문치 마시고 그저 하루 들러주시옵소서. 하옵고 청천비마마도 동행해 주셨으면 하옵니다."

"청천비마마까지 말인가?"

"네."

"그대의 청이라 하나 의아하기가 짝이 없구나. 어찌하여 청천비마마까지?"

"신의 소원은 오직 하나뿐이옵니다. 공을 치하하시겠다면 가납하여 주시옵소서."

겸은 잠시 생각에 잠겼지만 거절할 이유도 달리 없었다.

"알았네. 내 그리하겠네."

겸이 흔쾌히 답을 했다.

보리가 나가고 나자 이번에는 방물장수 할멈이 내실로 들어왔다.

"왕자님! 이 사악한 늙은것을 죽여주시옵소서."

들어서자마자 할멈은 몸을 숙이고 읍소를 했다. 웅크린 한 마리 벌레 같았다.

"왜 이러는가? 몸을 일으키게."

"아니옵니다. 늙은것이 제 목숨이 아까워서 왕자님의 연모를 지켜 드리지 못했나이다."

"아니야. 할멈이 아니었으면 끝내 누구인지도 모르고 그 아이를 떠나보냈을 것일세."

"화인에 대한 얘기는 오랜 금기. 저희의 검은 죄악을 덮고자 통곡의 숲의 화인들은 요녀가 되어야 했지요. 천 년을 묻어 온 이

악행을 끝내 끊어내지 못한 저의 이기심을 형벌로 다스리옵소서."

"되었네. 그만 일어나게. 떠난 사람은 떠난 사람이고 산 사람은
또 어떻게든 살아내어야지."

방물장수 할멈이 안타까운 눈빛으로 겸을 보았다. 온통 부어서
푸석푸석한 겸의 얼굴이었다. 얼마나 많은 시간을 혼자서 울었는
지 보지 않아도 짐작이 되었다. 지금도 말을 하면서 애써 참고 있
는 눈물이 겸의 눈가에 그렁그렁 고였다.

"내는 괜찮네. 이 화가야의 유일 왕자로서. 이제 왕실에 남은
단 한 명의 혈손으로서 내는 오늘도 살아내고 내일도 살아내고
또 몇 날 몇 날을……."

겸의 말이 느려지더니 드디어 목이 완전히 메어 버렸다.

"몇 날 몇 날을 나만, 나 혼자서라도…… 살아내야지!"

겸의 입술이 바들바들 떨렸다. 하지만 끝내 울음은 삼키고 말
았다.

"으흐흐흑! 왕자님! 제발 이 늙은것을 죽여주시옵소서."

겸에게 더 바짝 다가온 방물장수 할멈이 눈물을 흘렸다. 구태
여 겸이 할멈을 죽일 필요는 없었다. 금기를 발설한 대가로 방물
장수 할멈의 죽음은 얼마 남지 않았다.

대문간에서는 꽃대를 내린 매화나무가 보리를 맞았다. 보리는
머리 장식을 들고 별채로 걸음을 옮겼다.

"차연아! 오래비다! 잠시 들어가도 되겠느냐?"

대답을 듣고 문을 열고 차연의 방으로 들어섰다.

웃음으로 자기를 맞는 차연을 보다가 보리는 새삼스럽게 차연의 방을 세세히 둘러보았다.

윗목에 놓아둔 매화 병풍에서 보리가 시선을 멈추었다. 올봄, 범 사냥에서 하사받은 왕실의 비단으로 보리가 새로 맞추어주었었다.

"오 일만의 퇴궁이시네요. 태양궁에 무슨 긴한 일이 있었어요?"

몸을 일으킨 차연이 보리에게로 다가왔다.

"잠시만……! 차연아!"

물어보는 말에 답이 없이 보리가 차연의 팔을 잡았다.

"어이 그러세요?"

"오래비가 네게 줄 것이 있구나!"

"무엇, 인데요?"

"가만!"

보리는 손에 쥐고 있던 것을 차연의 옆머리로 가져갔다.

은을 쳐서 늘인 위에 매화꽃이 놓인 머리 장식.

일전에 저자에서 사왔다가 차연에게는 건네주지 못하였다. 보리가 손을 움직이자 매화꽃 머리 장식이 차연의 옆머리에 꽂혔다.

"곱구나! 우리 차연이!"

"참, 오라버니도!"

"아니다! 곱구나! 참 고와!"

차연이 살며시 볼을 눌렀다. 붉은 기가 번져 나서 양 볼이 뜨거웠다.

"누이야!"

"네."

"이 오래비가…… 오래비가 우리 차연이 한번 안아보아도 되겠느냐?"

"네?"

갑작스러운 보리의 물음에 놀라서 차연이 귀까지 발갛게 달아올랐다.

"그래도 되겠니?"

보리가 다시 묻자 차연이 조심스럽게 고개를 끄덕였다. 보리가 팔을 잡은 차연을 끌어당겼다. 밤에 내리는 봄비의 속삭임 같은 손짓에 차연은 보리의 품에 다소곳이 안겼다.

"누이야!"

"네. 오라버니!"

"누이야!"

"어찌 자꾸 부르세요? 오늘 좀 이상하세요."

차연이 보리의 어깨에 가만히 고개를 기댔다.

"너의 오래비로 살 수 있어서 내는 참 기뻤어. 너의 오래비라는 이름이 내게는 기쁨이었단다."

"그는 오라버니만의 기쁨은 아니지요."

"너의 오래비로 살아온 세월이 어언 열 해로구나! 내는 생의 반을 너의 오래비로 살았어. 참으로 고마운 일이로구나!"

"소녀 또한 오라버니의 누이라서 감사해요. 저야말로 딱 생의 반을 오라버니의 누이로 살았지 않습니까? 이 차연이게는 천지간에 한 분이신 오라버니니까."

"차연아!"

보리가 좀 더 힘을 주어 차연을 안았다. 붕대를 감은 보리의 가슴에 통증이 실렸지만 차연을 안고 느끼는 통증에는 비할 바가 아니었다.

"말씀하세요. 제게 하실 말씀이 있으시네요."

"그래. 누이에게 할 말이 많구나."

"네. 차연이가 무슨 말씀이든 다 들어드리겠어요."

"일전 이랑비에 갖다 심은 매화 꽃송이가 꽃대를 내렸어. 누이도 알고 있지?"

보리의 물음에 차연의 몸이 경직했다. 입으로 답을 하지는 않았지만 차연의 몸이 안다고 답을 했다.

"내가 무슨 기원을 하고 그것을 심었는지도 알겠지?"

"……."

"향기도 돌아왔지?"

"……."

답이 없이 차연의 몸이 요동을 쳤다. 보리가 더 힘을 주어 차연을 안았다.

"해서 이리 너를 안아보는 것은 오래비로서의 내 마지막이다!"

"네?"

차연이 영문을 몰라 묻지만 보리는 말이 없었다.

이윽고 보리가 품에서 차연을 떼어냈다. 차연은 여전히 영문을 모르고 보리를 보는데 뱉어낼 수 없는 그늘이 보리에게 들어찼다.

"오라버니! 참말 어이 그러세요?"

의아해하는 차연을 세워두고 보리는 발걸음을 뒤로 물렀다.

한 걸음, 두 걸음, 세 걸음.

보리의 몸이 차연에게서 그만큼 멀어지고 드리운 그늘은 더 짙어졌다.

"오라버니!"

차연이 다시 불러보지만 답이 없었다. 그러다가 이윽고 보리가 방바닥으로 내려앉았다. 한쪽 무릎을 세우고 꿇어앉더니 차연을 향해 고개를 숙였다.

"태양궁의 지시위부령 박보리! 화가야의 제일 공주 아율 공주님을 뵈옵니다."

보리의 입에서는 뜻밖의 말이 흘러나왔다.

"오라버니?"

차연이 다가가 보리의 앞에 앉으려 했다.

"그대로 서 계시옵소서. 하옵고, 이제는 소신을 그리 부르셔도 아니 되옵니다."

"오라, 버…… 니!"

"그리 부르시면 아니 되신다 아뢰었사옵니다."

"어이하여……."

놀란 차연의 입술이 동그랗게 벌어졌다.

"왕실에 큰 흉사가 있었사옵니다. 해서 며칠간 퇴궁을 못 하였사옵니다."

"무슨?"

"차차 아시게 되실 것이옵니다. 하옵고, 조만간 왕자님과 청천 비마마께오서 이리 납실 것이옵니다."

"네? 어찌? 어찌?"

차연, 아니, 아율의 눈에 눈물이 차올랐다.

"소신의 불충과 불경은 그때 죄를 청할 것이옵니다."

보리는 힘겹게 할 말을 마쳤다. 털썩! 아율의 몸이 방바닥에 힘없이 주저앉았다.

"아!"

놀란 아율이 탄식을 뱉어냈다. 그래도 보리는 고개를 들지 않았다. 아율은 보리를 보는데 보리는 아율을 보지 않았다.

흰 천에 감긴 아율의 오른손이 올라와 자신의 입을 막았다. 그 사이로 아율의 울음이 새었고 매화 향기도 같이 새었다.

"흑!"

아율의 울음을 따라 고개를 숙인 보리도 입술을 아프게 깨물었다. 다시 하염없이 시간이 흘렀다.

이윽고 두 눈 가득 눈물을 담은 아율이 보리에게 다가갔다.

"오라버니!"

아율이 손을 내밀어 서럽게 보리의 어깨를 안았다. 꼭 붙들어 잡았다. 아율의 눈물에 자신의 어깨가 젖는데도 보리는 여전히 요지부동이었다.

"오라버니……! 소녀를…… 보내실 수 있겠어요?"

"그리 부르시면 아니……."

"아니요. 소녀를 보내실 수 있는가 물었지요. 그에 대한 답만 해주세요."

"……."

"보내실 수 있어요?"

"공주님의 자리로 돌아가시는 것이옵니다. 소신의 뜻 따위야 중요하지 않습니다."

"마지막으로 묻겠어요. 보내실 수 있겠는지요?"

보리는 대답이 없었다. 대신 늘어뜨렸던 팔을 들어 올려 아율을 힘주어 안았다. 세게. 더 세게. 아주 세게.

"보내드릴 수 있사옵니다. 보내드려야 하옵구요."

"제가 아니 가겠다 하면요?"

"가셔야 하옵니다. 가실 것이구요."

이윽고 나온 보리의 답에 아율의 몸이 맥없이 풀어져 버렸다. 보리의 몸을 밀며 보리의 품에서 빠져나오려 했다.

"하니, 마지막 불충을 부디 용서하여 주시옵소서!"

보리가 먼저 아율의 몸을 밀어냈다. 두 사람의 몸이 멀어지는가 싶었다. 하지만 다음 순간, 보리의 입술이 아율의 입술에 닿았다.

"오라……!"

아율은 보리를 부르려 하였으나 부르지 못했다. 다가올 때는 성급하였지만 닿은 보리의 입술은 아율의 입술을 천천히 맴돌았다. 천천히…… 물방개가 선을 그리듯 맴돌았다.

느릿느릿 조심스러운 보리의 입술에 아율의 매화 향이 녹아들었다. 눈물이 가려 버린 시야에는 아무것도 보이지 않았다.

아율의 팔이 올라와 보리의 어깨를 끌어안았다. 보리의 팔이 내려가 아율의 허리를 끌어안았다. 서로의 안으로 파고드는 손가락이 저리고 안타까웠다.

두 개의 입술이 맞물려 눈을 감았다. 보드라운 살결이 마찰하고 더운 숨을 애써 삼키느라 절로 몸이 움찔거렸다.

보리의 손끝이 아율의 등을 타고 미끄러져 내리고 아율의 손이 보리의 단단한 가슴을 쓸어내렸다. 저릿한 감각이 소름처럼 올랐다.

잠시 떨어졌다가 다시 만난 입술은 그립게 서로의 온기를 더듬었다. 쪼개지고 갈라지는 아픔을 담아 서로를 더 세게 안았다. 눈물을 몸으로 토해내듯이 떨었다.

그냥 이대로 족자 속의 그림이라도 되어버리면 좋겠다. 그냥 둘이서 하나의 향기가 되어 시간 너머로 흩어져 버릴 수 있다면 좋겠다.

'오라버니!'

'아율 공주님!'

서로를 향해 토해내지 못하는 부름을 뒤로하고 두 사람의 주변으로 온통 벌떼가 윙윙거렸다.

"아무것도 필요 없다고! 아무것도 필요 없어! 날 그냥 내버려둬!"

"화원장님! 어찌 이러십니까? 진정하세요."

태양궁의 궁내 약국!

화가야에는 의원이라는 개념이 없었다. 의원 대신 약사가 모든 병자를 진료하고 침을 놓고 약을 조제했다.

그 궁내 약국의 특별실 안에서 다선이 고함을 내지르며 물건을 닥치는 대로 집어 던졌다. 그 앞에서는 미우가 다선을 달래느라 애를 썼다.

"저리 물러나거라. 너 따위 필요 없다 분명 말하였다."

"왕자님께서 화원장님의 곁을 지키라 저에게 소임을 주셨어요."

"필요 없다니까. 내는 아무것도 필요 없어."

"그만 흥분을 가라앉히세요. 눈에 좋지 않습니다. 도대체 어쩌시려고 이러시는 것이에요?"

"눈에 좋지 않든, 생명이 위급하든 내는 아무 상관 없다. 저리 비켜라. 비키란 말이다."

다선이 또 손에 잡히는 대로 물건을 집어 던지려고 손을 휘저었다. 하지만 이상하게 다선의 손은 자꾸만 헛 놀고 있었다.

초오독 화살을 맞고 죽어 다시 백일홍으로 변해 버린 솔나를 본 순간 다선의 두 눈은 순식간에 멀어버렸다. 다선의 세상은 하루아침에 깜깜해져 버리고 말았던 것이다.

"내는 죽을 것이다. 이대로 깜깜한 세상 속에서 내는 그만 죽어버릴 것이다. 왜 왕자님께오선 내게 죽음조차도 허락하시지 않는 것이라더냐? 어리고 아린 연모 하나도 지켜주지 못하신 분이 왜 내 목숨은 지키라 너를 붙여둔 것이냔 말이다. 꺼지거라! 썩 꺼져 버리란 말이다."

"제발 정신을 차리세요. 그 누구도 함께 따라나설 수 없는 길이 바로 죽음길이라 하였어요. 어찌 이리 억지를 쓰시는 것입니까? 화원장님의 이런 모습, 정말 실망스럽습니다."

미우가 단단히 다선을 타일렀다.

"실망스럽다?! 그래. 그러니, 가버리란 말이다. 이 어두운 세상 속에 나를 두고 너도 그만 가버리란 말이다."

몸부림치는 다선 때문에 침상이 엉망으로 헝클어졌다. 겸이 다선을 궁내 약국의 특별실에 두고 미우에게 단단히 지키라고 엄히 명하였다.

"화원장님!"

갑자기 미우가 다선의 목을 끌어안았다.

"화원장님의 마음이 얼마나 아플지 저는 다 알 수가 없습니다. 하지만 늘 솔나에게만은 내화원을 자유로이 열어두셨던 화원장님의 그 마음이 솔나를 향해서도 열려 있었다는 것은 압니다. 그러니 지금 화원장님의 이 모습을 솔나가 보면 좋아하겠어요? 죽음길 함께 따라나선다 하여 솔나가 기뻐하겠냐는 말씀이에요. 저도, 저도, 으흐흑!"

토닥이던 위로의 말끝에 미우가 울음을 터뜨렸다.

"화원장님만큼은 아니겠지만 저 또한 솔나를 마음에 두었어요. 으흑! 의지가지 하나 없던 태양궁 안에 솔나만이 저의 유일한 너나들이 친구였으니까요. 으흐흑! 화인이었던 그 아이를 하나도 알아보지 못했지만 저에게도 커다란 마음을 남겨두고 갔단 말이에요. 으흐흐흑!"

다선과 자신을 함께 위로하며 미우가 울음을 멈추지 못했다.

"그러니 우리 이렇게 살아내요. 떠나 버린 그 아이 함께 기억하고, 함께 추억해 가면서 우리 어떻게든 살아내요. 네? 화원장님!"

다선도 팔을 들어 올려 미우를 안았다. 남녀 간의 연정의 포옹이 아닌 인간으로서의 다정한 포옹이었다.

"으흐흑! 과연 살아낼 수 있을까? 솔나님을 잃고 내가 살아갈 수 있을까?"

"도와드릴게요. 제가 옆에서 도와드릴게요. 함께 솔나를 기억하고 함께 솔나를 추억하면서 화원장님 옆에 제가 있어드릴게요."

"이제 나는 아무것도 볼 수 없다. 으흐흐흐흐!"

"그럼 제가 화원장님의 눈이 되어드리겠어요. 으흑흑흑!"

궁내 약국의 특별실이 다선과 미우의 울음으로 가득 찼다. 방물장수 할멈을 보내고 다선을 보러 왔던 겸이 눈시울을 붉히며 발걸음을 돌렸다. 돌아서는 겸의 손등에, 발등에 핏줄이 솟아올랐다.

"잊지 말자, 겸! 잊지 말자! 내는 살아야 한다. 어떻게든 살아야 한다. 혼란에 빠진 왕실과 화가야를 위해 왕자라는 이름의 내는 어떻게든 살아야 한다. 어떻게든. 어떻게든 반드시."

이를 악문 겸의 서러운 독백에도 핏줄이 솟아올랐다.

며칠 후, 보리의 사가의 안방이었다.

윗목의 보료 위에는 겸이, 조금 옆으로는 청천비가 앉아 있고 무릎을 꿇은 보리는 아랫목에 있었다.

"누가(累家)를 찾아주시어 감읍하옵니다."

보리가 고개를 숙였다.

"아니네. 신의 청인데 이만한 일이 무에 어렵겠는가?"

"그렇네. 하여 내도 기꺼이 왕자님의 뒤를 따랐으니."

겸과 청천비의 음성은 똑같이 다정했다.

겸과 청천비는 묻고 싶은 말이 태산이었다. 하지만 보리가 별다른 말이 없어 세 사람은 낮은 미소를 나누고만 있었다.

"오라버니!"

그때, 미소만 나누고 있는 사이로 다소곳한 음성이 날아들었다.

"들어오시옵소서."

보리의 대답에 방문이 열렸다. 그러고는 아율이 사뿐히 걸어 들어왔다. 거친 갈포(葛布) 옷이 아닌 세포(細布) 비단옷을 갖춰 입었다. 귀족의 상징인 옷깃도 두었다. 자주색 치마에 연분홍 저고리가 화사했지만 떨리는 아율의 기색은 감출 수가 없었다.

겸과 청천비는 영문을 알 수가 없어 아율이 들어오는 모양을 그저 바라보았다.

"누구인가?"

아율을 유심히 보던 청천비가 물었다. 왠지 낯익은 얼굴이었다. 어디선가 많이 본 모습. 누구냐고 묻는 청천비의 말소리가 괜히 떨렸다.

아율이 팔을 모아 절을 올렸다. 그런데 뜻밖에도 절을 올린 상대는 보리였다. 놀란 보리가 아율을 만류하려 했다.

"어이하여 이러시는 것이옵니까?"

"이는 누이로서의 제 마지막입니다."

절을 올린 모습 그대로 엎드려 아율이 보리에게 말을 했다. 시린 음성이었다. 지켜보는 겸과 청천비는 더 의아해졌다.

아율이 이번에는 겸과 청천비를 향했다. 왕족에 대한 예를 갖추어 세 번 인사를 올렸다.

"대체 누구인가? 이 아가씨는?"

조급증이 난 청천비가 다시 보리에게 물었다.

"손에 맨 것을 푸시옵소서."

청천비의 물음에는 답이 없이 보리가 아율에게 말했다. 숙였던 아율의 몸이 올라오는데 눈길이 청천비의 얼굴에 머물렀다. 청천비의 가슴이 급하게 뛰놀았다. 파닥이는 나비 떼가 심장에 들어찬 것처럼 진정이 되지 않았다.

아율은 흰 천을 풀기 시작했다. 천천히 매듭이 풀렸다. 이윽고 맨손이 드러났다. 그러더니 겸의 흰나리 향이 아닌 다른 꽃 향이 배어 나오기 시작했다.

천을 풀어버린 아율의 손등에 향기를 풍기는 선명한 매화 꽃문양이 드러났다. 아율의 맨손이 떨렸다.

"앗!"

"아니!"

겸과 청천비는 짧게 비명을 내질렀다.

"왕자님! 청천비마마! 화가야의 제일 공주 아율 공주님이시옵니다."

두 사람은 자신들의 눈과 귀를 믿을 수가 없었다. 살며시 가라앉아 방 안으로 퍼져 나가는 매화 향을 맡는 코도 믿을 수 없었다.

"어찌…… 어찌…… 이런 일이?"

겸은 여전히 멍해 있는데 청천비가 앉은걸음으로 아율에게 다가갔다. 무릎걸음에 밟히는 비단 치맛자락이 아무렇게나 이지러지며 주름이 갔다.

"어찌, 어찌……?"

아율에게 다가가고도 청천비는 선뜻 말을 잇지 못했다. 아율은 손을 올려 울음에 일그러지는 입을 막으며 청천비의 눈에 자신의 눈을 고정했다. 청천비는 아율의 매화 문양을 만져 보았다. 그러더니 아율의 손을 걷어내며 얼굴을 더 가까이 했다.

아하!

어디에서 본 얼굴인지 이제야 알겠다. 아율을 낳고 하늘처럼 행복했던 그 시절, 철제 명경을 들여다보면 언제나 그 속에 있던 얼굴, 바로 젊은 날의 청천비 자신의 얼굴이었다.

"정녕…… 아율 공주인 게야? 참말로 아율 공주란 말이냐?"

청천비의 물음에 아율이 고개를 끄덕였다.

"정녕…… 꿈은 아닌 게지? 그리운 내 마음이 광증이 되어서 미친 꿈을 꾸는 건 아닌 게지?"

"어마마마! 소녀, 아율이옵니다."

아율은 어머니를 늘 불러보고 싶었다.

하늘화원의 연못 속에 빠진 찰나의 순간 동안에도 수없이 불렀고 무한의 손에 건짐을 받은 후 유녀의 딸로 살 때도, 다시 무한의 딸로 살 때도 언제나 눈물 가운데 끊임없이 부르던 어머니였다.

아율과 청천비의 울음이 터졌다. 청천비의 설움과 아율의 비밀이 터졌다. 여울여울 터져 났다.

청천비는 매화 꽃문양이 놓인 아율의 손을, 얼굴을, 어깨를 쓰다듬었다.

"죽겠다 했었다. 그냥 사라지리라 했었다. 밤마다 네가 와서 옆에 누워 자고 아침이 되면 가버리는데 나도 함께 가버리겠다 했었다. 그래도 모진 목숨 끊지 못하고 살아왔다. 하였더니 이리 너를 만난 것이냐? 이것이 꿈은 아니지?"

"하늘화원의 연못에 던져진 저를 지시위부령 무한이 구해내었습니다. 밖에서 보아온 여식으로 숨겨두고 저를 길렀어요."

"그랬구나! 그랬어."

"어마마마! 얼마나 이리 부르고 싶었는지 모르겠어요."

서로 그리웠으나 그립다고 내색할 수 없었다. 아프지만 아프다고 비명 한 번 지를 수도 없었다.

"아율아! 내 딸아!"

"어마마마! 어마마마!"

한 번 터진 눈물은, 피기 시작한 꽃망울들이 쉼 없이 터져 나듯, 멈출 수 없게 온 방 안을 가득 채웠다. 껴안은 아율과 청천비의 두 팔이 깍지를 꼈다. 땅으로 기는 줄기를 타고 끝없이 번져 나는 꽃잔디처럼 두 사람은 하나가 되었다.

바라보는 겸과 보리의 눈에도 눈물이 차올랐다. 겸은 감사의 마음으로 보리를 향해 고개를 숙였다. 보리는 상실감에 고개를 숙였다.

꽃잔디의 꽃말은 <희생>.

14.
눈 감은 너의 앞에서

　어제의 기억으로 오늘을 살고 오늘의 약속으로 내일을 기다리며 화가야인들은 살아갔다.

　가얏고를 뜯으면 꽃들이 춤을 추고 고치솜을 걸고 물레를 돌리면 꽃들이 실을 뽑아냈다. 꽃을 건네면서 혼인을 청했고 꽃이 시들면 이별을 했다.

　그래서 누구나 마음속에 잊지 못하는 꽃 한 송이를 품고 살았다. 지우지 못하는 향기 한 가닥을 새기고 다녔다.

　매화가 봄비에 젖어 꽃 그림자를 찍어댔다. 대문 옆 담장 위에도, 별채를 향하는 짧은 길 위에도, 문을 열고 나오는 주인이 없는 빈 방문에도 지나간 강아지 발자국처럼 찍혔다.

　보리는 빈 방문 앞에 서서 헛기침을 했다. 듣고 나올 사람도 없는데 방문 앞에 서면 버릇처럼 헛기침이 나왔다. 방문을 열었다.

매화꽃 병풍 앞에 앉아 있던 차연이 다소곳하게 몸을 일으켰다.

"오라버니!"

"차연아!"

흰 천을 매지 않은 차연의 오른 손등에서 매화 향이 퍼졌다. 이제 차연은 언제나 맨손을 드러내 놓았다. 반가움에 다가간 보리가 차연의 두 손을 덥석 잡아버렸다.

"잘 지내고 있지?"

"오라버니는요?"

잡힌 차연의 손끝이 붉어졌다. 보리는 저절로 웃음이 났다. 어디에서 나오는지 알 수 없는 간지러움이 차연의 향기를 타고 웃음이 되어 터졌다.

"도련님! 또, 그 방에 들어가 계십니까?"

열린 문 안의 보리에게 집사 정 씨의 측은한 음성이 날아들었다.

"정 집사! 차연 아가씨가……."

오른 손등에 맨 흰 천을 풀었다고 알려주려는데 정 씨의 마뜩잖은 시선과 마주쳤다. 보리는 퍼뜩 잡았던 차연의 손을 놓았다. 새삼 사무쳤다. 차연은 이미 떠나고 없다는 것이. 태양궁의 공주가 되어서.

"공주님께오서 혹시 잊고 가신 게 있나, 내 걱정이 되어서 들어와 봤네."

얼버무리느라 한 말인데 보리 자신에게도 납득이 안 됐다.

"에휴! 도련니~임!"

정 씨의 음성에 담긴 측은함이 더 진해졌다.

"이미 두 해가 지났습니다. 그만 이 방엘랑 출입을 하지 마세요. 공주님을 열 해나 지켜준 가문이온데 그게 불경이라 하여 왕궁에 출입도 못 하게 하다니. 도련님께선 분하지도 않으십니까?"

"분할 게 무언가? 공주님께서 제자리를 찾으셨으니 그것으로 다 되었네."

"지시위부령 자리도 떨어져 버리고 이리 넋 놓고 지내시는 모습 뵙기가 민망합니다."

"내가 언제 넋을 놓고 지냈던가?"

"혼자서 중얼거리시는 것 다 들었습니다."

"……."

"지금 태양궁에서 인편이 왔습니다. 하니, 나와보십시오."

"태양궁에서 말인가?"

"네. 사정없이 내칠 때는 언제고 이제 와서 인편이랍니까?"

"말조심하게. 전하께오서 보내신 사람이네."

하지만 여전히 마땅찮은 표정을 지으며 정 씨는 사라져 갔다.

"차연아! 아율 공주님!"

보리는 부를수록 시린 이름을 다시 한 번 불러본 후 태양궁에서 왔다는 소식을 맞으러 별채를 나섰다.

가얏고 선율이 태후의 궁실인 태화관에서 실타래처럼 풀렸다. 매화꽃을 닮은 매화 꽃문양의 아율이 가얏고를 뜯었다. 이제는 태후가 된 청천비와 사십오 대 한울왕 겸의 마음이 먹먹해졌다.

"공주! 어찌 너의 가얏고 선율은 이리도 애절한 것이냐? 새끼를 빼앗긴 어미 원숭이가 소리를 지르며 따라오다가 단장(창자가 끊어지는 것)이 되었다더니 너의 가얏고 선율이 꼭 그러하구나."

괜히 목이 메어 찔레꽃 차를 한 모금 들이킨 청천비가 가얏고 선율을 평했다. 그러자 머뭇거림 없던 아율의 선율이 멈춰 버렸다.

"전하! 그렇지 않습니까?"

"공주! 생의 희로를 다 겪지 못한 내 듣기에도 참으로 애절하구나. 혹여 아직 혼전이라 외로워서 그런 선율이 나는 게냐?"

아율을 향하여 묻는 겸의 눈빛에 다정함이 차고 넘쳤다.

"전하도, 참! 또 혼인 이야기세요? 제가 조금은 더 어마마마 곁에서 류화관의 공주로 살고 싶다 말씀 아뢰지 않았습니까?"

"네가 벌써 스물세 살이 되었어. 이제 더는 혼인을 미룰 수 없나니. 별세하신 부왕 전하께오서 살아 계셨으면 진즉에 서두르셨을 일이야. 전하! 전하께서 귀족가의 영식 중 맞춤한 자리를 물색해 주세요."

청천비가 겸을 보며 말했다.

"그리하지요."

겸의 대답에 청천비는 흡족하게 웃었다. 그러면서 아율을 이리저리 훑어보았다.

"공주! 어찌 날마다 똑같은 머리 장식만 하고 있는 것이냐? 그것은 왕실의 물건도 아닌 듯한데."

그러다가 청천비의 시선이 아율의 머리에서 멈추었다. 아율의 옆머리에는 매화가 내려앉은 은제 머리 장식이 꽂혀 있었다. 입궁한 이후로 늘 하고 있는 모습을 보았었다. 바로 보리가 준 선물이었다.

"민가에 있을 때 지녔던 물건이에요."

"왕실의 장신구들이 즐비할 텐데 어찌 그것만 애지중지하는 것이냐?"

"아, 그것이……"

아율의 볼이 붉어졌다.

"공주! 혹여 맘에 둔 이가 있는 것이냐?"

답을 못 하는 아율을 보며 겸이 얼른 말머리를 돌렸다.

겸 자신이 마음에 둔 이가 있기에 아율의 동의를 구하려고 슬쩍 물어보았다. 아나나 다를까, 아율의 볼이 더 붉어졌다.

"맘에 둔 이라니요?"

"혹 부마위 감으로 공주가 눈여겨본 이가 있는 것인지 물어보는 것이야."

"어찌 그리 하문하세요? 맘에 담을 이를 볼 틈도 없었어요."

"찬찬히 헤아려보거라. 내 공주만은 필히 원하는 이와 맺어줄 것이다."

"네?"

"이 왕좌의 이름을 걸고 단단히 약조하마."

왕실의 혼사란 연모와 앙망(仰望)만으로는 이루어질 수가 없었다. 하지만 겸은 자신이 마음에 둔 이와 아율을 꼭 맺어주겠다고 다짐했다. 자신의 마음에 담긴 이가 바로 아율의 마음에 담긴 이일 것이었다.

"그리만 된다면 더 바랄 것이 무엇입니까? 공주는 정다운 한울 왕을 오라버니로 두어 화가야 왕실에서 가장 행복한 공주가 되겠구나."

얼굴만 붉히는 아율 대신 청천비가 반색을 했다.

"어마마마! 그 얘긴 제쳐 두시고 제 가얏고 선율이나 더 들으세요."

"잠시만!"

아율의 손이 다시 가얏고에 얹히려는데 겸이 만류를 했다.

"전하! 어이 그러세요?"

"공주! 너의 가얏고 선율을 많은 이들과 함께 하고 싶은데 내실의 문을 열어도 되겠느냐?"

"소녀는 괜찮습니다."

"태후마마! 그리하여도 되겠어요?"

겸이 이번에는 청천비에게 물었다.

"내도 괜찮습니다. 괘념치 마세요."

청천비의 대답에 겸의 입가가 묘하게 올라갔다.

"듣거라! 내실의 문을 열도록 하라!"

태화관 내실의 방문이 열리고 방문 앞에 늘어선 궁인들의 모습이 보였다. 태양관, 태화관의 시종장과 궁녀장, 류화관의 궁녀장 그리고……

뜨르릉! 뜨르르르!

아율의 고운 가얏고 선율이 울리기 시작했다.

청천비는 선율을 들으며 문밖의 궁인들을 찬찬히 살펴보았다. 아율의 가얏고 선율에 모두들 흥에 겨웠다. 청천비는 새삼 아율 공주가 자랑스러웠다.

응?

그런데 궁인들 틈에 처음 보는 이가 서 있었다. 위시위부령(시위부의 제일 대장)의 관복을 입었는데 지금까지 겸을 호위하던 이는 아니었다.

'게다가 위시위부령이 왜 태후의 내실 앞까지 따라 들어온 것일까?'

의아해하던 청천비가 결국 겸에게 물었다.

"전하! 전하의 호위가 바뀌었나요?"

청천비의 물음에 겸이 고개를 들어 위시위부령을 바라보았다.

"얼마 전 그리하였습니다."

"위시위부령이면 시위부의 제일 높은 자리인데, 저는 한 번도 본 적이 없는 이입니다. 갑자기 승차를 하였습니까?"

"금번에 궁 밖에서 선발하여 들였습니다."

"전하께서 궁 밖에서 친히 들이셨다고요? 게다가 바로 위시위부령의 관직을 하사하시고요?"

"네. 저이를 들이느라 꼬박 두 해 가까이 고관들과 갖은 씨름을 하였습니다."

"고관들과 씨름까지 하셨다고요?"

"제가 아주 고생을 하였지요."

"전하께서 어이해서요?"

"제가 아끼는 이라 그리하였어요."

청천비는 더 묻지 않고 고개를 끄덕였다.

"그러시군요. 전하께 특별한 사람이라면야. 한데 어째 낯이 익은 듯도 합니다."

"특별하다? 제게 말입니까? 글쎄요…… 제게만 특별한 이는 아닐 것입니다."

"네?"

"아닙니다. 하하하!"

겸이 웃자 내실문 앞에 선 위시위부령은 표 나지 않게 아율을 쳐다보았다.

공주의 옷을 입은 모습에 눈이 시리고 지그시 눈을 내리감고 가얏고를 뜯는 손놀림에 마음이 시렸다. 그러다가 위시위부령은 아율의 머리에서 시선이 멈추었다. 은을 늘여 꽃가지를 만들고 매화 꽃송이를 얹은 머리 장식이 그의 눈 안에 들어왔다.

바로 자신이 선물했던 머리 장식이었다. 그의 눈이 커다래졌다.

"차, 연아……!"

남몰래 아율을 부르는 위시위부령의 눈앞으로 매화 꽃송이가 휘날렸다. 가얏고 선율이 그 꽃잎 사이로 흘렀다.

화가야의 사십오 대 한울왕 겸.

그가 거하는 궁실은 태양관이었고 왕후의 궁실인 월화관은 비어 있었다. 그러나 왕후를 맞으라고 아무도 감히 간할 수가 없었다.

흰나리 문양을 손등에 타고났으나 어느 날 그 문양이 다른 꽃으로 변해 버렸다. 민가를 살피기 위해 어가 행차를 나갈 때면 처음 맡는 이향(異香)이 동구 밖에서부터 퍼져 왔다. 수정나비 떼가 시중을 들며 겸의 뒤를 따랐다.

겸은 폐쇄되었던 하늘화원으로 갔다. 이제 호랑가시나무의 울타리는 치워졌다. 시든 나무둥치와 꽃가지는 치워 버렸고 온통 개미취 꽃으로만 뒤덮었다.

이름도 바뀌었다. '붉은 백일홍 솔나의 화원'.

"미우야! 내가 해바라기 꽃대를 제대로 정리해 두라 하였잖
니?"

"다 해두었는데요."

"줄기 끝자락까지 다 잘라내어서는 안 된다 했는데?"

"아이구! 잔소리꾼! 내가 태양궁의 녹을 먹지, 화원장님의 녹
을 먹고 있나요?"

잔디를 손질하는 다선을 보며 미우가 입을 샐쭉거렸다.

"아무리 상한 가지라 하나 그 가지를 잘라내면 꽃들도 통증을
느낀단다. 매사에 조심스럽게 덜 아프도록 해주어야지. 내랑 지낸
세월이 이 년이 훨씬 지났는데 어째 아직도 이 모양이냐?"

미우를 나무라는 말이지만 다정한 말투였다.

"알았어요. 알았어. 맨날 그놈의 꽃 타령! 어디 그 반만큼만 나
도 좀 예뻐해 줘봐요. 흥!"

미우가 여전히 샐쭉거리며 가위를 가지러 온실 쪽으로 향했다.
돌아서는 미우를 보며 다선이 입술을 휘며 다정하게 웃었다.

"다선!"

그때, 다선의 등 뒤로 홍화를 거느리고 겸이 왔다. 홍화는 이
제 태양관의 수궁녀장이 되었다. 미우를 향하던 웃음 그대로 다
선이 예를 올렸다.

"전하! 오셨나이까?"

"그래. 잘 지냈었는가?"

"소신은 늘 무탈하옵니다."

잘 보이지 않는 시선을 더듬으며 다선이 겸을 쳐다보았다. 독화

살을 맞고 쓰러져 꽃으로 변해 버린 솔나를 본 순간 멀어버린 다선의 눈이었다.

"약사에게서 꾸준히 치료는 받고 있는 것이지?"

"황공하옵니다."

"힘들지 않게 쉬엄쉬엄하게나. 잘 보이지도 않는 눈으로 특별화원을 살피느라 그대가 수고가 많구나."

겸의 명으로 약사들이 지극정성으로 보살피고 치료를 해준 덕에 지금은 사물은 겨우 분별할 수 있을 만큼은 시력이 회복되었다.

"아니옵니다. 전하! 꽃은 눈으로 보는 것이 아니고 마음으로 보는 것이지요. 또한 진정한 향기도 코가 아니라 마음으로 음미하는 것이고요."

"자네가 아닌 그 누구에게도 맡길 수 없어 잡고만 있는 나를 용서하게나."

"황송한 말씀 거두옵소서. 전하! 소신 또한 기꺼이 머무는 것이옵니다."

'제가 살아가는 이유의 곁에 말입니다!'라는 말은 생략하고 말았다.

"내 잠시 이 곁에 머물다 가겠네. 자리를 물러줄 텐가?"

겸의 말에 다선이 잠시 연못가의 붉은 꽃 한 송이를 쳐다보았다.

"네, 전하!"

다선이 멀찍이 떨어진 온실 쪽으로 걸어가자 겸은 다정한 눈빛으로 연못 주위를 둘러보았다.

개미취 잎새가 만발한 연못가의 붉은 꽃 한 송이. 그것은 바로 솔나인 백일홍이었다.

꽃으로 변한 솔나의 죽음 이후, 세 번의 겨울이 지났다.

겨울의 칼바람을 맞으면서도, 흰 눈이 내려앉아 살얼음이 얼어가면서도 붉은 백일홍 한 송이는 빛깔조차 바래지 않았다. 이파리 하나도 시들지 않았다. 처음 심었던 모양 그대로 아홉 번의 계절을 지냈다. 게다가 꽃 천지인 화가야 안에서도 그만큼이나 큰 꽃송이는 없었다.

"솔나야!"

솔나를 볼 수 없는 봄이 두 번 지났고 솔나를 부를 수 없는 여름이 두 번 지났다. 솔나를 안을 수 없는 가을이 두 번 지났고 솔나를 잃은 겨울은 세 번이나 지났다. 이 년이 훌쩍 넘었고 다시 봄이 찾아왔다.

겸의 간절한 기원이 백일홍을 지키고 있었다.

"잘 지내었느냐?"

겸은 백일홍 앞에 서서 가만히 꽃을 바라보았다.

욱신! 욱신!

통증이 올랐다. 피처럼 붉은 꽃잎이라 겸의 마음에서도 피가 흐르는 듯했다. 하지만 백일홍은 답이 없었다.

"솔나야! 잘 지내었는지 말해주지 않으려느냐?"

백일홍이 답을 할 수 있을 리가 없었다.

후두둑!

그때, 자잘한 가랑비가 '붉은 백일홍 솔나의 화원'에 내리기 시작했다. 온통 그리움을 담고 있었다.

"전하! 용체 상하실까 저어되옵니다. 오늘은 이만 내실로 드셔서 오수를 청함이 어떠하실까요?"

겸의 뒤를 따르던 홍화가 물었다.

자잘한 빗방울은 왕포(王袍)의 가슴을 적시고 오른손에 한 비색의 팔가리개에도 스몄다. 빗방울은 겸의 어깨에서 팔랑이는 수정나비들의 날개도 적셨다.

"봄비라 하나 아직은 기운이 시리옵니다."

"아니요. 내는 이 비를 맞겠어요."

겸이 비색의 팔가리개를 만졌다. 솔나가 마지막으로 겸에게 만들어주었던 팔가리개였다.

"어이하여 부러 비를 맞으신다 하시옵니까?"

"씻어내 볼까 하고요."

"무엇을 말이옵니까?"

"궁녀장! 이 비를 맞으면 내 마음의 상심도 조금은 씻기어가지 않겠어요?"

"비에 씻기어 내릴 상심이라면 애초에 마음에 스미지도 않았을 것이옵니다."

"내가 맞는 것은 그냥 비가 아니라 기억의 빗줄기예요."

"그만 기억에서 놓으시옵소서."

"인이 되어 박힌 그리움이 심장이 뛸 때마다 함께 뜁니다."

"하면 그리움도 지우시옵소서."

"기억에서 놓아라? 그리움을 지우라?"

겸이 팔가리개를 놓고 두 팔을 벌렸다.

"놓고 싶다 하여 놓아지는 게 기억이랍니까? 지운다 하여 지워지는 것이 그리움이랍니까?"

겸이 홍화를 보면서 입은 웃는데 눈은 슬펐다.

"이모님! 할 수만 있다면 진즉에 그리하였을 거예요."

"전, 하!"

홍화가 안타까운 눈빛으로 고개를 숙였다.

겸은 두 팔을 벌린 채 비를 맞았다. 봄날이 토해놓은 잔기침 같은 해당화 꽃 속에서의 한 날, 솔나와 함께 비를 맞았던 바닷가의 그때처럼.

후두둑-! 후두둑-!

빗방울이 계속 겸을 적시고 백일홍 꽃잎을 휘적셨다. 화원을 온통 감싸고 있는 개미취 꽃잎 위에도 떨어졌다.

살짝, 바람이 불었다.

그러자 붉은색 꽃봉우리에서 물방울이 한꺼번에 흩뿌려졌다. 꽃잎 하나하나가 몸을 떨더니 백일홍 향이 피어올랐다. 그것은 겸의 손등에서 풍기는 향과 똑같았다. 스스로 베어버렸던 검상이 낫고 난 후 겸의 손등의 꽃문양은 어느새 흰나리에서 붉은 백일홍으로 바뀌었다.

"추운 것이냐?"

겸이 꽃송이를 안았다. 딱 솔나만 한 키에 양옆으로 벌린 이파리도 딱 그 어깨 넓이였다.

흩뿌리는 꽃봉오리는 기억 속 꽃달의 밤에 실타래처럼 물결치던 솔나의 붉은 머릿결이었다. 난스란(빼어나고 사랑스러운) 향기는 백일홍 향의 아침에 '왕자님!' 하고 다정히 불러주던 솔나의 목소리였다. 산들거리는 꽃대는 마지막 밤 애달픈 입맞춤으로 안았던 솔나의 가녀린 몸이었다.

"솔나야!"

겸이 백일홍의 가녀린 꽃대를, 꽃송이를 쓰다듬었다. 그리움으로, 아련함으로 인해 눈시울이 젖어들었다. 이 시간이면 겸은 늘 기억 속에서 살아갔다.

"솔나야! 나를 보느냐? 이리 너를 안고 놓지 못하는 나를 느끼느냐?"

겸이 백일홍에게 속삭였다.

"어째서 이제는 꿈에서라도 나를 보러 오지 않는 것이냐? 어째 곡두(신기루)가 되어서라도 나를 만나러 오지 않는 것이냐? 내가 너에게 갈 수 없으니 너라도 나에게 와야 하지 않겠느냐?"

겸의 눈시울이 뜨거워지기 시작했다.

"네게 가는 길을 몰라 나는 갈 수가 없어. 너를 만나는 방법을 알 수가 없어 나는 이리 기다리고만 있어. 하나 너는 이미 한 번 왔던 길이니 아는 길이 아니더냐?"

겸의 온몸에 가랑비의 물기가 오르더니 차츰 눈가로까지 차올랐다.

"내 기다림이 얼마나 쌓여야 너를 다시 볼 수 있는 것이냐? 내 그리움이 얼마나 이어져야 너와 내가 다시 만날 길이 되는 것이냐? 내 기다림이 산이 되고 내 그리움이 시내가 되면 그때에는 혹시 너를 볼 수가 있는 것이냐?"

잊을 수 없는 솔나의 얼굴이 겸의 눈 위로 떠올랐다. 소리 내지 못하고 부르는 솔나의 이름이 겸의 입에 머물렀다. 백일홍 붉은 꽃잎에서 눈을 뗄 수 없듯이 한시도 떼놓을 수 없는 솔나의 얼굴이, 이름이 꽃망울처럼 겸에게 맺혔다.

"솔나야! 그런데 너는 나에게 무슨 꽃을 주겠느냐?"
"꽃을요? 음…… 하면 저는 왕자님께 상사화를 드리겠사옵니
다."
"상사화? 그 꽃이라면 내는 싫구나!"
"어찌…… 싫다 하시옵니까?"
"상사화의 꽃말은 이룰 수 없는 연모가 아니더냐? 어이하여 그
런 서러운 꽃말을 지닌 꽃을 주겠다는 게야?"
"연모가 아려서 목숨을 잃은 이가 꽃으로 피어난 것이 상사화이
옵지요. 얼마나 지독한 연모였기에 목숨과도 바꾸었겠사옵니
까? 하니 저도 그러한 연모를 드리겠다는 다짐이옵니다."

솔나와 주고받았던 말들이 생각났다.
"이룰 수 없는 연모란 꽃말을 가진 상사화를 내게 주겠다 하였
지? 혹시 이리될 줄 알고 그런 꽃말을 지닌 꽃을 주겠다고 했던
것이냐? 응? 답해보거라."
겸이 서럽게 물었다. 눈가가 파르르 떨리더니 물기가 고였다. 그
런 후에 꽃송이를 안은 팔에 힘을 더했다. 그대로 얼굴을 붙이고
살며시 비볐다.
"보고 싶구나! 솔나야! 그리웁구나! 솔나야! 솔나야!"
후두둑!
아무에게도 보일 수 없었던 눈물이었다. 참고 참았던 눈물이었
다. 하지만 솔나를 안자 가랑비 빗줄기보다 더 굵은 눈물 줄기가

꽃송이를 타고 흘러내렸다.

역사에도 기록되지 않았고 당대 사람들에게도 알려지지 않은 땅.

보라색 안개의 결계와 거친 바다 소용돌이의 벽이 지키고 있는 비밀의 땅.

절기와 사시와 연한의 변화에도 시들지 않고 오직 그 땅에서만 피었다 지는 온갖 꽃들이 누리를 물들인 땅.

자애롭지만 또 그만큼 강력한 사십오 대 한울왕 겸이 통치를 하는 땅.

일곱 번째의 가야, 꽃의 가야 화가야에는 온 백성의 흠모와 존경을 받으며 살아가는, 하지만 '붉은 백일홍 솔나의 화원'에만 나가면 눈시울이 젖어드는, 한울왕 겸이 있었다.

개미취의 꽃말은 <너를 잊지 않으리>.